Rebecca Rivoire
Sweet Summer Nights

Bibliografische Information der Deutschen Nationalbibliothek:
Die Deutsche Nationalbibliothek verzeichnet diese Publikation in der
Deutschen Nationalbibliografie; detaillierte bibliografische Daten
sind im Internet über dnb.dnb.de abrufbar.

Lektorat: Johanna Gerhard – www.johannagerhard.de
Korrektorat: Christine Dreyer – Lektorat Lynx – www.lektorat-lynx.de
Buchsatz: Viktoria Sabo – Covered in Colours Buchdesign –
www.covered-in-colours.de
Cover: Sarah Scheumer – www.sarahscheumer.de

© 2025 Rebecca Rivoire
ISBN: 978-3-7693-0748-1

Verlag: BoD · Books on Demand GmbH,
In de Tarpen 42, 22848 Norderstedt, bod@bod.de
Druck: Libri Plureos GmbH, Friedensallee 273, 22763 Hamburg

REBECCA RIVOIRE

SWEET

Summer

NIGHTS

Contentwarnung

Dieses Buch enthält Inhalte, die für manche Lesenden belastend sein können. Detaillierte Informationen sind auf der vorletzten Seite (S. 411) zu finden. Diese enthalten Spoiler zum Inhalt dieses Buches.

Für die Möglichkeiten,
die wir haben,

die Freiheiten,
die wir genießen

& die Entscheidungen,
die wir treffen.

1

this is me trying – the long pond studio sessions – Taylor Swift

KATHARINA

Netterweise weiß das Navi in Emmetts Auto genau, wo sein Besitzer wohnt, und so finde ich die Wohnung in Cambridge problemlos. Der Scanner am Eingang der Tiefgarage erkennt Emmetts Kennzeichen sofort, die Schranke hebt sich, und ich parke das Auto auf dem Stellplatz, der sein Kennzeichen hat. Ich kenne weder die Apartmentnummer noch die Etage, doch als ich im zweiten Stock aussteige, habe ich Glück. Schon das Klingelschild des ersten Apartments verkündet Emmetts Nachnamen.

Nach zwei falschen Versuchen finde ich den richtigen Wohnungsschlüssel am Schlüsselbund. Warum hat Emmett überhaupt so viele Schlüssel? Der verschachtelte Flur, von dem mehrere Türen abgehen, öffnet sich zu einem Wohnzimmer mit Backsteinwand, Flatscreen und Bücherregal. Abgesehen von dem herrlichen Chaos ist es erstaunlich geschmackvoll eingerichtet, und ich bin mir sehr sicher, dass Samantha ihre Finger im Spiel hatte. So geschmackvoll ist kein Neunzehnjähriger. Und erst recht nicht Emmett Douglas-Stirling.

Trotz der Tatsache, dass die untergehende Sonne den Raum in warmes, goldenes Licht taucht, fröstele ich, also vergrabe ich mich auf einem der dunkelblauen Sessel in der unordentlich gefalteten Kuscheldecke. Ob sie noch immer alle in Colchester um den Tisch sitzen? Hat Thea mir Zeit verschafft, um zu verschwinden? Unter anderen Umständen hätte ich sie vermutlich nicht allein gelassen, aber das hier ist alles andere als normal. Bestimmt haben sie inzwischen bemerkt, dass ich weg bin. Ob sie wissen, wo ich hin bin? Sicher haben alle von James' Autos GPS-Tracker installiert. Und selbst wenn nicht: Ich habe mein Handy bei mir, Samantha kann mich orten.

Die Aussicht darauf, nach meiner Ankunft sofort einen der zahlreichen Parks aufsuchen und mir Gras besorgen zu können, war das Einzige, was mich den Weg hierhin ruhig gehalten hat, aber jetzt, da ich sitze, verlässt mich die Stärke. Ich bin ausgelaugt, so erschöpft, dass selbst der Weg zur Küche, um etwas zu trinken zu holen, ein unüberwindbares Hindernis ist. Ich habe nicht einmal mehr die Kraft, mich dafür schlecht zu fühlen, dass ich Thea zurückgelassen habe. Da ist nichts. Die Tage der Nüchternheit in Colchester haben mich leergesaugt. Ich sehne mich nach traumloser Dunkelheit. Oder Gras. Stille in meinem Kopf. Ruhe. Die letzten Tage haben mir deutlich mehr entzogen als nur das Gras. Ich kann nicht mehr.

Meine müden Augen finden die Uhr an der Wand neben dem Fernseher. Der Sekundenzeiger wandert langsam, aber beständig über das Zifferblatt, passiert die Zwölf und bewegt sich weiter. Ein weiteres Mal landet er auf der Zwölf. Und immer wieder, während ich davon drifte.

Ein Schlüssel dreht sich im Schloss, reißt mich aus meiner Trance. Jemand kommt. Angesichts der polternden Schritte und der Routine, mit der die Tür verriegelt, der Schlüssel ans Brett gehangen und Schuhe von den Füßen getreten werden, bin ich mir sicher, dass es Emmett ist.

»Katharina«, grollt es durch den Flur. »Wo bist du?«

Ich fühle mich wie ein Schulkind, das zum Direktor zitiert wird. »Hier«, antworte ich leise, und Emmett kommt durch den Flur auf mich zu. Mordlust glitzert in seinen Augen, aus seiner verkrampften Haltung spricht Wut.

»Kannst du dir eigentlich vorstellen, was wir dachten, als du auf einmal verschwunden bist? Bist du wahnsinnig, ohne ein Wort abzuhauen? Meinen Wagen zu nehmen, ohne zu fragen?« Es klingelt in meinen Ohren, so laut ist er.

»Ist okay.«

»Es hätte weiß Gott was passieren können! Du hast seit Tagen nicht vernünftig geschlafen und bist verdammt nochmal nicht in der Verfassung, irgendwo hinzufahren, geschweige denn mit einem fremden Wagen, der verdammte 510 PS hat!« Emmett brüllt den ganzen Apartmentkomplex zusammen, doch jetzt werde auch ich wütend. Er hat kein Recht, mir Vorhaltungen zu machen. Sein Moment für eine Stellungnahme wäre gewesen, als Samantha mein Zimmer durchwühlt, mein Gras gefunden und mich auf Entzug gesetzt hat.

Doch da hat er geschwiegen.

»Zur Hölle, es ist okay, Emmett!«

»Gar nichts ist okay! Du kannst nicht einfach hier sitzen und mir erzählen – Ich werde halb wahnsinnig und –« Er tritt mit voller Wucht gegen den zweiten Sessel, der ein Stück über das Parkett rutscht. »Nichts ist okay, Katharina!«

»Ja, schön, ich habe deinen ach so heiligen Wagen genommen, ohne zu fragen. Was willst du machen? Mich hassen? Ich sag dir was, Emmett: Du kannst mich gar nicht so sehr hassen, wie ich mich selbst hasse.« Jetzt ist es raus. Die Wahrheit, die mir seit einem halben Jahr auf der Zunge liegt. Die widerliche Wahrheit, die ich bisher nicht einmal gedacht habe.

Emmett scheint nicht zu wissen, was er sagen soll, also fahre ich fort: »Spar dir die Mühe, dir irgendetwas auszudenken, wie du es mir heimzahlen kannst. Ich bin hier in meinem beschissenen, wertlosen Leben. Etwas Schlimmeres kannst du dir gar nicht überlegen.«

Der Schock, der gerade noch in seinem Gesicht stand, wird von etwas anderem ersetzt. Seine Augen werden ein Stück

dunkler, und um seinen Mund bildet sich ein hässlicher Zug.
»Wag es ja nicht, dein beschissenes Leben als wertlos zu bezeichnen! Du hast eine Krankheit, Katharina. Eine widerliche,
furchtbare Krankheit, gegen die man Unmengen an Energie
aufwenden muss, um sie zu besiegen. Und wenn du das momentan nicht sehen kannst, sag ich es dir eben: Du bist hier.
Du bist am Leben und du solltest Gott jeden verdammten Tag
auf Knien dafür danken, dass er dich hier sein lässt. Du hast
kein Recht, dich und andere so leichtsinnig in Gefahr zu bringen wie gerade eben, nur weil du glaubst, dein Leben wäre
eine Verschwendung!«

Ich höre, was er sagt, aber noch viel bedeutender ist, was
er nicht sagt. Seine Eltern, Alexander und Rose, sind bei einem Autounfall gestorben, und ich bin gerade völlig übermü-
det mit 110 km/h über die Autobahn gebrettert. Es geht ihm
nicht um den Wagen.

Mir wird kotzübel. Was zur Hölle habe ich mir dabei nur gedacht? »Es tut mir leid«, hauche ich.

»Es sollte dir leidtun«, gibt Emmett unnachgiebig zurück.

»Und jetzt wirst du mir versprechen, dass du dich niemals
wieder ans Steuer von irgendeinem Fahrzeug setzen wirst,
wenn du psychisch oder physisch erschöpft bist.«

Ich nicke und kann seinem Blick nicht standhalten.

»Versprich es mir!«, zischt er.

»Ich verspreche es.«

Emmett kommt zu mir und sinkt vor dem Sessel auf den Boden. Trotzdem sind wir fast gleichgroß. Er greift nach meinen Händen und lässt widerstandslos zu, dass ich den Pulli
hochschiebe und seine Handgelenke umfasse. Ein erleichter-
tes Geräusch löst sich von meinen Lippen, als ich seinen Puls
finde.

»Sieh mich an«, fordert er, und wie unter Zwang gehorche
ich. Noch immer tobt ein Sturm in seinem Gesicht. »Ich will
niemals wieder hören, dass dein oder irgendein Leben wertlos ist. Du wirst anfangen, dich in den Griff zu kriegen. Mir ist

egal, ob du dafür Jahre brauchst, aber du schuldest es jedem, der die Chance dazu nicht mehr hat.«

Ich habe keine Ahnung, wie das funktionieren soll, aber nicke trotzdem. Weil er recht hat. Weil ich hier bin und andere nicht. Weil andere, so viel bessere, diese Chance verdienen würden, sie aber niemals mehr haben werden. Weil es unzählige Leute gibt, die alles dafür geben würden, nur einen einzigen Augenblick gesund und lebendig sein zu dürfen.

»Schön.« Emmetts Blick huscht aufmerksam über mein Gesicht. »Was brauchst du? Gras?«

Ich nicke erneut. Egal was er mir in diesem Moment hinstellen würde, ich würde es nehmen. Nur eine einzige Minute Leichtigkeit. Nur eine einzige Sekunde. Jetzt gerade würde ich alles dafür geben. Vielleicht ist es doch gut, dass ich es nicht mehr aus Emmetts Wohnung geschafft habe.

»Na schön. Du bekommst einen Joint von mir. Ausnahmsweise.« Er löst die Hände aus meinem Griff und geht zum Bücherregal. Sein Rücken verdeckt, was er tut, aber als er sich wieder umdreht, hält er einen Joint in der Hand. Die andere streckt er mir auffordernd hin.

Ich stehe so schnell auf und eile zu ihm, dass er zusammenzuckt. Doch er sagt nichts, greift lediglich meine Hand und führt mich in die Küche, von wo es auf einen Balkon geht, über dessen Brüstung man die Bäume des Parks sehen kann. Emmett zieht mich auf die Loungemöbel, die an der Wand stehen, und meine Augen verlassen keine Sekunde die Tüte in seiner Hand. Gierig sehe ich zu, wie er ein Feuerzeug aus der Tasche fischt, den Joint zwischen die Lippen steckt und ihn anzündet. Er nimmt einen tiefen Zug, und mich überkommt der Drang, ihm das Ding zu entreißen. Doch Emmett kommt mir zuvor und hält mir den Joint vor die Lippen.

Der erste Zug ist wie das Luftholen nach einem viel zu langen Tauchgang. Ich konzentriere mich auf den Druck, der sich auf meine Lunge legt, den vertrauten Geschmack auf meiner Zunge und das Gefühl des Papes an den Fingern.

Mit dem Ausstoßen des Rauches entspannt sich mein ganzer Körper. Ich sinke in mich zusammen.

Reflexartig packt Emmett mich. »Ganz ruhig. Du hast alle Zeit der Welt. Niemand nimmt dir das Ding weg.«

Und das könnte auch niemand, denke ich, und ziehe erneut an der Tüte.

Emmett greift hinter sich und wickelt mir eine Decke um die Schultern, bevor er eine Kippe aus der Tasche fummelt und anzündet. Wir rauchen schweigend, und mit jedem Zug werde ich ruhiger. Mehr ich selbst. Das Gedankenkarussell wird langsamer, friedlicher, obwohl die Wirkung noch gar nicht eingesetzt hat.

»Wann hast du das letzte Mal etwas gegessen?«

Ich zucke mit den Schultern. Eine vernünftige Mahlzeit war vermutlich der Nudelsalat bei Theas Ankunft.

Emmett zwingt mich nicht, es ihm zu sagen, stattdessen zückt er sein Handy. Aus dem Augenwinkel sehe ich, dass er Unmengen an ungelesenen Nachrichten hat. Samantha, James und Adrian.

Er tippt eine Antwort, die aus maximal einem Satz bestehen kann, dann verlässt er die App. »Ich will nicht mehr raus, wir bestellen. Pizza oder Sushi?«

»Pizza. Funghi. Und eine Cola.«

Emmett nickt und bestellt. Dann steckt er das Handy weg, lehnt sich zurück und mustert mich.

»Lass das. Sofort.« Ich bin kein Zootier.

Abwehrend hebt er die Hände. »Kein Stress. Ich habe Bescheid gesagt, dass alles in Ordnung ist. Wir bleiben hier, und ich halte dir die anderen vom Hals. Du kriegst das Gästezimmer, und ich besorge dir Gras.«

Klingt perfekt. Also gibt es einen riesigen Haken. »Unter der Bedingung, dass ...?«

»Ich versorge dich mit Gras. Niemand wird dich hier wegholen oder belästigen. Aber das passiert nur, wenn du dich an die Regeln hältst. Kein Alkohol. Nichts außer dem Zeug, das ich dir gebe. Du haust nicht ab und wenn du rausgehst, sagst du mir wohin. Außerdem kümmerst du dich um das Essen.«

»Ich kenne wirklich niemanden, der so dermaßen nicht überlebensfähig ist wie du. Wovon ernährst du dich denn normalerweise?«

»Ich esse in der Mensa, lasse mir etwas liefern, oder backe irgendetwas auf. Manchmal gibt Loretta mir etwas Vorgekochtes mit. Oder ich habe Besuch, der kochen kann. Tatsächlich ist meine Küche komplett ausgestattet. Ich habe sogar einen Pürierstab. Was auch immer man damit macht.«

»Pürieren«, gebe ich zurück. »Mit einem Pürierstab kann man Essen pürieren – aua!« Emmett kneift mich schmerzhaft in den Oberschenkel, und es klatscht, als ich seine Hand wegschlage.

»So weit war ich auch. Aber warum sollte ich etwas pürieren?«

»Wenn du Suppe kochst, zum Beispiel. Oder Saucen machst«, maule ich und reibe mir das Bein.

»Wird nie im Leben passieren. Egal. Haben wir einen Deal oder nicht?«

»Haben wir«, grummele ich und ziehe unter der Decke die Beine an.

»Schön.«

Wir beide lehnen uns vor, um zu aschen, bevor wir einige Momente einfach still vor uns hin rauchen. Ich merke deutlich, wie mein Gehirn wieder die Arbeit aufnimmt, mehr als nur das Allernötigste. Ich kann wieder denken. Ich kann wieder fühlen. Vor allem den Hunger, der sich jetzt bemerkbar macht. Aber auch die Erschöpfung. Wenn ich wegdämmere, wache ich vermutlich einen ganzen Tag nicht auf.

Das Beunruhigende ist, dass ich vermutlich überall wegdämmern würde. Ob hier auf der Lounge, bei Samantha auf der Terrasse oder … oder am Steuer von Emmetts Wagen auf der Autobahn. Der Körper nimmt sich irgendwann, was er braucht.

Emmett räuspert sich. »Ich hasse dich nicht, Kate.«

Meine Worte von vorhin sind offensichtlich hängen geblieben und haben Spuren hinterlassen. Obwohl Emmett der lauteste, dickköpfigste Schreihals von allen ist, ist er im Grunde harmoniebedürftig.

Mit einem leisen Seufzen lege ich den Kopf an seine Schulter. »Ich hasse dich auch nicht. Nur so ein bisschen. Wie wir uns eben hassen müssen.«

»Wir müssen uns nicht hassen.«

Die Traurigkeit in seiner Stimme lässt schlechtes Gewissen in mir aufflackern. »Alle Geschwister hassen sich ein bisschen.«

Ich kann spüren, wie er den Kopf dreht, und bin mir ziemlich sicher, dass er mich ungläubig anschaut, doch ich sehe nicht auf, um diese Theorie zu bestätigen.

»Solltest du jemals auf die Idee kommen, einen meiner Fußbälle anzurühren, haben wir Krieg. Nur damit dus weißt.«

»Finger weg von meiner Schminke, meiner Schokolade und meinen Klamotten, sonst breche ich dir wirklich die Nase«, sage ich und wehre mich nicht gegen das Lächeln, das an meinen Mundwinkeln zupft.

»Keine Sorge, ich bevorzuge für mich eher den Natural Look.« Er richtet die Decke ein Stück und legt den Arm um mich. »Aber dieses Gekuschel und Geknuddel, das mache ich nicht mit.«

Ich drücke den Joint aus und lehne mich dann vollständig gegen Emmetts Wärme. Die Müdigkeit bricht über mich herein. »Ich bin doch kein Teddybär«, grummelt er, bevor er mich näher an sich zieht, und ich wegdämmere.

2

Little Lion Man
– Mumford & Sons

ADRIAN

Ich mache mir nicht mehr die Mühe, das Bild von Höflichkeit aufrechtzuerhalten, und so versuche ich gar nicht erst, Samantha morgens abzufangen, bevor sie im Stall verschwindet, um ihr mitzuteilen, dass ich Colchester verlassen werde. Früher oder später wird ihr auffallen, dass ich weg bin. Oder eben nicht, ist mir egal.

Von der Entspannung und Herzlichkeit, die ich mir am Anfang des Sommers erhofft habe, ist nicht viel übriggeblieben. Emmett ist nicht hier, und somit gibt es nichts, das mich in Colchester hält. Dass Kate zurückkommt, ist illusorisch. Der aufgezwungene Entzug wird sie wohl kaum dazu gebracht haben, Colchester mehr zu mögen.

Dieser Ort war für mich immer mit Sommer und Freiheit verbunden. Mit Kindheit. Als ich Anfang des Sommers herkam, war er eine Zuflucht vor meiner Familie und allem, was zu Hause auf mich wartet. Durch Kate hat es sich wie der Ort angefühlt, an dem ich sein sollte. Nur ist es das nicht, wie Enzo mir in einer scharf formulierten Nachricht mitgeteilt hat.

Mein Fokus sollte nicht auf Kate liegen. Mein Fokus sollte auf dem Wohl meiner Familie liegen. Und das ist in Gefahr. In Gefahr, die aus den eigenen Reihen droht, seit wir wissen, dass mein Cousin Federico den Diebstahl des Heroins, das wir in Wien gelagert haben, zu verantworten hat. Enzo hat recht. Ich muss nach Hause. Die Familie steht über allem. Sich um sie zu kümmern, auch wenn einzelne Mitglieder Scheiße gebaut haben, ist meine Pflicht. Eines Tages werde ich die Rolle meines Onkels als Familienoberhaupt übernehmen. Und je früher ich diese Verantwortung annehme, desto besser.

Das Einzige, was mich gestern noch zurückgehalten hat, ist die Tatsache, dass Emmett mein Auto genommen hat, um Kate nach Cambridge hinterherzufahren, aber auch dieses Hindernis kann mich nicht mehr aufhalten.

Ein Gespräch mit einer Kommilitonin später, die nett genug war, ihren Spott über meine Unwissenheit in Grenzen zu halten, und ich habe ein Ticket für eine Zugfahrt nach London.

Die ganze Welt fährt täglich mit Zügen. Schwierig kann das nicht sein. Manche Leute haben sogar Spaß daran. Kate zum Beispiel. Kate, die mich um Abstand gebeten hat, nur um ihrer sogenannten Schwester direkt darauf die Zunge in den Hals zu stecken und mal wieder zu verschwinden. Kate, die Heroin geschmuggelt und das Mädchen, das sie geliebt hat, tot aufgefunden hat. Kate, die niemals wissen darf, dass auch nur die geringste Chance besteht, dass meine Familie und ich der Grund für Josies Tod sein könnten.

Wer weiß schon, welche Wege das Heroin nimmt, für dessen Handel wir verantwortlich sind? Wer weiß, ob ein wenig davon es in die Hände eines hoffnungslosen, kranken Mädchens geschafft hat?

Es sind genau diese Gedanken, die mich nachts wachhalten, quälen und meine Ängste nähren. Diese Frage wird sich wohl nie beantworten lassen, aber es gibt andere, deren Antworten in London darauf warten, entdeckt zu werden.

Meine Tasche ist bereits fertig gepackt, und das Taxi, das mich zum Bahnhof bringt, sollte gleich da sein, also mache ich mich auf den Weg nach unten. Pflichtschuldig trage ich das dreckige Geschirr in die Küche, denn nur weil Samanthas und mein Verhältnis arktische Umstände erreicht hat, werde ich nicht zu einem schlechten Gast. Ich bin vermutlich genetisch so gepolt, dass ich das gar nicht kann.

Noch ein Grund zu fahren: Sie hat mir das Gastrecht entzogen. Nur wegen Kate hat sie mich hier noch geduldet, doch die ist fort. Und meine Abreise damit überfällig. Zwar ist die Küche leer, doch leider ist der Wintergarten besetzt. Thea und James haben ein Faible dafür entwickelt, sich stundenlang über ein Schachbrett hinweg anzuschweigen, so auch jetzt.

»Richte bitte schöne Grüße aus, wenn du ankommst«, sagt James, ohne aufzusehen. »Die Wohnung sieht wahrscheinlich aus, als müsste man sie renovieren.«

»Welche Wohnung?«

Ich stelle das Geschirr in die Spülmaschine und werfe einen prüfenden Blick aus dem Fenster, doch das Taxi ist noch nicht da. Jetzt sieht James mich doch an.

»Emmetts Wohnung. Ich gebe ihm und Katharina noch zwei Tage, dann muss vermutlich das ganze Haus kernsaniert werden.«

»Das mag sein, ist aber nicht mein Problem«, gebe ich kühl zurück. »Ich fahre nach London.« Ich weiß schon, warum er denkt, ich würde nach Cambridge fahren, aber wieso sollte ich das tun? Ein bisschen Stolz habe ich noch.

»Nach London?«, echot James. Er legt den Kopf schief, und ich wende den Blick ab.

Thea sieht mich mit zusammengekniffenen Augen an. »Du fährst nicht nach Cambridge?«, vergewissert sie sich. »Aber das solltest du tun.«

Ich lehne mich gegen die Anrichte und verschränke die Arme. »Erleuchte mich.« Ich verabscheue sie und ich verabscheue mich selbst, dass ich sie verabscheue.

Unabhängig davon, dass Kate sie mir vorzieht, ist Doroteya nur eine Vierzehnjährige mit überdurchschnittlichem IQ und beschissener Kindheit, die einem leidtun sollte.

»Sie will, dass du hinfährst. Sie erwartet dich längst«, behauptet sie mit einer Sicherheit, die mich wütend macht. Es bedeutet, dass Kate mich zwar ignoriert, mit Thea aber offenbar Kontakt hat.

»Das ist mir vollkommen egal.«

Thea sieht schockiert aus, als könne sie nicht fassen, dass ich mich nicht nach Kates Willen richte. »Aber sie will, dass du hinfährst«, wiederholt sie.

»Es gibt tausend Leute, die jede Sekunde jeden Tag irgendetwas wollen. Das heißt nicht, dass sie ihren Willen bekommen.« Es macht mich wütend, dass Thea hier sitzt und so tut, als würde ich mich falsch verhalten. Ich bin nicht derjenige, der dauernd davonläuft. Ich bin nicht derjenige, der eine Dreistigkeit an den Tag legt, die selbst an guten Tagen die Grenzen zur Frechheit um mehrere Meter überschreitet.

»Du bist wütend«, analysiert Thea. Sie schiebt eine Figur über das Schachbrett. »Aber sie ist –«

»Sie ist ein verwöhntes Gör, das als Kind zu selten das Wort *nein* gehört hat, wie du es so nett ausgedrückt hast. Meinetwegen könnt ihr alle dieses Verhalten ermöglichen, indem ihr euch danach richtet, aber mir reicht es. Wenn du mit ihr sprichst, kannst du ihr das sehr gerne ausrichten. Ihre Klappe ist groß genug, dass sie fragen kann, wenn sie etwas von mir möchte. Sie hat meine Nummer.« Ja, verdammt. Unabhängig von der Unsicherheit, die aus der Ungewissheit über die Bedeutung meiner Familie in der Tragödie von Kates Leben resultiert, oder vielleicht auch gerade deswegen, bin ich wütend. Und zwar richtig. Soll Thea ihr das doch sofort brühwarm weitererzählen.

Bevor sie oder James etwas sagen können, hole ich erneut Luft. »Ich fahre jetzt und es ist mir vollkommen egal, was ihr davon haltet. Hab einen guten Flug nach Monaco, wann auch immer du endlich fliegst, genieß es und nimm meinetwegen die ganzen Statistikbücher, die du mir abgezogen hast, mit, solange du nicht so schnell wiederkommst.«

Ich verlasse das Haus, obwohl mein Taxi noch immer nicht da ist, aber ich habe das Gefühl, dass frische Luft ganz gut täte. Normalerweise bin ich kein aufbrausender Typ, aber irgendwann habe auch ich die Schnauze voll.

Leider sind mir nur zwei ruhige Atemzüge vergönnt, dann geht hinter mir die Küchentür auf.

»Versuch gar nicht erst, mich umzustimmen«, knurre ich James an, der die Tür schließt und sich dagegen lehnt, die Hände in den Hosentaschen.

Er mustert mich, und ich hasse, hasse, hasse die blauen Augen in diesem Moment.

»Wieso sollte ich das tun? Du bist erwachsen und Katharina ... Früher oder später wird sie lernen müssen, dass man nur in seinem eigenen Leben die Hauptrolle spielt. Was interessiert es mich, dass du dich entschieden hast, dir ein Rückgrat zuzulegen?«

»Was soll das heißen?«

»Sie ist wie ein junges Pferd. Tritt dir dauernd auf den Füßen rum und wird sicher nicht aufhören, weil du ihm die ganze Zeit Zucker zusteckst.«

»Was zur Hölle weißt du über junge Pferde?«

»Unabhängig davon, dass ich selbst welche besitze, kannst du nicht so einfältig sein zu glauben, dass Samantha mich in den Jahren unserer Beziehung über ihre Pferde gestellt hat. Du hast ja keine Ahnung, wie viele gottlos kalte Wintertage ich in irgendwelchen Stallungen zugebracht habe.«

Jetzt, wo er das sagt, fällt mir wieder ein, dass Katharina nicht das Ergebnis einer durchzechten Nacht, sondern einer jahrelangen Beziehung ist, und Samantha und James wohl deutlich mehr Zeit miteinander verbracht haben, als sie es inzwischen tun.

»Was soll ich deiner Meinung nach tun?«, frage ich, bevor ich mich aufhalten kann. Himmel, so weit ist es schon gekommen. Aber lieber frage ich ihn nach Beziehungsratschlägen als nach seiner Meinung zu Josie und den tragischen Umständen ihres Todes. Ich weiß nicht, ob ich mich dann kontrollieren könnte. Ich weiß nicht, ob ich ihn nicht anflehen würde, mir zu sagen, dass wir unschuldig sind. Ich weiß kaum noch etwas. Die Wahrheiten, die Säulen, die mein Leben stützen, haben Risse bekommen, und langsam beginnen sie zu schwanken. Ob sie brechen werden?

James legt den Kopf zur Seite. »Wieso fragst du gerade mich nach Beziehungsratschlägen?«

»Überlegen wir mal: Mein Vater hat meine Mutter ersteigert wie ein Zuchtpferd, mein Onkel kann nicht mal an seine tote Frau denken, ohne in Tränen auszubrechen, und meine Großmutter hat ihren Mann umgelegt. Glaub es oder lass es, aber in meiner näheren Familie bist du die einzige Person, die wenigstens eine halbwegs adäquate Antwort geben kann.«

James mustert mich einen Moment, als würde er sich zurechtlegen, was er sagt. »Zuerst einmal: Ja, die Ehe deiner Eltern ist arrangiert, aber sie haben sich ineinander verliebt, bevor auch nur über irgendeine Art von Vertrag diskutiert worden ist.«

»Du musst es wissen.«

»Richtig, denn gemeinsam mit deinem Onkel war ich derjenige, der alles vorbereitet hat, um deine Mutter im Zweifelsfall aus der Reichweite deiner *nonna* zu schaffen. Und zweitens: Du kannst einen Menschen nicht ändern. Überleg dir vorher, ob du mit ihm leben kannst, und wenn du das nicht kannst, dann geh, bevor du etwas – im schlimmsten Fall euch beide – kaputt machst.«

»Ich will Kate nicht ändern!«

»Wirklich?« Lauernd sieht er mich an, und ich fühle mich unwohl unter diesem Blick, der so geübt darin ist, Menschen zu durchschauen.

Will ich Kate ändern? Sollte ich Kate ändern wollen?

Würde ich nicht mögen, wer sie ist, würde ich sie nicht mögen. Und ich mag sie. Momentan nicht mehr ganz so sehr, aber sie ist mir unbestreitbar wichtig. Es gibt so einiges, das ich für sie und keinen anderen tun würde. Was nichts daran ändert, dass sie mich zur Weißglut treibt.

»Sollte ich sie ändern wollen?«

»Willst du, dass sie sich ändert?«

»Es würde mich nicht stören, wenn sie nicht immer abhauen würde.« Schon wieder rede ich schneller als gewollt. Aber diese impulsartigen Antworten sind nichts als die Wahrheit.

»Also soll sie sich ändern.«

»Ich dachte, man kann einen Menschen nicht ändern.«

»Nein, aber ein Mensch kann sich selbst ändern. Wenn ihm etwas wichtig genug ist, tut er es. Weil er es selbst will, nicht weil man ihm Druck macht.«

Ich sehe ihn abwartend an.

»Mein Gott, dir muss man alles erklären. Ich sage das nicht oft, denn wenn die Menschen sich daran hielten, würde mein Job bald nicht mehr gebraucht werden, aber Kommunikation ist der Schlüssel. Ihr müsst es ausdiskutieren. Wie wollt ihr vernünftig aufeinander zugehen, wenn ihr gar nicht wisst, wo der andere steht?«

»Ich soll ihr also an den Kopf werfen, was mich stört?«

»Auf konstruktive Art und Weise.«

»Und dann?«

James zuckt die Schultern und sieht zu, wie mein Taxi die Auffahrt hochrollt. »Du kannst einen Esel zum Wasser führen. Aber saufen, das muss er immer noch selbst.«

Erstaunlicherweise ist die zweite Zugfahrt meines Lebens recht angenehm, auch wenn ich fast eine halbe Stunde zu früh am Bahnhof war und warten musste. Ich habe mir ein ganzes Abteil gebucht, um ungestört zu sein, besuche zwischendurch den Speisewagen, dessen Essensqualität zu wünschen übriglässt, und schaue sehr viel aus dem Fenster.

Eigentlich wollte ich arbeiten, denn im Zug wird mir dabei nicht schlecht, doch die vorbeiziehende Landschaft fasziniert mich wie ein spannender Spielfilm, und ich verstehe langsam, was Kate so besonders an Zugreisen findet. Das Gefühl von Freiheit, das einen überkommt. Das Alte und Vergangene hinter sich zu lassen, wortwörtlich. Man kann in jeden Zug steigen, egal wohin, und wegfahren.

Die Fahrt dauert nicht mal eine Stunde, und als die ersten Häuser und Siedlungen meiner Heimatstadt die endlosen Grünflächen und Wälder ersetzen, werde ich melancholisch. Vielleicht, weil nach Hause kommen mich nicht mehr mit Freude erfüllt. Vielleicht, weil die Welt sich hier wieder dreht und mit ihr alle meine Probleme wieder anfallen.

Wir rollen in die Liverpool Station ein, und ich gehöre zu den letzten, die den Zug verlassen. Weil ich noch nicht in meiner Realität ankommen will, entscheide ich mich, die U-Bahn zu nehmen. Selbst ich weiß, dass die Central Line von hier direkt bis zum Holland Park fährt und dass man U-Bahnen im Untergrund antrifft, doch bevor ich mich auch nur auf die Suche nach den Treppen machen kann, fällt mein Blick auf eine Person, die an einer der Säulen lehnt, nur wenige Meter von mir entfernt.

Selbst auf die Entfernung sehe ich den Glanz in ihren Augen, und trotz der Tatsache, dass sie ungeschminkt ist, hat ihre Haut wieder einen gesunden Ton angenommen, der unsere letzten gemeinsamen Tage in Colchester beinahe in Vergessenheit geraten lässt. Kate sieht mich unverwandt an, sie muss mich längst entdeckt haben, und ich weiß genau, dass das hier kein Zufall ist. James, überlege ich kurz, aber die viel wahrscheinlichere Theorie ist Doroteya. Man kann sagen, was man will, aber loyal ist sie.

Ich gehe auf das Mädchen zu, das mein Leben innerhalb der letzten vier Wochen einmal durch den Schleudergang geschickt hat. Sie hat die Arme verschränkt, und es macht mich wütend. Ich will nicht wütend auf sie sein, aber ich kann mich nicht dagegen wehren. Mit welchem Recht steht sie da, die Arme abwartend verschränkt? Als wäre ich zu spät, als hätte ich mich an eine Abmachung nicht gehalten, als hätte ich ein

Versprechen gebrochen. Dabei hat sie mich gebeten zu warten, sie hat Thea geküsst und sie ist davongelaufen.

Mal wieder.

»Kate«, begrüße ich sie und bleibe stehen.

Ich kann alle Sommersprossen erkennen, aber das muss ich gar nicht. Ich weiß auch mit geschlossenen Augen, wo sich jede einzelne befindet.

»Adrian.« Sie hebt die Hände, darauf bedacht, dass ihre Tasche nicht verrutscht.

Fast zucke ich zurück, als ein Gefühl wie ein Stromschlag mich durchfährt, kaum dass ihre Finger auf meiner Brust zum Liegen kommen. Es ist nicht zu leugnen, was sie in mir auslöst, aber es reicht mir nicht. Oder, vielleicht ist genau das auch das Problem. Die Gefühle, die sie in mir auslöst und die mich bisher in eine rosarote Welt versetzt haben.

»Was tust du hier?«

Sie verzieht die Augenbrauen. »Nein, was tust du hier? Wieso bist du hergekommen?«

»Was soll ich noch in Colchester?«

Angesichts meines Tonfalles, der im besten Fall als distanziert durchgeht, zieht sie die Hände weg und macht einen Schritt zurück.

»Du hättest nach Cambridge kommen können.«

Der versteckte Vorwurf lässt mich schnauben. »Wieso sollte ich?«

»Meinetwegen. Ich hatte gedacht, dass du nachkommst.«

Sie geht in die Defensive, verschränkt wieder die Arme und nimmt eine Haltung ein, die ich vom Training kenne, die Beine leicht versetzt, um stabiler zu stehen.

»Und wieso hätte ich das tun sollen? Du hast mich gebeten zu warten, nur um Thea zu küssen, du –«

»Du hast keinerlei Anspruch auf mich!«

»Wieso zur Hölle sollte ich warten, wenn du dich bei der erstbesten Gelegenheit jemand anderem zuwendest?« Wir werden beide laut, doch es ist mir egal. »Hast du gedacht, dass mich zu verletzten der einfachste Weg ist, damit ich Abstand halte? Damit ich Thea nicht zu nahe komme, die wie ein gut dressierter Hund immer bei dir ist? Glaubst du nicht, du hättest Emmett und mich um Distanz bitten können? Und vor allem hättest du nicht schon wieder weglaufen müssen! Das funktioniert auf Dauer nicht, wieso begreifst du das nicht?«

»Sag mir nicht, was ich hätte tun können!«

Natürlich nicht. Man sagt Kate nicht, was sie tun kann, soll oder wird. Kate macht, was Kate will. Aber ich auch. Und ich will nicht mehr. So einfach ist das.

»Ich hab die Schnauze voll! Begreifst du nicht, dass wir uns im Kreis drehen? Es kann nicht immer alles so laufen, wie du willst. Du kannst nicht von allen erwarten, dass sie sich nach dir richten, aber nie auch nur einen Zentimeter nachgeben. Weißt du was? Ich wäre sogar zu dir nach Cambridge gekommen, wenn du mich darum gebeten hättest. Wenn du nicht in stummer Erwartung ausgeharrt hättest, zu verdammt *stolz*, um zum Telefon zu greifen.«

»Ich –«

»Jetzt rede ich und du hörst zu!« Wir brüllen uns an, ein paar der Passanten bleiben sogar stehen, und ich wechsele ins Französische, denn meine Probleme müssen nicht vor der Weltgeschichte ausgebreitet werden.

»Du bist selbstsüchtig und hast einen Tunnelblick entwickelt. Mit dem Kopf durch die Wand zu rennen, bringt dir nichts, wenn die Trümmer Leute unter sich zerquetschen!«

Ich weiß nicht, ob es meine Aufforderung oder meine Sprachkenntnisse sind, die sie verblüffen, aber tatsächlich hält Kate den Mund, auch wenn es in ihren Augen blitzt.

»So mache ich nicht weiter.« Ich schüttele den Kopf und trete zurück. »Ich will so nicht weiter machen. Ich will mich nicht mit dir im Kreis drehen und ich will nicht, dass du dich im Kreis drehst. Was du jetzt tust, das reicht nicht.«

»Ich muss mich nicht nach deinen Ansprüchen richten«, zischt sie, ebenfalls auf Französisch.

»Doch«, sage ich. »Wenn du mich bei dir haben willst, musst du das. Hör auf, davon zu rennen, und stell dich deinen Problemen, wie du dich fliegenden Fäusten stellen würdest.«

»Erzähl mir nichts von meinen Problemen!« Sie wird wieder laut und ich weiß, dass ihre Unruhe daher rührt, dass die Dinge außer Kontrolle geraten. Sie hat mein Verhalten irgendwann einzuschätzen gelernt, und dass ich es jetzt ändere, bringt sie durcheinander.

»Mache ich nicht, Prinzessin. Wenn dir meine Meinung nichts wert ist, werde ich sie dir nicht aufdrängen. Aber wenn du meine Meinung nicht willst, musst du auch ohne meine Gesellschaft leben.« Es macht mir Angst, diese Worte auszusprechen, aber es stimmt alles. Wir landen früher oder später immer wieder beim gleichen Szenario, und darauf habe ich keine Lust.

Und irgendwann habe ich dafür auch keine Energie mehr.

Kate kippt den Kopf, eine steile Falte zwischen den Augenbrauen. »Was heißt das jetzt?«

Ich zucke die Schultern.

»Das liegt an dir. Und jetzt entschuldige mich bitte, ich muss eine U-Bahn erwischen.«

Das Erste, was mich begrüßt, ist der Geruch. Der Geruch meines Elternhauses, meiner Familie, meiner Geschwister.

Morpheus und Somnia kommen in die Eingangshalle getappt, vermutlich aus der Küche, wo sie die sonnigen Nachmittage auf den kühlen Fliesen verbringen, und begrüßen mich träge. Ich tätschele den beiden die Dickschädel, und es hat etwas merkwürdig Tröstliches.

Die ungewohnte Stille hält nicht lange, schon nach wenigen Momenten ertönen Schritte.

Meine Mutter hat einen übernatürlichen Sinn dafür, zu wissen, wenn eines ihrer Kinder nach Hause kommt.

»Adrian?«, fragt sie. Ich sehe zur Galerie auf, auf der sie steht, wie immer strahlend, wie immer wundervoll, doch heute mit einem Fragezeichen im Gesicht.»Ich dachte, du wärst in Cambridge.«

»Wie kommst du drauf?«

Weitere Schritte ertönen und auch mein Vater erscheint, weniger verwirrt, eher misstrauisch.

»Fällt dir wirklich kein Grund ein, mein Sohn?« Fuck. Das ist eine Falle und ich kann nichts anderes tun, als in vollem Bewusstsein hineinzutreten, während ich den Kopf schüttele. »Habe ich es dir doch gesagt. Die ganze Sache erschien mir komisch. Sie ist nicht bei ihm«, wendet Dad sich an *mamma* und zückt sein Handy.

Mich überkommt ein böser Verdacht.»Was ist überhaupt los? Wer ist nicht bei mir?« Bitte nicht ...

»Leandra«, erklärt *mamma* und kommt mir auf halber Treppe entgegen, um mich zu küssen und an meinem Haar herumzufummeln.»Sie ist nach Cambridge verschwunden. Wir haben keine weiteren Informationen. Lola ist auf Gran Canaria, sie besuchen also nicht ihre Großmutter, und du bist hier. Was bitte sollte deine Schwester in Cambridge wollen? Allein?«

»Sicher, dass sie nicht mit Freundinnen unterwegs ist? Oder das mit Enzo abgesprochen hat? Vielleicht −«

Oben von der Galerie knurrt mein Vater meinen Namen, das Handy am Ohr, mich fest im Blick.»Hör auf mit den Lügen.« Wen immer er anruft, nimmt ab.

»Hol sie her, und zwar sofort! Und es ist mir egal, ob sie sich weigert.«

»Matteo«, hakt *mamma* sanft ein und geht wieder zu ihm hoch.

Ich ziehe mein Handy und schreibe eine schnelle Nachricht an Emmett, um ihn vorzuwarnen. Jetzt geht es sowieso nur noch um Schadensbegrenzung.

»Was immer du da tust«, sagt Dad in meine Richtung,»versuch es gar nicht. Sie hat uns angelogen, sie wird die Konsequenzen tragen müssen. Das ist inakzeptabel.« Er lässt das Handy sinken und legt *mamma* die Hand an die Taille.

»Was machst du überhaupt hier?«, frage ich, ein Auge auf dem Display. »Musst du nicht arbeiten?«

»Es ist Sonntag.«

»Du arbeitest immer.«

Mamma hakt ein, wie immer, wenn Spannungen entstehen könnten. »Wo ist das Mädchen, Adrian? Ich habe erwartet, dass du sie mitbringst. *Catarina*.« Sie lässt den Namen weich klingen, so anders als die harte Variante, die richtig und so viel passender ist. »Wegen ihr bist du schließlich abgereist. Ohne auch nur einmal mit uns am Tisch gesessen zu haben!«

Ich zucke mit den Schultern und übergehe den ersten Teil. »Wo auch immer sie sich gerade rumtreiben will.«

»Aber hat sie dich nicht herbegleitet?«

»Siehst du sie hier irgendwo?«

»Adrian!« Dad durchbohrt mich mit Blicken. »Pass auf, wie du mit deiner Mutter sprichst.«

»Entschuldige, *mamma*«, kommt es mir automatisch über die Lippen. »Ich gehe auspacken und drehe dann eine Runde mit den Hunden. Bis Leandra hier ist und uns die Wahrheit erzählt, können wir ja nicht viel anderes tun.«

Stunden später sind zwei weitere Familienmitglieder eingetroffen, der goldene Prinz und die unglückliche Prinzessin. Enzo zieht seine übliche uninteressierte Miene, Leandra ist still und sieht aus, als führe man sie zu ihrer Hinrichtung.

Wir versammeln uns im Wohnzimmer. Emmett habe ich tausendmal angerufen und kein Mal erreicht. Mein Vater hat seine Wut sorgfältig am Leben gehalten und nur darauf gewartet, sie auf Leandra niederregnen zu lassen. Der einzige, wenn auch schwache, Lichtblick ist, dass Leo und Cara heute den ganzen Tag bei Dads Eltern sind, und Leo somit nichts ausplaudern kann. Ich würde gerne hoffen, dass auch Enzo den Mund hält, aber garantieren kann man bei ihm für nichts, außer schlechte Laune.

»Also, Leandra«, beginnt Dad, als wir alle sitzen. »Wie ist das Wetter in Cambridge?«

»Sonnig«, antwortet Lea ihren Schuhen. Sie sitzt allein auf dem großen Sofa, *mamma* und Dad ihr gegenüber, ich auf der Sesselkante, Enzo bei der Fensterbank.

»Schön.« Dad nimmt einen Schluck Tee. »Und was –«

Ein Klopfen an der Tür unterbricht ihn. Kurz sieht er aus, als würde ihm gleich eine Ader platzen.

»Ja bitte?«

Die Tür schwingt auf und Mrs. Cook, die treue Seele des Hauses, lächelt entschuldigend in die Runde. »Entschuldigen Sie, Sir, aber es ist Besuch eingetroffen.«

»Wer?«

»Miss Katharine Blackwell.«

Dad verzieht das Gesicht. »Wir befinden uns in einer Familienangelegenheit, Adrian. Wieso lädst du deine Freundin gerade jetzt ein?«

»Sehe ich aus, als hätte ich davon gewusst, dass sie herkommt?«, halte ich dagegen und setze hinzu: »Außerdem ist sie nicht meine Freundin.« Was tut sie hier? Und dann auch noch zum denkbar schlechtesten Zeitpunkt?

»Das ist mir scheißegal!«, explodiert Dad.

Lea zuckt zusammen, und meine Mutter räuspert sich. »Bitte beruhige dich, Matteo. Wir haben einen Gast. Bringen Sie sie her, Mrs. Cook, bitte.«

»Sehr wohl, Ma'am.« Sie geht und schließt die Tür.

»Das passt mir jetzt überhaupt nicht!«

»Du kannst James' Tochter nicht an der Tür abweisen. Du kannst überhaupt keinen Gast an der Tür abweisen. Das gehört sich nicht.«

»Fünf Minuten, dann geht sie wieder. Mit dir oder ohne dich, Adrian, aber sie geht! Haben wir uns verstanden?«

»Du sprichst laut genug«, rutscht es mir heraus, und ich beobachte fasziniert die Ader an Dads Hals, die immer hervortritt, wenn sein Temperament zum Vorschein kommt.

Bevor er antworten kann, führt Mrs. Cook Kate herein. Sie hat sich umgezogen, trägt jetzt einen Tennisrock mit hohen

Söckchen und über dem hellen Shirt einen Kaschmirpullover kunstvoll über die Schultern drapiert. Das Ensemble passt genauso wenig zu ihr wie das schüchterne Lächeln. »Entschuldigung, dass ich ohne Ankündigung reinplatze«, wendet sie sich an meine Eltern.

Meine *mamma* erhebt sich und breitet die Arme aus. »Das macht doch nichts. Nicht wahr, Matteo? Wir freuen uns, dass du hier bist! Komm her, lass dich ansehen, wir sind uns ja noch gar nicht begegnet.« Sie tauscht Wangenküsse mit Kate und hebt die Hände an ihr Gesicht. »Du siehst aus wie deine Mutter. Nur die Augen, die hast du von deinem Vater.«

Kate verkneift sich die Korrektur des Begriffes *Vater*, gegen den sie sich noch immer vehement wehrt. Stattdessen sagt sie: »Wie Harry Potter, nur andersherum.« Sie stellt ihre Tasche neben mir auf die Armlehne und gibt mir einen Kuss auf die Wange, ohne mich richtig zu berühren, dann wendet sie sich Lea zu. »Ich habe jetzt erst gesehen, dass du mich die ganze Zeit angerufen hast. Mir ist das Handy auf dem Weg ausgegangen und erst bei Victoria habe ich einen Anruf von Emmett gekriegt, dass wir anscheinend die ganze Zeit aneinander vorbeigeredet haben.«

»Inwiefern?«, springt mein Vater sofort darauf an und fragt gleich darauf versöhnlicher: »Möchtest du etwas trinken?«

Kate bombardiert ihn mit 3.000-Watt Strahlkraft.

»Nein, vielen Dank.«

Sie nimmt neben Lea Platz und verschränkt die Hände ineinander, bevor sie nervös kichert. »Es ist eine ziemlich dumme Geschichte. Wir wollten shoppen gehen, aber Lea dachte, ich meine in Cambridge, weil ich ja noch da war, und ich meinte in London.«

Lea hebt den Kopf und sieht sie fassungslos an. »Du –«

»Ich weiß«, unterbricht Kate sie, »ich habe gesagt, für James ist das in Ordnung. Aber ich meinte nicht, dass du nach Cambridge kommst, sondern dass ich mir eine Uhr kaufe. Das geht doch in Cambridge gar nicht.«

Meine Schwester schaltet, und zwar schnell. »Ich dachte, du wolltest zu Tag Heuer!«

»Nein, ich wollte die Lady-Datejust mit Diamanten. Die haben sie extra aus dem Rüschenbeck-Store in Köln hergeholt. Nur für heute.« Riesige blaue Augen richten sich auf mich. »Meinst du, die schicken sie wieder weg, weil ich sie nicht geholt habe?«

»Prinzessin, die Umsätze, die Rolex in London generiert, sind prozentual vermutlich zweistellig James zuzuordnen. Mit Sicherheit machen die für dich eine Ausnahme.«

»Wirklich?«

»Wirklich.«

Alle anderen sehen eine weinerliche, schuldbewusste Kate. Ich dagegen sehe Kate, die eine weinerliche und schuldbewusste Kate spielt und sich dabei köstlich amüsiert.

Meine Eltern tauschen einen Blick, dann räuspert Dad sich. »Ihr wolltet zusammen shoppen gehen und dabei ist es euch nicht gelungen, vernünftig zu kommunizieren?«

Lea nickt bloß, Kate kratzt sich peinlich berührt an der Nase. »Na ja, also schon, aber halt aneinander vorbei.«

»Du dachtest, James hätte dir erlaubt, nach Cambridge zu fahren und shoppen zu gehen?«

»Ja.«

»Mal ehrlich«, unterbricht Kate meinen Dad, bevor er seine nächste Frage stellen kann. »Da gibt es nicht mal Louis V oder Prada. Wie kommst du denn bitte darauf?«

»Wieso hast du Kommunikationsprobleme?«, feuert Lea zurück.

In einer dramatischen Geste legt Kate sich die Hand auf die Brust, doch ihre Augen huschen eine kurze Sekunde zu mir. »Gar nicht wahr.« Sie wendet sich wieder meinen Eltern zu. »Na ja, auf jeden Fall bin ich vorbeigekommen, um das aufzuklären.«

»Das ist sehr höflich von dir«, lobt *mamma*. »Nicht wahr, Matteo?«

»Unbedingt.« Meine Schwester schrumpft unter seinem strengen Blick. »Das nächste Mal wünsche ich mir, vorher über deine Ausflüge informiert zu werden.«

Kate greift nach ihrer Hand und drückt sie, als Lea eine leise Bestätigung hervorbringt, bevor sie sich wieder erhebt. »Ich muss jetzt leider auch schon wieder los.« Aus ihrer Tasche ertönt ein Maunzen und gleich darauf streckt Cali O seinen haarigen Kopf an die Luft.

»Genau deswegen. Er hat Hunger.«

»Du hast deine Katze mitgebracht?«, frage ich ungläubig und werde sofort böse beäugt.

»Er ist ein Baby, ich kann ihn doch nicht allein lassen.«

»Er ist eine Katze.«

»Ein Katzenwelpe. Und er hat Angst allein.«

»Bei Vittoria ist er doch gar nicht allein.«

»Casanova ärgert ihn aber.«

Die Diskussion bringt mich durcheinander. Es ist so vertraut, so normal, mit Kate diese Streitereien zu führen, die keiner von uns ernst meint, und gleichzeitig fühlt es sich furchtbar an, denn wir befinden uns in einem echten Streit, von dem ich nicht weiß, wie er ausgeht, weil der Ball in ihrem Feld liegt.

»Schön«, unterbricht mein Vater uns und erhebt sich. »Vielen Dank, dass du dieses Missverständnis aufgeklärt hast. Wie kommst du nach Knightsbridge?«

»Ach, das ist doch selbstverständlich.« Ein weiteres Lächeln in die Runde. »Ich laufe, das tut mir gut.«

»Aber das ist fast eine Stunde Fußmarsch, das ist doch nicht notwendig«, protestiert meine Mutter, doch Kate schüttelt vehement den Kopf.

»Natürlich nicht, vermutlich mache ich es genau deswegen so gerne.«

Mamma wirft Dad einen hilflosen Blick zu. »Ich bin mir nicht sicher, ob das eine gute Idee ist.«

Kate winkt ab. »Ich glaube kaum, dass mein Taxi gewartet hat, und bis das nächste hier ist, bin ich schon halb da.«

»Klingt toll«, sagt Enzo, der vermutlich nur hier rausmöchte. »Und arbeite in der Zwischenzeit an deinen Kommunikationsproblemen, dann muss ich beim nächsten Mal nicht zwei Stunden nach Cambridge fahren, um Leandra abzuholen.« Kate ignoriert ihn, nimmt ihre Tasche, krault den Katzenwelpen und deutet auf meine Schwester. »Ich schreib dir, wann wir meine Uhr abholen können, ja? Und ich wollte noch zu Cartier, mir eine Panthère holen. Victoria will mir ihren nicht geben.«

»Warum nur?«, murrt Enzo.

»Danke für deinen Besuch«, übertönt *mamma* ihn und umarmt Kate gleich ein zweites Mal. »Adrian bringt dich noch zur Tür.«

Ich erhebe mich und halte Kate die Tür auf, ohne sie anzusehen. Meine Familie verschwindet hinter der polierten Holzplatte und wir beide, beziehungsweise drei, wenn der Katzenwelpe mitzählt, machen uns schweigend auf den Weg zur Haustür. Kate geht vor, hat sich vermutlich den Weg eingeprägt, wie alles, das ihr vor die Linse kommt.

Ungefragt folge ich ihr nach draußen auf den Kies, denn Mrs. Cook ist die treue Spionin meiner Mutter, und wie auch immer wir uns verabschieden, das ist nicht für meine Familie gedacht.

Der Springbrunnen plätschert munter vor sich hin, und wir stehen uns gegenüber. Stur, wie sie ist, weigert Kate sich, das Schweigen zu brechen, und so bin es ein weiteres Mal ich, der nachgibt.

»Danke, dass du das gemacht hast.«

Sie zuckt mit den Schultern und greift in die Tasche, um eine Zigarettenpackung und daraus eine Kippe herauszuholen. Wie ein Drache stößt sie den ersten Zug durch die Nase aus.

»Kein Problem. Lea und ich sind uns heute Morgen im Flur bei Emmett begegnet, bevor ich gefahren bin. Ich habe mich beeilt, um meinen Zug zu kriegen, und hab weder Emmett noch ihr gesagt, wo ich hinfahre. Hätten sie gewusst, dass du nicht mehr in Colchester bist, wären sie bestimmt vorsichtiger gewesen. Nachdem Enzo sie abgeholt hat, weil du hier aufgetaucht bist, hat Emmett mich angerufen. Ich habe ihm gesagt, dass ich mich darum kümmere.«

Was erklärt, warum ich ihn nicht erreicht habe. Erst war er mit meiner Schwester beschäftigt und später mit Kate.

»Okay. Willst du wirklich laufen?«

Sie nickt. »Das macht mich müde. Vielleicht schlafe ich dann besser. Oder wenigstens überhaupt.« Ein selbstironisches Lächeln spielt um ihre Lippen.

»Dann komm gut nach Hause. Und ... gib Bescheid, wenn was ist.«

Wir wissen beide, dass sie dafür zu stolz ist. Sich überhaupt zu melden, würde ihr ein unglaubliches Maß an Überwindung abverlangen. Dass sie um Hilfe bittet, liegt nicht im Bereich des Möglichen.

Kate nickt nichtsdestotrotz. »Pass auf dich auf«, sagt sie und meidet immer noch meinen Blick.

»Du auch.«

»Machst du mir die Kindersicherung auf?«

»Natürlich.« Ich hole mein Handy heraus und beende damit dieses unangenehm steife Gespräch.

Kate wendet sich ab und als sie nah genug ist, öffne ich das Tor, nur um gleich darauf zuzusehen, wie sie hinter den schmiedeeisernen Flügeln verschwindet. Das Tor schwingt zu und einen Moment kommt es mir vor, als würde es mich in meiner Welt einschließen. Oder vielleicht schließt es sie aus? Wie auch immer man es deuten will, vielleicht ist es nicht das schlechteste. Ohne Kate können die wichtigen Sachen wieder in den Vordergrund rücken. Bellini und die Schattengeschäfte meiner Familie.

Ich passe Enzo in seiner Wohnung ab, während er seinen Laptop einpackt, vermutlich um zur Arbeit zu fahren. Heute Nacht wird er wohl nicht nach Hause kommen, aber das ist nichts Ungewöhnliches. Mein Bruder arbeitet gern zu merkwürdigen Zeiten.

Er schaut nicht mal auf, einzig Somnia begrüßt mich mit viel Sabber. Sorgfältig schließe ich die Tür und verbinde mein Handy mit den Boxen in den Wänden. Die Musik ist laut, so laut, dass man sich kaum noch unterhalten kann. Viel wichtiger ist aber, dass man uns von außen nicht hören wird.

Enzo richtet sich auf, ein Stirnrunzeln im Gesicht. »Ich nehme nicht an, dass du wegen Beziehungstipps hier bist.«

»Welche Beziehung?«

Er zieht einen Mundwinkel hoch. »Sprichst du von dir oder von mir?«

Ich bin mir sehr sicher, dass er nicht enthaltsam lebt, er schätzt bloß seine Privatsphäre. Aber das ist mir jetzt gerade und auch sonst nicht wichtig. Ungeduldig rutsche ich auf den Sessel vor seinem Schreibtisch, sodass wir nah genug sind, um nicht brüllen zu müssen.

»Also?«, frage ich. »Was gibt es Neues?« Es sind ganze sieben Tage vergangen, seit wir in Federicos heimlichem Hotelzimmer das Heroin gefunden haben, das der Rest unserer Familie noch immer unter Hochdruck sucht. In Colchester ist währenddessen so viel passiert, dass es sich viel länger anfühlt.

Enzo setzt sich nicht, sondern packt weiter in Seelenruhe seinen Kram. »Jetzt, wo unsere Prinzessin deine Aufmerksamkeit nicht mehr für sich fordert, fällt dir deine Familie wieder ein, ja?«

Auch wenn sein Vorwurf deutlich mehr als nur ein Körnchen Wahrheit enthält, gehe ich nicht darauf ein. Stattdessen hebe ich auffordernd die Brauen. Genau wie er gesagt hat: Wegen Beziehungstipps bin ich nicht hier. »Was ist der Plan?«

Mein großer Bruder zieht eine Grimasse. »Glaubst du, ich kann zaubern? Ich arbeite, ich darf deine kleine Schwester einfangen, ich habe die Hunde und bis ich mir überlegt habe, wie es weitergeht, tue ich immer noch so, als wüsste ich nicht, dass dein Cousin der Schlüssel ist, was bedeutet, ich muss so tun, als würde ich nach der verschwundenen Ware suchen. Und zusätzlich muss ich nach Lukas Herzog suchen, von dem ich wirklich nicht weiß, wo er ist.«

Der Vorwurf über meine erneute Fahrt nach Colchester schwingt so deutlich mit, als hätte er ihn ausgesprochen. Aber ich will nicht über Colchester und meine Gründe, dort wieder hinzufahren, sprechen. Es geht jetzt nicht um Kate. Es geht um die Familie und die Gefahr, in der sie schwebt. Diskutieren bringt uns nicht weiter. Außerdem habe ich heute genug diskutiert.

»Kann ich dir irgendwie helfen?« Enzos Denkleistung werde ich wohl nie erreichen, aber viele der Dinge, die er bei seiner regulären Arbeit erledigen muss, kann ich ihm abnehmen. Ich arbeite lange genug für ihn, dass ich die Prozesse und Anforderungen kenne.

»Mein Gott, Adrian! Was hat sie dir an den Kopf geworfen, dass du dich jetzt so zwanghaft beschäftigen willst?«

Ich zwinge mich, seinen Spott an mir abperlen zu lassen. Er ist die zweite Person, die mich heute provozieren möchte. Er ist die zweite Person, bei der ich nicht darauf eingehen werde.

»Wo hast du das Zeug hingebracht?« Er wird das Heroin wohl kaum bei Federico gelassen haben, hoffe ich zumindest. Wir haben es nach der Entdeckung wieder weggeschlossen, beide praktisch in einem Schockzustand, aber im Nachhinein war das nicht das Klügste.

Kurz überlegt er, vermutlich, ob er dieses Gespräch wirklich mit mir führen möchte. Und als er sich durchs Haar fährt und dabei einen tiefen Atemzug nimmt, sehe ich die Erschöpfung.

Seit Lukas Herzog Mitte Mai die vier Kilo Heroin aus dem Lager in unserem Haus in Wien gestohlen hat und danach abgetaucht ist, hat er keine ruhige Minute gehabt. Seit zwei Monaten beschäftigt er sich damit, neben allem anderen. Reue überkommt mich. Davor wegzulaufen hat nicht nur nicht richtig funktioniert, es hat Enzo zusätzliche Arbeit aufgehalst. Und obwohl er seine Arbeit liebt, hat auch er keine unerschöpflichen Ressourcen. Lukas Herzog zu finden ist praktisch eine AAA-Priorität. Denn das Wissen, dass er über die Drogengeschäfte meiner Familie hat, könnte uns nicht nur alle in den Knast bringen. Wenn die ... Geschäftspartner in Kroatien herausfinden, dass wir eine Sicherheitslücke haben, für die ein Mitglied unserer Familie auch noch selbst verantwortlich ist, werden sie wohl kaum freudestrahlend reagieren.

Gegen das, was global agierende Drogenbarone mit der Familie tun würden, sieht eine Zukunft im Knast vermutlich sogar ganz rosig aus.

»Das Zeug ist sicher«, sagt Enzo schließlich. »Ich habs weggeschafft. Der Safe ist wieder zu, vermutlich wird deinem Cousin gar nicht auffallen, dass jemand dran war und der Stoff weg ist. Es liegt ein exakt gleicher Koffer darin, aber mit GPS-Tracker, falls er ihn umlagert.«

Vermutlich fällt es wirklich nicht auf. Laut den Sicherheitsprotokollen ist Federico sowieso kaum in dem unbenutzten Zimmer. Wenn er nachschaut, wird er vielleicht nicht mal den Safe öffnen, sondern nur prüfen, ob dieser noch verschlossen ist.

»Wahrscheinlich«, stimme ich zu. »Und jetzt?«

Enzo zuckt mit den Schultern. »Ich weiß es nicht. Ich überlege, was das Klügste wäre, aber ...« Er bringt den Satz nicht zu Ende.

Ratlos ist kein Wort, mit dem ich meinen großen Bruder beschreiben würde. Aber er ist nicht allwissend und auch seine Kapazitäten sind begrenzt.

Ich erhebe mich. »Ich gehe mich umziehen und komme mit ins Büro. Gib mir zehn Minuten.« Ob er will oder nicht, ich kann ihm helfen. Werde ich. Denn wir brauchen sein Gehirn jetzt für wichtigere Dinge als das Bellini-Finanzgeschäft. Dafür muss meins ausreichen.

3

Viva La Vida – Acoustic Version – Sofia Karlberg

KATHARINA

Der uralte Aufzug braucht deutlich länger ins Erdgeschoss von Victorias Haus, als ich es zu Fuß bräuchte, doch das nehme ich gerne in Kauf; Cali O auf der Schulter wie einen Papagei. Ich würde das Kätzchen nicht mal loswerden, wenn ich es versuchte, denn entgegen allgemeinen Glaubens packt es sich selbst in meine Tasche und wehrt sich vehement dagegen, zurückgelassen zu werden.

In der Küche erwarten mich Emmett, der mit dem Gesicht fast in der Kaffeetasse hängt und eine wie immer putzmuntere Victoria.

»Guten Morgen«, begrüßt meine Großmutter mich von der Küchenzeile aus. »Hast du gut geschlafen?«

»Ja«, lüge ich, denn mir kriecht schon wieder die Unruhe in die Knochen und das hat sich auch in der Nacht bemerkbar gemacht. Ganz allein zu schlafen ist zu einer unangenehmen Erfahrung geworden, immerhin hatte ich in Colchester erst Adrian und dann Thea, während in Cambridge Emmett herhalten musste, der das ganze »Gekuschel« nur mit viel Gemeckere hat über sich ergehen lassen.

»Tee?«

»Nein danke.«

»Ich denke doch.« Victoria stellt mir eine dampfende Tasse hin, in der ein Teesieb schwimmt.

»Was ist das für Tee?«

»Kräutertee.«

Emmetts wachsamer Blick und Victorias Vehemenz sagen mir alles, was ich wissen muss. Ab jetzt also keine Joints mehr, sondern »Kräutertee«.

Ich stütze die Arme auf den Tisch und funkele Emmett an. »Hast du mir etwas zu rauchen mitgebracht?«

»Jetzt trink den Scheiß, sonst sorge ich dafür.«

»Ich will keinen scheiß Tee, ich will meine Joints.«

»Du nimmst, was du bekommst, sonst wird es ungemütlich. Das hat dein Dad gestern Abend entschieden. Die einzige Alternative sind die Tabletten.«

Er hat mit Jakob geredet? Wieso geht alles nur noch mehr den Bach herunter, seit ich Cambridge verlassen habe, um Adrian abzufangen? Erst seine unglaublich demütigende Abfuhr und jetzt das hier. »Das ist doch alles beschissen!«

»Jetzt fauch mich nicht an, ich bin auf deiner Seite!«

»Niemand faucht hier irgendwen an«, geht Victoria dazwischen und setzt sich. »Du nimmst die Alternative, die man dir anbietet, Katharina. Doroteya fliegt morgen Mittag um elf. Sie kommt kurz vorher her und wird um halb zehn hier abgeholt. Dein Freund Chester schickt Personal, um sie abzuholen. Er war so nett, sich um alles zu kümmern, und wird am Flughafen warten. Aufgrund der Presse?«

Natürlich bleibt er lieber in seinem Flugzeug. Sobald Chester auch nur einen Schritt in die Öffentlichkeit macht, ist ihm die Presse auf den Fersen. Sein Vater gewinnt für seine Filme einen Oscar nach dem anderen, seine Mutter ist Teil der kanadischen Regierung und sein Bruder Carter spielt Eishockey in der NHL.

»Werden Samantha und James hier sein?« Ich kenne die Antwort längst.

»Beeinflusst das deinen Entscheidungsprozess?«

Nein. Thea geht nicht, ohne dass ich sie ein letztes Mal gesehen habe. Vielleicht holt Chester sie auch deswegen nicht persönlich ab, denn unsere Freundschaft ist zu eng mit … mit Josie verbunden, als dass wir uns einfach in die Arme fallen könnten. Das ist zu schmerzhaft, für ihn wie für mich.

Victoria streckt die Hand aus und tätschelt mir die Wange. »Natürlich freue ich mich, dass du hier bist, und du kannst bleiben, solange du magst, aber früher oder später wirst du sowohl James als auch Samantha wieder begegnen müssen.«

»Was, wenn sie wollen, dass ich nicht hierbleibe?«

»Jakob will, dass du hierbleibst«, meldet Emmett sich und stößt mir zwischen die Rippen, sodass Cali O beinah das Gleichgewicht verliert und sich mit spitzen Krallen an meiner Schulter festhält. Unbeeindruckt vom Gefauche des Katers deutet Emmett auf meinen Tee. »Und jetzt trink das Zeug.«

Das Rentnerhobby Spazierengehen und ich werden Freunde, allerdings beunruhigt mich das nicht annähernd so sehr wie Theas nahende Abreise.

Einmal noch kann ich sie in den Arm nehmen, einmal noch in die tiefgründigen Augen sehen, dann ist sie fort und wird eine ganze Weile nicht wiederkommen.

Lucas öffnet mir die Tür, noch bevor ich klingeln kann, und ich bilde mir ein, dass er einen prüfenden Blick irgendwo hinter mich wirft, kann das aber nicht genauer hinterfragen, denn schon landen seine Augen bei mir und das faltige Gesicht verzieht sich zu einem Lächeln. »Eine Eisschokolade, Miss Blackwell? Im Salon erwartet man Sie bereits sehnsüchtig.«

»Sehr gerne, vielen Dank.« Ich trete die Schuhe von den Füßen, weil ich dem See im Hyde Park etwas zu nah gekommen bin und die Böden wie üblich so poliert sind, dass sie reflektieren. »Wer ist alles da?«

»Ihre Großmutter, der junge Mr. Blackwell, Lady Samantha, Mr. Douglas-Stirling und Miss Schestakow. Sie hat sich Ihren Kater angeeignet.«

»Natürlich hat sie. Ich gehe mich umziehen und bin in zehn Minuten da, bitte geben Sie Bescheid.«

Noch bevor ich eintrete, höre ich Theas tiefe Stimme, die zu der Melodie singt, die jemand leise auf dem Flügel spielt. Im Salon stolpere ich in eine abartig beschauliche Szenerie. Meine Mutter, James und Emmett sitzen auf der Sitzgruppe verteilt, wobei James den tauben Chopin auf dem Schoß hat und ihn streichelt wie ein perfekter Bond-Gegner. Sie alle haben ihre Aufmerksamkeit dem Steinway zugewandt, vor dem Victoria und Thea sitzen.

Die schwer beringte Hand meiner Großmutter tanzt über die Klaviatur, Theas tiefe Stimme wabert eindringlich durch den Raum und obwohl sie, im Gegensatz zu den anderen Anwesenden, längst bemerkt hat, dass ich da bin, verstummt sie nicht, sondern singt weiter, die Hand um Cali O gelegt.

Ich mache mich nicht bemerkbar, genieße lieber die letzten ruhigen Momente, denn aufgewühlte Emotionen sind unvermeidbar.

Obwohl da dieses stechende Gefühl in der Brust ist, während ich Thea bei etwas zuhöre, das früher der Sinn und die höchste Freude meines Lebens war, komme ich gar nicht erst auf die Idee, das alles zu unterbinden.

Auch Thea scheint damit zufrieden, denn sie bringt das Lied zu Ende, wobei sie bei jeder Note brilliert. Erst als der letzte Ton vollständig verklungen ist, dreht sie sich um und starrt mich an.

»Wo warst du?«

»Hyde Park.«

Sie hört gar nicht hin, ist längst aufgestanden und eilt durchs Zimmer, wobei sie den Umweg hinter dem Flügel wählt, der es ihr erlaubt, Abstand zu Emmett und James zu wahren. Ich schlinge die Arme um sie, sorgsam auf Cali O bedacht, und sie vergräbt das Gesicht an meinem Hals.

»Da bist du ja«, begrüßt James mich weniger enthusiastisch und deutlich strenger.

»Du hast nicht gefrühstückt«, stellt Victoria mit einem Stirnrunzeln fest.

»Ja und? Es gibt Millionen Menschen, die das nicht tun.«

»Ein ausgewogenes Frühstück ist die wichtigste Mahlzeit des Tages.«

»Schwachsinn. Der Körper benötigt lediglich genug Energie über den Tag, nicht notwendigerweise durch ein Frühstück.«

»Ich denke, diese Diskussion ist momentan eher zweitrangig«, mischt Samantha sich ein und kassiert sofort einen giftigen Blick von Victoria.

In diesem Moment klingelt die Türglocke. Gleichzeitig betritt Lucas den Raum und überreicht mir meine Eisschokolade, nur um gleich wieder davonzuhuschen. Ich stelle das Glas achtlos neben mir ab und ziehe Thea noch ein Stück näher. Sie trägt ihre Sonnenbrille nicht, und ihr warmer Atem kitzelt meinen Hals. Die Wärme, die von ihr ausgeht, das weißblonde Haar, das sich über meine Finger ergießt und der penetrante Geruch nach Zigaretten sind so vertraut, so Thea. Der Gedanke, sie gehen zu lassen, ist um Welten schlimmer, als ihr beim Singen zuzuhören.

Obwohl ich sie nicht hier haben wollte, will ich sie jetzt nicht gehen lassen. Aber Thea ist trotz allem, was ihr geschehen ist, in so viel besserer Verfassung als ich. Sie hierzubehalten, das würde mir, anders als sie denkt, vielleicht wirklich helfen, aber was würde es mit ihr tun? Würde sie daran kaputtgehen? Sich an den Scherben schneiden, die von mir geblieben sind? Ich will es nicht wissen.

Sie soll gehen und glücklich sein, unbeschwert und frei. Ihr steht ein Neuanfang zu und diesmal mit deutlich besseren Karten auf der Hand. Wir klammern uns aneinander, aber in der Strömung des Lebens haben wir keine Chance, als uns irgendwann loszulassen.

Theas Augen schimmern wie flüssiges Silber, als ich zurücktrete und die Hände auf ihre Wangen lege. Sie gibt sich meiner Berührung hin, genau wie ich ignorant gegenüber dem ungewollten Publikum. Doch sie kann meinem Blick nicht standhalten.

Als Tränen hervorquellen, möchte ich sie am liebsten auffordern, bei mir zu bleiben. Das würde sie tun, aber es wäre unfair. Seit sie lebt, nimmt sie klaglos die Schläge auf sich, die ihr Vater in seiner bodenlosen Trauer und der rasenden Wut wahllos verteilt. Sie hat immer eingesteckt, ist immer zurückgetreten. Sie verdient es, aus alldem hier rauszukommen. Weg von meinem Schmerz und der Trauer und den Dämonen.

Und so bleibt mir nichts anderes übrig, als die stummen Tränen mit den Daumen wegzuwischen und mich selbst noch ein bisschen mehr zu hassen.

Die Tür öffnet sich erneut und diesmal ist Lucas in Begleitung einer drahtigen, hochgewachsenen Frau in dunkler Kleidung. »Guten Morgen«, sagt sie mit kanadischem Akzent und nickt den Anwesenden zu.

Theas Gesichtszüge glätten sich, bevor sie die Augen aufschlägt und aussieht wie immer. Nur die Verzweiflung in ihrem Blick, die kann sie nicht kontrollieren. Doch ihre Stimme ist ruhig, viel zu ruhig, als sie sich umdreht und Chesters Sicherheitskraft begrüßt. »Ich bin so weit.«

»Sehr schön, dann los. Wir haben einen engen Zeitplan.«

Thea nickt und wirft ein achtloses »Auf Wiedersehen« in den Raum. Sie reicht mir Cali O und geht, wie sie gekommen ist. Allein, ohne Gepäck und fest entschlossen.

Ich sehe ihr nach, weiß plötzlich nicht mehr, wie ihr Gesicht aussieht, hoffe auf einen letzten Blick, denn auf einmal ist alles Vorangegangene unzureichend, etwas fehlt. Doch Thea sieht nicht zurück.

Eine Berührung am Arm lenkt mich vom Anblick der geschlossenen Tür ab, und als Cali O auf meine Schulter klettert und das leise Schnurren an meinem Ohr ertönt, setzt die Welt sich wieder in Bewegung. Mechanisch kraule ich den Kater, atme tief durch und hebe den Kopf. Vier Augenpaare sind auf mich gerichtet. Abwartend, fast lauernd.

»Magst du dich einen Moment setzen?«, versucht es meine Großmutter, doch ich schüttele den Kopf.

»Ich stehe hier ziemlich bequem.«

Sie tauscht einen Blick mit James, der wiederum stumm mit Samantha kommuniziert. Emmett beobachtet das Ganze mit zusammengezogenen Brauen. Worum auch immer es geht, er ist nicht eingeweiht.

»Wir haben mit Lena und Jake gesprochen und das weitere Vorgehen beschlossen«, eröffnet Samantha das Gespräch.

Emmett richtet sich auf. So schnell hat er seinen Vorteil wieder verloren. Temporär haben meine Eltern ihm zugestimmt, aber es war klar, dass sie das nicht davon abhalten wird, ein klärendes Gespräch mit James und Samantha zu führen, die Situation einzuschätzen und beide, vermutlich mit Anordnungen, wieder als Entscheidungsträger einzusetzen.

»Zuerst einmal haben wir entschieden, dass du hierbleiben wirst«, schaltet Victoria sich ein und schließt sorgsam den Deckel über die Klaviatur. »Ich denke, das ist auch in deinem Sinne.« Ich nicke, nichtsdestotrotz misstrauisch.

»Wir sind alle der Meinung, dass du, wie Anfang des Sommers bereits geplant, im Herbst das letzte Schuljahr beginnen wirst.« Ich sehe zu James, der mich unverwandt beobachtet. »Deine Großmutter hat sich bereiterklärt, sich mit dir Schulen anzuschauen. Morgen früh fangt ihr damit an.«

»Schulen, die von euch vorausgewählt worden sind? Kann ich am Ende überhaupt mitentscheiden? Weil, wenn nicht, dann muss ich meine Zeit nicht mit Besichtigungen verschwenden.«

»Selbstverständlich kannst du diese Wahl selbst treffen, vorausgesetzt, dass du sie begründen kannst«, kommt es glatt von meinem Erzeuger zurück.

Ich beiße mir auf die Zunge. Bisher komme ich glimpflich davon. Ein paar Schulen angucken und sich für die am wenigsten schlimme eine Argumentation aus den Rippen zu leiern, ist nicht unbedingt die gravierendste aller Auflagen.

Mein Schweigen nutzt James als Aufforderung, fortzufahren.
»Des Weiteren, und in Anbetracht der jüngsten Ereignisse, verlässt du das Haus nicht ohne Begleitung.«

»Fick dich!« So viel zum Thema Zurückhaltung.

Er übergeht meinen hochqualifizierten Einwand vollkommen unbeeindruckt.

»Nur so können wir deine Sicherheit gewährleisten, da du dich selbst bedauerlicherweise nicht darum zu kümmern scheinst.«

»Ich werde mir sicher keinen Babysitter aufhalsen lassen!« Ich bin allein unterwegs seit ... immer.

»Das war keine Frage. Mein Sicherheitspersonal wird dich begleiten, sobald du auch nur einen Fuß vor die Tür setzt.«

»Du bist siebzehn, Katharina.« Victoria sieht mich ernst an. »Und du solltest die Freiheiten, die du hast, zu schätzen wissen. Ich deinem Alter wäre ich nie auch nur auf die Idee gekommen, von zu Hause, geschweige denn aus der Stadt zu verschwinden.«

»Nimm es mir nicht übel, aber wenn ich dich als Vorbild nehme, heirate ich in den nächsten zwölf Monaten einen praktisch Fremden und werde als Teenager Mutter. Übrigens ohne Schulabschluss.«

Sie schließt den Mund und ich schnaube verächtlich.

In der darauffolgenden Stille sagt Samantha: »Es stand zur Debatte, dass du das Haus nur noch mit ausdrücklicher Erlaubnis verlässt, also würde dir ein bisschen Dankbarkeit nicht schaden. Nur, weil wir uns dagegen entschieden haben, heißt das nicht, dass diese Maßnahme vollkommen vom Tisch ist.«

Eine Drohung, wie nett.

Um das Zittern meiner Hände zu verbergen, verschränke ich die Arme.

Ich will nicht eingesperrt sein. Ich will nicht kontrolliert werden. Ich will nicht immer die Angst im Nacken haben, dass ein falscher Schritt alles schlimmer machen könnte. Ich will überhaupt keine Angst haben.

»Wohin willst du?«, peitscht Samanthas Stimme durchs Zimmer, als ich mich zur Tür umdrehe.

»Ins Bett. Und das nächste Mal, wenn ihr in Frankfurt anruft, richtet doch bitte aus, dass sie mich besser hätten einweisen lassen. In einer Klinik ist man wenigstens Patient und nicht Insasse.«

4

One of Us
– Piano Project

KATHARINA

Das Büro meines Erzeugers sieht genauso abschreckend steril aus wie bei meinem letzten Besuch. Nur ist es diesmal leer, was ich aber wusste, da Emmett heute Mittag, nach dem x-ten Schulbesuch, zu dem er Victoria und mich begleitet hat, verkündet hat, er müsse James geschäftlich nach Marylebone begleiten, würde aber aus Protest kein einziges Wort mit ihm sprechen. Nicht nur den behandelt er kühl, auch Samantha scheint es auf seine Abschussliste geschafft zu haben.

Am liebsten hätte ich ihm gesagt, dass er sich Zeit lassen soll, denn seine gut gemeinte Anwesenheit beginnt, mich zu ersticken. Fast so sehr wie die Anwesenheit des Schattens, wie ich Richard, die Sicherheitskraft, getauft habe.

Er macht mich krank. Obwohl ich ihn nie sehe, weiß ich genau, dass er da ist. Deshalb habe ich mir angewöhnt, das Haus nicht mehr zu verlassen. Außer zu den verdammten Schulbesuchen.

Ich bin sicher, Samantha und James sind ganz aus dem Häuschen darüber, wie leicht ich auf einmal zu händeln bin, überlege ich bitter, während ich meine Tasche auf die abartig hässliche Kunstledercouch stelle und Cali O herausnehme, um ihn auf einem der Kissen zu platzieren.

Die Kanzlei ist nicht meine erste Wahl gewesen, dem Ovington Square zu entfliehen, aber sie hat ein paar entscheidende Vorteile. James ist nicht da, und der Schatten bleibt ziemlich sicher unten am Eingang, damit ich ihm nicht in einem der Aufzüge entwische und in die Stadt verschwinde. Niemand kann mir vorwerfen, dass ich hergekommen bin, denn selbstverständlich dachte ich, James und Emmett würden sich hier aufhalten, und wollte sie besuchen.

Die Kühle der Kanzlei ist eine angenehme Abwechslung zu der abartigen Hitze in Londons Innenstadt, und ich stürze mich gierig auf die Karaffe mit Zitronenwasser unter dem Flatscreen. Zum ersten Mal, seit Thea vor vier Tagen abgereist ist, ist meine Zufriedenheit auf einem Level, das nicht unterirdisch ist. Der blöde Tee, den ich morgens kriege, hält meinen Zustand zwar auf einem annehmbaren Level, aber sonst gibt sich alles und jeder Mühe, meinen Gemütszustand zu verschlechtern. Hier in diesen Räumen erreiche ich die momentan wohl größtmögliche Freiheit, endlich fern von stalkenden Augen und vor allem in dem Wissen, dass mir niemand diesen Ausflug übelnehmen kann.

Um meinem Erzeuger ganz sicher aus dem Weg zu gehen, gebe ich mir ungefähr zwei Stunden.

Ich lasse den Blick durch die bodentiefen Fenster über London gleiten und muss an Adrian denken. Ist er gerade im *Adeodato*? Oder ist er zu Hause? Was macht er? Wie geht es ihm? Und wie hält er es aus, nicht mit mir zu sprechen?

Wir haben den gesamten letzten Monat praktisch Tag und Nacht miteinander verbracht und jetzt auf einmal ... nichts mehr? Ich kann mir nicht vorstellen, dass er einfach einen Haken hinter das Thema macht und zum nächsten Kapitel blättert. Ich will es mir nicht vorstellen, weil ich selbst das eben nicht könnte. Nicht kann.

Die Nächte sind, trotz Emmett, der bei mir bleibt und meine Hand hält, bis ich eingeschlafen bin, unruhig und voller wirrer Gedanken. Mein Körper ist es nicht mehr gewohnt, allein zu schlafen. Ob es Adrian ähnlich geht? Aber warum herrscht dann Funkstille? Wieso erkennt er nicht, dass ich lediglich Thea geschützt habe? Und dass ich die Gelegenheit zur Flucht ergriffen habe, sobald sie sich ergeben hat? Die aufschwingende Tür unterbricht diese Gedankengänge.

Herein kommt eine Frau, und ich wundere mich sofort, ob sie sich angeschlichen hat, denn die Absätze ihrer quietschgelben Pumps knallen auf dem glatten Boden wie Peitschen im Zirkus. Das Haar glänzt in der Farbe hellen Honigs, und sie sieht aus wie die Schwester dieser Schauspielerin, Katheryn Winnick. Ihre Augen huschen zu mir.

»Na, das ist eine Überraschung«, stellt sie fest, so leise, dass ich mich unwillkürlich vorlehne. »Wenn auch keine unwillkommene.« Sie schließt die Tür und deutet mir mit einem Schnipsen, näherzukommen. Sie ist schön wie eine griechische Göttin. Ich stehe auf und gehe zu ihr. Sie bleibt hinter James' Schreibtisch stehen, öffnet die oberste Schublade auf der linken Seite und deutet hinein. »Sieh hin.«

Heftnotizen, ein Ladekabel, Bleistifte und allerhand Krimskrams. Eine zierliche Hand mit sorgfältig manikürten Nägeln wird in mein Blickfeld geschoben, langt unter den Tacker und zieht eine Packung Nougatschokolade hervor.

Die Frau bricht sich ein Stück ab und reicht mir dann die Packung, wobei sie mich unangenehm eindringlich mustert. Dann schnalzt sie auf einmal laut und durchdringend. »Ich war niemals hier.«

Brav besinne ich mich auf den Anblick der Schublade, bevor sie darin herumgewühlt hat, schließe die Schokoladenpackung und stelle den ursprünglichen Zustand wieder her.

»Du hast keine Ahnung, wer ich bin, oder?«, fragt die Frau und ich schüttele den Kopf, ohne sie anzusehen.

Der Tacker ein Stück weiter links und die Papiere etwas aufgefächert, dann sieht es aus, als hätte niemand die Schublade auch nur angerührt.

»Ich bin Murphy«, sagt die Blondine.

Aha. Murphy wie in *Blackwell & Murphy*. Dann kann sie es sich wohl als einzige Person im Gebäude erlauben, James zu bestehlen, ohne die Konsequenzen befürchten zu müssen.

»Und du bist das Sorgenkind, nicht wahr?«

Darauf antworte ich prinzipiell nicht.

Die sich ausbreitende Stille wird von einem weiteren Schnalzen unterbrochen. »Ach ja, richtig. James hat es erwähnt. Du sprichst nicht mehr.«

Das ist eine Lüge. Ich spreche außerhalb meines Zimmers am Ovington Square nicht mehr.

Murphys Augen verengen sich. »Kannst du nicht, oder willst du nicht?«

Ich räuspere mich, doch dank anhaltender Nichtbenutzung klingt meine Stimme trotzdem heiser. »Ich kann. Aber wenn es sowieso keine Rolle spielt, lasse ich es bleiben.«

»Die meisten Menschen sagen sowieso erstaunlich wenig, obwohl sie den ganzen Tag reden.« Murphy fährt sich mit den langen Fingern über die Lippen, obwohl sie dort gar keine Schokolade hat. Mein Mund wird trocken.

»Wo du aber schon hier bist, kannst du dich auch nützlich machen.«

»Kann ich genauso gut auch lassen.«

»Richtig.« Sie schenkt mir ein umwerfendes Lächeln.

»Oder wir können Jamie anrufen und ihn bitten, herzukommen, weil du den ganzen Weg vom Ovington Square auf dich genommen hast, um ihm zu begegnen, und jetzt sehr enttäuscht bist, dass er gar nicht da ist. Ich bin sicher, er macht sich sofort auf den Weg hierhin.«

»Jedes Mitglied deines Berufsstandes gibt sich Mühe, die Gesamtheit der Juristen unsympathisch erscheinen zu lassen. Du bist besonders erfolgreich. Platz drei insgesamt, herzlichen Glückwunsch.«

»Vielen Dank. Wer kann mich toppen?«

»Auf Platz zwei liegt James, unangefochtene Siegerin ist Toni Winterbach.«

»Hat sie Emmett zu viel Lernstoff aufgehalst, oder was stört dich an ihr?«

Ich überlege kurz, bis mir auffällt, dass Antonia zum Freizeitausgleich von ihrer Tätigkeit als Generalanwältin des Europäischen Gerichtshofes gerne Cambridges Jurastudenten quält. »Familiäre Differenzen.«

»Mir war nicht bewusst, dass du sie kennst.«

»Sie ist meine Patentante. Was nicht bedeutet, dass ich sie kenne.« In den letzten dreizehn Jahren sind wir uns vielleicht sechsmal begegnet.

»So klein ist die Welt.« Murphy lässt erneut ein Schnalzen erklingen. »Also. Du wolltest dich nützlich machen, nicht wahr?«

»Ja.« Ich seufze geschlagen. »Unbedingt.«

Es wird ein anstrengender Nachmittag. Allein die Verschwiegenheitserklärung zu lesen und zu verstehen, fordert mich kognitiv fast schon in lächerlichem Maße. Die Aufgabe, Murphys Dokumentation ihrer Arbeitszeit der letzten vier Monate aufzuschlüsseln und verschiedenen Mandanten zuzuordnen, um die genauen Posten für die Ausgangsrechnungen bestimmen zu können, ist hingegen nicht anspruchsvoll, aber lästig.

Im Viertelstundentakt hat sie ihre wöchentliche Arbeitszeit von ungefähr sechzig Stunden dokumentiert, und ich hasse jede Sekunde des Entzifferns, Zuordnens und Ausrechnens. Und Übersetzungen heraussuchen, denn einige Sätze hat sie auf Irisch niedergeschrieben, von irgendetwas wohl so abgelenkt, dass sie in ihre Muttersprache zurückgefallen ist.

Anderthalb Stunden sitzen Cali O und ich auf dem Boden vor James' unverschämt großer Fensterfront, ich fluchend, er sonnenbadend. Ich kann mich nicht mal daran erfreuen, zwischendurch Murphy anzuschauen, denn sie hat sich in ihr eigenes Büro verzogen.

Schließlich geht die Verbindungstür auf.

»Jamie ist auf dem Rückweg. Du solltest deine Arbeit für heute beenden. Nimm die vorderen Aufzüge, dann gehst du ihm aus dem Weg. Wir sehen uns morgen.«

»Nein, tun wir nicht.« Ächzend stehe ich auf, klaube den Katzenwelpen vom Boden und reiche Murphy das Tablet.

»Bist du sicher? Was meinst du, welche Geschichten ich Jamie erzählen könnte, wobei ich dich hier erwischt habe?«

»Immer noch nur Platz drei«, knurre ich sie an und drehe mich um, um das Büro zu verlassen.

»Ich werde dir eine Nachricht zukommen lassen, wann du dich auf den Weg machen solltest, damit du Jamie auch morgen entgehst.«

Als ich mich zu ihr umdrehe, lässt sie das dreckigste Lachen der Menschheitsgeschichte hören.

»Du wirst ja wohl nicht angenommen haben, dass ich glaube, dass du zufällig in den paar Stunden auftauchst, die Jamie außer Haus ist.«

Es ist immer der Butler, überlege ich am nächsten Tag auf dem Weg von der U-Bahnstation zum Leadenhall Building. Diese Berufsgruppe ist von Natur aus zwielichtig. Vor einer Dreiviertelstunde hat Lucas an meine Zimmertür, hinter der ich seit dem Mittagessen versauert bin, geklopft und mir ernst verkündet, dass meine Verabredung mich um fünfzehn Uhr erwartet. Seitdem zerbreche ich mir den Kopf darüber, ob der Butler jetzt sehr vertrauenswürdig oder ganz und gar nicht vertrauenswürdig ist.

Weiß Victoria, was genau ich tue? Und auch alle anderen? Eigentlich kann es mir egal sein, da der verdammte Schatten vermutlich im Viertelstundentakt Bericht darüber erstattet, wo ich bin und was ich tue.

Als würde man ihn durch den bloßen Gedanken heraufbeschwören, sehe ich auf einmal sein Gesicht. Mitten in der Eingangshalle des Leadenhall Buildings steht er plötzlich. Wartet auf mich, während die Kommenden und Gehenden um ihn herumströmen. Wie kann er vor mir im Gebäude sein, wenn er mich verfolgen muss, da er nicht weiß, wo ich hinwill? Oder hat Lucas doch geplaudert?

»Miss Blackwell«, begrüßt er mich genauso missmutig, wie ich mich bei seinem Anblick fühle.

Ohne ihn zu beachten, gehe ich zum Schalter, wo man mir kommentarlos den Weg freimacht, doch ich kann mich weder darüber noch über den menschenleeren Aufzug freuen, denn mein Stalker folgt mir in die Kabine.

Entnervt hämmere ich auf den Knopf für die richtige Etage.

»Haben Sie nichts zu tun?«

»Doch, und ich bin längst dabei. Glauben Sie mir, ich habe auch keinen Spaß daran, eine verwöhnte Göre den ganzen Tag durch London zu begleiten.«

»Begleiten?«, keife ich und trete aus der Kabine. »Sie stalken mich, als wäre ich verfassungswidrig. Schreiben Sie das in Ihren Bericht über mich, damit mein Erzeuger es auch ja mitbekommt: Vertrauen beruht auf Gegenseitigkeit. Und dass mir kein Vertrauen entgegengebracht wird, steht außer Frage!«

»Für ein solches Gespräch gibt es sicher ein angemesseneres Umfeld«, mischt sich eine schneidende Stimme ein.

Ich wirbele herum.

Murphy steht vor mir. Trotz der veilchenblauen Heels ist sie gerade mal so groß wie ich.

»Ab hier kümmere ich mich um Katharina«, verkündet sie dem Schatten und ich bin gleich noch viel wütender auf ihn und James, weil er das einfach so hinnimmt. Als wäre jede x-beliebige Person geeignet, auf mich aufzupassen, nur ich selbst nicht.

Ich warte nicht darauf, dass sie mir folgt, sondern stürme Murphy voraus in James' Büro. Sie folgt mir und schließt die Tür hinter uns.

»Was genau macht dich so wütend, Katharina?«

»Was mich so wütend macht?«, fauche ich.

»Reiß dich am Riemen«, mahnt sie ruhig. »Du bist überdurchschnittlich intelligent und bestens gebildet. Ich erwarte, dass du Dinge kommunizieren kannst, ohne zu brüllen und zu toben.«

Am liebsten würde ich sie anschreien, dass sie keine Ahnung hat, doch etwas warnt mich, diesen Schritt besser nicht auszuprobieren. Also drehe ich mich zum Fenster und starre hinaus. Vergleiche die Aussicht mit dem Anblick der Stadt von gestern und finde Unterschiede wie ein Kind auf einem Suchbild. Dafür muss ich mich konzentrieren und der glühende Feuerball in meiner Brust erlischt.

»Ich habe immer gewusst, was ich wollte«, setze ich zu einer Erklärung an. »Ich habe immer gewusst, wer ich sein würde und wie es weitergeht. Jetzt weiß ich das nicht mehr. Manchmal wache ich morgens auf und weiß nicht mal, wie ich den Tag überstehen soll. Trotzdem erwartet jeder von mir Ideen und Antworten, und dass ich einverstanden bin, mit dem, was sie vorhaben.«

Ich lasse mich auf die Sofalehne sinken, drehe mich aber nicht zu Murphy um. Es ist viel leichter, diese Sachen einer Stadt zu erzählen, die so alt und mächtig und allumfassend ist, dass meine Probleme weniger bedeutend sind als ein Wimpernschlag.

»Mein Leben lang war ich frei in meinen Entscheidungen. Einmal, mit vierzehn, sind wir nachts mit meinen Cousins spontan von Düsseldorf nach Zandvoort rüber. Als ich meine Eltern morgens angerufen habe, war ihr einziges Problem, dass ich keine Sonnencreme dabeihatte. Ich war immer dort, wo ich sein wollte, und es hat niemanden interessiert. Dieser Drang, in Bewegung zu sein, ist immer noch da, aber auf einmal hat kein Mensch Verständnis mehr dafür. Ich werde für ein Verhalten bestraft, das von klein auf geduldet worden ist. Das ist nicht fair.«

»Aber hat sich nicht die Situation so drastisch verändert, dass es nur natürlich ist, umzudenken und andere Maßnahmen zu ergreifen?«

»Wo ist das Problem, wenn ich zum Beispiel zwischen Colchester und hier hin und her pendele? Das hat Emmett früher auch gemacht.«

»Unabhängig davon, dass das meine Frage nicht beantwortet, ist Emmett niemals irgendwohin gefahren, ohne dass Samantha und Jamie das miteinander abgesprochen haben. Und wir wissen beide, dass du nicht nach Colchester möchtest.«

»Ja, aber Emmett ist auch nicht in der Lage, sich selbst zu versorgen oder einen Zugfahrplan zu lesen. Bei aller Liebe, er ist nicht überlebensfähig, man kann uns nicht miteinander vergleichen.« Den letzten Teil übergehe ich.

»Hast du aber.« Schnalzen. »Entweder ganz oder gar nicht. Und meine Frage hast du immer noch nicht beantwortet.« Ich höre, wie sie sich hinter mir bewegt, dann steht sie neben mir und folgt meinem Blick durch die Glasfront. »Als jemand, der tagtäglich damit zu tun hat, dass Personen unterschiedlicher Meinung sind, kann ich dir sagen, dass ein Kompromiss in den meisten Fällen die eleganteste Lösung ist.«

»Du kennst meinen biologischen Ursprung vermutlich schon eine ganze Weile. Kommt er dir mit all seinen Privilegien wie jemand vor, der Kompromisse schließt?«

»Ist es wirklich Jamie, den du überzeugen musst?«

»Davon, dass der Stalker mir das Gefühl gibt, keine Privatsphäre mehr zu haben und sich gefälligst verpissen soll? Ja.«

»Richard ist nicht dazu gedacht, dich einzuschränken. Er würde dich im Übrigen auch nicht von irgendetwas abhalten. Wenn du dich um drei Uhr nachts aus dem Haus schleichen und das Rotlichtmilieu aufsuchen würdest, würde er nicht eingreifen. Er wäre lediglich durchgängig bei dir. Und was sagt dir das?«

»Dass das Arbeitsrecht in Großbritannien beschissen ist? Hat der Typ nicht irgendwann Feierabend?«

Murphy rollt die Augen.

»Nein. Das sagt dir, dass er im Grunde nichts anderes ist als ein Peilsender. Und wäre es notwendig, dir einen Peilsender anzuheften, wenn du Bescheid geben würdest, wo du bist?« Ich gebe keine Antwort, weil leider alles, was sie sagt, schlüssig ist.

»Genau«, sagt Murphy, offenbar von meinem Schweigen in ihrer Argumentation bestätigt.

»Das wäre es nicht. Wenn du aufhören würdest, simple Kommunikation als Kontrolle durch Jamie zu betrachten, könnte er vielleicht lernen, dass du weitaus selbstständiger und vollkommen anders als Emmett aufgewachsen bist. Vielleicht würde Richard dich dann auch nicht dauernd begleiten.«

»Er begleitet mich nicht, er stalkt mich. Eine Begleitung huscht einem wohl kaum immer unbemerkt hinterher.«

Ein entnervtes Geräusch entweicht ihr.

»Du hängst dich an Kleinigkeiten auf und bist nicht kompromissbereit. Druck erzeugt Gegendruck.«

»Ich habe mit dem Druck nicht angefangen!«

»Das ist eine Frage der Perspektive, und die Schuldfrage ist mit Sicherheit ein schönes Thema, um seine Debattierfähigkeiten zu schulen, doch weiterbringen wird dich das nicht. Die Frage ist doch, welchen Nachteil du davon hättest, Bescheid zu geben, wo du hingehst.«

»Ich müsste einem Mann Rechenschaft ablegen, dessen Leben nur mit meinem verbunden ist, weil er vor fast zwanzig Jahren meine Mutter durchs Bett gejagt hat. Abgesehen davon geht er vielleicht noch als mein persönliches Kreditinstitut durch, aber dann war es das wirklich.«

Murphys Amüsement wird durch den Hauch eines Zuckens in ihrem linken Mundwinkel deutlich.

»Zurück zu meiner Frage: Ist es wirklich Jamie, dem du Rechenschaft ablegen musst?«

»Wem sonst?«

Sie hebt die Brauen, ich ziehe eine Grimasse.

»Denkst du wirklich, dass er den Stalker abzieht, wenn ich Samantha Bescheid gebe, wo ich bin?«

»Deine Eltern mögen in vielerlei Hinsicht Differenzen haben, aber in ihrer gemeinsamen Verantwortung für Emmett haben sie eine Kommunikation an den Tag gelegt, die ebenso präzise wie effektiv ist. In beide Richtungen. Sie mögen sich gefetzt haben wie Straßenkatzen, aber sie waren und sind hervorragende Eltern.« Schwungvoll stößt sie sich vom Sofa ab. »Und jetzt genug davon, für ein solches Gespräch berechne ich unter anderen Umständen vierstellig. Denk darüber nach, was ich gesagt habe, und ob du für einen Kompromiss bereit bist. Sobald es so ist, sorge ich im Zweifelsfall persönlich dafür, dass Jamie verhandlungsoffen ist.« Murphy klatscht in die Hände.»Und jetzt los. Fürs Quatschen wirst du nicht bezahlt.«

»Ich werde gar nicht bezahlt.«

»Ach ja.« Sie kichert böse.»So ist es mir am liebsten.«

ADRIAN

Beinah schaffe ich es, das Haus unbehelligt zu verlassen, doch als ich die Hand an der Klinke habe, ruft mich *mammas* Stimme zurück.

»Adrian? Wohin gehst du denn noch? In diesem Aufzug.« Gegen Ende bekommt sie einen pikierten Unterton, doch ich tue ihr nicht den Gefallen, das Muscle Shirt und die Jogginghose nochmal zu begutachten.

»Lea abholen. Sie ist am Ovington Square.« Bei Kate und Emmett. Dort hat sie den ganzen Nachmittag verbracht, und natürlich werde ich sie gleich in aller Gründlichkeit ausfragen. Emmett gegenüber gebe ich mir nicht die Blöße, aber Lea ist meine Schwester. Sie muss mir praktisch antworten, schließlich erhöhe ich immer brav ihr Taschengeld, ohne zu fragen, wenn sie sagt, sie kommt damit nicht aus.

»Du gehst doch nicht etwa zu Fuß?«

»Doch, so weit ist das nicht. Außerdem kommen Morpheus und Somnia dann nochmal raus. Bleib nicht wach, ja?«

Meine Mutter sieht zwiegespalten aus, gibt dann jedoch nach.»Na gut. Aber bitte sei vorsichtig und pass gut auf deine Schwester auf.«

»Natürlich, *mamma*.«

»Und grüß Emmett und *Catarina* von mir.«

»Katharina. Mache ich.«

»Wann bringst du sie zum Essen mit?«

»Wenn die Küche am Ovington Square überflutet wird, denke ich darüber nach. Und jetzt muss ich los.«

Der Weg zieht sich tatsächlich, doch Morpheus und Somnia bei ihrer Begeisterung epischen Ausmaßes über jeden Busch und Baum zu beobachten, macht es wieder wett, und schon stehen wir vor *Vittorias* Haus und ich klingele.

Als die Tür aufschwingt, stehe ich Emmett gegenüber.

»Endlich«, begrüßt er mich und tritt beiseite.

»Die Damenwelt befindet sich in einer Diskussion darüber, wer besser ist: Die Königin von Terrasen oder die High Lady des Nachthofes.«

»Wer zur Hölle soll das sein?« Ich trete ein und lasse die Hunde von der Leine.

»Irgendwelche Buchcharaktere von Sarah J. Maas, mehr habe ich auch nicht verstanden. Aber anscheinend hätte Aylin, also die Königin, sich so etwas nicht gefallen lassen.«

»Sie ist also besser? Und wer ist Sarah J. Maas?«

»Die Lieblingsautorin deiner Schwester. Freyas Magie ist wohl krasser.« Er schnauft und schüttelt den Kopf. »Ich bin irgendwann eingeschlafen, aber als ich aufgewacht bin, waren sie immer noch dran.« Emmett schließt die Tür, tätschelt Somnia den Kopf und dreht sich zur Treppe um.

Noch bevor wir oben sind, höre ich das Lachen meiner Schwester. Nicht ihr normales Lachen, sondern dieses ganz spezielle, das sie nur hören lässt, wenn sie sich unbeobachtet und frei von jeglichen Konventionen fühlt.

Morpheus prescht in den Salon vor, drückt seine Riesenschnauze gegen die angelehnte Tür und jault drinnen glücklich auf. Wir anderen folgen gemäßigter. Im Salon liegen Lea und Kate in Decken eingehüllt auf gegenüberliegenden Sofas, neben sich Teetassen und Gebäck. Meine Schwester begrüßt mich mit einem breiten Lächeln und strahlenden Augen.

Automatisch muss ich auch lächeln, denn ihre glücklichen Tage sind selten geworden.

»Bist du zu Fuß hier? Dein Wagen ist doch heute angekommen.«

Mein Ferrari steht endlich wieder an seinem Platz in der Tiefgarage. »Bei dem Verkehr ist Laufen viel schneller, außerdem konnte ich so die Biester mit rausnehmen.«

Es ist halb neun, aber Enzo ist noch lange nicht von der Arbeit zurück. Er sagt, momentan könne ich ihm bei nichts helfen, was die Firma anginge, also könne ich ihm wenigstens die Hunde abnehmen. Wenn es ihm hilft, endlich zu überlegen, was wir wegen meinem Cousin tun werden, meinetwegen.

Ich begegne Kates Blick und bleibe daran hängen. Er wirkt abwesend, fast ein bisschen glasig. »Hallo Prinzessin.«

Sie lächelt, halbherzig, doch es ist ein Lächeln. Ich verliere mich in dem Schwung ihrer Augenbrauen, den Sommersprossen, die sie immer überschminkt, obwohl sie sie mag, der kleinen Narbe, die von einem Skiunfall stammt, den sie als Kind hatte, und den wilden Locken, die nach den vielen Friseurbesuchen ein paar Nuancen weniger karottig als ursprünglich sind, wie sie selbst es formuliert. Das Feuer in ihren Augen fehlt, ebenso die Strahlkraft in ihrem Lächeln. Etwas beschäftigt sie, bringt sie zum Grübeln. Unsere Situation? Theas Abreise? Die Unstimmigkeiten mit ihrer Familie? Oder alles zusammen?

»Und?«, unterbricht Emmett den Moment. »Wer ist es geworden? Aylin oder Freya?«

»Bei *Aelin* und *Feyre* kommen wir nicht auf einen Nenner, allerdings führen Aelin und Rowan eine deutlich gesündere Beziehung, da sind wir uns einig, oder?«

»Sind wir«, bestätigt Kate und krault Morpheus zwischen den Ohren. »Nicht wahr? Ja, das sind wir. Ja, das sind wir.« Sie beginnt, ihn durchzuknuddeln, und er lässt sein glückliches Jaulen erklingen, dann redet sie auf ihn ein wie auf ein Baby, wobei ihre Stimme unbekannte Höhen erreicht.

»Der braucht eine Gesprächsberatung, wenn du mit ihm fertig bist«, spottet Emmett und hält meiner Schwester die Hand hin, als sie aufsteht.

»Ist Emmett ein Arsch?«, fragt Kate den Hund. »Ja, er ist ein Arsch! Geh hin und beiß ihn, ja genau, beiß ihn.«

»Sei vorsichtig, das sind Schutzhunde. Die beißen auf Kommando«, warne ich.

»Ich machs sogar ohne«, kommt es zurück und Lea kichert.

Ich schüttele den Kopf, doch auch meine Mundwinkel wandern nach oben.

»Wirklich«, beteuert Kate und da ist er, ein Funke im Sturmblau. Sie streckt die Füße auf den Couchtisch und legt den Kopf schief.

Um uns herum knistert es. Vielleicht will sie sich von den Gedanken ablenken, die durch ihren Kopf jagen, oder vielleicht vermisst sie mich genauso sehr wie ich sie. Was immer es ist, es reicht nicht, und ich werde mich davon ganz sicher nicht einlullen lassen.

»Das glaube ich sofort«, sage ich, beuge mich vor und presse ihr einen schnellen Kuss auf die Stirn. »Pass auf dich auf, Prinzessin, und bitte beiß nicht willkürlich Leute.«

Als ich zurückweiche, steht ihr die Sehnsucht deutlich ins Gesicht geschrieben. »Ich kann nichts versprechen.«

»Das schaffst du schon, da bin ich sicher.« Ich drehe mich um, bevor es unmöglich wird.

5

My Immortal
– Evanescence

KATHARINA

Lucas staubt ein Stillleben neben der Küchentür ab, als ich im Erdgeschoss aus dem Aufzug trete.
»Auf dem Sprung, Miss Blackwell?« Er lächelt, und ich nicke.
»Ja, genau.«
Gestern Mittag hat Lea mich abgelenkt, weil Murphy das Wochenende nicht in der Kanzlei ist, um mich zu beschäftigen. Ich hätte nie gedacht, dass ich mich über einen Montag freue, aber anscheinend doch. Das ganze Wochenende lang das Gespräch mit Murphy in meinem Kopf zu zerpflücken und über die ganze Sache nachzugrübeln, hat mir nicht gutgetan.
»Dürfen wir Sie für das Abendessen einplanen?« Lucas und sein Staubwedel folgen mir zur Tür.
»Ja«, sage ich und zögere.
Der Butler öffnet die Tür. »Dann bis heute Abend.«
Ich gebe mir einen Ruck.
»Vielleicht komme ich auch früher wieder. Ich gehe ins *Adeodato* und lasse mir die Nägel machen.«
Da. Gar nicht so schwer.
Lucas ist von dieser Information deutlich weniger beeindruckt als ich. Er senkt den Kopf und sagt: »Ein schöner Tag für einen Spaziergang nach Kensington.«

Er schließt die Tür hinter mir, doch ich schiebe den Fuß in den Spalt und stemme die Hände in die Hüften.

»Entschuldigung? Das kann doch wohl nicht wahr sein!« Lucas öffnet die Tür wieder vollständig. »Habe ich Ihren Unmut heraufbeschworen, Miss Blackwell?«

»Ja! Ein halbes Dutzend Menschen versucht seit Wochen dafür zu sorgen, dass ich informationswilliger bin, und jetzt sage ich Ihnen, wo ich warum hingehe und wann ich wiederkomme. Ich finde, Sie könnten den Anstand besitzen, nicht ... so zu reagieren.«

»Sondern anders?«, versichert er sich.

»Genau.«

»Und darf ich mich erkundigen, welche Reaktion Sie zufriedenstellen würde?« Ich öffne den Mund, um es ihm genau zu erklären, muss aber feststellen, dass ich das gar nicht so genau weiß. Hilflos schließe ich den Mund wieder.

Lucas lächelt verbindlich. »Was halten Sie davon, wenn ich mich geehrt fühle? Und eventuell Madame Blackwell gegenüber erwähne, wie kooperativ Sie sind?«

»Ja. Ja, genau. Tun Sie das. Aber Sie wissen nicht, dass ich das will.«

»Miss Blackwell, ich bin nur ein alter Mann. Das Einzige, von dem ich weiß, dass Sie es wollen, sind zwei Eisschokoladen pro Tag und ein Kirschkernkissen zum Einschlafen.«

»Gut.« Ich nicke und trete zurück. »Dann gehe ich jetzt.«

»Machen Sie das. Ich werde mich geehrt fühlen und wünsche einen angenehmen Tag.« Lucas zwinkert, und diesmal lasse ich ihn die Tür schließen.

Mir ist, als würde ich aus tiefen, beruhigend dunklen Gewässern an die Oberfläche zurückkehren, durch die das sanfte Sonnenlicht strahlt. Ich treibe irgendwo dazwischen mit einem angenehm warmen, festen Druck auf der Brust. Der Druck gibt ein Geräusch von sich, ein schönes Geräusch wie ein gesunder Motor.

»Was treibt sie hier immer?«, dringt eine Stimme in meine Wahrnehmung. »Was heckt ihr aus?«

Sie ist tief und angenehm.

»Du möchtest mir doch nichts unterstellen, oder?«, entgegnet eine zweite Stimme und untermalt die Suggestivfrage mit einem knallenden Geräusch, das mich an galoppierende Pferde denken lässt.

Ich kenne diese Stimmen, sollte genau zuhören, was sie sagen, doch der Motor läuft gut und es ist behaglich warm, wo auch immer ich gerade bin.

»Nein«, gibt die erste Stimme zurück. »Aber sie taucht seit einer Woche zufällig immer dann hier auf, wenn ich nicht da bin. Und ich weiß genau, dass sie bei dir ist. Du hast Richard weggeschickt, damit ich nicht herausfinde, was vor sich geht.«

»Deine Tochter ist fleißig. Da braucht sie keinen Stalker, der ihr im Nacken sitzt.«

Ein Schnauben. »Sie nennt ihn so, nicht wahr?«

»Sie nennt ihn noch ganz anders. Aber es stimmt, oder etwa nicht? Selbst, wenn es nur zu ihrer Sicherheit ist, per Definition stalkt Richard sie.«

»Du hast mich ermutigt, diese Maßnahme durchzusetzen.«

»Richtig. Für ihre Sicherheit und damit weder Samantha noch ihre Eltern sich Sorgen machen müssen. Aber wenn er weiß, dass sie hier ist, bei mir, in einem bestens geschützten Gebäude, muss er ihr nicht weiter das Gefühl geben, ständig auf dem Prüfstand zu stehen. Sie soll geschützt, nicht kontrolliert werden.«

Irgendwo taucht etwas aus der stillen Tiefe auf. Die Dunkelheit. Sie gleitet auf mich zu und beinah verpasse ich die nächsten Worte. Oder sind sie bloß sehr leise? Weiter weg?

»Nicht nur Samantha und ihre Eltern. Ich mache mir auch Sorgen, und das weißt du genau, Murphy.«

»Natürlich.« Auf einmal klingt die zweite Stimme ganz anders. Wie eine warme Decke in einem ausgekühlten Raum.

»Ich wollte nichts anderes andeuten. Entschuldige.«

Die Dunkelheit streckt eine Hand mit langen Fingern aus. Sie winkt mich zu sich.

Ein gequältes Seufzen, das sich genauso müde anhört, wie ich mich fühle. »Schon in Ordnung. Sie ist bloß so ein Sturkopf, mir gehen die Ideen aus.«

»Sie ist dein und Samanthas Kind. Was sollte sie anderes haben als einen Schädel aus Adamant?«

Zwei einvernehmlich amüsierte Schnauber ertönen, bevor die zweite Stimme wieder ansetzt: »Sperrt sie sich denn weiterhin bei allem?«

»Sie spricht weiterhin kein Wort bei den Schulbesichtigungen. Aber immerhin trinkt sie ihren Tee und versucht nicht, sich nachts rauszuschleichen. Lucas hat sie sogar weichgekocht. Seit ein paar Tagen verrät sie, was sie vorhat, wenn sie geht.«

»Und sagt sie die Wahrheit?«

»Jedes Wort. Ich weiß nicht, wie er das geschafft hat.«

»Meinst du nicht, dass du ihr auch entgegenkommen solltest?«

»Wieso auch?«

»Sie sagt dem Butler, der deiner Mutter, die sich täglich mit dir austauscht, treu ergeben ist, wo sie hingeht. Meinst du nicht, dass das auf eine gewisse Kompromissbereitschaft hindeutet?« Ich will nicht, doch ganz von selbst nähere ich mich der Dunkelheit. Dabei sollte ich aufmerksam sein und zuhören. »Zieh Richard von ihr ab. Sie hasst ihn, sie fühlt sich kontrolliert.«

»Seit wann bist du Expertin für die Gefühlswelt meiner Tochter?«

»Seit deine Tochter mit mir darüber gesprochen hat. Guck nicht so, ich habe das auch nicht erwartet.«

»Ich werde sie sicher nicht wieder unbeaufsichtigt lassen. Meinetwegen kann sie Jimmy haben, aber mehr nicht.«

»Gut. Aber mach nicht den gleichen Fehler. Lass ihn sie begleiten, nicht überwachen.«

Die Dunkelheit ist auf einmal direkt vor mir, ergreift meine Hände und zieht mich an sich. Gemeinsam sinken wir in die Tiefe.

Als ich aufwache, kneife ich die Augen direkt wieder zu, denn die Sonne sticht mir ins Gesicht. Ich drehe mich zur Seite und irgendwo aus meiner Brustgegend erfolgt ein empörtes Geräusch.

Sofort reiße ich die Augen auf. Cali O sitzt vor mir, anscheinend unsanft davon aus dem Schlaf gerissen, dass ich mich weggedreht und ihn von meiner Brust geworfen habe.

»Tut mir leid, Katerchen«, entschuldige ich mich. »Komm her.« Bereitwillig kommt er unter meine Decke. Woher habe ich die überhaupt?

Den Katzenwelpen im Arm fahre ich hoch. Die Decke rutscht runter und ich sehe mich verblüfft um. Ich sitze auf der Ledercouch in James' Büro. Ich muss eingeschlafen sein! Sacre bleu, wie viel Uhr ist es? Um Viertel vor drei muss ich gehen, mein Erzeuger kommt um Punkt zurück und –

Augen, die ich aus dem Spiegel kenne, mustern mich durchs Zimmer. James sitzt auf dem Sofa gegenüber, den Arm lässig über die Lehne drapiert, ein Tablet auf dem Schoß.

»Gut geschlafen?«

Ich sage nichts.

»Katharina«, mischt Murphy sich ein. Saß sie die ganze Zeit da auf dem Sessel? »Worüber haben wir gesprochen?«

Ich wende mich wieder meinem Erzeuger zu. »So gut wie es auf einer Couch geht, die durch ihre abnormale Hässlichkeit ein *effing* Verbrechen an der Menschheit darstellt.«

»Geschmäcker sind verschieden.«

»Gesetze aber nicht verhandelbar. Und diese Abscheulichkeit ist ein Kapitalverbrechen.« Ich erhebe mich und setze Cali O in meine Tasche, bevor ich in meine Schuhe schlüpfe.

»Und jetzt entschuldige mich. Ich muss irgendwo sein, wo du nicht bist.«

64

»Bist du mit deiner Aufgabe für heute fertiggeworden?«, fragt Murphy.

»Und wenn nicht?«, fordere ich sie heraus. »Du hast kein Druckmittel mehr. Jetzt, wo er hier ist und sieht, wie ich meine Zeit verbringe, kannst du mich nicht mehr damit erpressen, dass du ihm irgendwelche Unwahrheiten erzählst.«

»Ich habe dich niemals erpresst.«

»Natürlich hast du das! Die ganze letzte Woche!«

Murphy kneift die Augen zusammen und lehnt sich vor. »Kannst du das beweisen? Nein? Dachte ich mir.«

Ich ziehe eine Grimasse und hänge mir die Tasche über die Schulter. »Egal was, du bleibst auf Platz drei.«

»Wobei?«, will James wissen, eine Mischung aus Unglauben und Belustigung im Gesicht.

»Auf der Liste der von deiner Tochter am wenigsten gemochten Juristen. Was muss ich für Platz eins tun?«

»Erstens heißt es: Rangliste der gottlos unsympathischsten Volljuristen. Gibt schließlich auch Patentanwälte, die zum Kotzen sind. Und zweitens: Du kannst Toni nicht von ihrem Thron stoßen. Aber schau mal, du bist über ihrem Mann und ihrem Vater, die sich ebenfalls in den Top Ten befinden.«

»Du hast dafür eine Rangliste?« James hebt eine Braue.

Ich schnalze. »Platz zwei. Ganz ordentlich, aber gerade du hast noch viel Potenzial nach oben.«

»Ich bin besser als du«, verkündet er seiner Partnerin hochmütig. Sie schnalzt und wechselt das Thema: »Bist du nun mit deiner Arbeit fertiggeworden oder nicht?«

»Woran hast du überhaupt gearbeitet?«

»Katharina«, mahnt Murphy, als ich stumm bleibe. »Möchtest du Jamie das nicht erzählen?«

Diesmal bleibe ich hart und sie seufzt, bevor sie es selbst erklärt: »Katharina hat sich entschieden, mit ihrem Essay für die Abschlussprüfungen anzufangen. Sie wollte heute Recherche zu verschiedenen Leitfragen vornehmen, nicht wahr?«

Ich nicke. »Unbedingt.«

»Wirklich?« James deutet auf das Tablet. »Darf ich mir das ansehen?«

»Tu dir keinen Zwang an.«

Er entsperrt das Tablet und starrt für ein paar sehr lange Sekunden darauf.

»Was?«

James sieht auf. »Das ist Griechisch.«

»Sprachliche Vorgaben hat mir keiner gegeben«, erkläre ich schadenfroh. »Und jetzt entschuldige mich bitte. Ich muss los.« Ich drehe mich um und bekomme noch mit, wie die beiden hinter meinem Rücken diskutieren.

»Hättest du ihr nicht wenigstens sagen können, dass sie den Essay auf Englisch schreiben soll?«

»Einer von uns beiden hat sie zum Arbeiten gekriegt.«

»Ja, weil du sie erpresst hast!«

»Anstatt mich mit haltlosen Anschuldigungen zu konfrontieren, solltest du lieber deine Griechischkenntnisse auffrischen.«

Ich grinse immer noch, als ich unten in der Eingangshalle ankomme. Dort wartet neben den Aufzügen jemand, der überhaupt nicht hierher passt. Er ist jung, vielleicht Anfang zwanzig, trägt feste Stiefel und Cargohosen mit einem enganliegenden T-Shirt, das seine Arme dick wie Baumstämme aussehen lässt. Mit den wippenden blonden Locken und den Sommersprossen sieht er aus wie ein Golden Retriever und genauso freudig guckt er mich an, als er zu mir tritt.

»Hey! Ich bin Jimmy!«

»Freut mich«, sage ich im Vorbeigehen. »Ich nicht.«

Er lacht, als hätte ich einen guten Witz gemacht. »Nein, ich weiß. Du bist Katharina. Ich bin hier, um dich zu begleiten.«

Jetzt bleibe ich stehen und drehe mich zu ihm um, was die anderen Leute, die aus den Aufzügen steigen, zwingt, um uns herumzugehen. »Wer sagt das?«

»Major Miles. Richard für dich. Wohin gehen wir jetzt?«

»Richard ist nicht mehr da?«

»Oh, doch. Er steht da hinten und guckt grimmig.« Ich folge Jimmys Blick. Und ja, bei den Sicherheitsschaltern steht der Bodyguard meines Erzeugers und guckt böse. Ich strecke ihm die Zunge raus, er wendet sich ab.

»Und jetzt verfolgst du mich?«

»Ich verfolge dich nicht.« Jimmy scheint so voller unterdrückter Energie zu sein, dass ich Angst habe, er hebt gleich ab. »Ich begleite dich. Was hältst du von einem Smoothie? Im Leadenhall Market gibt es so einen Laden.«

»Nicht nur einen.«

Er lacht schon wieder, als würde Sarkasmus an ihm in jeglicher Hinsicht vorbeizischen. »Nein, sogar eine ganze Menge. Wir könnten auch shoppen gehen.«

Ich hebe die Hand, um ihn zu bremsen. »Ganz ruhig. Erst der Smoothie. Dann schauen wir weiter.«

Sobald wir aus dem Gebäude treten, ist es, als ob sich eine Löschdecke über Jimmys überbordende Energie ausbreitet.

Auf einmal wirkt er nicht mehr so aufgedreht, viel konzentrierter, und sobald ich ihm vor einem niedlichen Laden im Leadenhall Market gegenübersitze, er mit einem Orangensmoothie, ich mit Grapefruit-Blaubeere, frage ich genau danach: »Hast du dich mal auf deine Bipolarität untersuchen lassen?«

Jimmy lächelt und sacre bleu, diese Grübchen. »Gute Laune ist Teil meines Charakters. Jede Stunde schlechter Laune ist eine Verschwendung des Geschenks des Lebens. Allerdings bin ich auch dazu da, mich um deine Sicherheit zu kümmern und dafür muss ich mich konzentrieren.«

»Du bist doch nur ein wandelndes Air-Tag, dachte ich.« Ich schlürfe den zugegebenermaßen ziemlich leckeren Smoothie.

Jimmy streckt die langen Beine unter dem Tisch aus und lehnt sich zurück. »Ich bin schon dafür da, dass man weiß, wo du bist, aber hauptsächlich geht es um deine Sicherheit.«

»Sicherheit, Sicherheit, ich höre nichts anderes mehr. Dabei kann ich auf mich selbst aufpassen. Ich bin körperlich in der Lage, mich zu verteidigen, und verloren gehen würde ich auch nicht. Allein schon wegen meines Gedächtnisses habe ich einen ausgeprägten Orientierungssinn.«

»Das glaube ich dir gerne, aber dein Vater ist ein mächtiger Mann. Und mächtige Männer haben nicht nur Freunde.«

»Erzeuger«, korrigiere ich entnervt. Wie oft denn noch? »Willst du mir sagen, meine Verbindung zu ihm macht mich zu einem potenziellen Ziel?«

»Genauso wie deine Verbindung zu Mrs. Blackwell. Und den Clarks. Personen des öffentlichen Lebens haben nicht die Anonymität wie andere.«

»Inwiefern sind Onkel George und Tante Tamara Personen des öffentlichen Lebens?«

»Dein Onkel ist Teil des House of Lords, deine Tante Bürgermeisterin von Oxford.«

»Na und? Der Bürgermeister von Cockington ist ein Shetlandpony. Meinst du, auf dessen Familie ist ein ganzes Armeebataillon angesetzt?«

»Und ist der Erzeuger der Nichte besagten Ponys laut Forbes einer der zehn reichsten Männer des Landes?«

Ich lehne mich vor. »Zehn? Eins null?« Ein paar Millionen hätte ich James gegönnt, aber wenn Forbes ihn zu den zehn reichsten Briten zählt, habe ich mich wohl um ein paar Nullen vor dem Komma vertan.

»Mal ganz ehrlich«, sagt Jimmy. »Du kriegst zwei komplett fremde Menschen als biologischen Ursprung vorgesetzt und bist nicht neugierig? Ich hätte gegoogelt.«

»Nur nach der Kanzlei, als ich dahin musste. Außerdem sind weder ›James‹ noch ›Blackwell‹ die seltensten Namen in diesem Land. Jeder hier, der nicht James heißt, heißt William, Henry oder Charles.«

»In der Gesellschaftsschicht, in der du dich bewegst, vermutlich ja.« Mit einem einzigen Zug leert er zwei Drittel seines Getränks. Ich stelle meine eigenes ab und fummele eine Zigarette an Cali O vorbei aus meiner Tasche.

»Also steht in deinem Bericht so etwas wie: ›Während unsere verwöhnte Prinzessin über die New Bond Street stolzierte, folgten uns drei unauffällig. aber verdächtig aussehende Männer. Das war um zehn Minuten nach sechzehn Uhr‹?«

»Wieso sollte ich einen Bericht schreiben?«

»Ich weiß nicht«, gebe ich zu. »Ich dachte, du müsstest einen Bericht schreiben. Wie protokollierst du sonst, was ich den ganzen Tag tue?«

»Kann es sein, dass bisher niemand so genau mit dir darüber gesprochen hat?« Der letzte Rest des Smoothies verschwindet aus seinem Glas, gleichzeitig erntet meine brennende Zigarette einen höchst verurteilenden Blick.

»Oder über die Gesundheitsrisiken beim Rauchen.«

Ich asche unbeeindruckt ab. »Kumpel, mein Vater ist Herz-Thorax-Chirurg. Ich habe schon mehr ruinierte Lungen gesehen als du irgendwelche innenliegenden Organe.«

»Es gibt Organe, die nicht innen liegen?«

»Die Haut. Zurück zu dem, was du überhaupt tust.« Er hat recht, diese ganze Sache hat bisher niemand so richtig aufgeklärt. Allerdings und so fair sollte ich vielleicht sein, ich habe auch nie wirklich gefragt.

»Also. Ich schreibe keine Berichte. Ich bin bei dir. Sollten Situationen auftreten, die nicht optimal sind, kann ich dich beschützen und im Nachhinein mit Major Miles und Mr. Blackwell das weitere Vorgehen planen. Den Rest der Zeit gebe ich Auskunft, wo du bist, wenn ich danach gefragt werde.«

»Wie oft wurde Richard gefragt?«

»In der letzten Woche? Vier oder fünf Mal.«

»Pro Tag?«

»Nein, insgesamt.«

»Vier oder fünf Mal? Und dafür schleicht er mir Vollzeit und darüber hinaus hinterher?«

»Unschöne Situationen treten immer unvorhersehbar auf. Da könnte ein Peilsender nicht helfen. Den hättest du sowieso entsorgt. Und weil du nie die gleichen Klamotten, Schuhe oder wenigstens Taschen trägst, konnte man dir keinen einnähen. Außerdem war man dabei zwiegespalten.«

»Wer war dagegen?« Bestimmt Dad. Bei Ma bin ich mir unsicher, den anderen dreien traue ich es zu.

»Das weiß ich nicht. Aber man hat nur Dinge umgesetzt, die einstimmig entschieden wurden.«

Toll, dass sie alle so kompromissbereit untereinander sind. Allerdings ...»Warum genau bist du jetzt hier und nicht Richard?«

»Unter uns? Ich glaube, wenn Major Miles noch länger bei dir gewesen wäre, hätte er bald gekündigt. Mr. Blackwell hält sehr viel von ihm und will ihn sicher nicht verlieren. Aber den genauen Grund kenne ich nicht. Ich habe vor einer Stunde den Befehl bekommen, ihn abzulösen, und dass nicht mehr verdeckt gearbeitet wird.«

»Hast du eine Knarre?«

Jimmy beäugt meinen Smoothie, verweigert mir aber die Antwort. Ich seufze und stelle eine andere Frage.

»Na schön. Du bist jetzt also jeden Tag, jede Stunde, jede Minute bei mir?«

»Nein, du kannst allein schlafen und ins Badezimmer gehen.«

»Klar.« Dumme Frage.

»Campst du also am Ovington Square?«

»Wenn es sein muss, schlafe ich dort im Auto. Mir wäre es natürlich lieber, du würdest das Haus nicht verlassen, bevor ihr zu den Schulbesuchen geht und abends nicht mehr rausgehen, wenn du gesagt hast, du bleibst im Haus.«

Das ist sogar akzeptabel. Bis auf eine Sache.

Ich lehne mich zur Seite, um am Tisch vorbei seine Klamotten zu betrachten.»Wenn du mich begleitest, musst du dich mir anpassen.«

»Anpassen?«

Ich grinse.»Wir gehen shoppen.« Ich leere meinen Smoothie und bin erstaunt, wie begeistert Jimmy guckt.»Ich hätte nicht gedacht, dass dich das freut.«

Er hebt den Arm, um den Kellner auf uns aufmerksam zu machen. »Ich habe acht Schwestern. Ich war oft shoppen in meinem Leben und kaum jemals für mich. Ich freue mich auf einen Main-Charakter-Moment.«

Erstaunlicherweise ist Jimmy eine deutlich geringere Landplage, als ich dachte. Er lässt sich von mir durch die Bond Streets schleifen und außerdem geht er bereitwillig mit mir joggen, da ich die überflüssige Energie und Zeit somit ganz gut verbrannt bekomme. Er scheint sogar ernsthaft Spaß zu haben, mit mir *Friends* zu schauen.

Als wir am nächsten Tag aus der City kommen, scheint er sich mehr darauf zu freuen als ich. Lucas hat seinen freien Tag, und auch Emmett hat das Haus verlassen, vermutlich um es irgendwo mit Lea zu treiben.

In der Eingangshalle schließe ich die Tür hinter Jimmy, stelle die Tasche mit Cali O ab und gebe mir Mühe, den Chrysanthemen keine Beachtung zu schenken, als auf einmal ein leises Geräusch meine Aufmerksamkeit erregt.

Ich stocke. Da ist es wieder. Jimmy scheint es auch zu hören, verharrt ebenfalls.

Klopf. Klopf. Klopf.

Wir heben die Köpfe und schauen zur Decke. Das gespenstische Geräusch scheint sich direkt über uns zu befinden. Plötzlich setzt sich der Aufzug in Bewegung. Das Klopfen verstummt, oben öffnen und schließen sich die Türen.

»Was war das?«, frage ich Jimmy, der die Augenbrauen zusammengezogen hat.

»Ich habe eine böse Ahnung«, antwortet er leise und zückt sein Handy, bevor ein Geräusch die Ankunft des Aufzugs auf unserem Stockwerk ankündigt.

Es folgt wieder ein Klopfen und schließlich biegt dessen Ursprung um die Ecke. Zeitgleich lüftet sich das Geheimnis, warum Lucas meinen Erzeuger, der auf die fünfzig zugeht, immer den jungen Mr. Blackwell nennt.

Mr. Blackwell Senior ist groß, hoch aufgerichtet und im feinsten Nadelstreifenanzug. Die von Altersflecken gesäumte Hand hält einen detailiert gearbeiteten Gehstock, der immer wieder auf den Boden knallt. Das Gesicht ist von Falten durchzogen, doch darunter meine ich, feine Züge zu erkennen. Er sieht aus wie James, nur ein paar Jahrzehnte älter.

Noch hat er uns nicht bemerkt, die dunklen Augen kleben an dem Tisch mit den Chrysanthemen. Ich glaube, ein leichtes Geräusch wie ein Seufzen zu hören, bin mir aber nicht sicher. Als der Mann den Kopf hebt, begegnen sich unsere Blicke. Er verharrt stockstarr wie eine Statue.

»Mr. Blackwell, Sir«, begrüßt Jimmy ihn förmlich, doch James' Vater ignoriert ihn. Seine Augen kleben an mir.

»Das ist eine Überraschung«, stellt er leise fest.

»Wir waren gar nicht darüber informiert, dass Sie heute zu Besuch kommen, Sir.«

Auch diesmal bekommt Jimmy keine Antwort. Mr. Blackwell löst den Blick nicht von mir und tritt langsam näher. Das Klopfen hat einen beunruhigenden Rhythmus. Obwohl ich schon deutlich bedrohlicheren Dingen als einem Mann mit Gehstock gegenüberstand, überkommt mich das Bedürfnis, zurückzuweichen. Ich zwinge mich dazu, stehen zu bleiben.

»Wie ist dein Name?«, werde ich gefragt.

»Katharina. Und deiner?« Ich lege den Kopf schief und ich glaube, es ist genau diese Geste, die den verächtlichen Zug um seine Lippen verantwortet. Doch genauso schnell wie er auftaucht, verschwindet er auch wieder. An seine Stelle tritt ein ironisches Lächeln. »Ich kann mir schon denken, warum sie dir nichts von mir erzählt haben. Ich bin Robert. Der Vater von deinem Vater.«

»Erzeuger«, rutscht es mir raus und Roberts Lächeln nimmt zu gleichen Teilen an Schärfe und Belustigung zu.

»Man hat dir also doch von mir erzählt.« Er lacht leise. »Die Vergangenheit wird man nicht los, nur weil man sie zu den anderen Leichen in den Keller sperrt.«

Etwas in der Größe einer G-Klasse steht mit uns im Raum. Ein Geheimnis, von dem ich nicht die geringste Ahnung habe. Ich hasse es, uninformiert zu sein, denn es schiebt einen von Natur aus in eine benachteiligte Position.

»Erstens: Nein. Du warst wohl nicht wichtig genug. Zweitens: Leichen, die nicht fachgerecht entsorgt werden, fangen schnell an zu verwesen. Ein Keller ist also kein geeigneter Lagerort.«

Robert bekommt wieder diesen abwertenden Ausdruck. »Alles besser wissen, das konnte er als Teenager auch immer. Die Arroganz der Jugend!«, spuckt er hervor, lacht verächtlich und wendet sich der Haustür zu. »Und fürs Protokoll: Ich muss mich nicht anmelden. Dieses Haus gehört mir. So wie alles, was sich darin befindet.« Seine dunklen Augen huschen die Treppe hoch.

»Sie wissen, dass Sie hier nicht erwünscht sind, Sir.«

»Nein?« Robert lacht schon wieder.

Ich hasse dieses Geräusch.

»Wieso hat Madame mir dann bereitwillig die Tür geöffnet und mich hereingelassen?«

Damit verlässt er das Haus, zieht die Tür hinter sich zu und lässt eine merkwürdige Stille und viele, viele Fragen zurück.

Jimmy sieht die geschlossene Tür einen Moment düster an, dann nickt er die Treppe hoch. »Schau nach deiner Großmutter. Ich muss telefonieren und dann los. Du bleibst im Haus!«

Es ist das erste Mal, dass ich die Treppe nehme, die nagende Unruhe jagt mich nach oben. Jimmy verlässt das Haus, das Handy am Ohr,. Die Tür zum Salon ist geschlossen, und ich reiße sie so heftig auf, dass sie in den Angeln bebt. »Victoria?«

Der Raum sieht aus wie immer, ein halbvoller Aschenbecher, ein paar Katzen, der geöffnete Flügel. Und dort am Fenster, in einem Traum von Kleid mit schwingendem Rock, steht meine Großmutter. Sie hat mir den Rücken zugewandt, doch hält sich aufrecht, beinahe steif. Das Haar fällt ihr seidig über die schlanken Schultern. Sie beben.

»Victoria?«, wiederhole ich leise. Keine Reaktion. Ich trete zu ihr und gebe mir Mühe, dass meine Schritte deutlich zu vernehmen sind, um sie nicht zu erschrecken. Trotzdem zuckt sie zusammen, als ich ihr die Hand auf die Schulter lege.

Sie dreht den Kopf zu mir. Tränen rinnen ihr über die Wangen und verlieren sich im Rundkragen.

»Katharina, Kind, was machst du hier? Seit wann bist du wieder daheim?«

»Lange genug.«

Sie macht ein Gesicht wie unter Schmerzen. »Du bist ihm also begegnet.«

Ich nicke. »Was ist passiert?«

Victoria wendet den Blick ab, starrt aus dem Fenster und in eine längst vergangene Erinnerung.

»Ich habe ihn geliebt. Bevor er zu der Person geworden ist, der du gerade begegnen musstest.«

»Hat er dir etwas getan?«

Sie schließt die Augen, und die folgenden Worte kommen nur als Hauch hervor: »Er hat ein paar der kostbarsten Erinnerungen beschmutzt, die ich gesammelt habe.«

Schneller als ich reagieren kann, sinkt sie in sich zusammen wie ein angestochener Luftballon. In einem Wirbel aus schwarzen Röcken geht sie zu Boden, schlägt die Hände vors Gesicht und schluchzt. Es ist kein vornehmes Weinen, kein Disneyfilm. Es ist roh und hässlich und misstönend wie ein schlecht gestimmtes Instrument. Kurzum: Es ist furchtbar.

Ich knie mich zu ihr und schlinge die Arme um sie. Warme Tränen rinnen mir über den Hals, doch viel schlimmer ist, dass ich sie nicht trösten kann, weil ich keine Ahnung habe, wieso überhaupt.

Jeder einzelne Schluchzer führt mir vor Augen, dass jemand anderes hier sein sollte, jemand, der wirklich helfen kann, jemand, der weiß, worum es geht.

Ich schäme mich zwar, doch als nach einer gefühlten Ewigkeit Schritte zu hören sind, überkommt mich Erleichterung.

Die Tür kracht gegen die Wand. »Mama!« James stürzt ins Zimmer und lässt sich, ungeachtet seines sündhaft teuren Anzugs, neben mir auf die Knie fallen. »Mama«, wiederholt er, diesmal leiser. Victoria löst sich von mir und beim Anblick ihres Sohnes überkommt sie ein noch heftigeres Schluchzen. Er zieht sie an sich, und sie fällt gegen ihn wie eine Marionette, deren Fäden gekappt worden sind.

James steht auf, hebt sie hoch und trägt sie hinaus.

Ich schaue ihnen nach. Ein, zwei Sekunden, dann springe ich auf. Wo genau ich hinwill, weiß ich nicht. Ich weiß nur, dass ich irgendwohin muss; weg von dem Schmerz, weg von der Trauer, weg von dem Strauß Chrysanthemen auf dem Tisch.

Niemand ist da, als meine Füße mich wie ferngesteuert aus der Tür tragen. Ich ziehe die Haustür zu, trete die Treppen hinab auf den Gehweg und laufe los.

Ich habe ihn geliebt.

Victorias Stimme hallt durch meinen Kopf und eine weitere Erinnerung taucht auf. Der Abend, nachdem ich Colchester zum ersten Mal verlassen habe. Das Abendessen genau hier, am Ovington Square.

Ja, Mutter. Aber du musst entschuldigen, wenn nicht jeder so begabt ist wie du, wenn es darum geht, sich mit zu vielen Dingen gleichzeitig zu beschäftigen.

Was hat Victoria kurz darauf noch gleich behauptet?

Seit wann bist du davon überzeugt, dass jemand das Beste für sein Kind will, nur weil er der Erzeuger ist?

Viele kleine Puzzleteile, die sich zusammenfügen. Aber irgendwo fehlt das Mittelstück. Mindestens eins.

Kann es sein, dass wirklich alle, jede einzelne Person in dieser Familie, ein Geheimnis hat? Ist das statistisch überhaupt möglich?

Ich wünschte, ich hätte das Haus nicht so überstürzt verlassen, dann hätte ich an meine Tasche und Cali O denken können. Mein kleiner Minimotor hätte mir sicher helfen können, meine Gedanken zu sortieren und runterzufahren.

Adrenalin jagt durch meinen Körper, mir ist heiß und unangenehm und – Stopp. Was zur Hölle tue ich hier?

Ich stehe vor einem Tor, das in eine Hecke eingelassen wurde. Zwischen den Blättern befinden sich auf Bauchhöhe ein Scanner und eine Kamera. Ich kenne den Scanner, die Hecke und das Tor. Die Frage ist nur, warum haben meine Füße mich hierhergeführt? Was will mein Unterbewusstsein mir sagen?

Bevor ich Antworten finden, oder es überhaupt versuchen kann, schwingt das Tor auf und gibt den Blick auf das stattliche Herrenhaus und die prächtige Grünfläche davor frei, durch die sich schnurgerade die Auffahrt zieht. Weder ein Auto noch eine Person sind zu sehen.

Ich blicke zur Kamera.

Der Moment, sich umzudrehen, wegzulaufen und das hier zu verdrängen, ist offiziell passé. Und so betrete ich das Zuhause der Familie St. John.

6

Don't You Remember
– Adele

KATHARINA

In der Mitte des Rondells plätschert der Springbrunnen vor sich hin. Ich strebe den linken Flügel des Hauses an, woanders war ich noch nie.

Die Tür schwingt ebenfalls auf, als ich mich nähere, und die Hausangestellte, die ich schon bei meinem letzten Besuch erspäht habe, lächelt mich an. »Miss Blackwell, wie schön, Sie zu sehen!«

»Gleichfalls.« Ich trete ein, weil mir nichts anderes übrigbleibt.

»Sie haben Glück. Adrian liegt schon den ganzen Tag im Bett, jedoch habe ich ihn gerade im Bad gehört, was bedeutet, dass er wach ist.« Sie lächelt mich breit an und geht mir voraus die Treppe rauf.

»Was für ein Glück«, murmele ich.

Hoffentlich steht er unter der Dusche und hört uns nicht klopfen, dann kann ich wieder abhauen. Was soll ich ihm sonst sagen? Dass er immer wieder in meinen Gedanken auftaucht, obwohl ich versucht habe, ihn daraus wegzusperren? Dass mein verräterisches Unterbewusstsein mich hierhergeführt hat? Dass es mir viel schwerer fällt als gedacht, nicht mit ihm zu sprechen? Nicht seine Nähe zu spüren?

Als das Hausmädchen klopft, halte ich den Atem an. Doch das Schicksal meint es nicht gut mit mir. Die Tür schwingt auf und sacre bleu. Alles, was ich sehe, sind herrlich gebräunte Haut, zerzaustes, rabenschwarzes Haar, ein gut definiertes Sixpack und graue Sweatpants. Das *Cornicello* um seinen Hals funkelt. Wenn die Hausangestellte nicht wäre, würde ich ihn mit einem höchst pornösen Geräusch anspringen.

»Besuch für Sie, Mr. St. John.«

»Kate? Was machst du hier?«

Innerlich gebe ich mir eine Backpfeife und sehe ihn jetzt richtig an. Also so, dass er nicht mehr das Gefühl hat, ein Stück Fleisch zu sein.

»Danke, Paula. Das wäre alles.« Sie nickt und wendet sich ab. Adrian greift nach meiner Hand und zieht mich in sein Zimmer. Die Tür knallt zu, ich lande mit dem Rücken dagegen, doch eine Hand in meinem Kreuz bewahrt mich vor dem direkten Kontakt. Und dann ist da dieser Geruch, umhüllt mich und nebelt mein Gehirn ein. Herb und rau und männlich.

»Du kannst nicht unangekündigt hier auftauchen und mich so ansehen«, macht Adrian mir klar, sein Mund nah an meinem.

»Du kannst nicht so hier stehen. Oberkörperfrei und so.«

Ist er gerade nähergekommen, oder berühren sich unsere Oberkörper schon die ganze Zeit?

»Okay.« Er nickt, wobei sein Atem über meine Lippen geistert. »Erklärst du mir noch, was ›und so‹ bedeutet? Nur, damit ich für die Zukunft vorbereitet bin, wenn du unangekündigt bei mir auftauchst.«

»Wie kommst du darauf, dass das nochmal passieren wird?«

»Man darf doch träumen, oder?«

Himmel, ich hoffe es. Sonst erwartet mich in der nächsten Welt noch mehr Übel als sowieso schon.

Die Finger, die an meinem Kinn liegen, drücken mein Gesicht hoch. Mir stockt der Atem, als Adrian den Kopf senkt und seine Lippen auf meinem Hals presst.

»Küsst du mich gerade?«, flüstere ich, hin- und hergerissen, ob ich ihn an mich ziehen oder direkt anspringen soll.

»Käme nie auch nur auf die Idee«, sagt er gegen meine erhitzte Haut. Die Finger auf meinem Rücken wandern ein Stück tiefer.

Instinktiv gebe ich nach, hebe die Hände an diese außerordentlich schönen Schultern und stoße ein kehliges Geräusch aus. Durch die verfluchte graue Jogginghose spüre ich Adrians Erektion an meinem Bauch.

»Wolltest du mir nicht noch erzählen, was du hier tust?« Abwechselnd beißt und küsst er meinen Hals.

Hitze durchströmt mich, das alles fühlt sich so gut an, und zwischen meinen Beinen beginnt es zu pochen. »Verrat mir lieber, was genau du hier tust«, halte ich dagegen, nur um zu wimmern, als Adrian sich zurückzieht, die Hände über meinem Kopf gegen die Tür knallt und seine Stirn gegen meine presst.

In seinen Augen lodert es. »Du hast angefangen.«

»Ich? Wer macht denn die Tür auf und steht da wie Eros persönlich?«

»Wer taucht denn hier auf in einem Top, das –«

»Ja?« Sein Blick wandert zu meinem Ausschnitt.

»Adrian!« Ich verpasse ihm einen Klaps. Er wendet sich mit einem Schnaufen ab. Enttäuscht sehe ich zu.

»Das kann mir niemand verübeln«, murmelt er, mehr zu sich selbst, geht zu seinem Schrank und streift sich ein Shirt über.

»Soll ich auch eins überziehen oder geht es?«, spotte ich und sehe mich verstohlen um. Große Fenster, Eichenholzmöbel, Landschaftsaufnahmen. Grün ist neben den Holztönen die dominierende Farbe und –

Mich trifft Stoff im Gesicht.

Es ist eine graue Sweatshirtjacke. »Ist das dein Ernst?«

Einen Ausdruck im Gesicht, der an die Unschuld persönlich erinnert, hebt Adrian beide Hände. »Nur, weil dir meistens kalt ist.«

»Danke«, entgegne ich trocken. »Aber kalt ist mir gerade wirklich nicht.« Er murmelt etwas, dessen Bedeutung sich mir aufgrund mangelnder Kenntnisse seiner Muttersprache entzieht, und schüttelt dabei den Kopf.

Uns beiden zuliebe schlüpfe ich in die Jacke und ziehe den Reißverschluss hoch. Ich muss die Ärmel dreimal umschlagen, doch der vertraute Geruch löst ein merkwürdiges Gefühl in mir aus. Adrian räuspert sich. »Also, was genau machst du hier? Möchtest du etwas trinken?«

»Nein, danke.« Ich winde mich, es ihm zu erzählen, allerdings ist er mit den Geheimnissen meiner Familie besser vertraut als ich. Vermutlich kann er mir meine Fragen beantworten.

»Ich wollte eigentlich gar nicht herkommen«, gestehe ich. »Ich hab das Haus verlassen und bin einfach losgelaufen.« Erst jetzt wird mir das so richtig bewusst. »Scheiße! Kannst du James schreiben, dass ich hier bin? Ich habe Jimmy nicht Bescheid gesagt, er war gar nicht mehr da.«

Adrian guckt mich an, als wäre irgendetwas mit mir nicht ganz richtig, fängt sich aber schnell. »Kein Problem. Willst du dich setzen und mir alles in Ruhe erzählen?«

Ich gehe zu der plüschig aussehenden Couch in der Zimmermitte. Auf dem Glastisch davor liegen eine Kamera und ein halb geöffneter Laptop.

Adrian tippt eine Nachricht in sein Handy, bevor er sich ebenfalls setzt. In sicherem Abstand zu mir auf einen Sessel. Ich rolle die Augen, kommentiere es aber nicht. »Robert war da, als ich nach Hause gekommen bin«, platzt es aus mir heraus.

Er beugt sich vor und greift nach meiner Hand. »Bist du okay? Wart ihr allein? War *Vittoria* zu Hause?«

Ich umklammere seine so viel größere Hand, spüre das rhythmische Pochen, nach dem ich gesucht habe, unter den Fingerkuppen. »Mit mir ist alles gut. Jimmy war bei mir, aber Lucas war nicht da, und Victoria ist ...«

»Ich weiß.«

»Wie oft kommt das vor?«

»Dass sie sich so verhält? Nur wenn Robert auftaucht. Und der kriecht alle paar Monate aus seiner Ecke. Lucas hat Order, ihn nicht reinzulassen, aber irgendwoher weiß er immer genau, wann Lucas frei hat oder Besorgungen macht.«

»Aber was will Robert?«

Er zuckt die Schultern und betrachtet nachdenklich seine Kamera, wobei er, vermutlich unbewusst, mit dem Daumen meinen Handrücken streichelt.

»Kontrolle, nehme ich an. Weißt du von Robert und Henry?«

Ich schüttele den Kopf, trotz der hartnäckigen Ahnung, die sich in meinem Hinterkopf festgehakt hat. Vielleicht liege ich auch ganz falsch.

»Ich dachte nie, dass ich derjenige sein müsste, der das Ganze jemals erklärt, geschweige denn dir.« Adrian seufzt. »Aber gut. Du hast Glück, dass heute niemand zu Hause ist, dann kann ich dir nämlich was zeigen. Komm mit.«

Ich folge Adrian auf die Galerie und die Treppe hinunter, durch einen Gang, den die meisten Gäste vermutlich niemals zu Gesicht bekommen, in einen großen Raum, der wohl den Salon des Hauses darstellt. Deckenhohe Fenster auf der linken Seite, deckenhohe Bücherregale auf der rechten. Adrian hält immer noch meine Hand, und es fühlt sich gut und vertraut an, also sage ich nichts dazu.

Vor dem eindrucksvollen Bücherregal bleiben wir stehen, und als er meine Hand loslässt, würde ich ihn am liebsten bitten, sie wieder zu nehmen. Stattdessen sehe ich stumm zu, wie er ein paar Bücher prüfend betrachtet. Sie weisen allesamt keinen Titel auf dem Rücken auf, doch daran scheint er sich nicht zu stören. Er scheint genau zu wissen, wonach er sucht. Schließlich zieht er ein smaragdgrünes Buch hervor, das sich beim Aufschlagen als Fotoalbum entpuppt.

»Da ist es ja«, murmelt er und blättert so schnell durch die Seiten, dass ich nicht erkennen kann, was auf den Bildern abgebildet ist. »Das hat meinem Großvater Adriano gehört«, erklärt Adrian. »*Mamma* hat es nach der Hochzeit mit hierhin gebracht. Sie sagt, so hat sie das Gefühl, ein Stück Heimat bei sich zu haben.«

Ich kann mir vorstellen, dass Nunzia die geliebten Erinnerungen ihres Vaters nicht in Italien bei ihrer Mutter lassen wollte, wenn es doch ein offenes Geheimnis ist, dass diese ihren Ehemann umgebracht hat.

»Da ist es.« Adrian betrachtet ein Bild und senkt das Buch ein Stück, damit ich ebenfalls gucken kann.

Es ist eine Sepiafotografie. Der Mercedes 350 SLC springt mir zuerst ins Auge. Er steht vor einem hübschen, typisch toskanischen Haus.

An die Fahrertür gelehnt steht ein Mann mit dunklen Augen und heißem Lächeln. Adriano Bellini. Er scheint Anfang dreißig zu sein, mit Bartschatten und einer glänzenden Uhr am Handgelenk. Links neben ihm steht ganz lässig ein Mann, der meinem Erzeuger sehr ähnlich sieht. Nur sind seine Augen dunkel und er trägt einen Anzug aus Leinen, wohl den italienischen Temperaturen angepasst. Er ist auf dem Bild jünger, als James es jetzt ist, doch ohne Zweifel betrachte ich gerade Robert Blackwell. Mein Blick wandert weiter zum dritten Mann, der –

»Oh.« Der dritte Mann ist auch Robert Blackwell.

Von den Gesichtszügen und dem Körperbau über die Haltung bis hin zum schiefen Lächeln, das gleich viele Zähne aufblitzen lässt wie das seines Zwillings.

»Robert und Henry«, sagt Adrian überflüssigerweise.

Er blättert eine Seite weiter. Dort haben sich zwei Frauen zu den drei Männern gesellt. Die erste hat dichte, dunkle Locken und ist sehr klein. Sie hat die Hände auf Adrianos Brust gelegt und am Ringfinger schimmert es. Sein Arm liegt um ihre Taille, und er guckt auf eine Art in die Kamera, die mich glauben lässt, dass sie ihm kurz davor einen provokanten Spruch gedrückt hat. Belustigt und mit einer Spur Ungeduld. Das ist dann wohl Adrians *nonna*. Benedetta. Seine Großeltern waren ein hübsches Paar. Bevor sie ihn um die Ecke gebracht hat.

Die zweite Frau steht zwischen den Zwillingen. Fast wäre sie mir nicht aufgefallen. Zwar steht sie hoch aufgerichtet, die Schultern zurück und der Rücken gerade, doch sie lächelt schüchtern, die Hände hinter dem Rücken.

Ihre Ausstrahlung muss über die Jahre gekommen sein, mit Welttourneen und stehenden Ovationen und Paparazzikameras. Auf diesem Bild ist meine Großmutter zwar schon verheiratet, aber noch blutjung.

Es dauert einen Moment, bis ich identifiziere, was genau es ist, das mich irritiert: Ihr heute lackschwarzes Haar bildet auf dem Foto einen viel kleineren Kontrast zu den Leinenanzügen der Zwillinge, als es müsste. Ich erinnere mich an die Fotos von ihr, die ich kenne, doch überall ist ihr Haar tiefschwarz.

Neugierig sehe ich zu Adrian hoch. »Welche Haarfarbe hat sie unter dem Schwarz?«

»Wusstest du, dass das Gen für rote Haare von beiden Seiten vererbt werden muss, damit sie auftreten?«

»Natürlich.«

»Du hast rote Haare. Samantha auch. James hat dir das Gen vererbt, aber bei ihm ist es nicht dominant aufgetreten. Eine Generation vorher allerdings ...«

Adrian schlägt das Album eine Seite weiter hinten auf, und da ist sie wieder.

Diesmal sitzt meine Großmutter mit Wein in der Hand vor einer Zypressenkulisse. Das Bild ist farbig, und ihr Haar, das glatt und glänzend über die linke Schulter fällt, ist rot. Nicht Samanthas edler Kupferton, nicht mein schrilles Karottenorange, aber unverkennbar rot.

»Verrückt.« Ich schüttele den Kopf, komme aber schnell auf die wesentlichen Dinge zurück.

»Henry und Robert. Mit welchem war sie verheiratet?«

»Schwierige Frage.« Adrian klappt das Buch zu und schiebt es wieder an seinen Platz. »Sie hat mit 18 hier in London einen Mann geheiratet, der aussah wie und angesprochen wurde mit Henry Blackwell. Eine Woche später hat sie in Nizza

kirchlich geheiratet. Einen Mann, der aussah wie und angesprochen wurde mit Henry Blackwell.«

Nur gab es zwei Männer, die aussahen wie Henry Blackwell.
Weiß Gott, sie wären nicht die ersten Zwillinge, die hin und
wieder Rollen tauschen. Und Robert behauptet, er sei James'
Vater. Aber als ich ihn darin korrigiert habe, dass James nicht
mein Vater ist und er dachte, der Begriff ›Erzeuger‹ beziehe
sich auf ihn, war er nicht überrascht.

»Aber Robert ist James' biologischer Ursprung, richtig?«

»Das behauptet er.« Adrian zuckt die Schultern. »Weder
James noch *Vittoria* dementieren es. Ich nehme also an, dass
es stimmt.«

Er dreht sich um, und ich folge ihm zurück in sein Zimmer.
Diesmal setzen wir uns beide auf die Couch.

»Sie war jung, hatte nichts von der Welt gesehen. Robert
und Henry waren Mitte zwanzig, auf Studienreise in Europa.
Kulturen kennenlernen, sich austoben, die Kontakte ihrer Eltern pflegen. Ihnen stand die Welt offen, und soweit ich weiß,
ist *Vittoria* lange nicht wirklich daran beteiligt gewesen, was
sie tut. Welche Rollen sie annimmt, wo sie wohnt, nicht mal,
was sie auf den Pressetouren anzieht. Das haben die beiden
übernommen, ihr ganzes Leben geplant, sie hat mitgemacht.
Natürlich, zwei selbstbewusste und gebildete Männer an ihrer
Seite, das hat ihr das Gefühl von Sicherheit gegeben.

Erst später hat sie begonnen, ihr Leben selbst in die Hand
zu nehmen. Wenige Aspekte ihres Lebens hat sie wirklich kontrolliert. Dann ist Henry gestorben, kurz nach der Premiere
des *Phantoms*. James war zehn oder elf. Was dann passiert ist,
weiß ich nicht. Aber Robert hat das Haus am Ovington Square
verlassen. Er war lange Jahre Direktor der Bank of England.
Wenn er auftaucht, rastet sie völlig aus. Ohne Beruhigungsmit-
tel kommt sie dann nicht klar. Robert tut ihr körperlich nichts.
Sie lässt ihn freiwillig ins Haus, wenn er vor der Tür steht. Ich
glaube, das ist der Teil von ihr, der damit erwachsen geworden ist, ihre Sicherheit in seine und Henrys Hände zu legen.«

Das ist vermutlich logisch. Wie Thea, die ihren Vater liebt und sich für ihn eine Kugel fangen würde, weil er irgendwann, vor langer langer Zeit gut zu ihr war und sie liebevoll aufgezogen hat. Bis sie sein persönlicher Punchingball geworden ist.

»Und du meinst, Robert kommt vorbei, um diese Kontrolle auszuüben?«

Adrian zuckt mit den Schultern und lehnt sich zurück. Sein Arm landet dabei auf der Couchlehne, die Fingerspitzen nur Zentimeter von meinen entfernt. Ich könnte danach greifen. Also, wenn ich wollte.

»Ich habe die Erfahrung gemacht, dass niemand gerne die Kontrolle verliert.« Der Unterton in seiner Stimme ist unüberhörbar.

Ich unterdrücke den Impuls, ihn anzupflaumen. Stattdessen sage ich leise: »Das stimmt wohl.« Es kostet mich Überwindung, den Kopf zu heben und in die grünen Augen zu sehen, die fest auf mein Gesicht gerichtet sind.

Adrian guckt mich an wie ein Rätsel, das er nicht ergründen kann. »Wie geht es dir?«

»Gut, wieso?«

Anhand des zuckenden Muskels in seinem Kiefer weiß ich, dass er diese Antwort missbilligt. Natürlich tut er das. Es gibt keine oberflächlichere Antwort als diese. Und vermutlich ist sie auch nicht fair.

Adrian war immer gut zu mir. Er hat auf mich aufgepasst und versucht, mir zu helfen. Er hat auch nicht versucht, mich zu drängen, dadurch dass er sich zurückgezogen hat. Er hat lediglich eine Grenze gezogen, die er nicht mehr überschreiten will.

Es liegt in meiner Hand. Auch, wenn ich mir noch nicht sicher bin, wie es jetzt weitergeht, ist Ehrlichkeit eine Art von Respekt, den ich ihm erweisen sollte.

»Ich rauche nicht mehr«, offenbare ich. »Also Joints.«

»Wirklich?« Die Freude in seiner Stimme wärmt mich. »Das ist toll!«

Ich brumme. »Das war nicht meine Idee. Meine Ma und mein Dad haben das entschieden.«

»Du nimmst also wieder die Medikamente?«

»Nein.« Ich betrachte seine Finger und greife danach. Er verschränkt sie mit meinen, dann spreche ich weiter. »Ich kriege jetzt Tee. Mit irgendwelchen Mitteln darin. Ich dachte nicht, dass sie wirken würden. Und allein schlafen ist die Hölle, außerdem bin ich manchmal unruhiger als vorher. Aber im Großen und Ganzen geht es mir wirklich ganz okay.«

Adrian lächelt sanft, und mein Herz steigert sein Schlagtempo bei diesem seraphischen Anblick.

Kurz sagt niemand von uns etwas, doch dann frage ich: »Wie ist es bei dir? Wie fühlst du dich, wieder zurück in London?«

»Auch ganz okay, denke ich. Entweder beschäftige ich Cara, weil *mamma* in den letzten Tagen Migräne hatte, oder ich bin auf der Arbeit. Verbringe viel Zeit damit, mich durch irgendwelchen Finanzkram zu wühlen.«

»Aber heute hast du frei?«

Er nickt und zieht unsere verschränkten Hände vor seinen Mund, als er gähnt, wodurch ich automatisch näher an ihn heranrücke.

»Tschuldige, ja, habe ich. *Mamma* und Cara sind mit Domenico und Bella in irgendeinem Museum. Nur heute Abend muss ich zu Jay. Er und Kyle haben endlich all ihren Kram in Kyles Wohnung untergebracht, und wir stoßen darauf an. Hat auch lange genug gedauert.«

»Jays Wohnung steht unter Wasser, richtig?«

»Inzwischen nicht mehr. Sie sind wohl mit der Sanierung ziemlich weit, aber Jay möchte bei Kyle bleiben. Eine solche Wohnung ist aber schnell wieder weg, da wird Sam keine Probleme haben.« Nein, das wird sie nicht. Wohnungen in London sind heiß umkämpft.

»Ich finds nur schade, dass wir da nicht mehr im Sommer sitzen werden. Sie hat eine große Innenterrasse und geht über zwei Etagen, das ist toll.«

»Du kannst Samantha ja fragen, ob sie dich dort einziehen lässt«, schlage ich vor und kichere. »Dann kommt sie nicht in fremde Hände.«

Adrian lacht auch. »Tolle Idee. Deine Mutter ist gerade zwar wirklich schlecht auf mich zu sprechen, aber vielleicht überwindet sie das, wenn sie mir Unmengen an Miete abknöpfen kann.«

»Wieso ist sie nicht gut auf dich zu sprechen?« Das kann ich mir gar nicht vorstellen, allerdings ist meine Fachkenntnis über Samantha und ihren Charakter auch aufs Höchste eingeschränkt.

»Wir haben uns ziemlich gestritten«, gibt Adrian zu. Er sagt es nicht, doch ich weiß sofort, dass es meinetwegen war. »Sie hat gesagt, ich sei als Gast bei ihr nicht mehr willkommen.«

»Das hat sie gesagt?« Das ist hart.

»Genau genommen hat sie gesagt, dass sie mich nur duldet, weil du mich dort haben willst. Aber bitte wirf ihr das nicht vor, ja? Ich habe es dir erzählt, weil du gefragt hast, sonst hätte ich es nicht erwähnt. Das war in einem Moment, in dem die Gefühle mit uns allen durchgegangen sind. Kein Grund, wegen dem ihr euch streiten solltet.«

»Adrian.« Ich rutsche näher und nehme sein Gesicht in meine Hände.

»Ich weiß, dass du es so gewohnt bist, die zwischenmenschlichen Beziehungen in deiner Familie zum Positiven zu beeinflussen, dass dir gar nicht mehr auffällt, wenn du es auch bei anderen tust. Aber, und das musst du mal hören, das ist nicht deine Aufgabe. Und du bist auch nicht schuld, wenn es nicht funktioniert. Konflikt ist etwas Natürliches und Gesundes, das manchmal notwendig ist, um weiterzukommen oder seine Meinung zu äußern. Nicht umsonst wird Kindern inzwischen in der Schule beigebracht, zu debattieren.«

»Du und Samantha debattiert aber nicht, ihr streitet. Lautstark und nicht unbedingt konstruktiv. Das müsst ihr meinetwegen nicht.«

Ich fahre ihm mit dem Daumen über die Wangenknochen. »Ob und wann und weswegen ich Streit anfange, entscheide ich selbst. Und wenn ich es deinetwegen tue, hast du keinen Grund, dich dafür schuldig zu fühlen. Ganz unabhängig davon, dass ich seit fast zwei Wochen keinen Kontakt mehr zu Samantha habe.«

Nicht, seit Thea fort ist.

Adrian sieht nicht überzeugt aus, doch er protestiert auch nicht. Zufrieden weiche ich zurück und lasse ihn los.

Habe ich das vorher schon mal gemacht? Die vernünftige, belehrende Person sein? Oder hat er immer diesen Part übernommen? Ich weiß nur, dass es sich ziemlich erwachsen anfühlt.

Eine eingehende Nachricht auf seinem Handy unterbricht, was immer er gerade sagen wollte, und die Art, wie er die Brauen beim Lesen zusammenzieht, verrät mir, dass er nicht begeistert ist. »James ist unten, um dich abzuholen.«

»Hat er nicht eine Mutter, auf die er aufpassen muss?«, maule ich, denn ich will noch weniger gehen, als ich ursprünglich herkommen wollte.

»Wenn ihr Hausarzt ihr was zur Beruhigung verpasst hat, schläft sie meistens, oder zumindest ist sie so ruhig, dass sie alle fortschickt, um allein zu sein.« Adrian erhebt sich und streckt mir die Hand hin. »Na komm, sonst taucht er hier auf.«

»Besser nicht.«

Einen Moment sieht er auf mich herunter, und ich weiß, dass wir an das Gleiche denken. Nur eine kleine Bewegung und seine Lippen lägen auf meinen. Ich werde ihn küssen, beschließe ich. Es ist, was wir beide wollen, was wir tun sollten, weil es sich einfach gut anfühlt und –

Adrian drückt seine Lippen auf meine Stirn. »Danke für deinen Besuch. Es war schön, dich zu sehen, Kate.«

»Gleichfalls«, entgegne ich perplex.

Verwirrt folge ich ihm die Treppe hinunter. Ich habe mir das doch nicht nur eingebildet, diese Spannung in der Luft, oder?

Wir wollen einander. Beide. Der kleine Ausrutscher bei meiner Ankunft ist der beste Beweis.

Ohne auch nur innezuhalten, öffnet Adrian die Haustür. Vor dem Brunnen steht ein Pagani Imola in Saphirblau. Die Scheiben sind zu dunkel, als dass ich James erkennen könnte. Adrian legt die Hand auf den Türgriff.

»Pass auf dich auf, *principessa*.« Er öffnet die Tür, begrüßt James jedoch nicht, sondern schiebt hinterher: »Du weißt, wo du mich findest, wenn etwas sein sollte.«

Ich lasse mich in den Ledersitz sinken. »Nö, wo denn?«

»Meistens ziemlich genau da, wo James sagt, dass ich bin. Frag ihn einfach.«

Ich bekomme nicht die Chance zu antworten, denn Adrian lässt die Tür zuschnappen und steigt schon wieder die Stufen zum Haus hinauf.

Ich schnalle mich an und drehe mich zu meinem Erzeuger um, während der Wagen sich in Bewegung setzt. »In welcher Parallelwelt würde ich dich fragen, wo Adrian ist und darauf vertrauen, dass die Antwort stimmt?«

»Er spricht nicht von mir«, brummt James und hält mit einem ungeduldigen Schnalzen vor dem nur langsam aufschwingenden Tor. »Er meint Jimmy.«

Ich angele mir eine Zigarette aus der brandneu aussehenden, aber halb leeren Packung.

»Jimmy ist wirklich kein James. Du bist ein James. James Bond ist ein James. Aber Jimmy?«

Ungeduldig fummelt auch er eine Zigarette hervor, bevor wir falsch herum abbiegen. »Jimmy ist genauso ein James wie Jimi Hendrix oder Jimmy Connors.«

»Wer ist das?«

»Jimi Hendrix war –«

»Alter. Wer ist Jimmy Connors?«

»Ehemaliger Tennisspieler. Frag deine Mutter.«

»Oder auch nicht. Du fährst falsch.«

»Du weißt doch gar nicht, wo ich hinwill.«

»Ist egal, wo du hinwillst, du landest sowieso in der Hölle.«

»Ich freue mich auf die Ewigkeit mit dir.«

»Und vermutlich jedem anderen, den du kennst.«

Ich bekomme ein bockiges Schnauben als Antwort, bevor wir gleichzeitig die Fenster runterfahren, um zu aschen. »Wie geht es ihr?«, erkundige ich mich vorsichtig. James fährt uns am Hyde Park vorbei. Irgendwie ist es merkwürdig, ihn am Steuer eines Wagens zu sehen, in vollem Dreiteiler, in der rechten Hand eine Kippe, die linke am Lenkrad.

Seine Stimme ist trüb vom Rauch, als er sagt: »Sie hat sich hingelegt, morgen wird sie es überstanden haben und kein Wort davon hören wollen.« Ich ernte einen Seitenblick. »Es tut mir leid, dass du das mitbekommen hast. Gibt es irgendwelche Fragen, die ich dir beantworten soll?«

Ich überlege, ob ich die eine, die offengeblieben ist, wirklich stellen soll, aber vermutlich wird es mich sonst nie in Ruhe lassen. Außerdem hat er es von selbst angeboten, und es gibt Gelegenheiten, die nicht wiederkommen. »Wusste sie es? Wusste sie –« Ich unterbreche mich selbst, weil ich nicht genau weiß, wie ich diese Frage formulieren soll. Wusste Victoria, wen sie geheiratet hat? Ob es beide waren? Ob sie mit beiden geschlafen hat? Beide geliebt hat?

»Ja«, unterbricht James meine Gedanken. »Sie hat Robert und Henry immer mühelos unterscheiden können. Sie hat sich in beide verliebt, beide geheiratet und mit beiden eine Beziehung geführt.«

»Aber sie ist sich trotzdem sicher, dass Robert –«

»Ja. Sie war auf Tournee und hat Henry vier Monate nicht gesehen. Als sie zurückkam, mit Robert, war sie in der zehnten Woche.« Daran gibt es wohl nichts zu diskutieren. James starrt durch die Scheibe auf die Straße, der Kiefer verkrampft, und jetzt tut es mir doch leid, dass ich gefragt habe.

Vorsichtig strecke ich die Hand aus und tätschele ihm den Arm. »Tut mir leid, dass es deinem Erzeuger an positiven Charaktereigenschaften mangelt.«

»Gleichfalls«, brummt er, und wir biegen so dermaßen scharf ab, dass ich aus Versehen die Nägel in seinen Arm kralle.

»Autofahren kannst du auch nicht«, maule ich. »Aber es gibt einen Weg, wie du all diese Sachen wieder gut machen kannst.«

»Der da wäre?«

»Jimmy und ich haben uns letztens über die, laut Forbes, zehn reichsten Menschen Großbritanniens unterhalten. Du kennst nicht zufällig einen davon, der mir einen Lambo kauft?«

Ich schenke ihm mein bestes liebenswürdiges Lächeln und sehe ein bisschen erleichtert, dass seine Mundwinkel sich ein Stück nach oben bewegen.

Als wir an der Ampel halten, sieht er mich prüfend an.

»Würde das wirklich alles gut machen?«

»Nein«, entscheide ich sofort.

»Hat nicht irgendwer mal gesagt, eine Rolex ist nichts wert, wenn sie dir bloß sagt, dass deine Mittagspause endet und du wieder für den Erfolg anderer arbeitest? Was soll ich mit einem schnellen Auto in einem Land voller Geschwindigkeitsbegrenzungen, in dem mein Führerschein nicht gültig ist und wo mir ständig jemand sagt, wann ich wo zu sein hab?«

»Es gibt immer noch Rennstrecken.«

»Und ich denke nicht, dass Sam oder mein Dad damit einverstanden wären. Außerdem kannst du dich vielleicht beim Staat mit Spenden von deinen Steuerschulden freikaufen, aber nicht bei mir.«

»Ich sehe, deine Ansprüche sind hoch.«

»Ich bin außergewöhnlich«, erkläre ich arrogant. »Mit gewöhnlichen Dingen gebe ich mich selten zufrieden.«

»Davon habe ich gehört. Matthew und Nunzia haben mir eine Geschichte über eine Uhr erzählt, die aus Köln für dich eingeflogen wurde.«

Ich zucke die Schultern.

»Eine Notlüge. Die mir, wohlgemerkt, jeder geglaubt hat. Ich würde ja fragen, ob du sie bestätigt hast, aber da Lea noch nicht in ein Kloster gesperrt wurde, gehe ich davon aus. Sonst hätte ich auf härtere Mittel zurückgreifen und allen erzählen müssen, dass ich mit ihr schlafe. Warum bestrafen ihre Eltern sie dafür, dass sie ein Mädchen ist?«

»Matthew und Nunzia sind beide mit Weltbildern groß geworden, die nicht in die moderne Welt gehören. Allerdings heißt das nicht, dass sie Cara und Leandra weniger lieben als die Jungen. Und würdest du das wirklich tun?«

»Klar. Wenn sie ansonsten annehmen, dass sie es mit Emmett treibt. Was für eine Strafe kriegt Lea, wenn sie jemandem die Zunge in den Hals steckt?«

»Hausarrest, wenn ich raten müsste.«

»Und was würde Leonardo bekommen, wenn seine Eltern erfahren würden, dass er jemanden sexuell belästigt hat?«

»Jemanden?« James Blick bohrt sich in meinen.

Ich halte stand und nicke. »Ja, genau. Jemanden.«

Er trommelt mit den Fingern auf dem Lenkrad herum, als überlegte er, inwiefern es sich lohnt, genauer nachzufragen. Jedoch entscheidet er sich dagegen und beantwortet stattdessen meine Frage: »So wie ich es einschätze, bekäme er einen Monolog zu hören, wie wichtig es ist, die Familie und damit das Unternehmen nicht in Verruf zu bringen.«

»Wow!«, sage ich sarkastisch. »Einschneidendes Erlebnis.«

»Domenicos Art, damit umzugehen, wäre deutlich weniger nachlässig.«

»Was hat Domenico damit zu tun?«

»Das Unternehmen und die Familie sind untrennbar miteinander verbunden. Wer der Bellini Group vorsteht, steht der Familie vor, und als diese Person behält Domenico sich das Recht vor, Familienmitgliedern Konsequenzen aufzuerlegen, sollte er es für gerechtfertigt halten.«

»Aber gehört Bellini nicht Matthew?«

»Matthew ist kein vollwertiges Mitglied der Familie. Er verwaltet die Anteile, die Adrian zustehen, weil Nunzia das ältere Kind ist und damit das Unternehmen an ihren Familienzweig geht. Als Frau steht ihr die Verwaltung nicht zu und Matthew hat damals geschickt verhandelt. Aber als Außenstehender könnte er niemals dauerhaft eine leitende Position im Unternehmen oder der Familie innehaben.«

Dauerhaft? Hält er Adrians Aktien nicht, bis der Mitte zwanzig oder Anfang dreißig ist? Mehr als zwei Dutzend Jahre sind nicht dauerhaft? Allerdings ist die Bellini Group zweihundert Jahre alt. Was sind dreißig Jahre gegen zweihundert?

»Wenn Leandra heiratet, versammelt ihr euch in der Hochzeitsnacht wie eine Reihe Creeps vor der Tür, bis ihr ein blutiges Laken zu sehen bekommt?«

»Ich spare es mir, dich darüber zu informieren, dass Jungfräulichkeit ein gesellschaftliches Konstrukt ist. Und ich bin mir durchaus bewusst, dass es weder fair noch schön ist, aber meine Mittel sind begrenzt. Ich gebe mir Mühe, Leandra alles an Freiheiten zu ermöglichen, aber mit dem Kopf durch die Wand zu rennen ist hier keine Lösung.«

»Nichtstun auch nicht.«

»Ich tue nicht nichts. Ich versuche nur, bei allem, was ich tue, das Wohl der Mädchen im Auge zu behalten. Dabei muss ich nun mal Kompromisse eingehen, auch wenn es mir nicht gefällt.«

Das lässt ihn leider nach einer ganz anderen Art von Mensch klingen, als die, die er bisher für mich war.

Doch ganz so schnell lasse ich mich nicht überzeugen.

»Wieso hast du dann keinen positiven Einfluss auf die Jungen genommen? Die Chance existiert, dass sie eines Tages eigene Töchter haben.«

»Es ist dir nicht bewusst, weil du es nicht weißt, aber ich habe Einfluss auf die Jungen ausgeübt. Zumindest im Rahmen meiner Möglichkeiten, die sich allerdings auf Adrian beschränkt haben. Er war immer mit Emmett zusammen. Und Jay. Ob bei George und Tamara, deiner Mutter oder mir. Sie waren unzertrennlich. Adrian hat andere Familienkonstellationen und Ansichten kennengelernt.

Lorenzo hat lange bei seiner Mutter gelebt und dort die Realität erfahren. Aber Leo? Er ist festgefahren in den Ansichten, die seine Eltern ihm eingetrichtert haben.«

»Seine Eltern oder sein Vater?« Adrian lässt es immer so klingen, als wäre Matthew die Ursache allen Übels.

»Täusch dich nicht, was Nunzia angeht. Sie bekommt deutlich mehr mit, als ihre Kinder denken, und sie ist gut darin, sie zu beeinflussen. Genau wie Benedetta. Gerade was Adrian und Leonardo angeht. Du wirst nicht erleben, dass sie sich jemals gegen sie stellen würden.«

»Sie werden mir beide immer sympathischer.«

»Benedetta ist kein sonderlich sympathischer Mensch. Du wirst es mitbekommen, wenn sie bald hier ist. Die Gala wird sie sich nicht entgehen lassen. Zweihundert Jahre Bellini und sie war maßgeblich daran beteiligt, dass es nicht bei hundert und einigen Jahrzehnten aufgehört hat.«

»Durch den Mord an ihrem Ehemann oder weil sie ihre Tochter wie ein Zuchtpferd verkauft hat?«

James greift nach einer weiteren Zigarette, die er erst anzündet, bevor er mir antwortet.

»Es gibt Dinge, Katharina, über die wird nicht gesprochen.« Er klingt ernster als bisher.

»Und es gibt Dinge, deren Erwähnung leichtsinnig und töricht ist. Dein Leichtsinn ist mir wohlbekannt, aber sei nicht auch töricht. Benedetta Bellini sollte man nicht gegen sich aufbringen. Merk dir das, ich bitte dich.«

7

Way Down We Go – Stripped – KALEO

ADRIAN

Ich frage nicht, wieso Enzo möchte, dass ich ihn bei dieser lästigen Aufgabe, die Dad ihm auferlegt hat, begleite. Wir sind ein effizientes Team geworden in den letzten Tagen, die wir miteinander verbracht haben.

Bellini Finance ist ein Unternehmenszweig, der im großen Gebilde des Familienimperiums keine Beachtung findet. Ein Investmentprojekt, das Dad und Enzo hochgezogen haben.

Keiner guckt richtig hin, schließlich stimmen die Ergebnisse. So merkt kaum jemand, dass ich inzwischen einen Großteil von Enzos Arbeit erledige, während er sich in seinem Büro einschließt.

Beim Aussteigen aus dem Auto muss ich mir Mühe geben, mit der Tür nicht den Mercedes neben mir zu zerkratzen, während Enzo auf der anderen Seite fast 1,5 Meter zum nächsten Wagen Platz hat.

Er kann aufs Verrecken nicht parken, vermutlich nicht mal, wenn man ihm eine Waffe an die Schläfe hielte.

Die Luft ist schwüler als die letzten Tage, vermutlich endet Londons Gutwettersträhne. Wir steuern das alte Gebäude an, das jetzt in der Sommerzeit ausgestorben daliegt. Natürlich, während der Ferien sind seine regulären Besucher in allen

Ecken der Welt verstreut. Oder zumindest jene Ecken, die der Jetset momentan favorisiert.

Ich vertraue darauf, dass Enzo weiß, wo wir hinmüssen, denn ich selbst habe die Schule, die die Zwillinge und Cara besuchen, nie von innen gesehen. Wir bleiben vor einer Eichenholztür stehen und Enzo klopft an.

»Herein«, sagt eine männliche Stimme, und wir betreten den Raum.

Es ist ein Klassenzimmer, wie es sie millionenfach auf der Welt gibt. Drei Tischreihen, ein Smartboard, Plakate über Disraeli und Gladstone an der Wand.

Am Pult sitzt ein Mann, den ich auf Mitte dreißig schätzen würde, über einen Stapel Papiere gebeugt. Er erhebt sich mit einem müden Lächeln, als wir eintreten. »Ah, Sie sind wohl die Brüder von Cara und den Zwillingen.«

»Richtig.« Enzo schüttelt ihm die Hand. »Lorenzo St. John.«

»Sehr erfreut. Ich bin Graham Fray.« Er schüttelt auch mir die Hand.

»Adrian St. John. Danke, dass Sie sich Zeit nehmen, Mr. Fray.«

»Selbstverständlich.« Ich bin mir sicher, dass die Selbstverständlichkeit daher kommt, dass Bellini letztes Jahr die Erneuerung des Naturwissenschaftstraktes gesponsert hat.

»Was kann ich für Sie tun?« Er setzt sich wieder.

Dummer Fehler, denn Enzo lehnt sich gegen einen der Tische in der vorderen Reihe und ist prompt schon allein von der gesamten Bildsprache in der mächtigeren Position. Mr. Fray bemerkt es ebenfalls, doch jetzt kann er schlecht wieder aufstehen.

Ich wende mich ab und schaue aus einem der Fenster auf den ausgestorbenen Hof.

Schöne Aussicht, aber kein Vergleich mit Eton.

»Sie sind der Klassenlehrer von Leonardo und Leandra, nicht wahr?«, fragt Enzo.

»Das ist richtig. Ich unterrichte die beiden in englischer Literatur und Politik.«

»Sie haben beide sehr gute Noten, Leandra sogar herausragend, nicht wahr?«

»Ja. Ihre Schwester ist aufmerksam und fleißig, außerdem freundlich und hilfsbereit.«

»So geht es aus Ihrer Persönlichkeitsbewertung hervor. Leonardos dagegen hat uns stutzen lassen.«

Mr. Fray räuspert sich und ich drehe mich um. Unter Enzos freundlichem Lächeln fühlt er sich unwohl. »Auch die Bewertung Ihres Bruders ist positiv.«

»Auf den ersten Blick vielleicht.« Enzo lehnt sich vor. »Doch zwischen den Zeilen lässt sich herauslesen, dass er faul ist und ein Autoritätsproblem hat.« Seine Stimme wird streng und beinah tut Mr. Fray mir leid.

»Da haben Sie sicher etwas –«

»Ich denke nicht, dass ich etwas falsch verstanden habe«, unterbricht Enzo ihn kühl. »Was mich allerdings wundert, ist, dass er trotz all dieser Bemerkungen beinah ebenso gute Noten wie Leandra hat. Finden Sie das nicht merkwürdig?«

»Nun ja ... Er beteiligt sich im Unterricht durchaus.«

»Mit was? Unangebrachten Zwischenrufen? Wenn Sie Ihre Fächer beherrschen, wissen Sie ebenso gut wie ich, dass er Byron nicht von Shakespeare und Absolutismus nicht von Sozialismus unterscheiden kann.«

Mr. Fray schaut ihn an, einen ganzen langen Moment, dann schnauft er. »Und wieso sollte er auch? Mr. St. John, bei allem nötigen Respekt, Kinder spiegeln, was sie zu Hause lernen. Und so, wie Sie und Ihr Bruder hier hereinspazieren, als würde dieser Ort Ihnen gehören, ist es kein Wunder, dass Ihr kleiner Bruder denkt, das Sonnensystem würde sich um ihn bewegen. Er ist frech, undiszipliniert und zeigt in vielerlei Hinsicht Charakterschwäche. Und das Schlimmste ist, dass er eines Tages einem Menschen, der es durch harte Arbeit verdient hätte, einen Platz an einer guten Universität und auf dem Arbeitsmarkt wegnehmen wird.« Schweratmend krempelt er sich die Ärmel hoch.

Ich schaue perplex zwischen ihm und meinem Bruder hin und her. Enzo scheint weder verblüfft noch verärgert zu sein. Seine Augen glitzern.

»Und genau wegen dieser Ansichten sind wir heute hier. Von all seinen Lehrern sind Sie der einzige, in dessen Beurteilung Leonardo zu erkennen ist, und kein massiv geschöntes Bild.«

Wie bitte? Ich glaube, ich höre nicht richtig. Oder Enzo hat eine ziemlich abgedrehte Strategie, die ich noch nicht durchblickt habe. Ich dachte, wir wären hier, um die Beurteilung korrigieren zu lassen. Einzugestehen, was für ein Kotzbrocken Leo ist, wird dabei kaum helfen.

Auch der Lehrer schaut meinen Bruder jetzt irritiert an.

»Wir sind nicht aus dem Grund hier, den Sie wohl vermutet haben.«

»Sind Sie nicht?«

Sind wir nicht?

»Nein.« Enzo schüttelt den Kopf. »Wir sind nicht hier, um Sie mit einem schönen Urlaub auf Madeira davon zu überzeugen, ein Auge zuzudrücken. Unabhängig davon, dass eines wohl nicht reichen würde. Wir sind hier, weil wir in der Zukunft erwarten, dass Sie ihn wie jeden anderen Schüler behandeln und bewerten. Was er jetzt nicht lernt, lernt er niemals, und ihn zu verhätscheln richtet mehr Schaden an, als dass es nützt.«

Mr. Fray guckt weiterhin so verwirrt, wie ich mich fühle. »Sie wollen, dass ich Ihrem Bruder Benehmen beibringe? Mit allen notwendigen Maßnahmen?«

»Mit allen notwendigen Maßnahmen, die eine repräsentative Gruppe von Pädagogen als wertvoll und vertretbar erachten würde. Wir erwarten, bei Komplikationen oder unerwartet hoher Gegenwehr seinerseits informiert zu werden, um auch im häuslichen Umfeld Maßnahmen ergreifen zu können.«

»Sie meinen das ernst?«

Enzo lächelt. »Das hier ist meine Arbeitszeit, ich habe keine Zeit für Scherze.« Er zieht ein Kärtchen aus der Tasche.

»Außerdem möchte ich Sie bitten, sich hier zu melden. Man wird Sie bei der Problematik bezüglich Ihrer Tochter Eloise unterstützen.« Er legt die Karte aufs Pult.

Mr. Fray verengt die Augen.

»Sie wollen mich also doch bestechen.«

Enzo pflückt sich eine unsichtbare Fluse vom Ärmel.

»Keineswegs. Aber ich erwarte, dass Leonardo Ihre Hauptpriorität wird, und das kann er wohl kaum, wenn Sie sich mit Ihrer Exfrau in einem Sorgerechtsprozess befinden und die deutlich schlechteren Karten haben. Des Weiteren wäre es lächerlich, Ihnen zuzutrauen, Leonardo zu erziehen, aber nicht Ihr eigenes Kind.«

Das scheint das Erste seit unserem Eintreten zu sein, das Mr. Fray wirklich überrascht. Er starrt die Karte an, bevor er sich räuspert und mit belegter Stimme sagt: »Vielen Dank. Ich werde für Ihren Bruder tun, was ich kann.«

»Sehr schön.« Enzo stößt sich vom Tisch ab und wirft einen Blick auf die Uhr. »Und es ging sogar schneller als geplant. Ich wünsche Ihnen noch einen angenehmen Tag.«

»Auf Wiedersehen«, verabschiede ich mich hastig von Mr. Fray und eile Enzo hinterher.

»Was bitte war das?«, frage ich eine Spur zu laut, kaum dass wir auf dem Schulhof sind.

Enzo tippt geschäftig auf seinem Handy und wirft mir einen Seitenblick zu. »Ich bin direkt neben dir, du brauchst also nicht so zu brüllen.«

»Ich brülle, wenn ich brüllen will.«

»Und ich lasse dich nach Hause laufen, sollte ich das Bedürfnis dazu haben.«

»Bist du dir sicher, dass du Dad richtig verstanden hast?«, frage ich, diesmal deutlich leiser.

»Das war nicht Dads Entscheidung. Die Anweisung kam von Domenico.«

»Welchen Grund sollte er dafür haben?«

»Er und James waren heute frühstücken.«

»Aber auch James hat keinerlei Grund dafür. Er kümmert sich nur um Lea.«

Leos eigene Patentante, unsere Tante Aurora, ist an Krebs gestorben.

»Sicher, dass James keinen Grund hat?«

Ich hasse diese Spielchen. »Willst dus mir nicht einfach sagen?«

»Irgendwann wird der Tag kommen, an dem du selbst denken musst, Adrian. Ich versuche nur, dich darauf vorzubereiten. Nur weil James selbst keinen Grund hat, heißt das nicht, dass es nicht irgendetwas anderes gibt, das ihn zu dieser Entscheidung gebracht hat.«

Es gibt nur wenige, die James wichtig genug sind, diese Sache anzustoßen. »Wieso sollten Sam oder Vittoria ein Problem mit Leo haben?«

Anstatt zum Wagen geht er daran vorbei auf den Kiesweg, der in einigen Metern Entfernung auf einem Fußballfeld endet. »Du bist nah dran, wirklich ganz knapp. Aber du solltest dich auf aktuelle Informationen beziehen, nicht auf veraltete. Wir haben eine neue Spielfigur auf dem Brett. Mit der er zufällig gestern bis spätabends in der Lagerhalle saß.«

Als ich nichts sage, rollt er die Augen.

»Mach die Augen auf, Adrian! Wen hat er denn gestern bei uns abgeholt?« Ich ernte eine Kopfnuss. »Nicht seine Mutter, nicht seine Frau, sondern ...«

Endlich fällt bei mir der Groschen. »Wieso sollte er das für Kate tun?«

»Ich weiß auch nicht. Mir fällt wirklich kein Grund ein, wieso sie etwas gegen deinen Bruder haben sollte. Nichts, was er getan haben könnte. Bevor ihr nach Schottland hochgefahren seid. Gegen ihren Willen. Als wir nicht da waren.«

»Du bist verrückt, wenn du glaubst, dass Kate ihm davon erzählen würde, dass Leo sie geküsst hat.« Erstens vertraut sie ihm nicht und zweitens geht sie nicht hin und erwartet von anderen, dass sie ihre Probleme lösen.

»Dann nenn mir einen anderen Grund, warum James sich einmischen sollte. Weil er Gerechtigkeit für die Mittelstüfler will, denen Leo das Pausengeld abzieht?«

»Er zieht Mittelstüfler ab?«

»Du hast echt keine Ahnung, oder?«

»Und das von jemandem, der Sam als James' Frau bezeichnet.«

»Jeder, der etwas anderes denkt, ist taub und blind.« Enzo lacht und betritt den sorgfältig gestutzten Rasen.

»Was meinst du, warum keiner von beiden jemals richtig weitergemacht hat? In diesem Leben kommt keiner von beiden vom anderen los.«

»Glaubst du das wirklich?« Ich persönlich habe ehrlich gesagt niemals darüber nachgedacht. Für mich sind es Samantha und James. Und nicht Samantha & James. Sie waren immer zwei Individuen in meinem Kopf, niemals eine gemeinsame Instanz.

»Im Gegensatz zu dir habe ich sie noch als Traumpaar erlebt, wenn auch ziemlich verschwommen. Und glaub mir, wenn es zwei Leute gibt, die zusammengehören, dann die beiden.«

Darüber habe ich auch noch nie nachgedacht.

Als Samantha nach Frankfurt verschwunden ist, muss Enzo sechs oder sieben gewesen sein. Neugierde packt mich.

»Wie waren sie so als Paar?«

Enzo dreht sich auf der Mitte des Feldes zu mir um und streckt die Hand aus. »Gib mir dein Handy.«

»Nein, wieso?«

»Gib her, oder ich hole es mir.«

Legten wir es beide darauf an, ginge eine körperliche Auseinandersetzung vermutlich unentschieden aus. Doch ich lege es nicht darauf an, also entsperre ich mein Handy und reiche es ihm.

Beim Anblick meines Homescreens schnauft er verächtlich, dann deaktiviert er alle Verbindungen und schließt die offenen Apps. Das Gleiche macht er bei seinem Handy, wobei er abgelenkt meine ursprüngliche Frage beantwortet: »Sie haben miteinander gesprochen, ohne etwas zu sagen. Sie haben sich gegenseitig ihre Wünsche von den Augen abgelesen. Wie sie sich angeguckt haben, das war ... Dad hat meine Mum nie so angesehen. Nicht mal deine.«

Ich belasse es dabei. Obwohl mir auf der Zunge liegt, dass genau das der Grund ist, warum er die Beziehung der beiden so glorifiziert. Seine Eltern sind in seinem Gedächtnis schon mitten im Zerwürfnis, das sich ergeben hat, als meine Mutter auf der Bildfläche aufgetaucht ist. Für ein kleines Kind, das Angst hat, war ein glückliches Paar vermutlich gottgleich.

»Wenn sie sich nicht mehr lieben würden, hätte mindestens einer von beiden nach zwanzig Jahren weitergemacht.«

Ist das wirklich die Liebe, über die Songs und Gedichte und Filme und Bücher geschrieben werden? Die einen auch noch Jahre später zurückhält wie eine Fußfessel, deren Schlüssel man dummerweise jemand anderem anvertraut hat? Ich weiß ehrlich nicht, ob das so erstrebenswert klingt. Das Risiko scheint ziemlich hoch zu sein. Lohnt sich das überhaupt?

Ich erhalte mein Handy zurück.

»Ich bin mir nicht sicher, wie wir mit deinem Cousin weitermachen sollen«, wechselt Enzo abrupt das Thema.

Reflexartig sehe ich mich um, doch keine Menschenseele ist in Sicht. Wer würde sich auch mittags bei 32°C in den Sommerferien auf ein Fußballfeld begeben, das sich im Privatbesitz einer Schule befindet? Enzo schnauft, als er meine Skepsis bemerkt. »Siehst du dieses Ende des Feldes?« Er deutet auf das Tor in 30 Metern Entfernung. »Die Distanz von hier bis dort ist der Schritt, den ich dir immer voraus sein werde. Und jetzt konzentrier dich gefälligst.«

»Wieso bist du dir nicht sicher? Und wieso sagen wir niemandem etwas? Das Zeug ist gefunden, wir sind sicher.«

»Sicher sind wir nie. Und nur, weil wir das Zeug gefunden haben, ist nicht alles gut. Wo ist Lukas Herzog? Wieso hatte dein Cousin das Zeug?«

»Warum fragen wir ihn das nicht? Du bittest Dad um eine Versammlung und fragst einfach, wenn alle da sind. Was soll er machen? Aufstehen und gehen?« Ich verstehe das Problem nicht.

»Einfach fragen? Er könnte uns anlügen. Wir brauchen kein Geständnis, wir brauchen mehr Informationen.«

Enzo fährt sich durchs Haar und starrt finster auf einen Punkt in der Ferne.

»Vor den anderen würde er nicht lügen. Dazu fehlt ihm das Selbstbewusstsein«, sage ich.

»Wir warnen ihn, wenn wir ihn jetzt konfrontieren. Das gibt ihm einen Vorteil.«

Fairer Punkt. »Und wenn wir nur mit den anderen sprechen? Ohne ihn?«

Enzo schweigt. Das bedeutet nichts Gutes. Wenn ich in meinem Anzug nicht längst schwitzen würde, würde ich jetzt damit anfangen. Gerade, als ich nachhaken will, sieht er mich direkt an. Die grünen Augen sind erschreckend offen. Darin steht Verzweiflung.

»Wir trauen ihm nicht mal das Selbstbewusstsein zum Lügen zu, aber glauben, er hat den Diebstahl und Schmuggel ganz allein geschafft?«

Mein Herz beginnt zu pumpen, als stünde ich im Ring. »Aber wenn jemand anderes mit drinhängt, sollten wir die anderen nicht umso –«

»Adrian! Denk! Wie viele Außenstehende haben das Wissen, die Mittel und den Zugang zu Federico, um diese Sache anzustoßen?«

Ich blinzele. Ein Stein in der Größe des Castle Rock fällt mir in den Magen. »Du glaubst …?«, krächze ich und hoffe, dass er verneint.

Doch mein Bruder nickt langsam. »Wenn Federico nicht allein gehandelt hat, hat ihm jemand aus der Familie geholfen.«

James, Domenico, Dad oder *nonna*. Als Einzige sind sie eingeweiht. Auch Federicos Schwester Bella weiß Bescheid, doch sie würde so etwas niemals tun. Jeder dieser vier ist engste Familie. Eine Art beständiger Felsen in dieser Sache, in der ich mich immer fühle wie ein hilfloses Kind.

Ich möchte so gerne abstreiten, was Enzo da sagt. Doch bevor ich Bescheid wusste, hätte ich auch meine Hand dafür ins Feuer gelegt, dass niemand von ihnen in Drogengeschäfte involviert ist.

»Es steht nicht fest,« sagt Enzo, fast, als würde er meine Gedanken lesen, »aber ohne weitere Infos können wir es nicht ausschließen. Wir brauchen Lukas Herzog, wenn wir herausfinden wollen, was genau passiert ist und wer mit drinhängt.«

Ein beunruhigender Gedanke keimt in mir auf. »Suchst du nicht mit Domenico nach ihm?«

Mein Bruder nickt bloß.

Wenn Domenico derjenige ist, mit dem Federico arbeitet, ist es kaum in seinem Interesse, Herzog zu finden.

»Ich suche auch allein nach ihm. Aber eine Stadt wie London lässt sich nicht mal eben auf links drehen. Und bis wir ihn haben, können wir nichts tun. Mach einfach so weiter wie bisher. Und kein Wort zu niemandem, hörst du!«

8

I miss you, I'm sorry
– Gracie Abrams

KATHARINA

Ich weiß nicht genau, warum Jimmy und ich uns das *Adeodato* ausgesucht haben, um zu trainieren, jetzt, wo alle Schulbesuche durch sind und es mich morgens in die Kanzlei zieht. Beziehungsweise Murphy mich morgens reinzitiert. Ob sie weiß, dass ich sonst nicht aufstehen würde? So oder so, damit sind die Nachmittage frei, um überschüssige Energie loszuwerden.

Ich persönlich würde auch unter Eid behaupten, dass Jimmy das *Adeodato* vorgeschlagen hat, weil es mit den neuesten Geräten ausgestattet ist. Jimmy würde jedem, der fragt, sagen, dass ich unbedingt herkommen wollte, weil es mich aus irgendeinem Grund zu Familie St. John zieht.

Was genau stimmt, ist auch nicht wichtig, also habe ich es vergessen. Vorsichtshalber.

Unabhängig davon, wegen wem und was wir hier sind, hat das Hotel einen weiteren entscheidenden Vorteil und das ist der Spa-Bereich. Nach zwei schweißtreibenden Stunden, in denen Jimmy sich als Drill Sergeant erweist, bekomme ich danach wenigstens schöne neue Nägel, diesmal deutlich kürzer, weil sie beim Sport stören. Jimmy verschlägt es in die Sauna. Aber erst, nachdem er mir das Versprechen abgenommen hat, das Hotel nicht allein zu verlassen. Es fühlt sich immer noch so an, als wäre ich ein Kind, dem man für den Fall der Fälle die eigene Nummer auf den Arm schreibt, allerdings ist es kein Vergleich zu den Tagen, an denen Richard mir hinterhergeschlichen ist.

Nach der Maniküre trete ich relativ entspannt aus dem Spa-Bereich, nur um gleich darauf stehen zu bleiben, alle Pläne, das Restaurant leerzufuttern, vergessen. Der Wellnessbereich hat keine Fenster, ganz im Gegensatz zur Lobby, die lichtdurchflutet ist. Zumindest bei gutem Wetter. Jetzt gerade türmen sich am Himmel riesige graue Wolkenberge. Es gießt in Strömen und als es blitzt, zucke ich zusammen. Das ist albern, ich weiß. Aber Gewitter mit ihrem tiefen Grollen und der plötzlichen Dunkelheit haben diese Sache an sich, die irgendetwas in meinem Gehirn zur Beunruhigung verleitet.

Ich wende mich von den Fenstern ab, mein Blick huscht durch die Lobby. Die Kronleuchter brennen, gerade gibt es Kaffee und Kuchen. Überall um mich herum höre ich Gelächter und Geschwätz in verschiedensten Sprachen. Wie zur Hölle kann man glücklich Kuchen futtern, wenn es draußen stürmt, als bräche das Himmelsgewölbe gleich ein?

Wie, um meine Sorge zu unterstreichen, kracht über uns wütender Donner. Ich zucke zusammen und gleich nochmal, als etwas Nasses meine Hand berührt.

Ich sehe nach unten und habe ein Déjà-vu, als ich in große, treudoofe Augen blicke. Morpheus schlabbert mir gleich darauf die ganze Hand ab. Ich kraule ihn erleichtert.

»Hallo, Großer, was machst du denn hier?« Die Finger im kurzen, aber warmen Fell, fällt sofort ein Teil der Anspannung von mir ab und ich sehe mich um. Eine vertraute Gestalt in Form von Matthew St. John sitzt auf einem der Sessel.

Auch Domenico ist da, genau wie seine Tochter Isabella und eine Miniversion besagter Tochter, Cara St. John. Nummer fünf. Und neben ihr – mein Herz macht einen Satz, noch größer als beim Donnergrollen – sitzt Adrian.

Ich setze mich in Bewegung, bevor ich darüber nachdenken kann, Morpheus an meiner Seite wie der wohlerzogene Hund, der er ist.

Domenico ist der erste, der mich bemerkt. Er erklärt Cara gerade etwas, wie es scheint, doch seine Augen verfolgen bereits meine Bewegungen. Er lächelt und Himmel, er sieht seinem Neffen wirklich ähnlich. Oder andersherum. Wie auch immer. Mein Herz klopft.

»*Catarina*«, begrüßt er mich mit seinem wundervollen Akzent und ich lächele automatisch.

Adrian dreht sich zu mir um, verblüfft, jedoch ebenfalls lächelnd. »Was machst du denn hier?«

»Ich hundesitte.«

Er sieht zu Morpheus an meiner Seite. Somnia sitzt zwischen seinen Beinen, das Kinn auf seinem Oberschenkel. Sie sieht ihn an wie ihren ganz persönlichen Gott, und ich werde neidisch auf einen verdammten Hund.

»Möchtest du dich setzen?«, bietet Matthew an, der ewige Gastgeber.

»Nein, vielen Dank«, lehne ich ab.

Im nächsten Moment klingt es, als träfen die vier Reiter der Apokalypse ein. Ich zucke zusammen und beiße mir auf die Zunge, um nicht zu schreien. Gerade noch kann ich mich beherrschen, Morpheus nicht so fest zu umklammern, dass ich ihm Haare ausreiße.

Adrian erntet von seinem Onkel einen auffordernden Blick, doch er ist längst aufgestanden und streckt mir die Hand hin. »Na komm.«

»Was hast du vor?«, frage ich verwirrt und ebenfalls auf Französisch.

Ich ergreife seine Hand. Natürlich tue ich das.

Die Wirkung dieser Berührung ist mindestens dreimal so hoch wie das, was Morpheus ausgelöst hat.

»Ich verschleppe dich in eine Besenkammer.«

»Wirklich?«

»Nein, es gibt amüsantere Wege, von meiner *mamma* enterbt zu werden.«

Es donnert erneut, und ich glaube, ich breche ihm bald die Hand. Doch er lässt sich nichts anmerken. Falls es ihm überhaupt wehtut.

»Mit mir in einer Besenkammer zu sein, ist also nicht interessant?«, frage ich zittrig. »Wow, okay.«

Er grinst und drückt meine Hand. »Du hast ja keine Ahnung.« Er wendet sich an seine Familie, die angesichts ihrer Mienen kein Wort unseres schnellen Französisch verstanden haben. »Ihr kommt ohne uns aus, nicht wahr? Und wenn du die Hunde unbedingt mitnehmen musst, Cara, pass auch besser auf sie auf. Es gibt Leute, die Angst haben.« Dann führt er mich zu den Aufzügen und drückt den Knopf für oben. »Du magst also keine Gewitter?«, werde ich mit sanfter Stimme gefragt.

»Ich habe Angst davor«, gestehe ich, weil es keinen Sinn ergeben würde, das zu leugnen. »Wo bringst du mich hin?«

Wir treten in die Kabine. »An einen fensterlosen Ort, an dem der Donner unhörbar ist.«

Wir sind allein in der Kabine, und als die Türen das Unwetter verbergen, hole ich tief Luft. Nur zu wissen, dass es stürmt, macht mir nichts aus, solange ich nichts davon mitbekomme.

»Kannst du Jimmy schreiben, dass ich bei dir bin?«, fällt mir mein Lieblingsbodyguard ein, der in der Sauna vermutlich die Zeit seines Lebens hat.

Jetzt, wo ich so darüber nachdenke, ohne Angst zu haben, fällt mir ein, dass ich auch zurück in den Spa-Bereich hätte gehen können, aber das lasse ich mir durchgehen. Angst vermindert nachweislich die Denkfähigkeit.

»Kannst du ihm nicht schreiben?« Die Tür schwingt auf und Adrian tritt hinaus.

Meint er das ernst? Er weiß, dass ich mein Handy nicht nutze, dass ich das sogar aktiv vermeide. Schließlich hatte ich seins neunzig Prozent unserer Zeit in Colchester. Ich möchte ihn danach fragen, aber gleichzeitig will ich nicht streiten. Nicht in der wenigen Zeit, die wir miteinander haben, weil er entschieden hat, dass es für uns nicht so wie bisher weitergehen kann. Und das, obwohl bisher alles gut war. Natürlich, wir haben gestritten, aber jeder streitet.

»Ich hab mein Handy nicht dabei«, lüge ich ohne schlechtes Gewissen.

»Kein Problem.« Adrian zückt sein Handy. Er tippt eine Nachricht, steckt es wieder weg und schenkt mir ein Lächeln. »Jimmy weiß Bescheid.« Er hält mir wieder die Hand hin. »Komm mit, ich kenne den perfekten Ort.«

»Hier oben hat doch alles riesige Fenster.«

»Fast alles.« Wir bleiben vor einer Bartheke stehen, die von dem Mitarbeiter dahinter gerade abgewischt wird.

»Bitte schließen Sie den Saal auf«, fordert Adrian ihn auf.

Es ist lustig, den Moment zu sehen, in dem der Angestellte ihn erkennt, denn sein professionelles Lächeln wird noch eine Spur breiter.

»Selbstverständlich, Mr. St. John. Darf es sonst noch etwas für Ihre Begleitung oder Sie sein?«

Adrian sieht zu mir hinab. »Irgendetwas? Dann sag es jetzt.«

»Ich habe Hunger«, gestehe ich.

»Tagliarini Alba Trüffel?«, schlägt er vor.

»Aber bitte eine große Portion.«

»Ich werde in der Küche anrufen«, verspricht der Angestellte und tritt zur Tür neben der Theke. Er fummelt seine Schlüsselkarte hervor. »Auch etwas zu trinken?«

»Cola Zero, bitte.«

»Zwei, bitte«, ergänzt Adrian. »Das wäre alles, vielen Dank.« Er lässt mir den Vortritt.

Der Raum ist groß, aber nicht riesig. Stufen führen hinab zu einer Leinwand, die die ganze Wand einnimmt. Links sind auf den abfallenden Etappen je acht riesige Sitze.

»Ein eigenes Kino, das ist so posh.« Staunend sehe ich mich um, hin- und hergerissen zwischen Spott und Begeisterung.

»Natürlich.« Adrian streicht sich arrogant durchs Haar. »Wenn ich BBC-Dokus über die Schlösser gucke, die ich besitze, während ich die Juwelen aus meiner eigenen Mine trage, dann nur auf einem angemessenen Medium.«

»Du machst dich lustig, aber fährst oder fährst du nicht Ferrari?«

»Ach, sei still. Du tust so, als gehöre das hier mir. Die Gäste lieben das. Und glückliche Gäste sind gute Gäste, ganz einfach.« Beschwingt trete ich in eine der mittleren Reihen und lasse mich auf einen der Polstersessel plumpsen.

»Ich sage doch gar nichts.«

Adrian nimmt neben mir Platz und sieht mich im gedämmten Licht merkwürdig an. So lange, dass es mir fast unangenehm ist.

»Was denn?«, frage ich schließlich.

Er schüttelt den Kopf.

»Nichts. Es ist nur ... ich habs ein bisschen vermisst.«

»Was?«

»Wie du dich dauernd über mich lustig machst.« Er zuckt mit den Schultern, als ob er das Gefühl abschütteln möchte, aber ich würde das Thema gerne vertiefen.

»Na ja«, beginne ich und knote die Schuhe auf, um Zeit zu haben, mir eine nicht vorwurfsvolle Art zu überlegen, zu sagen, was mir durch den Kopf spukt. »Du hast dich von dir aus dazu entschieden, nicht länger Zeit in meiner Gesellschaft zu verbringen.« Ich ziehe die Schuhe aus und setze mich in den Schneidersitz.

»Das stimmt«, gibt Adrian zu.

Überrascht sehe ich auf.

»Aber das heißt ja nicht, dass ich es nicht vermissen darf, oder?«

»Nein, natürlich nicht. Aber du müsstest es nicht vermissen, müsstest mich nicht vermissen. Du könntest damit aufhören. Wieder zu mir kommen, mit mir Zeit verbringen, bei mir schlafen. Es ist allein deine Entscheidung.«

»Natürlich ist es meine Entscheidung, Kate. Und natürlich könnte ich sie ändern. Aber du kannst mir nicht sagen, dass du noch das gleiche Dilemma hattest. Dich für die Sache entscheiden, die gut für dich ist, anstatt für die Sache, die du willst.«

Das zu hören, tut weh. So hingeknallt zu bekommen, dass ich nicht gut für ihn bin, überschattet sogar die Genugtuung darüber, dass er mich will. Vielleicht, weil ich das schon wusste, während das andere etwas ist, das ich insgeheim zwar befürchtet habe, von dem ich aber gehofft hatte, dass er es nie bestätigen würde. Die sich öffnende Tür bewahrt mich davor, eine Antwort geben zu müssen, die eventuell von dem Brennen in meinen Augen beeinflusst wird.

»Eine Trüffelpasta und zweimal Cola Zero«, begrüßt uns eine weibliche Mitarbeiterin, die ich auch schon mal an der Rezeption gesehen habe.

Die Kinosessel haben eigene kleine Tische, und sie stellt das himmlisch riechende Essen vor mir ab.

»Das ging schnell«, stellt Adrian fest und nimmt ihr unsere Getränke ab.

»In der Küche hat sich rumgesprochen, dass Junior persönlich bestellt hat. Den kleinen Kronprinzen kann man doch nicht warten lassen.«

»Ach, sei still«, schnauft er. Sie wendet sich mit einem Grinsen ab. »Danke, Luce!«, ruft er ihr hinterher.

Sobald wir allein sind, liegt sein Blick wieder prüfend auf mir, als wüsste er genau, was seine Worte in mir ausgelöst haben. Feige tue ich so, als wäre ich darauf konzentriert, die Pasta nur mit der Gabel einzurollen.

»Guten Appetit.« Zum Glück bohrt er nicht weiter. »Möchtest du etwas gucken?«

»Ja, bitte.« Die Pasta schmeckt unglaublich, und ich weiß jetzt schon, dass ich Jimmy zukünftig sehr oft hier hinschleppen werde. Schweigen herrscht, während ich esse. Es brodelt vor unterdrückter Anspannung. Adrian sucht den Film raus.

Es wird *Arielle*, und unter anderen Umständen würde ich ihn damit nerven, wie niedlich der Hund ist. Heute nicht. Heute schaue ich auf die Leinwand und fühle mich müde und ausgelaugt.

Eine Reihe von Zweifeln steigt in mir auf. Was tue ich hier überhaupt? Ich sollte … ja, was eigentlich? Es gibt in meinem Leben nichts mehr, was ich tun sollte, denn es gibt kein Ziel mehr, auf das ich hinarbeite. Nichts ist sinnvoll oder zielführend, wenn es weder Sinn noch Ziel gibt. Ich vegetiere vor mich hin, und genau das ist der Grund, warum mir das Aufstehen so schwerfällt. Ich tue es, klar tue ich es, aber warum?

Natürlich, das nächste Schuljahr, wenn es nach meiner Familie geht. Deswegen hat Victoria mich durch die Schulen geschleppt, die mir alle gleich egal sind. Deswegen zwingt Murphy mich dazu, an dem verdammten Essay zu arbeiten, der bisher aus nichts als einer Reihe Leitfragen und Stichpunkten zu einem Dutzend verschiedener Themen besteht, die ich alle ziemlich langweilig finde.

Adrian stellt meinen leeren Teller beiseite und hält mir seine Hand hin. »Willst du zu mir kommen, *principessa*?« Mir steigen Tränen in die Augen, denn ja, ich will zu ihm kommen. Er ist Wärme und Geborgenheit, und ich fühle mich nicht so gottverlassen, wie ich es sonst tue, seit Monaten, um genau zu sein. Aber ich kann nicht eingestehen, dass ich ihn brauche. Irgendetwas hält mich davon ab, diese Worte auszusprechen.

Adrian seufzt, klappt die Armlehne zwischen uns hoch und greift nach mir. Ich lasse mich zu ihm ziehen. Er tritt sich die Schuhe von den Füßen und legt die Beine quer über unsere beiden Sitze, ich dazwischen mit der Wange auf seiner Brust, sein Kinn auf meinen Haaren.

»Ich werte das als ja«, verkündet er gedämpft.

Ich schließe die Augen und mir läuft die erste Träne über die Wange. Ob er es bemerkt, weiß ich nicht, doch ich gebe mir Mühe, still zu sein, und weine geräuschlos in sein Shirt, während er mir über die Schultern und den Rücken streicht.

»Ich wollte dich nicht verletzen, *principessa*. Tut mir leid, dass die Wahrheit wehtut«, murmelt er in mein Haar und da ist es vorbei.

Mein Schluchzen klingt erbärmlich, und ich kralle mich so fest in sein Shirt, dass ich ganz entfernt Angst habe, es könnte kaputt gehen. Doch das tut es nicht.

Das einzig Kaputte hier bin ich.

Nur, dass man mich nicht zusammennähen kann.

ADRIAN

Cara sitzt bockig neben mir auf dem Beifahrersitz, die Arme vor der Brust verschränkt und stumm wie ein Fisch. Sie ist beleidigt, weil wir fast anderthalb Stunden später dran sind, als geplant, aber das ist mir egal. Je früher sie lernt, dass das Leben nicht planbar ist, desto besser.

Meine Gedanken fliegen zurück zu Kate. Völlig erschöpft ist sie in meinen Armen eingeschlafen, und als ich es nicht länger aufschieben konnte, aufzubrechen, habe ich sie in Jimmys Obhut gelassen, der sie auf eines der Hotelzimmer gebracht hat. Ich weiß genau, dass er die getrockneten Tränen gesehen hat, doch er hat sich bloß bedankt, dass ich auf sie aufgepasst und ihm Bescheid gegeben habe. Dabei habe ich sie zum Weinen gebracht, und das Schlimmste daran ist, dass sie immer noch nicht begriffen hat, dass es in ihrer Hand liegt. Sie ist diejenige, die über ihren Schatten springen muss. Das kann ich nicht für sie, kann niemand für sie tun.

Ich wünsche mir nichts mehr, als wieder bei ihr zu sein, aber wenn sie nicht mal eingestehen kann, dass sie das möchte, dass sie mich bei sich möchte, dann wird das nicht passieren.

»Ich will zu McDonald's«, meldet Cara sich zu Wort.

»Wie bitte?«, frage ich, obwohl ich sie genau verstanden habe.

»Ich will zu McDonald's!«, wiederholt sie mit Nachdruck.

»Ich verstehe nicht, Cara. Sprich bitte richtig.«

Sie gibt ein Geräusch von sich, als würde ich ihr den letzten Nerv rauben, reißt sich aber zusammen und fragt:»Können wir bitte zu McDonald's fahren?«

»Nein, das können wir nicht, weil Samantha kocht und wir entsprechend nicht vollgefuttert dort auftauchen werden.« Mich trifft ein höchst giftiger Seitenblick.»Vor einer Stunde wären wir zum Essen bestimmt pünktlich gewesen, aber jetzt sicher nicht mehr.«

»Samantha weiß, dass wir uns verspäten und wartet mit dem Abendessen auf uns. Außerdem sind wir in zwanzig Minuten da. Hier gibt es nicht mal mehr einen McDonald's. Pack deine schlechte Laune lieber ein, darauf hat Samantha sicherlich keine Lust.«

»Auf dich hat sie keine Lust!«

Im Stillen stimme ich ihr zu. Laut sage ich allerdings:»Jetzt reiß dich zusammen, sonst drehen wir um.«

Sie murrt etwas, das ich nicht verstehe, dann ist sie wieder still. Ich blicke diesem Aufenthalt in Colchester mit gemischten Gefühlen entgegen. Aber ich habe Cara Anfang des Sommers versprochen, dass wir gemeinsam herfahren, und als sie es vorgestern angesprochen hat, konnte ich nicht anders, als zuzustimmen. Auch, wenn mein letzter Besuch eine Katastrophe war.

Als wir kurz darauf bei Samantha auf den Hof rollen, wartet Cara nicht mal darauf, dass ich den Motor abschalte, sondern springt sofort aus dem Wagen zur Haustür, die im gleichen Moment von innen geöffnet wird.

Sie fällt Samantha in die Arme, während ich parke, aussteige und die Hunde aus dem Kofferraum befreie, die Enzo Cara nach viel Gebettel überlassen hat. Sie springen ebenfalls zu Kates Mutter hinüber, die sie ebenso herzt wie meine Schwester.

»Geh doch nochmal mit den beiden ans Feld, Cara, danach können wir essen, ja?«

Cara nickt brav, ihre Allüren für den Moment vergessen, und hüpft mit den Hunden davon.

Ich weiß weder, wie ich Samantha begrüßen soll, noch, was ich sagen soll, also öffne ich die Tür zur Rückbank und hole Caras Tasche sowie den Hundekram hervor, den Enzo wie eine besorgte Mutter gepackt hat.

»Soll ich dir helfen?«, fragt Samantha und langt nach meiner Tasche.

»Ich weiß nicht«, sage ich, während ich die Sachen reintrage. »Sollst du?«

»Wie meinst du das?« Sie folgt mir. Ich stelle den Kram auf der Treppe ab und drehe mich zu ihr um.

»Bin ich in deinem Haus überhaupt willkommen, wenn Kate sich in London aufhält und sich nicht an meiner Anwesenheit erfreuen kann?«

Samantha sieht aus, als hätte ich sie geohrfeigt. »Oh Himmel, Adrian, nein.« Sie lässt meine Tasche fallen, stürzt auf mich zu und legt mir die Hände auf die Schultern. »Es tut mir leid.« Sie guckt, als ob sie gleich zu weinen beginnt. »Das hätte ich nicht sagen sollen. Du bist hier immer willkommen, egal wann, du kannst zu jeder Tages- und Nachtzeit hier auftauchen. Ich hoffe, das weißt du.«

Früher hätte ich das bejaht, ohne mit der Wimper zu zucken. Colchester bedeutet Kindheit für mich. Unbeschwertheit, Sorglosigkeit und eine große Portion Spaß.

Samantha legt die Hände an meine Wangen.

»Es tut mir leid. Ich weiß, dass es keine Entschuldigung dafür ist, dich verletzt zu haben, und dass es das auch nicht vergessen macht, aber zu meiner Verteidigung möchte ich sagen, dass es ein Moment war, in dem sich keiner von uns vernünftig oder fair verhalten hat. Ich am wenigsten. Das weiß ich, und wenn ich könnte, würde ich es ungeschehen machen.«

Ich weiß nicht, was ich erwartet habe, aber das nicht. Gleich darauf frage ich mich, warum. Es ist schließlich Samantha.

Sie würde niemals absichtlich jemanden verletzen. Das liegt nicht in ihrem Wesen. Sie ist liebevoll und versucht immer, allen ein gutes Gefühl zu geben und dabei jeden sein zu lassen, wie er möchte, was zu den Gründen gehört, aus denen ich es so liebe, Zeit bei ihr zu verbringen.

Vielleicht habe ich sie in letzter Zeit zu sehr aus einer Perspektive gesehen, die nicht weiß, was ich weiß, anstatt aus der, die ich schon mein Leben lang kenne.

»Es ist in Ordnung«, sage ich schließlich mit einer Stimme wie ein Reibeisen. »Du hast recht, wir waren alle durcheinander und ich hätte es nicht ansprechen sollen.«

»Unsinn«, protestiert Sam. »Man sollte immer ansprechen, was einen bedrückt.«

»Aber vielleicht anders als ich gerade.«

»Vielleicht.« Dann zieht sie mich in die Arme, und ich lasse sie. Es fühlt sich an, als würde alles ein Stück heller werden.

Nichtsdestotrotz fehlt etwas, um Colchester zu dem Ort zu machen, den ich kenne und liebe. Sind es Emmett und Jay? Sind es die Naivität und Unwissenheit, die ich wohl nie zurückbekommen werde?

Und dann wird mir klar, was diesen Ort für mich unwiderruflich verändert hat. Es ist Kate. Kate, die mit mir aus der Hängematte gefallen ist. Kate, die sich in der Küche über meine mangelnden Kochkünste lustig gemacht hat. Kate, die mich im Poolhaus vermöbelt hat. Kate, die nicht hier ist und mit der ich keine Kommunikationsmöglichkeit habe, ohne meine eigenen Grenzen zu überschreiten.

9

Rocking Chair
– Cameron Whitcomb

KATHARINA

Victoria stellt mir meinen Tee hin und beäugt mich kritisch. Als würde ich gleich anfangen zu heulen oder so.

Tue ich nicht.

In Selbstmitleid bade ich seit dem Moment, als ich Freitagnachmittag allein in einem fremden Bett aufgewacht bin, das sich als Teil einer der Suiten des *Adeodato* herausgestellt hat. Die Suche nach Adrian hat mich ins Wohnzimmer getrieben, wo ich jedoch nur Jimmy gefunden habe. Auf die Folge *Bones* auf dem Flatscreen fixiert, hat er mir schonungslos mitgeteilt, dass Adrian mich ihm übergeben hat, da er selbst los musste. Nach Colchester.

Ich weiß nicht, was schlimmer ist.

Dass er gegangen ist, ohne mich aufzuwecken, ohne sich zu verabschieden oder dass er dorthin gefahren ist.

In Colchester haben wir uns kennengelernt. Dort habe ich angefangen, ihm zu vertrauen, mich ihm anzuvertrauen. Dort hat er mir von seiner Familie erzählt, mich zum Lachen gebracht und auf mich aufgepasst.

Kann er einfach so dorthin zurück, um mit seiner Schwester einen schönen Sommer zu haben?

War unsere Zeit dort nichts?

Ein Wimpernschlag im Universum, bedeutungslos und sofort vergessen? Ist es wirklich so leicht für ihn?

»Katharina!« Ich schrecke auf.

»Trink, solange es noch heiß ist«, weist Victoria mich an. Ich seufze und tue, wie mir geheißen. Der Tee schmeckt scheiße, wie immer.

»Ach, Kind.« Meine Großmutter sinkt neben mir auf einen Stuhl und streicht mir eine Locke aus der Stirn.

»Das ganze Wochenende machst du so ein Gesicht, verlässt das Haus morgens schlecht gelaunt und kommst abends grimmig und mit blauen Flecken zurück. Das kann so nicht weitergehen.«

Ins *Adeodato* bin ich nicht zurückgekehrt, stattdessen lassen Jimmy und ich die Fäuste in einem Boxclub nahe der Brompton Oratory fliegen. Es verbrennt Energie, sodass ich müde werde und abends schnell einschlafe. Außerdem kann ich dabei nicht zu viel nachdenken, weil ich mich konzentrieren muss.

»Wieso nicht?«, frage ich also. »Sport tut gut.«

»Es geht mir nicht um den Sport, sondern darum, dass du durchgängig so betrübt bist.«

»Ich bin ein Teenager. Meine Stimmung wird für immer ein ungeklärtes Mysterium sein.«

»Deine Stimmung ist abhängig von Umweltfaktoren, wie die von jedem Menschen. Und vor Freitag war sie definitiv weniger schlecht.«

»Mir fehlen die Schulbesuche«, lüge ich ohne Reue.

Victoria lehnt sich zurück und senkt den Blick auf ihre Ringe, die sie sorgfältig richtet. »Sicher, dass es die Schulbesuche sind, die dir fehlen?«

»Ich will nicht darüber sprechen«, sage ich und trinke den gottverdammten Tee aus, damit sie Ruhe gibt.

»Natürlich nicht.« Sie seufzt und lächelt mitleidig. »Du willst nicht darüber reden, eigentlich ist es auch gar nichts, nicht wahr? Es gibt viel größere, wichtigere Dinge. Und während du und alle Welt damit beschäftigt sind, spricht niemand über das, was dich belastet. Du frisst es in dich rein und irgendwann ist alles gut.«

»Es ist alles gut«, betone ich.

»Sicher.« Meine Großmutter schüttelt den Kopf. »Aber soll ich dir sagen, wie das endet? Irgendwann, nicht morgen oder übermorgen, aber irgendwann, wenn du dir schon so lange einredest, dass alles gut ist, wird es einen Moment geben, in dem dir brutal bewusst wird, dass du dich selbst und andere immer belogen hast. Und glaub mir, dieser Moment wird schmerzhaft. Verdammt schmerzhaft. Aber nicht mal annähernd so sehr, wie die Erkenntnis, dass es dann vielleicht zu spät ist. Ich weiß, was du dir jetzt denkst. Du denkst: ›Jaja, lass sie reden‹. Aber ich war in deiner Situation. Ich habe alles verdrängt.« Ein leichtes Zittern schleicht sich in ihre Stimme und sie ballt die Hand zur Faust.

»Du hast in der letzten Woche selbst gesehen, wie gut das funktioniert. Glaub mir, Katharina, du willst nicht enden wie ich. Verbittert und allein, weil ich zu feige war, meinen Problemen aufrecht gegenüberzustehen.«

»Hast du dich mit Samantha abgesprochen, dass ihr beide mir diese Rede haltet?« Sich darauf zu fokussieren ist leichter, als über das nachzudenken, was sie mir gerade mitgibt.

»Wenn wir es dir beide sagen, besteht die Chance, dass wir beide recht haben. Aber weißt du, was der Unterschied zwischen deiner Mutter und mir ist? Deine Mutter war stärker als ich. Deine Mutter hat ihre Probleme nicht nur erkannt, sondern sich ihnen gestellt. Rechtzeitig. Je mehr Kraft du aufs Verdrängen verschwendest, desto weniger bleibt dir am Ende, um das alles wieder hervorzuholen und zu verarbeiten.« Victoria klingt zunehmend bitter. »Das ist der zweitgrößte Grund, warum ich sie verabscheue.«

»Was ist der größte?«

Victoria wendet das Gesicht ab und sortiert ihre Röcke. »Sie hat immer das getan, was sie für Emmett und dich als richtig erachtet hat, und sie hat euch immer über ihre eigene Zufriedenheit gestellt. Das habe ich nicht gekonnt.«

Ich will wissen, was sie denkt, allerdings ist mir klar, dass sie, wollte sie ins Detail gehen, es tun würde. Und da sie es nicht tut, will sie wohl nicht.

Stattdessen kommt sie auf unangenehme Themen zurück: »Du sollst nicht lügen. So steht es in der Bibel, nicht wahr?«

»Streng genommen nicht, aber das achte Gebot wird so ausgelegt, ja.« Ich weiß nicht, was schmerzhafter ist, die aufkommende Erinnerung an den Nachmittag im Wald mit Adrian, wo wir von den zehn Geboten auf etwas ganz anderes gekommen sind, oder die aufkommende Erinnerung, wie Maxi im Kommunionsunterricht den Geistlichen argumentativ auseinandergenommen hat, weil das achte Gebot in keinster Weise das Lügen verbietet.

»Ich sage dir, Lügen ist kein Verbrechen. Es gibt sogar Situationen, in denen es angebracht ist. Aber nie, nie, niemals ist es angebracht, sich selbst zu belügen, und solltest du das tun, ist es ein klares Warnsignal. Glaub mir.«

Das Schlimmste ist, dass ich weiß, dass sie Recht hat. Man sollte sich nicht selbst belügen. Aber sich mit der Wahrheit auseinandersetzen, wäre schmerzhaft.

Das ist nicht der leichte Weg, und jedes Lebewesen neigt dazu, den leichten Weg gehen zu wollen. Niemand nimmt freiwillig Schmerzen auf sich, zumindest nicht solche.

Meine Großmutter erhebt sich, doch sie sieht noch einmal zu mir hinab, ernst und auch irgendwie müde. »Du willst nicht irgendwann im Alter aufwachen und bereuen, was du nicht getan hast. Also tu die wichtigen Dinge jetzt, Katharina. Das Leben wartet nicht. Auf keinen von uns.«

Ich hätte niemals gedacht oder geplant, je wieder Fuß auf heiligen Boden zu setzen. Das letzte Mal war es gefrorene Erde unter meinen Schuhen. Es roch nach Winter, um mich herum waren verwitterte Steinblöcke. Heute noch schrecke ich aus dem Schlaf, weil ich glaube, die Glocken zu hören. Damals hat mich die zitternde Hand meines Vaters auf meiner Schulter geerdet. Heute bin ich allein.

Der Boden ist aus Stein, und es herrscht Stille. Der Geruch nach Kerzenwachs lässt mich groteskerweise an Weihnachten denken. Hier in dem alten Gemäuer ist es kühl. Die Bankreihen sind leer bis auf eine Gestalt in der zweiten Reihe, die stumm und mit gesenktem Kopf dasitzt.

Auch hier gibt es einen Steinblock, doch er ist aus poliertem Marmor. Darüber, hoch in der Luft, hängt das Kreuz. Abgemagert und gequält hängt daran die Jesusgestalt. Ich habe die Stimme meines Jugendpaters im Kopf.

Die Sonne der Gerechtigkeit, das wahre Licht der Welt.

Ein bisschen ironisch, dass gerade ich hier bin. Mal ganz abgesehen von meiner Haarfarbe, sind vermutlich auch meine Sexualität und mein Glaube an Emanzipation und Gleichberechtigung der Kirche, vor allem der römisch-katholischen, ein Dorn im Auge.

Doch meine Religion ist keine verstaubte Institution, die weit abgewichen ist von allem, wofür sie stehen sollte. Meine Religion sind keine Männer in Umhängen, denen man zugesteht, Gottes Wort zu verbreiten. Ebenso wenig ist meine Religion ein vergilbtes altes Buch, das von Männern geschrieben wurde, die behauptet haben, darin die göttliche Wahrheit zu verkünden.

Meine Religion ist Güte und Barmherzigkeit. Nächstenliebe und Gerechtigkeit. Im Kern ist sie wundervoll und strahlend, verkümmert in den Jahrhunderten, in denen Menschen sich das Recht genommen haben, in ihrem Namen zu sprechen. Für meine Religion brauche ich keine Kirche, keinen Papst, keinen Aufruf zum Gebet. Ich brauche nur meinen Glauben. Dieser Glaube, er war immer ein Teil von mir, etwas, das mich ausgemacht hat, auf das ich mich verlassen konnte. Neben all den anderen Sünden, die ich begangen habe, ist die, meinen Glauben verloren zu haben, wohl diejenige, die am schwersten wiegt. So schwer, dass ich mich schon beim Betreten des Gebäudes unsicher fühle.

»So jung, und so voller Sorge«, meldet sich eine Stimme links von mir zu Wort. Der Mann trägt eine unscheinbare Soutane und steht im Mittelgang zwischen den Bänken.

»Was wissen Sie von meinen Sorgen, Pater?«

Er lächelt und tritt näher. »Gar nichts. Aber ich erkenne eine gequälte Seele, wenn ich sie sehe.«

»Ich habe keine Seele.« Zur Verdeutlichung wedele ich mit einer roten Locke in der Luft herum.

»Du stehst auf geweihtem Boden. Ich bin mir also recht sicher, dass das doch der Fall ist. Und ich gehe davon aus, dass du nicht grundlos hier bist.«

»Na dann, lassen Sie mal hören. Wenn Sie so ein Experte für meine gequälte Seele sind, erklären Sie bitte, was genau mein Problem ist.«

»Deine Seele als Individuum ist mir unvertraut, allerdings haben Menschen, die es sonst nicht tun, immer die gleichen Gründe, plötzlich eine Kirche zu frequentieren.«

Ich übergehe es, ihm von meiner durchaus katholisch geprägten Kindheit zu erzählen, und verschränke stattdessen die Arme. »Die da wären?«

»Sie wissen nicht weiter, ihnen läuft die Zeit davon, oder sie wollen verhandeln.« Zweitens und drittens treffen nicht zu, aber ich will mir auch nicht erstens eingestehen.

Der Pater dreht sich um, doch er spricht weiter, und weil ich eben doch zur ersten Gruppe gehöre, setze ich mich in Bewegung, neugierig, was er sagt.

»Ich werde nicht nachfragen, aber es würde mich freuen, wenn du mir die Chance gibst, dir zu helfen. Denn wer Barmherzigkeit seinem Nächsten –«

»– verweigert, der gibt die Furcht vor dem Allmächtigen auf. Jaja, ich weiß.«

Er mag das Ganze studiert haben, aber einer von uns beiden kann die Bibel auswendig vortragen. Zweisprachig.

An der rechten Außenseite schreiten wir durch den Gang und auf den Altar zu. Ich konzentriere mich lieber auf den Pater, der jetzt lächelt, als hätte er etwas gewonnen.

»Was grinsen Sie so?«

»Ich habe einen Verdacht bestätigt bekommen.« Er wirft mir einen Seitenblick zu.

»Nicht viele junge Menschen, die ich hier zum ersten Mal sehe, betreten die Kirche und bekreuzigen sich mit Weihwasser. Noch viel weniger kennen die Heilige Schrift. Und trotzdem meidest du den Blick zum Altar und wirst unruhiger, je näher wir kommen. Du bist kein ungläubiges Kind, nicht wahr?«

»Ich bin ein unglaubliches Kind«, lenke ich ab. Aber nein, nein, ich bin kein ungläubiges Kind. Wenn ich das wäre, würde mir das hier nicht so schwerfallen.

Der Pater übergeht meinen Einwand. »Zweifelst du?«

»Ja«, bringe ich hervor. »Das tue ich. Ich stehe an einem Punkt, an dem ich mich selbst nicht wiedererkenne. Ich zweifle, und das habe ich nie. Nie in diesem Ausmaß, nie so grundlegend.«

»Zweifel sind menschlich. Man muss sie bloß überwinden.«

»Hiob hat nicht gezweifelt.«

Wir halten vor den vielen Kerzen, die unter einem der hohen, kunstvoll gestalteten Fenster aufgestellt sind. Ich starre in die Flammen. Sie flackern mehr, als bei der Windstille hier drin angebracht wäre.

»Das hat er nicht«, stimmt der Pater zu. »Aber Hiobs Geschichte ist vielleicht auch einfach das Optimalbeispiel.«

»Petrus hat gezweifelt und ist untergegangen.«

»Petrus hat gezweifelt, und Gottes Sohn gab ihm die Hand und half ihm auf. Er sagte ihm: Du bist Petrus, und auf diesem Felsen werde ich meine Kirche bauen.«

Dazu sage ich nichts, weil man der Wahrheit nicht widersprechen kann. Der Pater streckt die Hand aus und greift nach einer unberührten Kerze. Ich nehme sie entgegen. »Das Evangelium nach Lukas, weißt du, was im 15. Kapitel steht?«

Ich rufe mir die Bibel vor Augen, muss sie weglegen, weil ich die deutsche Version erwischt habe, und suche nach der englischen. Als ich sie finde, blättere ich durch die Seiten, bis ich die richtige Stelle finde. Dort beginne ich zu lesen.

Meine Augen werden feucht und ich weiß selbst, dass das lächerlich ist, aber ich kann nichts dagegen tun. Ich öffne den Mund, besinne mich dann aber anders. Der Vortrag der Evangelien ist einem Pater vorbehalten.

»Ich sage euch«, sagt der Pater leise und ernst, »ebenso wird auch im Himmel mehr Freude herrschen über einen einzigen Sünder, der umkehrt, als über neunundneunzig Gerechte, die es nicht nötig haben, umzukehren.«

Mir laufen Tränen über die Wangen, als ich den Docht meiner Kerze anzünde.

In meiner Familie gibt es eine umstrittene Erziehungsmethode, die meine Großmutter eingeführt hat und die auch bei meinen Cousins und Cousinen sowie mir Anwendung fand. Wann immer sich jemand von uns zu sehr über Ungerechtigkeiten aufgeregt hat, an Kleinigkeiten aufgehangen und sich über die Maßen darüber aufgeregt hat, gab es einen Wochenendausflug. Die Bedeutungslosigkeit von wenig Taschengeld oder nicht erlaubten Partyurlauben in Malaga wird einem nirgendwo anders so deutlich, wie wenn man sich zwei Tage um Patienten auf einer Palliativstation kümmert.

Menschen, die ihr ganzes Leben noch vor sich haben.

Gehabt hätten.

Menschen, die nichts falsch gemacht haben, denen mehr zugestanden hätte.

Ich denke an Josie ... und an mich. Wir sind beide eingeschlafen, aber nur eine von uns ist wieder aufgewacht.

Vielleicht hätte sie es sein sollen. Vielleicht hätten wir es beide sein sollen. Vielleicht hätte es auch keine von uns sein sollen. Aber während sie jetzt in Gottes Reich ist, eine andere Möglichkeit gibt es nicht, bin ich hier und ... tue nichts. Verschwende meine Zeit und mich selbst.

Ich stelle die Kerze ab und drehe mich um. Der Pater folgt mir, als ich das Kirchenschiff durchschreite und vor dem Altar zum Stehen komme, das Gesicht dem Jesuskind zugewandt.

Die Worte kommen von selbst, oft ausgesprochen, selten so ehrlich: »Ich glaube an Gott, den Vater, den Allmächtigen, den Schöpfer des Himmels und der Erde.« Wir sprechen gemeinsam das Glaubensbekenntnis, und noch vor dem letzten Satz sehe ich klar vor Augen, was ich als nächstes tun muss.

Wie ein roter Faden, der von meinem kleinen Finger in die richtige Richtung geht.

Der Pater spürt wohl meinen Tatendrang, denn mit einem weiteren Lächeln sagt er: »Der Herr sei mit dir.«

»Und mit deinem Geiste.«

»Es segne dich der allmächtige Gott, der Vater und der Sohn und der Heilige Geist.«

»Amen. Danke, Pater.«

Ich wende mich um, um die Kirche zu verlassen. Dabei fällt mein Blick auf die Person, die in respektvollem Abstand zwischen den vorderen Bankreihen steht und darauf wartet, dass der Pater Zeit für sie hat. Sie lächelt mir zu und ein weiteres Mal kommt mir der Gedanke, dass Nunzia St. John eine unvergleichlich sanfte Ausstrahlung hat. Ich nicke ihr zu, bleibe jedoch nicht stehen, um zu reden. Stattdessen folge ich meinem roten Faden zum Ovington Square und Lucas.

10

Leave a Light On
– Tom Walker

KATHARINA

Nur zwei Tage hat es gebraucht, um wieder auf dem Boden der Realität zu landen. Mein roter Faden ist mir verloren gegangen, meine eigene Unfähigkeit deutlicher denn je. Also habe ich mir einen Plan B überlegt.

In Colchester wird es vielleicht leichter, zu tun, was ich tun muss. Was das Richtige ist. Aber jetzt gerade sieht es so aus, als ob nicht mal das funktionieren wird. Das Schlimmste ist nicht der Gedanke, dass ich Ärger kriegen könnte. Nein, das Schlimmste ist, mir einzugestehen, dass ich diese Sache nicht durchziehen kann. Dabei sollte doch genau das Gegenteil der Fall sein.

Ich wollte allein nach Colchester fahren, mit dem Zug, um mir selbst klarzumachen, dass ich noch stark bin, gesund, weiterhin unbesiegbar. Ich brauche dieses Wissen, um mich daran festzuhalten, egal, was danach passiert.

Und jetzt geht es nicht.

Früher wäre das undenkbar gewesen. Früher wäre ich stark genug gewesen, mich aus dem Haus zu schleichen und zu verschwinden.

Das Haus zu verlassen und zur Tube zu laufen, war kein Problem, aber seit ich in der eng gedrängten Bahn stehe, zwickt mich zunehmend das schlechte Gewissen. In der Bahnhofshalle von Liverpool Street kommt mir zum ersten Mal die Idee, umzudrehen. In meiner Tasche spürt Cali O, dass etwas nicht stimmt. Mit einem leisen Maunzen kommt er hervor, sieht sich neugierig im Gewusel um und schaut mich dann durchdringend an. Fast erwartungsvoll.

Ich versuche, durch heftiges Blinzeln das Brennen in meinen Augen zu beenden, aber das klappt nicht. »Wir kriegen das hin«, versichere ich Cali O zuversichtlicher, als ich mich fühle. Ich kraule ihn zwischen den Ohren und sofort wird er zu einem kleinen, perfekten Dieselmotor.

Mein Zug geht in zehn Minuten. Die Fahrt nach Colchester dauert zwei Stunden. Das geht so schnell, dass ich da sein werde, bevor auffällt, dass ich weg bin.

Vermutlich.

Hoffentlich.

Verdammte Scheiße.

Das letzte Mal, als ich von Colchester nach London gefahren bin, hat Samantha auch bemerkt, dass ich weg bin. Wenn das jetzt wieder passiert ...

Wer immer den gleichen Fehler macht, hat eine Lernschwäche. Das sagt Dad immer zu seinen Assistenzärzten.

Meine Füße weigern sich beharrlich, den Weg zum Gleis einzuschlagen. Verzweiflung steigt in mir auf. Wenigstens Lucas hätte ich Bescheid geben sollen. Was mache ich jetzt? Ich kann nicht zum Ovington Square zurückkehren und so tun, als wäre alles gut.

Vor ein paar Wochen noch bin ich durch halb Europa getourt und jetzt kusche ich, weil keiner Bescheid weiß. Ich bin erbärmlich.

In sieben Minuten rollt der Zug aus. Verdammt, verdammt, verdammt! Ich sinke auf eine Bank und überlege. Was tue ich jetzt? Mein Handy kommt mir in den Sinn, ganz unten in der Tasche vergraben. Mein Handy, auf dem weiterhin Nachrichten eingehen und das ich immer geladen bei mir trage, obwohl ich es nie auch nur eines Blickes würdige. Es wäre leicht, so leicht, doch ich kann nicht. Das ertrage ich nicht, und eine Bahnhofshalle, in der man von lauter Fremden umgeben ist, ist der denkbar schlechteste Ort, um zusammenzubrechen.

Fast wünsche ich mir, dass Jimmy mir nicht so sehr vertrauen würde. Dann würde er weiterhin im Auto campen und hätte gesehen, dass ich mich aus dem Haus am Ovington Square schleiche. Aber seit ein paar Tagen verlässt er sich darauf, dass ich erst rausgehe, wenn er wie verabredet da ist. Was ich bisher auch getan habe. Nur eben heute nicht.

Fünf Minuten.

Das Brennen in meinen Augen nimmt zu, aber das liegt sicher am Gegenlicht, das mich durch die Bahnhofsfenster blendet, als ich auf die große Uhr schaue. Auf der Suche nach Ideen blicke ich mich fieberhaft um und bleibe an einer Reihe kleiner Läden hängen. Der Mann hinter der Theke im To-Go-Supermarkt blickt nicht einmal auf, als ich zu ihm trete.

»Entschuldigung?«

Er brummt, weiterhin in seinen Daily Mirror vertieft.

»Entschuldigung?«, wiederhole ich schärfer und hole mein Portemonnaie aus der Tasche. Sofort habe ich seine Aufmerksamkeit. Ich hole einen Fünfzig-Pfund-Schein hervor. »Haben Sie ein Handy, mit dem ich kurz telefonieren kann?«

»Das müsste ich nachschauen«, gibt der Hund zurück.

»Dann schauen Sie mal gründlich«, rate ich und lege einen zweiten Schein neben den ersten. Die dreckige Uhr, kurz unter der Decke, sagt, ich habe noch eine Minute. Ich verdränge die Verzweiflung, es gibt auch andere Verbindungen nach Colchester.

Der Mann erhebt sich, die gierigen Augen fest auf das Geld in meiner Hand gerichtet. »Bin sofort wieder da.« Durch einen Vorhang schlurft er ins Hinterzimmer.

»Wichser«, sage ich leise und stecke das Geld wieder ein. Mit hundert Pfund herumzuwedeln ist nicht das Schlaueste, was man in einem Bahnhof oder irgendwo sonst in der Öffentlichkeit tun kann. Im Augenwinkel sehe ich genau, wie der Zeiger der Uhr sich bewegt, aber hinschauen tut weh, also lasse ich es.

Der Schmerz über meine Unfähigkeit ist genau, was ich brauche. Er führt mir vor Augen, dass ich das Richtige vorhabe, dass es so nicht weitergehen kann und dass ich mir endlich mich zurückholen muss. Ich will mich zurück, die Person, die ich war. Das Mädchen, das jeden Tag ihres Lebens glücklich war, sie zu sein.

Von links schiebt sich ein Handy in mein Blickfeld. Das neueste iPhone mit langweilig grauem Hintergrund.

»Du kannst mein Geld aus dem Fenster schmeißen, wie du willst, es kommt sowieso dreimal so schnell zurück. Aber wenn du anfängst, dich über den Tisch ziehen zu lassen, muss ich aus Prinzip widersprechen.«

Ich schaue in James' Gesicht.

Er lächelt und gibt ein verblüfftes Geräusch von sich, als ich mich ihm an den Hals werfe und alle Dämme reißen. Tränen strömen mir aus den Augen und erbärmliche Laute lösen sich aus meiner Kehle.

James legt die Arme um mich, nimmt mir die Tasche ab und streicht mir tröstend durchs Haar. »Ich hab dich«, versichert er mir, während ich mich an ihm festklammere und seinen Anzug tränke. »Ganz ruhig. Es ist alles gut.«

Ich versuche, mich zu erklären, kann aber nur unartikulierte und jämmerliche Geräusche von mir geben. Die nächsten Momente verschwimmen, James macht den Shopbesitzer wegen mangelnder Hilfsbereitschaft zur Schnecke, bringt mich aus dem Bahnhof nach draußen, wo der Rolls-Royce wartet. Ich werde hineingesetzt, angeschnallt und bekomme meine Tasche zwischen die Füße gestellt, aus der Cali O auf meinen Schoß hüpft. Gleich darauf sitzt James neben mir. Er reicht mir ein Taschentuch, als der Wagen losrollt.

»Ist mein Make-up verschmiert?«

»Nein, mein kleiner Pandabär. Du bist so hübsch wie immer.«
Ich bekomme die ganze Packung in die Hand gedrückt und
versuche, mein Gesicht in Ordnung zu bringen. Aber mit dem
Weinen aufzuhören ist nicht so leicht. Gleichzeitig frage ich
mich, was mein Erzeuger hier tut.

Glücklicherweise versteht James trotzdem, was ich von ihm
will. »Du darfst nicht vergessen, dass ich Inhaber des Kontos
bin, zu dem deine Kreditkarte gehört. Und als solcher sehe
ich genau, was du kaufst, auch Zugtickets. Zeitgleich mit der
Mitteilung darüber hat Lucas angerufen, dass du dich aus dem
Haus geschlichen hast. Sich den Rest zu denken, war sehr
leicht.

Natürlich kriegt der verdammte Butler alles mit, denke ich
bitter, hickse aber nur: »Wohin fahren wir?« Die Straße, über
die wir fahren, kommt mir nicht bekannt vor.

»Colchester.« Mein ungläubiger Seitenblick wird mit einem
fast bedauernden Lächeln quittiert.

»Samantha und ich hatten eine Regel, als Emmett jünger
war. Dass wir mit dir nie darüber gesprochen haben, tut mir
leid, weil sie selbstverständlich auch für dich gilt. Du kannst
jederzeit zwischen London und Colchester wechseln, wann
immer und so oft, wie dir danach ist. Weder deine Großmutter noch Samantha oder ich werden dir das übel nehmen.«

ADRIAN

Morpheus spitzt die Ohren, als er etwas wahrnimmt, für das
meine menschlichen Sinne zu stumpf sind.

Auch Somnia hebt den Kopf vom Fußboden, gleichzeitig
summt Samanthas Handy. Sie legt das Messer beiseite, schaut
aufs Display und bestätigt meine Vermutung.

»Wir bekommen Besuch.«

»Wen denn?«, fragt Cara und schneidet mehr schlecht als
recht die Paprikastücke.

Die Frage beantwortet sich von selbst, als das Tor aufschwingt und ein Auto, auf dessen Nase der Spirit of Ecstasy prangt, auf den Hof rollt.

Cara quietscht begeistert, während Samantha und ich ein Stirnrunzeln tauschen. Was tut er hier?

Gemeinsam mit Morpheus und Somnia stürzt meine Schwester auf den Hof, wobei die beiden Hunde ihr so geschickt im Weg herumspringen, dass sie nicht mal in die Nähe des noch fahrenden Autos kommt. Enzo hat sie wirklich gut erzogen.

»Wusstest du davon?«, fragt Samantha mit lauernder Wut in der Stimme.

Früher wäre es undenkbar gewesen, dass James hier oder sie im One Hyde Park auftaucht. Emmett wurde immer vom Personal oder anderen Familienmitgliedern hin- und hergefahren. Doch Katharina hat alles durcheinandergewirbelt.

»Nein«, beteuere ich und überlege, zu erwähnen, dass ich noch weniger begeistert bin als sie, doch die Tatsache, dass sie dem Messer auf der Anrichte einen kalkulierenden Blick zuwirft, lässt mich den Gedanken wieder verwerfen. Sie würde es vermutlich eh nicht verstehen.

Gemeinsam treten wir ebenfalls auf den Hof.

Der Rolls-Royce hat inzwischen geparkt und Richard steigt aus, um die Fondtür zu öffnen.

James schafft gerade mal einen Schritt über den Kies, da wirft sich Cara ihm in die Arme. Er fängt sie. Er fängt sie immer, auch wenn es jetzt, wo sie keine sechs mehr ist, deutlich weniger mühelos aussieht.

»Onkel Jamie!«, kreischt sie.

Er verzieht kurz das Gesicht, bevor sein strahlendes Lächeln zurückkehrt. »Hallo, *topolina*. Ich freue mich ebenfalls sehr, auch wenn ich nicht in solche Tonhöhen komme.« Mit dem Klammeraffen an sich hängend, stellt er sich Samantha.

Sie lächelt. Es ist nicht freundlich. »James. Was verschafft uns die Ehre? Deine Ankündigung muss auf dem Weg vom Postauto gefallen sein. Schließlich würdest du nicht einfach die Dreistigkeit besitzen, unangekündigt bei mir aufzutauchen.« Sie lacht. »Nicht wahr?«

James betrachtet sie einen Augenblick, das Lächeln weiterhin ungebrochen. »Hallo Samantha. Du siehst wundervoll aus, wenn du wütend bist. Und was meine Anwesenheit betrifft: Wir haben eine Abmachung.« Er dreht sich um. Richard öffnet gerade die zweite Tür. »Zu jeder Tages- und Nachtzeit und ohne irgendeine Erklärung.«

Kate steigt aus, ohne Richards angebotene Hand zu beachten. Sie schiebt ihre Sonnenbrille ins Haar und offenbart verschmierte Schminke sowie rote Augen. »Was geht?« Cali O maunzt in ihren Armen, wo er liegt wie ein Neugeborenes.

»Katharina.« Sam umrundet das Auto, schneller als Flash.

Kate kann sie gerade noch warnen: »Nicht – o mein Gott – du machst Katzenpfannkuchen aus ihm!« Doch da findet sie sich schon in einer Umarmung wieder.

Ich wende den Blick von diesem intimen Moment ab.

James stellt Cara wieder auf eigene Füße, die gleich begeistert fragt: »Bleibst du jetzt?«

Samantha löst sich von Kate und dreht sich zum Haus um. »Leg weitere Gedecke auf, Cara. Wir können das Abendessen strecken.«

Als würde es in diesem Haus jemals nicht genug Nahrung für eine ganze Hundertschaft geben.

Cara hüpft motiviert zurück ins Haus und Samanthas Miene wird ernst. »Zu jeder Tages- und Nachtzeit heißt nicht, dass du in mein Haus einfallen kannst, wie es dir passt, James. Du hast sie hergebracht und fertig. Ich habe dich nicht eingeladen und plane auch nicht, das in nächster Zeit zu ändern. Selbstverständlich kannst du jedoch am Abendessen teilnehmen.«

Er lächelt jungenhaft und greift in die Jacketttasche, um eine kleine, viereckige Schmuckbox herauszuziehen, die er ihr über das Autodach hinweg zuwirft. Einhändig greift sie sie aus der Luft.

»Ich habe dir etwas mitgebracht. Du weißt ja, man sollte niemals mit leeren Händen bei seinem Gastgeber auftauchen.«

Ich glaube, nur Richards Räuspern hält sie davon ab, übelste Beleidigungen auszuspucken. »Ich werde mich auf den Weg nach drüben machen, Sir.«

James nickt. »Ja, natürlich.« Mit drüben meint er vermutlich die Garrison der British Army, ein Stück außerhalb von Colchester. Während Richard sich dem privaten Sicherheitsdienst zugewandt hat, sind seine Brüder noch in der Army und einer von ihnen anscheinend momentan in der Garrison stationiert.

Samantha schenkt dem Major ein warmes Lächeln und lässt die Box in der Hosentasche verschwinden.

»Geben Sie Bescheid, sollten Sie etwas benötigen.«

»Danke, Ma'am, Sie sind großzügig.« Er steigt ein und rollt langsam vom Hof.

»So.« Sam klatscht in die Hände und wirft James einen Blick zu, der keine Widerworte gestattet. »Dann rein, wenn wir jetzt essen, musst du nicht im Dunkeln nach Hause fahren.«

Es ist Cara, die den größten Teil der Unterhaltung übernimmt, als wir beim Essen sitzen. Sie plappert zufrieden mit James, Samantha und mir. Kate beteiligt sich nicht an der Konversation, sondern scheint in Gedanken versunken zu sein. Doch sie isst und wirkt auf mich eher nachdenklich als niedergeschlagen.

»Behalte ich mein Zimmer?«, fragt Cara, kaum hat sie den letzten Bissen Reis vernichtet.

Sie wirft einen herausfordernden Blick zu Kate, die das gar nicht mitbekommt. Das Zimmer, in dem Kate in ihren Wochen hier gewohnt und gewütet hat, war die letzten elf Jahre Caras Zimmer.

»Katharina«, sagt Samantha, und Kate schreckt hoch, wobei nur James' Eingreifen verhindert, dass sie ihr Glas vom Tisch fegt. »Du schläfst bitte in Emmetts Zimmer.«

Wir rechnen alle mit Widerstand, doch Kate scheint nicht richtig zuzuhören. Stattdessen sagt sie:»Du musst mit mir morgen nach dem Frühstück meinen Essay besprechen.«

Samantha schaut einen Moment verblüfft drein, denn auch wenn das keine direkte Frage nach Hilfe war, kommt es dem sehr nah.

»Natürlich«, fängt sie sich jedoch schnell.

Cara richtet sich auf.»Das geht nicht! Du hast mir versprochen, dass wir morgen früh in den Stall gehen.«

»Ach ja, genau. Wollen wir uns jetzt gleich noch daran setzen, Katharina?«

»Ich arbeite morgens nach dem Frühstück an meinem Essay. Nicht abends nach dem Abendessen.«

»Kann Adrian dir dabei helfen?«

Die blauen Augen streifen mich zweifelnd.

»Es gibt einen Grund, warum Adrian Zahlen statt einer Geisteswissenschaft studiert.«

»Danke«, murmele ich leise, auch wenn sie absolut recht hat. Ich habe nicht den Nerv, mich mit philosophischen Thesen oder Ähnlichem auseinanderzusetzen. Zahlen sind gut. Sie sind festgelegt, geordnet und Definitionen werden nicht durch einen neuen Denkanstoß umgeschmissen.

Samantha guckt zwischen Cara und Katharina hinterher, keine von beiden gewillt, ihre Pläne umzuwerfen. Einer hat sie ein Versprechen gegeben, der anderen will sie auf keinen Fall etwas abschlagen.»Wie wäre es, wenn du Emmett anrufst?«

Kate hebt die Brauen.

»Emmett kennt die Definition des Wortes pürieren und ist trotzdem nicht in der Lage, darauf zu kommen, wofür man einen Pürierstab benutzt.«

Ich senke den Kopf, damit mein Grinsen nicht auffällt.

Samantha seufzt.»Und es muss morgen nach dem Frühstück sein?«

»Ja!«

»Ich schau mal, ob ich George oder Tamara erreiche.«

»Die sind morgen in London und gehen mit Jay und Kyle frühstücken«, sage ich, weil Jay es mir gestern erst geschrieben hat.

»Okay.« Samantha kommt Kate zuvor, die bereits aufgebracht den Mund öffnet. »Was ist dein Lösungsvorschlag, Katharina?« Kate schließt den Mund wieder. Sie sieht ihre Mutter an. Dann huschen die blauen Augen einen Moment zur Seite. Und wieder zurück. Samantha folgt ihrem Blick. Sie presst die Lippen fest aufeinander und zwingt sich zu einem Lächeln, das ganz allein für Cara gedacht ist.

»Natürlich. Eine sehr naheliegende Möglichkeit. Aber dein Vater muss leider arbeiten. Er hat viel zu tun, nicht wahr, James?« Sie durchbohrt ihn praktisch und ich sehe den Schalk in seinen Augen aufblitzen, als er strahlend lächelt. »Tatsächlich nicht. Ich habe Urlaub, ist das nicht schön?«

Stille. Mörderische Stille.

Es benötigt gesammelte vierzig Jahre aristokratische Zurückhaltung und britische Höflichkeit, damit Samantha den Vater ihrer Kinder nicht hier und jetzt mit ihrem Messer ersticht, der weiterhin mit 3.000-Watt lächelt.

»Ja«, presst sie hervor. »Wie wundervoll.«

»Also bleibst du?«, fragt Cara aufgeregt.

»Ja«, spricht Kate es schließlich aus. »Und unterstützt mich bei meinem Essay.«

»Selbstverständlich«, sagt James, ohne den Blick von Samantha zu lösen. Die Luft zwischen den beiden knistert.

»Aber diesmal nicht auf Griechisch, sonst streike ich.«

Ich liege wach im Bett.

Vielleicht, nein, ganz bestimmt, weil Kate nur wenige Meter von mir entfernt in Emmetts altem Zimmer liegt.

Vorhin gab es kaum Gelegenheit zu sprechen. Cara hat mich nach dem Essen mit nach draußen gezogen, um die letzte Runde mit den Hunden zu gehen, und als wir wieder reinkamen, hat Sam mir mitgeteilt, dass Kate schon im Bett ist.

Ich will mit ihr reden, sie fragen, warum sie hier ist, weswegen sie geweint hat und wie es ihr geht. Ob sie mich aus so vermisst hat wie ich sie.

Meine Handyuhr zeigt halb elf. Normalerweise ist sie, zumindest die Kate, die ich kenne, da noch lange nicht am Schlafen. Ich könnte bei ihr vorbeischauen. Vielleicht ist sie wach. Und wenn nicht, gehe ich halt wieder.

Ich stehe auf, wobei natürlich sofort die Hunde hochschrecken. Warum sie überhaupt mein Zimmer als Schlafgemach ausgesucht haben, erschließt sich mir nicht, ich habe es einfach hingenommen.

Zum Glück knarrt die Tür nicht, und vor dem Fenster über der Treppe scheint der Mond hell genug, sodass ich kein Licht anmachen muss. Auch durch den Spalt unter der Tür von Emmetts Kinderzimmer dringt Licht. Kate ist noch wach, genau wie ich vermutet habe.

Bevor ich bei ihrem Zimmer ankomme, öffnet sich die Tür, das Licht erlischt und Kate tritt heraus, Cali O wie einen Papagei auf der Schulter, das Haar zu zwei Zöpfen geflochten und in ihrem kurzen rosa Plüschpyjama.

Sie schließt die Tür, macht ein paar Schritte in meine Richtung und blinzelt verblüfft. Einen Augenblick sehen wir uns schweigend an, und aus irgendeinem Grund weiß ich genau, dass wir beide die gleiche Idee hatten.

Mit einem breiten Lächeln strecke ich Kate, die leise kichert, die Hand hin. »Zu dir oder zu mir?«

Sie greift ohne zu zögern zu, was mir ein warmes Gefühl den Arm hochjagt. »Zu dir.«

»In Ordnung, aber darin schläft ein ganzes Rudel«, warne ich sie vor.

»Solange mir die Mannschaft von Manchester nicht länger beim Einschlafen zuschaut.«

Ach ja, Emmetts Fußballposter, die er in all seinen Zimmern immer mit höchster Begeisterung aufgehängt hat.

»Das kann ich garantieren.«

Hand in Hand gehen wir zurück in mein Zimmer. Die Hunde warten genauso, wie ich sie zurückgelassen habe. Cali O springt auf den Tisch und rollt sich dort in meinem T-Shirt ein. Ich setze mich aufs Bett, Kate hält inne, um Morpheus und Somnia zwischen den Ohren zu kraulen, dann kommt sie zu mir. Sie klettert wie selbstverständlich zwischen meine Beine und lehnt sich mit dem Rücken gegen meine Brust. Der Geruch ihres Shampoos steigt mir in die Nase, als sie die Decke über uns zieht und meine Arme ergreift, um sich darin einzuwickeln. Ihre Haut ist weich unter meinen Fingern.

Kaum dass sie in meiner Umarmung sitzt, entfährt ihr ein tiefes Seufzen und die Spannung weicht aus ihren Schultern.

»Du bist schön warm.«

»Du bist ein bisschen kühl angezogen, meinst du nicht, du Eiszapfen?«

»Nein, ich habe ja dich als Heizung.«

»Bist du deswegen hergekommen?«

»Um nachts eine eigene Heizung zu haben? Nein, in den Nächten hat Emmett mich ausgehalten. Wenn er nicht da war, habe ich so viel Sport gemacht, dass mein Körper sich den Schlaf irgendwann geholt hat.«

»Weswegen bist du dann hier, Prinzessin?« Unter meinen Fingern breitet sich Gänsehaut aus, als ich ihre Oberarme kraule. »Du wolltest doch herkommen, oder nicht?« Kate schließt die Augen und hebt den Kopf, als ich ihre Schultern und das Schlüsselbein berühre.

»Ich wollte herkommen. London ist … nicht mehr richtig. Zumindest momentan. Ich hatte Zugtickets und war schon am Bahnhof, aber irgendwie konnte ich nicht fahren. James war auf einmal da und hat mich hergefahren.«

»Du weißt, dass Sam ihn nur hierbleiben lässt, weil du das wolltest?«

»Mag sein, aber sie ist eine erwachsene Frau, und er nicht erst seit gestern ihr Ex. Ich bin überzeugt, dass sie mit ihm umgehen kann.«

»Aber wieso willst du ihn hierhaben?« Sie hat so sehr gegen ihn angekämpft, woher der Sinneswandel? Es gibt ungefähr eine Million anderer Menschen, die ihr mit dem Essay hätten helfen können.

»Irgendwann, vielleicht nicht morgen oder nächste Woche, aber irgendwann wird der Tag kommen, wo er sagt: ›Weißt du noch, als ich dich ohne Murren nach Colchester gefahren habe?‹ Und dann werde ich sagen: ›Klar, das war doch da, wo du Dank mir von Samantha bekocht wurdest und sogar in ihrem Gästezimmer schlafen durftest, oder?‹ Das hat nichts mit irgendwelchen Sentimentalitäten zu tun. Ich will ihm nur nichts schulden. Unabhängig davon, dass er mir noch etwas schuldet.«

Sie spürt wohl meinen überraschten Blick, legt den Kopf in den Nacken, sieht mich an und hebt eine Braue.

»Zwei von meinen Eltern wühlen in Menschen rum, eine handelt mit Pferden, einer handelt mit Autos und nutzt die mangelnde Kommunikationsfähigkeit von Menschen aus, um Geld zu verdienen. Wie hätte ich, ob durch Erziehung oder Genetik, auch nur die Chance haben können, ein selbstloser, bescheidener und zuvorkommender Mensch zu werden?«

»Fairer Punkt«, gestehe ich. Kate schließt die Augen wieder, eine Spur Belustigung im sommersprossigen Gesicht.

»Und was genau ist dein Plan?«

»Ich schreibe meinen Essay und mache dann mein letztes Schuljahr«, kommt es wie aus der Pistole geschossen.

Es klingt wie eine Antwort, die man ihr in den Mund gelegt hat, genau wie das, was ihre Familie hören will. Ich weiß nicht, warum mich das enttäuscht.

Vielleicht, weil ich nicht weiß, ob es ernst gemeint ist.

Oder weil ich darin nicht vorkomme.

In die Stille hinein holt Kate tief Luft und lässt sie wieder entweichen. Als wolle sie etwas sagen, doch könne es nicht aussprechen. Da dreht sie sich ruckartig zu mir um und drückt das Gesicht in mein Shirt. »Ich will gesund werden. Und das kostet mich Kraft. Kraft, die ich nicht habe, wenn ich gegen meine Familie ankämpfe.«

Es ist der Sinneswandel, auf den ich für sie gehofft habe, den ich jedoch nicht erwartet hätte. Ich weiß nicht, woher er kommt, doch das ist egal. Ich ziehe Kate näher an mich, streiche ihr über das Haar und halte sie fest.

Sie klammert sich an mich, als hätte sie Angst vor ihrer eigenen Courage. Gesund werden, das wird wehtun, das wissen wir beide, aber letztendlich ist es die einzig akzeptable Möglichkeit. Vielleicht ist es nicht das, was ich in Bezug auf uns hören wollte. Sie bezieht mich nicht in ihre Pläne ein oder gibt mir eine Sicherheit, aber es ist das Richtige.

Und für heute Nacht ist es genug.

11

Need You Now
– Lady A

ADRIAN

Ich wache auf und bin allein. Sowohl Kate als auch die Menagerie haben das Zimmer verlassen. Auch wenn ich gerne mit ihr in meinen Armen aufgewacht wäre, beunruhigt mich das nicht sonderlich. Sie ist Frühaufsteherin, immer gewesen.

Unten in der Küche begrüßen mich James und Samantha, die beide mit einer Selbstverständlichkeit an der Theke herumhantieren, die mich irritiert.

»Wo ist Cara?«, erkundige ich mich.

»Füttert die Hunde.«

Samantha hat beide zum Fressen auf die Veranda verbannt, was ich ihr nicht verübeln kann. Das Futter stinkt bestialisch.

»Wo ist Katharina?«, möchte James wissen und trennt routiniert ein paar Eier.

Ich zucke die Schultern. »Keine Ahnung.«

James sieht zu Sam, die die Schultern zuckt. »Haus verliert nichts.«

Und sie behält Recht. Gerade als wir alle am Frühstückstisch Platz genommen haben, öffnet sich die Tür und Kate tritt ein, gefolgt von Cara, die bockig erklärt: »Aber es ist ungesund.«

»Das ist das Patriarchat für Menschen wie dich auch, und ich halte dir trotzdem keine Vorträge.«

Kate ist eindeutig schlecht gelaunt. Sie wäscht sich gründlich die Hände und nimmt am Kopfende Platz. »Morgen.«

»Ebenfalls«, sagt Sam und sieht zwischen den Mädchen hin und her.

»Was ist los?«

»Cara hält es für nötig, mich zu belästigen.« Caras Ohren werden rot, ein sicherer Indikator, dass sie auf einen präpubertären Wutausbruch hinsteuert.

»Ich belästige dich überhaupt nicht, ich erkläre dir nur, wie schädlich Rauchen für deine Lunge ist!«

Kate legt die Gabel wieder hin und sieht mich ernst an. »Mach, dass sie aufhört. Ich meine es ernst, sonst sorg ich dafür, und dann könnt ihr alle nur hoffen, dass ihr Salbutamol in Reichweite liegt.«

»Katharina!«, mahnt Samantha. »Ich verbitte mir derartige Äußerungen.«

»Mein was?«, quakt Cara dazwischen.

»Wenn du das nicht weißt, bist du nicht hinreichend qualifiziert, um mit mir über Lungenerkrankungen zu debattieren.«

Ich mische mich ein, bevor Cara etwas erwidern kann: »Leute, bitte. Ich habe Hunger und möchte einfach nur in Frieden frühstücken.«

»Das sehe ich auch so«, stimmt Sam mir zu. »Trink deinen Tee, solange er noch warm ist.«

Kate wirft der Tasse vor sich den gleichen Todesblick zu, den auch Cara gerade eben kassiert hat.

»Ich mag diesen Tee nicht«, murrt sie. »Er schmeckt beschissen, und ich verbrühe mich jedes Mal, sodass ich meine Zunge nicht mal mehr spüre, geschweige denn etwas schmecke.«

James stellt die Kaffeetasse ab und legt den Kopf schief. Ich tue so, als ob ich sein schnelles Französisch nicht verstehe, obwohl wir alle wissen, dass ich es tue.

»Wenn du den Tee nicht trinkst, aber gleichzeitig nicht vom Grundstück kommst, und deine Mutter den Inhalt der Flaschen ihres Wohnzimmerschrankes entsorgt, ist das dann besser oder schlechter als eine taube Zunge und mangelnder Geschmackssinn?«

Kate legt den Kopf ebenfalls schief. »Bei der Esskultur in diesem Land macht es sowieso keinen Unterschied, ob man etwas schmeckt oder nicht.«

Sie kippt den Tee in einem einzigen Zug herunter, bevor sie mit der Gabel eine Zitronenscheibe aus der Wasserkaraffe fischt. Ohne eine Miene zu verziehen, zerkaut sie das Ding und schluckt es runter. Samantha wirft James einen dankbaren Blick zu und nimmt einen Schluck von ihrem eigenen Tee.

»Was ist der Plan für heute?«

»Wir gehen in den Stall und dann will ich Steine flitschen«, verkündet Cara.

»Kannst du doch gar nicht«, werfe ich ein. Weihnachten hat sie Leo einen fetten blauen Fleck verpasst, weil sie ihn mit einem Kiesel abgeworfen hat.

»Onkel Jamie hat im Winter versprochen, es mir beizubringen, wenn das Wetter besser ist.«

Sie dreht sich zu Sam um, deren Knöchel weiß werden, weil sie die Gabel so fest umklammert.

»Wenn er sowieso hierbleibt, kann er es mir beibringen.«

Über den Rand ihrer Teetasse betrachtet Samantha James. »Das halte ich für eine gute Idee. Nach dem Mittagessen geht ihr zwei hinunter zum See und konzentriert euch aufs Steineflitschen. Und wenn es heute nicht klappt, geht ihr morgen nochmal.«

Und zack, hat sie ihn sich vom Hals geschafft.

Sie wendet sich an Kate und mich. »Und eure Pläne?«

»Essay, Sport, duschen, Gitarre, weiter *Friends* gucken und dann gehe ich vielleicht in den Stall«, zählt Kate auf.

Es kommt mir vor, als gebe sie sich Mühe, sich zu beschäftigen, um bloß keine Langeweile aufkommen zu lassen. »Ich arbeite«, sage ich. »Und dann lege ich mich in die Sonne.«

»Gehst du nicht mit zum Sport?«, fragt Kate.

»Möchtest du, dass ich mitgehe, Prinzessin?«

»Du bist eine größere Herausforderung als der Boxsack. Zwar bewegst du dich nur minimal mehr, aber trotzdem. Also ja. Bitte.« Na, vielen Dank.

»Meinetwegen.« Eigentlich kann ich mir bei der Hitze Schöneres vorstellen, aber sie hat bitte gesagt.

Kate scheint in glänzender Form zu sein, stelle ich ein paar Stunden später fest, als ich mich zum dritten Mal infolge vom Boden erheben muss.

Sie lächelt übermütig und zieht ihren Zopf fest. »Ich habe mit Jimmy trainiert«, bekomme ich erklärt und werde gleichzeitig von einer Faust getroffen.

»Ganz toll«, ächze ich unter dem Ansturm ihrer Schläge, bücke mich, packe sie um die Taille und wrestle sie auf die Matte.

»Hey! Sauberes Kickboxen!«

Ich liege halb über ihr, und sie trommelt mit ihren Händen auf meinen Rücken ein.

»Ne. Ich habe die Regeln geändert. Jetzt ist alles erlaubt.«

»Ich beiß dich!« Ihre Drohung geht in einem Kichern unter, als ich mit den Fingern über ihre Rippen streiche.

»Besser nicht. Rohes Menschenfleisch ist nicht gut.« Ich rolle mich von ihr hinunter. Sofort setzt sie sich auf, doch wir bleiben beide auf dem Boden.

»Und kannst du gekochtes Menschenfleisch empfehlen?« Gespielt interessiert stützt sie den Kopf auf die Hand.

»Klar. Am besten aus dem Airfryer.« Sie würgt und ich lache. Mit einem niedlichen Kichern stimmt sie mit ein, wird aber schneller wieder ernst als ich. Ihr Blick verändert sich, und ich weiß, dass sie intensiv über etwas nachdenkt.

Tatsächlich holt Kate Luft und platzt dann hervor: »Leihst du mir das Auto?«

Unabhängig davon, dass es nicht mein, sondern Enzos Wagen ist, verstehe ich nicht, worauf sie abzielt.

Wenn sie in die Stadt möchte, kann ich sie doch fahren, und wenn sie weg will, kann sie nicht im Ernst glauben, dass ich

ihr dafür auch noch das Auto leihe.»Was hast du denn vor?«
Sie weicht meinem Blick aus.

»Ich muss in die Stadt.«

»Soll ich dich nach dem Mittagessen fahren?«

Ich sehe ihr an, dass sie ablehnen wird, noch bevor ich zu
Ende gesprochen habe.

»Ne, danke.« Kate springt auf und hält mir die Hand hin.
»Noch eine Runde.«

Ich ergreife ihre Hand und ziehe sie zu mir auf den Boden,
was rohe Kraft angeht, hat sie mir schlicht nichts entgegen-
zusetzen. Sie purzelt auf meinen Schoß und guckt genervt,
doch dahinter sehe ich die Verletzlichkeit.

»Wenn du mir erklärst, was du vorhast, bin ich gerne bereit,
nochmal darüber nachzudenken. Aber ich gebe dir sicher keinen fremden Wagen, ohne zu wissen, worum es geht.«

»Mhm, okay«, sagt sie, doch das Desinteresse ist so falsch
wie ihre Wimpern.

Sie windet sich aus meinem Griff und springt auf.»Jetzt
komm hoch, ich will dich nochmal umwerfen.«

Okay. Anscheinend gehören die letzten zwei Minuten zu
dem Berg an Momenten, den sie verdrängt.

KATHARINA

»So lange brauchst du noch für den Essay? Kannst du dich
nicht beeilen? Ich wollte angenehme Sommerferien haben«,
ätzt Adrian und weicht meinem rechten Haken geschmeidig
aus.

»Klar«, spotte ich und springe zurück, als er ausholt.»Bei
dem Aufsatz, der einen großen Teil meiner Abschlussnote
ausmachen wird, ist dein Sommervergnügen einer der wichtigsten Faktoren, die ich berechne.«

Ich kichere, doch Adrian zieht eine so grimmige Miene, dass
ich schnell damit aufhöre.

»Was soll das heißen?« Die Angriffslust in seiner Stimme passt mir nicht, doch ich schiebe den Unmut darüber weg.

»Mein Gott, ja, du magst James nicht und jetzt musst du die Mahlzeiten mit ihm verbringen. Tragisch.«

Offenbar ist er nicht zu Scherzen aufgelegt und auch Boxen will er nicht mehr. Stattdessen verschränkt er die Arme.

»Es wundert mich, dass gerade du das sagst.«

»Wieso?« Die Stimmung kippt, aber jetzt können wir nicht mehr umkehren.

»Ich weiß nicht ...« Es hört sich eher an, als wüsste er sehr genau. »Du hast deine Meinung zu James ziemlich schnell geändert. Vor einigen Tagen noch fandest du ihn zum Kotzen.«

»Du bekommst ihn doch kaum zu Gesicht. Und er beschäftigt Cara, so kannst du Mittagsschlaf machen und hast sie nicht an der Backe.« Noch bevor ich es fertig ausgesprochen habe, weiß ich, dass ich das besser nicht gesagt hätte.

»Du sprichst über meine Schwester, Kate.« Adrian klingt hörbar kühl. »Und du hättest auch einen Tag warten und dich über Video mit George an deinen Essay setzen können.«

»Das mag sein, aber ich wollte es nicht. Wenn James dich so sehr stört, geh und beschwer dich bei Sam!« Ich werde lauter, weil es mich unglaublich frustriert, dass wir über das Ganze diskutieren müssen.

»Als würde sie ihn loswerden, wenn du auf seine rhetorische Expertise angewiesen bist.«

»Warum darf ich deine Schwester nicht kritisieren, aber du, James?«

»Hat er dir ein Auto versprochen, oder warum ist James für dich seit London ein Heiliger?«

Etwas in mir zieht sich bei diesem Vorwurf zusammen. Es gibt viele negative Eigenschaften, die man mir zuschreiben kann, und viele, die wahr sind, aber Oberflächlichkeit zählt nicht dazu.

Ich beginne, meine Bandagen abzuwickeln, für mich ist das Training beendet. »Gut zu wissen, was du von mir denkst.«

Meine Stimme ist viel ruhiger, als ich mich innerlich fühle. »Und nicht, dass ich meine Entscheidung vor dir rechtfertigen müsste, aber fürs Protokoll: James hat sich meine Sympathie nicht erkauft, er hat sich meine Neutralität erarbeitet.«

Nachdem Adrian das Mittagessen hat ausfallen lassen, rechne ich damit, dass er auch beim Abendessen mit Abwesenheit glänzt, doch entweder seine nörgelnde Schwester oder der Hunger treiben ihn an den Tisch. Cara erzählt begeistert davon, dass ihr Stein fünfmal über den See gesprungen ist, bevor sie von den neugeborenen Fohlen im Stall schwärmt. Das ist zwar geringfügig nervig, aber auch praktisch, denn während sie die Alleinunterhaltung übernimmt, fällt es niemandem auf, dass Adrian und ich kein Wort miteinander wechseln.

Ich weiß nicht, wo und wie er nach unserer Diskussion den Tag verbracht hat, allerdings bin ich mir selbst dankbar für meine Routinen. Bei einem stehenden Zeitplan fällt die Überlegung weg, was man den ganzen Tag mit sich anfangen soll. Und wenn man durchgängig beschäftigt ist, kann man nicht nachdenken und Gespräche zergrübeln.

In der Theorie jedenfalls.

Ausnahmsweise beteilige ich mich daran, den Tisch abzuräumen, während Adrian durch sein klingelndes Handy entschuldigt wird. Ohne ein Wort steht er auf und verschwindet nach draußen, das Telefon am Ohr.

Während Cara die gespülten Töpfe abtrocknet, packe ich das übrige Essen in Dosen. »Darf ich mal?«

Mit einem genervten Ausdruck macht Cara einen minimalen Schritt zur Seite, um mich an den Kühlschrank zu lassen. »Es heißt bitte«, werde ich schnippisch belehrt.

»Bitte«, sage ich. »Dann räum du die Sachen weg.« Ich stelle die Dosen auf die Arbeitsplatte.

»Mädchen«, mahnt James vom Tisch. »Seid friedlich.«

Mit Augen voller Abneigung, deren Ursprung mir immer noch schleierhaft ist, sieht Cara zu mir auf und tritt zur Seite.

»Bitte«, zischt sie. Mein schlechtes Gewissen, als ich ihr im Vorbeigehen auf den Fuß trete, geht gegen null.

Cara heult dramatisch auf wie ein waschechter Fußballspieler. Im Augenwinkel sehe ich das gezwirbelte Handtuch auf mich zuschnellen. Es trifft mich mit der Kraft eines erschöpften Windhauchs am Oberschenkel.

Ich werfe die Kühlschranktür zu und drehe mich zu Cara um. Sie schaut, als könne sie es selbst nicht fassen, was sie getan hat, und als wolle sie sich prompt entschuldigen.

Dazu bekommt sie keine Gelegenheit.

Ich packe sie, ziehe sie an mich und presse ihren Oberkörper nach vorne. Sie wehrt sich und protestiert in einer wirklich beeindruckenden Tonhöhe, doch ich drücke ihren Kopf mit links ins Waschbecken und reiße mit rechts den Hahn auf. Kaltes Nass sprudelt hervor und verpasst Cara eine unfreiwillige, aber durchaus nötige Dusche.

Noch bevor James meinen Namen bellt, schalte ich das Wasser wieder ab und lasse Cara los.

Sie hebt den klatschnassen Kopf, das dunkle Haar klebt ihr im Gesicht und Wasser läuft ihr in den Kragen. Fassungslos starrt sie mich an. Stille herrscht in der Küche, nur unterbrochen vom Geräusch, mit dem das Wasser heruntertropft.

James schüttelt den Kopf, selbst ihm fehlen die Worte.

»Sie hat mich unter Wasser gehalten!«, brüllt Cara. »Ich habe überhaupt nichts gemacht!«

Samantha mischt sich vom Tisch ein, wo sie bisher stumm Papierkram erledigt hat. »Cara-Maus, wer Kartoffeln sät, kann nicht erwarten, Äpfel zu ernten.«

»Sie hat angefangen!«

»An deiner Stelle würde ich mir gut überlegen, ob du mich weiter anficken willst, du freches Biest«, warne ich. »Sonst stecke ich deinen Kopf das nächste Mal ins Klo.« Ich beuge mich dicht zu ihr herab. »Und dann drücke ich die Spülung.«

»Es reicht«, bestimmt Samantha. »Nimmt dir ein Handtuch, Cara, und geh duschen. Ich komme später zu dir.«

Cara sieht aus, als wolle sie protestieren, besinnt sich aber eines Besseren und gehorcht. Ihre Schritte auf der Treppe sind vermutlich bis London zu hören.

»Und jetzt zu dir.« Samantha deutet auf mich. »Veranda.«

Ich hebe die Hände. »Ich wasche meine Hände in Unschuld.«

»Sofort!« Sie steht auf und scheucht mich vor sich her durchs Haus und nach draußen.

»Wieso kriege ich jetzt einen Anschiss dafür, dass sie angefangen hat? Eher sollte sie Ärger dafür kriegen, wie inkompetent sie mit dem Handtuch geschlagen hat. Das muss man vorher nass machen. Weiß doch jeder.« Ich fummele meine Zigaretten hervor. Samantha schließt die Fliegentür und dreht sich kopfschüttelnd zu mir um.

»Krieg ich auch eine?« Überrascht halte ich ihr die Packung hin. Sie ergreift sie und steckt sie ein.

»Hey!«

»Keine Diskussion.«

»Aber –«

»Nein. Ich unterstütze das Gerauche nicht. Bei keinem von euch. Es ist schlimm genug, dass Emmett wieder angefangen hat.« Ich murre, belasse es aber dabei und nehme Sicherheitsabstand, als ich meine Zigarette anzünde.

Meine Mutter setzt sich auf die Bank und betrachtet mich einen Augenblick. »Wie geht es dir?«

»Gut.« Ich wappne mich dagegen, dass sie nachbohrt, doch das tut sie nicht.

»Es freut mich, dass du mit deinem Essay weiterkommst. Hattest du schon Gelegenheit, dir wegen der Schulen Gedanken zu machen?« Ich bekomme keine Chance, zu antworten.

»Elijahs Tochter, du erinnerst dich an Elijah?« Elijah Grisham, ihr bester Freund aus der Kindheit. Ein freundliches Lächeln und ein fester Händedruck manifestieren sich in meiner Erinnerung. Ich nicke. »Sie macht ab Herbst am Ravenscourt Institute ihren Abschluss und schwärmt von den Lehrern und den extracurricularen Aktivitäten.«

»Sie schwärmt von ihren Lehrern und bleibt nach der Schule gerne für extracurriculare Aktivitäten?«, verstehe ich sie absichtlich falsch. »Da würde ich mir an Elijahs Stelle Gedanken machen.«

Samantha rollt mit den Augen. »Mit Teenagern kann man kein normales Gespräch führen.«

»Das sehen die Lehrer von Elijahs Tochter bestimmt anders.«

Sie schüttelt den Kopf und wechselt abrupt das Thema. »Ist mit dir und Adrian alles in Ordnung?«

»Frag nicht«, sage ich und bereue es sofort. Aber zu spät, ihr Interesse ist geweckt.

»Hattet ihr Streit?«

»Adrian mischt sich in Dinge ein, die ihn nichts angehen. Aber das wiederum ist etwas, das dich nichts angeht.«

»Meinetwegen.« Samantha zuckt mit den Schultern. »Solltest du deine Meinung ändern, höre ich dir gerne zu. Und jetzt zu Cara und dir: Ich erlaube keine Überschwemmung meiner Küche.«

»Ich lasse mich nicht schlagen.«

»Das erwarte ich auch nicht, und wie du bemerkt haben wirst, habe ich auch Cara mitgeteilt, dass ich mit ihr darüber sprechen werde. Ich weiß nicht genau, was zwischen euch vorgefallen −«

»Ich auch nicht«, unterbreche ich sie.

»Ich habe ihr nichts getan. Sie mochte mich schon nicht, als ich noch nicht mal ein Wort mit ihr gesprochen hatte.«

Samantha brummt und scheint darüber nachzudenken. Nur einen Augenblick, dann kehrt der strenge Gesichtsausdruck zurück. »Das ist eine andere Sache, und wenn ihr beide euch nicht mögt, ist das schade, aber ich erlaube nicht, dass ihr euch gegenseitig angeht wie Kampfhähne. Du bist sechs Jahre älter. Du darfst ein Fahrzeug führen und in wenigen Monaten wählen. Verhalte dich entsprechend.«

»Pff«, mache ich eingeschnappt, was Samantha ärgerlicherweise als Zustimmung zu werten scheint. Sie sieht zu, wie ich meine Zigarette ausdrücke und in den Aschenbecher packe. Ich merke, dass sie noch etwas sagen will und gedulde mich ausnahmsweise. Doch als sie wieder zu sprechen beginnt, wünsche ich mir sofort, ich hätte es nicht getan.

»Übermorgen ist der 11. Juli.«

Ich schüttele den Kopf. »Nein. Nicht dieses Thema. Bitte nicht.«

Ich weiß genau, welcher Tag übermorgen ist. Es ist der Tag, auf den ich ewig hingefiebert habe. Doch das war ein anderes Leben. Jetzt tut es bloß noch weh, an Maxis achtzehnten Geburtstag zu denken. Maxi, die mir immer noch jeden Morgen schreibt und die ich immer noch ignoriere.

Es ist wie ein Messer, das in meiner Brust steckt.

Meine Schwester ist wie ein Grabstein meiner selbst, der alle Erinnerungen, jedes Sekundenglück konserviert hat. Ich habe Angst vor ihr, und das überhaupt zu denken, bringt mich fast um. Vor allem, weil ich genau weiß, dass ich sie zurückgelassen habe. Allein.

Wir haben unsere Leben zusammen verbracht, jeden Tag miteinander gesprochen, sie gehört zu mir wie jede einzelne Sommersprosse. Sie ist ein Teil von mir, und ich bin ein Teil von ihr. Und diesen Teil habe ich ihr brutal entrissen, als ich mich aus dem Haus geschlichen und einen Zug nach Frankreich genommen habe.

»Wenn du deine Meinung änderst, gib mir Bescheid, ja?«, sagt Samantha, die jetzt vor mir steht und mir mitfühlend den Arm streichelt. Aber zum Glück erwartet sie keine Antwort, sondern wendet sich ab. »Und jetzt zu Cara.«

Ich bleibe allein zurück. Einen kurzen Moment, in dem ich davon träume, Motorengeräusche zu hören. Früher hätte sich die Frage nicht gestellt, ob Maxi zu mir kommt. Früher, als Toni noch dachte, sie könne ihre Tochter beeinflussen, hat sie sie in den Ferien immer zu sich nach Luxemburg geholt. Ich hatte mein Zugticket hinterher schon gekauft, bevor Maxi die Nachricht ihrer Mutter zu Ende gelesen hatte.

Ich gebe mich der Träumerei hin, vielleicht, um mich selbst zu foltern. Dad zuliebe würde sie trotz der Temperaturen volle Schutzkleidung tragen. Sie würde das Bike vollkommen rücksichtslos mitten in den Hof stellen und –

»Willst du mich verarschen?«

Ich blinzele und drehe mich zu Adrian um, der mit blitzenden Augen im Türrahmen steht.

»Nur weil wir beide Stress miteinander haben, musst du das nicht an meiner Schwester auslassen.« Natürlich. Was sonst sollte Cara machen, als bei ihm auf die Mitleidstour zu gehen?

»Nimm dich nicht so wichtig.« Meine Stimme klingt erstickt, doch keiner von uns achtet darauf. »Wenn du mir Vorwürfe machen willst, bitte. Aber dass ich Cara kalt geduscht habe, hat nichts mit dir zu tun. Und wenn du fair wärst, hättest du dir beide Seiten angehört, bevor du kopflos zu mir stürmst, um deine arme, hilflose Schwester zu verteidigen. Wenn du auch nur zwei Minuten länger bei ihr geblieben wärst, hättest du mitbekommen, wie Samantha ihr einen Einlauf dafür verpasst, mich geschlagen zu haben.«

»Mein Gott, sie hat dich beim Abtrocknen mit dem Handtuch gestreift.«

»Es wundert mich, dass du nicht dauernd irgendwo gegen rennst, so sehr, wie du die Augen zudrückst, um die Wahrheit nicht sehen zu müssen.«

Adrian ballt die Hand zur Faust, doch ich glaube, das fällt ihm nicht mal auf. »Wenn sich jemand damit auskennt, die Augen vor der Realität zu verschließen, dann du!«

Tränen wallen in meinen Augen auf, stelle ich entsetzt fest, als meine Sicht verschwimmt.

Ich weiß nicht mal, warum, doch meine Stimme zittert, als ich sage: »Erwarte nicht, dass ich heute Abend bei dir schlafe. Wenn ich so schlimm bin, bleibe ich lieber in meinem eigenen Zimmer. Und deine Hunde behalte ich bei mir.«

Dumme Entscheidung. Ganz dumm. Emmetts Zimmer fühlt sich viel kälter an, als es sein dürfte. Von den Postern an den Wänden starren mich ein paar Weltfußballer durchdringend an. Cali O schlummert selig zwischen Morpheus und Somnia auf dem Boden, die ihn begeistert in ihr Rudel aufgenommen haben. Auch die Hunde schlafen tief und fest, während der Schlaf sich weigert, mich heimzusuchen. Ich drehe mich von links nach rechts, tausende Gedanken schießen mir durch den Kopf. Wie gern würde ich in die Besinnungslosigkeit abdriften. Aber es ist mir nicht vergönnt.

Im Halbdunkel finden meine Augen die Handtasche auf dem Schreibtisch. Gänsehaut bildet sich an meinen Beinen, als ich die Decke zurückschlage. Der Boden ist eiskalt. Ich greife nach der Tasche und wie jedes Mal überkommt mich die Panik, als meine Fingerspitzen nicht sofort die runde Oberfläche erspüren. Dumm eigentlich, schließlich ist es nicht so, als wäre ich darauf angewiesen.

Ich hole die Dose heraus, auf der ein Sticker klebt, der meinen Namen und das enthaltene Medikament verkündet. Nach dem Besuch in der Kirche von Lucas zu verlangen, sich mit meinem Onkel Lars in Verbindung zu setzen und das Medikament zu besorgen, war leicht. Nur leider hat mich die Courage in dem Moment verlassen, in dem das Antidepressivum auf meinem Nachttisch stand.

Die Pillen machen mich abhängig, sie machen mich schwach und, am allerschlimmsten, sie geben mir das Gefühl von Aufgeben. Ich weiß, dass das Schwachsinn ist. Aber es ist, was ich fühle, und das sind nun mal zwei Paar Schuhe.

Ich drehe die Dose hin und her und schaue zu, wie die Pillen sich bewegen.

Das mache ich oft. Nach dem Aufstehen, manchmal beim Umziehen, praktisch dauernd.

Jedes Mal versuche ich mich davon zu überzeugen, die Pillen zu nehmen, und nie funktioniert es. Es macht mich gereizt und schlägt mir auf die Psyche. Jeden Morgen wache ich auf und sage mir: Heute ist der Tag. Aber es ist nie der Tag. Es ist immer nur ein Tag. Ein Tag, an dem ich versage.

Ich dachte, wenn es schon in London nicht geht, dann würde es in Colchesters Ruhe leichter werden. Manchmal wünsche ich mir, dass jemand Bescheid weiß und mich zwingt. James oder Samantha. Wobei, dann lieber Adrian. Oder ... vielleicht eher nicht.

Seine Wut könnte helfen, aber ich glaube nicht, dass es uns in der jetzigen Situation guttun würde, wenn er mich zwingt, die Tabletten zu schlucken. Allerdings könnte es seinen Ärger abkühlen. Ich dachte, ich würde wütend auf ihn sein, doch die Wut wurde von Bedauern abgelöst, sobald ich allein ins Bett gehen musste.

An Schlaf ist nach wie vor nicht zu denken. Vielleicht sollte ich mir noch einen von den verdammten Tees machen. Ich schlüpfe in meine Plüsch-Flip-Flops.

Das Geräusch von Schritten erklingt, dabei habe ich mich noch gar nicht umgedreht. Ich blicke zur Tür. Die Schritte auf dem Flur werden erst leiser, dann lauter. Jemand geht vorbei, Richtung Treppenabsatz. Wobei, nicht jemand. Cara. Niemand sonst im Haus tritt so leicht auf.

Sofort werde ich neugierig. Und misstrauisch. Was will Cara mitten in der Nacht unten?

Ich werde die Flip-Flops wieder los und ziehe stattdessen Wollsocken über. Lautlos rutsche ich zur Tür.

Ich warte oben im Flur, bis Cara unten von der Treppe in Richtung Küche verschwunden ist, dann beginne ich den Abstieg. Vielleicht schlafwandelt sie. Oder sie will etwas trinken.

Unten, wo es im Flur keine Fenster gibt, brauchen meine Augen einen Augenblick, um sich an die Lichtverhältnisse zu gewöhnen und zu erkennen, dass die Tür zur Bibliothek offensteht. Vielleicht vergreift sich das kleine Monster an meinem Essay wie ein waschechter Jurastudent.

Ich schleiche hinüber und spähe in den Raum. Cara steht nicht am Schreibtisch, sondern mit dem Rücken zu mir am

Sekretär. Sie hat die oberste Schublade geöffnet und wühlt mit der Hand darin herum. Ich lehne mich gegen den Türrahmen, um zuzuschauen, doch ihr Unterbewusstsein warnt sie. Cara dreht den Kopf, erblickt mich und zuckt zusammen, während sie gleichzeitig zur Seite springt, was zur Folge hat, dass sie über ihre eigenen Füße stolpert. Aber, und das muss man ihr lassen, sie schreit nicht.

»Klaust du ein paar Equidenpässe?«

»Nein!«, faucht sie, als ich mich abstoße und nähertrete. Ihre Augen sind rot. Hat sie geweint? Wegen heute Abend?

»Sondern?«

»Das geht dich gar nichts an!«

»Gut, dann wecke ich jetzt Samantha.« Ich wende mich ab und habe nicht mal Zeit, innerlich bis drei zu zählen, da ruft sie mich schon zurück.

»Mach doch! Du kriegst den Ärger, weil du sie umsonst geweckt hast, nicht ich.«

»Aha, und wieso umsonst? Was tust du mitten in der Nacht so Harmloses an ihren privaten Unterlagen?«

»Ich bin nicht an ihren privaten Unterlagen.«

»Was willst du mir jetzt erzählen, Cara? Dass du Papierflieger bastelst?«

»Ja.« Bockig verschränkt sie die Arme. »Genau.«

»Willst du mich verarschen?«

»Nein. Ich bin ziemlich gut im Papierfliegerbasteln. Meine fliegen immer am weitesten. Wetten?«

»Du willst gegen mich wetten, dass du ein Blatt Papier so genial falten kannst, dass es weiter fliegt, als wenn ich ein Blatt Papier falte?«

»Ja. Und wenn ich gewinne, haust du ab und erzählst niemandem, dass ich hier bin.« Ich spare es, sie darauf hinzuweisen, dass ich es auch aufschreiben, gebärden oder vorsingen könnte, wenn ich es darauf anlegen würde.

»Na gut«, sage ich stattdessen. »Aber wenn ich gewinne, gehst du wieder ins Bett und bleibst da, bis es Frühstück gibt.

Außer du musst ins Bad, dann kannst du das machen, aber danach gehst du ohne Umwege wieder ins Bett.«

»Schön«, schnappt Cara, zieht zwei leere Blätter aus dem Sekretär und reicht mir eins. »Nicht gucken!«

Augenrollend drehe ich ihr den Rücken zu und warte ab. Ich kann hören, wie sie das Papier faltet, und nach einer gefühlten Ewigkeit sagt sie: »Ich bin fertig.«

Ich drehe mich wieder um. Sie hat ein relativ stabil aussehendes Flugzeug in der Hand. »Du musst jetzt falten.«

»Erst will ich deinen Wurf sehen. Sonst kenne ich die Messlatte nicht.«

Grinsend gehe ich ihr voran in den Flur. Wir stellen uns am Ende auf. Cara packt ihren Flieger, holt aus und schleudert ihn von sich. Lautlos segelt er durch die Luft. Tatsächlich schafft er über die Hälfte des Flurs, bevor die Nase sich zu Boden neigt und er auf Höhe der Kommode liegen bleibt.

»Nicht schlecht«, gebe ich zu.

»Mach das mal nach.«

»Nein danke, ich übertreffe es lieber.« Adrians kleine Schwester sieht zu, wie ich das Papier einmal mittig falte. Dann öffne ich das Blatt wieder und zerknülle es zu einem festen Ball. Ich hole aus und schleudere ihn durch den Gang. Mit einem leisen Rascheln trifft er die gegenüberliegende Wand.

Breit grinsend wende ich mich Cara zu, die fassungslos von dem Papier zu mir sieht. »Das war unfair«, poltert sie.

»Halt die Schnauze!«, zische ich. »Oder willst du das ganze Haus wecken?«

»Das zählt nicht!«, beharrt sie leise.

»Keiner mag schlechte Verlierer. Ich habe das Blatt gefaltet, das waren die Voraussetzungen. Und jetzt ab nach oben, Wettschulden sind Ehrenschulden.«

Das scheint sie anzuerkennen, oder zumindest fast. Ich bin mir sicher, eine gemurmelte, italienische Beleidigung zu vernehmen, aber sie schlurft die Treppe hoch. Oben geht kurz darauf eine Tür zu, und es herrscht Ruhe.

Ich sammele beide Flugobjekte ein und lege sie zu meinem halbfertigen Essay auf den Schreibtisch, bevor ich mich dem Sekretär zuwende. Die obere Schublade lässt sich problemlos öffnen. Darin liegt ein Stapel weißer Blätter. Darunter kommt ein Display zum Vorschein. Mehrere Buttons sind zu sehen, die allesamt grün leuchten. Sie sind beschriftet mit *Hoftor*, *Haustür* und *Wintergarten*. *Küchentür* und *Außentor links* finde ich ebenfalls. Zwei Versuche noch, steht über einer Passworteingabe. TAS Security Ltd. heißt es oben links in der Ecke. Es ist die Alarmanlage für das Grundstück. Aber was wollte Cara damit? Wohin wollte sie? Oder vielleicht auch: Wen wollte sie reinlassen?

12

Like I'm Gonna Lose You
– Jasmine Thompson

ADRIAN

Ich beende ein weiteres Gespräch mit Enzo, das sich für meinen Geschmack zu sehr um die Arbeit und zu wenig um Lukas Herzog gedreht hat, von dem es immer noch nichts Neues gibt. Ein Punkt auf meiner sehr kurzen To-Do-Liste ist abgehakt. Jetzt steht nur noch Kate drauf.

Nicht nur, dass ich inzwischen weiß, dass Cara mich vorgestern ganz schön an der Nase herumgeführt hat, mir ist auch klar, dass ich überzogen reagiert habe. Dass ich James nicht mag, hätte ich nicht an Kate auslassen dürfen.

Das wollte ich eigentlich gestern schon geklärt haben, aber als ich in ihr Zimmer gegangen bin, um die Hunde zu holen und meine Entschuldigung vorzubringen, hat sie tief und fest geschlafen. Klein, verletzlich und die Hand in Morpheus' kurzem Fell vergraben. Er hat sich geweigert, das Zimmer zu verlassen.

Ich habe mich neben Kate gesetzt und ihre Hand genommen. Im Schlaf hat sie sich an mich gekrallt. Sie sollte nicht allein schlafen müssen, so viel ist klar.

Ich weiß nicht, woher, doch James scheint genau zu wissen, dass ich mit ihr reden muss, denn als Kate in die Bibliothek verschwindet, wirft er mir einen Blick zu und dreht sich mit seiner leeren Tasse nochmal zur Kaffeemaschine um. Dabei trinkt er morgens nie mehr als eine Tasse.

Ich betrete die Bibliothek. Kate sitzt auf dem Sessel, die Beine angezogen. Ihr Blick geht ins Leere. Leise schließe ich die Tür. »Hey.«

Sie wirft mir einen Blick zu, gibt jedoch keine Antwort.

Na gut, dann wohl ein Monolog. »Ich habe mit Sam gesprochen. Wegen vorgestern. Es tut mir leid, dass ich dich wegen Cara so angegangen bin. Und die Sache mit James. Das war nicht fair.«

Einen Augenblick antwortet sie nicht, dann ernte ich ein müdes, desinteressiertes Lächeln. »Schon okay.«

Es liegt mir auf der Zunge, sie zu fragen, ob alles gut ist, aber darauf antwortet sie sowieso immer mit ja. Also lasse ich es bleiben und erkundige mich stattdessen: »Kann ich dir irgendetwas Gutes tun?«

»Wieso?« Sie richtet sich auf, kommt mir aber weiterhin furchtbar niedergeschlagen vor.

»Weil ich das gerne möchte.« Ich trete näher, und sie wendet sich mir zu wie eine Blume den ersten Sonnenstrahlen des Frühlings. Ich strecke die Hand nach ihr aus, will sie berühren, sie halten. Sie reagiert nicht, hält still, als ich ihr eine Locke hinters Ohr schiebe. Ihre Augenlider flattern, und als sie zu mir aufschaut, sieht sie ein bisschen wacher aus.

»Kannst du mir eine Wärmflasche machen?«

»Klar«, sage ich, bemüht ganz normal zu klingen. Kalt ist ihr immer nur, wenn es ihr nicht gut geht. Bevor ich mich umdrehe und gehe, hocke ich mich vor ihren Sessel, sodass wir auf Augenhöhe sind. »Kommst du heute Abend wieder zu mir? Mein Bett ist so leer, und ich will nicht ohne dich schlafen.«

Es ist ein offenes Geheimnis, dass sie unter den getrennten Betten mehr leidet als ich.

Trotzdem, irgendwie schlafe ich besser mit ihr in meinen Armen. Selbst, wenn das bedeutet, den Mund voller Haare zu haben.

»Lieber mit mir, ja?« Ganz kurz heben sich ihre Mundwinkel. Automatisch lächle ich auch.

»Kann ich nicht beurteilen.« Ich drücke ihr einen Kuss auf die Stirn. »Bin gleich wieder da.«

KATHARINA

Ich verfluche sie. Ich verfluche, verfluche, verfluche Cara St. John. Irgendwo außerhalb dieses wundervollen, behaglichen Raums, in dem Adrian mich leise schnarchend in seinen starken Armen hält, hat dieses inkompetente Stück sich beim Rausschleichen heftig an irgendetwas gestoßen und mich aufgeweckt.

Sie flucht leise auf Italienisch, dann tapst sie weiter. Mich überkommt der natürlichste aller Feinde des Menschen, die Neugierde. Hin- und hergerissen zwischen Bedauern und Aufregung, schlage ich die Bettdecke zurück. Da ich mir fast sicher bin, dass Cara das Haus verlassen wird, greife ich Adrians Pulli und ziehe ihn über, bevor ich geräuschlos aus dem Zimmer trete.

Unten knarrt die Tür zur Bibliothek.

Ich warte oben, bis ich Cara Richtung Haustür schleichen höre. Anscheinend hat sie den Code herausgefunden, um die Alarmanlage zu deaktivieren.

Der Mond steht hell am Himmel, als ich in meine Schuhe schlüpfe. Beim Verlassen des Hauses sehe ich eine dunkel gekleidete Gestalt durchs Seitentor huschen, einen Rucksack auf dem Rücken. Was zur Hölle? Wo will sie hin? Und weswegen? Und vor allem: Warum mitten in der Nacht?

Darauf bedacht, unbemerkt zu bleiben, folge ich Cara über die Straße und in den Stall. Auch hier schaltet sie die Alarmanlage aus. Der Geruch nach Fell und Stroh hängt in der Luft. Schnauben und leises Rascheln sind zu hören, ansonsten regt sich nichts. Bis auf Cara, die ihren Rucksack abstellt und die

Box von Atlanta öffnet. Wenn ich mich richtig erinnere, war sie das erste Pferd von meinem Cousin Jay, bis sie herkam und für die Zucht eingesetzt wurde.

Ich kann nicht erkennen, ob sie schläft, aber selbst, wenn nicht, sechshundert Kilogramm Fluchttier sollte man nicht erschrecken. Schon gar nicht in einer Box.

Ich bin bei Cara, bevor sie auch nur einen Schritt in die Box machen kann, lege ich ihr die Hand über den Mund und ziehe sie zurück. Das erschrockene Geräusch, das sie von sich gibt, ist nur gedämpft zu hören, doch Atlanta reißt den Kopf hoch und wiehert alarmiert. Sofort wird es von den anderen Pferden aufgegriffen.

Irgendwo ertönt der charakteristische Ton, den eine Boxenwand macht, wenn ein beschlagener Huf mit Wucht dagegen donnert.

Vorsichtshalber schließe ich die Boxentür.

Sofort wirbelt Cara zu mir herum. »Wieso spionierst du mir dauernd hinterher?«

»Im Stall wird nicht geschrien«, weise ich sie zurecht und kraule die Stute, die jetzt mutig den Kopf aus dem Fenster und in unsere Richtung streckt. »Was machst du hier überhaupt?«

»Das geht dich gar nichts an! Lass mich einfach in Ruhe!«

»Glaub mir, ich würde nichts lieber tun, aber da du dich mitten in der Nacht mit einem Rucksack aus dem Haus geschlichen und gerade eine Reihe überteuerter Sportgeräte erschreckt hast, geht das leider nicht. Das ist gefährlich, Cara. Du solltest nicht ohne Samantha oder jemanden vom Personal mit den Pferden hantieren.«

»Wenn Samantha nicht so mit dir beschäftigt wäre, würde sie vielleicht Zeit dafür finden.«

Oha. Das klingt schon viel weniger garstig, eher aufgewühlt. Und vorwurfsvoll. »Mit mir beschäftigt?«

»Ja! So wie alle anderen auch. Adrian ist immer pünktlich. Aber als du aufgetaucht bist, hat er fast zwei Stunden mit dir verplempert, bevor wir hergefahren sind. Und Onkel Jamie hat die ganze Zeit gesagt, dass er bald wieder nach London muss, aber jetzt bleibt er. Nur wegen dir und dieser dämlichen Schulaufgabe, für die du allein zu blöd bist. In den Sommerferien gibt es nicht mal Schulaufgaben!«

Ich höre perplex zu, wie sie Gründe aufzählt, aus denen sie mich nicht leiden kann. In ihren Augen schimmert es.

»Früher hat Sam mir immer zugehört, was ich machen will, wenn wir gegessen haben. Jetzt ist sie die ganze Zeit damit beschäftigt, dich zu fragen, ob alles gut ist, weil du nicht vernünftig isst! Sie tut, als wärst du schlimm krank, obwohl du nur deine Tage hast. Die kriegt jeder irgendwann!«

»Woher weißt du, dass ich meine T-Tage habe?«

Cara schaut mich an, als wäre meine geistige Leistung so gering, dass man sie nicht messen kann.

»Wir teilen uns ein Bad. Und einen Mülleimer.«

Oh, stimmt. Das habe ich nicht bedacht. Heißt das, dass Adrian auch Bescheid weiß?

»Alles dreht sich nur noch um dich.« Cara schnieft. »Und deswegen gehe ich weg!«

»Wohin weg?«

»Weiß ich nicht«, kommt es trotzig zurück. »Aber ich gehe weg. Dahin, wo du nicht bist.«

Erst jetzt fällt mir auf, dass sie Jeans und Pulli trägt.

»Du willst mit einem Rucksack und einem Pferd mit chronischem Sehnenschaden irgendwohin abhauen? Gabs bei dir zu Hause zu viele Pferdefilme? Das ist total dumm.«

»Du bist total dumm!« Jetzt fängt sie richtig an zu weinen.

Ich seufze innerlich. Wäre ich doch im Bett geblieben und hätte Adrian aufgeweckt, um sie einzufangen.

»Was hältst du davon, wenn wir reingehen und das ausdiskutieren? Für Atlanta und auch für dich ist es zu gefährlich, in der Nacht unterwegs zu sein.«

»Nein. Ich gehe! Ich will nach Hause. Zu *mamma*.« Cara wischt sich über die Wangen, doch die Tränen fließen unaufhaltsam.

»Ich bin auch schon mal abgehauen. Aber mit dem Zug. Wenn du mit reinkommst und eine heiße Schokolade mit mir trinkst, verrate ich dir Tipps.«

»Ich hasse Schokolade.«

Sie weint so heftig, dass ich sie kaum verstehe, und das Mitleid, das mich überkommt, überrascht mich. »Dann kriegst du eine warme Honigmilch. Und jetzt komm. Die Pferde möchten weiterschlafen.« Ich hänge mir ihren Rucksack über die Schulter und strecke ihr die Hand hin. Sie ergreift sie nach einem Augenblick und schmiert mir ihren Schnodder zwischen die Finger. Aber das ist egal. Sie ist ein kleines Mädchen mit Heimweh. Das sind wir alle manchmal.

ADRIAN

Ich mache mir nicht die Mühe, nach Kate zu suchen, auch wenn ich der Sehnsucht nachhänge, irgendwann mal mit ihr in meinen Armen aufzuwachen und nicht nur einzuschlafen.

In der Küche treffe ich auf Sam und James und außerdem die beiden Hunde, die gierig auf den Speck schielen.

»Guten Morgen.«

»Guten Morgen. Das ist das erste Mal, dass du vor den Mädchen wach bist.« Sam lacht. »Ist alles gut bei dir?«

»Kate ist schon wach«, sage ich, ohne darüber nachzudenken.

»Woher weiß er das?«, fragt James seine Tageszeitung, ohne aufzusehen.

»Vermutlich schläft sie bei ihm«, überlegt Sam. »Loretta hat mir vor ein paar Wochen erzählt, dass ihr Bett morgens unberührt war.«

James brummt. »Halte ich nichts von.«

»Wieso? Du musst doch nicht dazwischen liegen.« Sam sieht zu mir hinüber. »Magst du bitte einmal schauen, wo Cara bleibt?«

»Und Kate?«

Sie zuckt mit den Schultern. Weder erwarte noch bekomme ich eine Antwort. Dass Kate zwischendurch verschwindet, ist inzwischen wohl allseits akzeptiert.

Oben klopfe ich an Caras Zimmertür, bekomme jedoch keine Antwort. Also trete ich leise ein.

Blaue Augen sehen mich an, verschlafen, aber klar. Ich blinzele. »Was machst du denn hier?«

Kate liegt neben Cara im Bett, die tief und fest schläft.

»Ich wollte eigentlich zurückkommen, wirklich.« Sie richtet sich auf und streicht durch ihr zerzaustes Haar. »Aber ich bin eingeschlafen.« Vorsichtig schlägt sie die Decke zurück und richtet sich auf.

»Das sehe ich. Aber warum bist du hier?« Das ist eine ziemliche Überraschung, wenn man bedenkt, dass sie und Cara sich gestern noch an die Gurgel gegangen sind.

»Kann ich dir das später erzählen? Ich muss ins Bad.«

Ich folge ihr aus dem Zimmer und schließe die Tür, während sie über den Flur schlurft, mal wieder in einem meiner Pullis. Mein Blick wandert tiefer, auf ihren hübschen Arsch in den engen Shorts. Und –

»Scheiße, Kate. Du blutest.«

Sie erstarrt, schwankt kurz, einen Fuß in der Luft. Langsam fasst sie sich an die Innenseite ihres Oberschenkels.

Sie hat Blut an den Fingern, als sie die Hand hebt. Ein Wimmern entweicht ihr, und ich bin nicht schnell genug bei ihr, um sie aufzufangen, als ihre Knie nachgeben. Dumpf schlägt sie auf dem Teppich auf. Ich lasse mich neben sie fallen. Sie hat die Augen fest zusammengekniffen und zittert am ganzen Körper.

Überfordert greife ich als erstes nach Kates beschmierter Hand und ziehe den Ärmel des Pullis bis über ihre Fingerspitzen, sodass sie das Blut nicht mehr sehen muss. Sie muss aus den Klamotten raus und sich waschen, sofort.

»Darf ich dich anfassen?«, frage ich vorsichtshalber, die Arme schon nach ihr ausgestreckt. »Du musst ins Bad.«

Kate wimmert. Der Laut schneidet mir das Herz in zwei Teile, doch sie nickt. Ich nehme sie so behutsam wie möglich hoch und trage sie ins Badezimmer.

Sie windet sich, als ich sie auf dem Boden absetzen will, und steht auf. Zittrig, aber es geht. Mit links halte ich sie an der Hüfte fest, mit rechts ziehe ich ihr den Pulli aus, unter dem sie ihr dünnes Schlaftop trägt. Sie lässt es über sich ergehen, die Augen fest geschlossen. Doch als ich mich hinhocke, um sie aus den blutverschmierten Shorts zu holen, springt sie zurück und schüttelt heftig den Kopf.

»Nein!«

»Kate.« Ich richte mich auf und lege die Hände an ihre Wangen, die unter meiner gebräunten Haut fast weiß wirken. »Das ist nichts Schlimmes, *principessa*. Aber du musst aus diesen Klamotten raus und duschen.«

Ich küsse sie auf die Stirn, streiche ihr über die Wange und hoffe, dass sie nicht protestiert.

Kurz reagiert sie nicht, aber als sie schließlich die Lippen zusammenpresst und nickt, weiß ich, dass ich die Erlaubnis habe, zu tun, was notwendig ist.

Ich greife nach dem Bund ihrer Shorts.

Und verharre, als sie ein Gesicht macht, wie unter Schmerzen. Ich habe zwar die Erlaubnis, weiterzumachen, aber wohl fühlt sie sich damit ganz und gar nicht. Und ich auf einmal auch nicht mehr.

Das hier ist eine ganz andere Art von Intimität als alles Bisherige zwischen uns. Sie ist schwach und verletzlich, und ich weiß, dass sie sich mir nur zeigt, weil sie nicht anders kann. Es ist keine freie Entscheidung, nicht wirklich.

»Kannst du zwei Minuten allein bleiben und hier sitzen?«, frage ich. »Tust du das für mich?«

»Okay«, würgt sie hervor.

Ich werte es als gutes Zeichen, dass sie spricht, und helfe ihr, sich hinzusetzen, bevor ich das Bad verlasse und nach unten rase.

Beinah lege ich mich dabei auf der Treppe aufs Maul, dann stürze ich in die Küche.

»Sie hat ihre Tage.«

Samantha sieht milde überrascht auf. »So früh? Die Arme, ich hätte ihr noch ein paar Jahre länger gewünscht.«

»Was?«

»Zehn ist nicht besorgniserregend, aber sechzehn wäre deutlich angenehmer. Soll ich mal hochgehen?«

Ich brauche einen Moment. Einen kostbaren Moment, den Kate allein im Bad sitzen muss, bis ich begreife, was sie meint.

»Ich spreche von Kate, nicht von Cara.«

»Ach so.« Sie lacht.

Und natürlich muss sich jetzt auch James einmischen. »Hatte Lola nie ihre Tage, während ihr zusammen wart? Du bist weiß wie ein Geist.«

»Lola hat nie stundenlang in einer Blutlache gesessen und versucht, eine Leiche wiederzubeleben!«, fahre ich ihn an.

Dann wende ich mich wieder an Sam. »Kannst du jetzt verfickt nochmal zu deiner Tochter ins Bad gehen?«

Sie ist längst an mir vorbei, doch erst, als ich die Badezimmertür auf- und wieder zugehen höre, fällt die Anspannung von mir ab. Ohne James eines weiteren Blickes zu würdigen, wende ich mich ab, um dafür zu sorgen, dass Cara beim Aufwachen nicht bemerkt, dass ihr Bett blutig ist.

Das Frühstück ist anstrengend. Cara fragt nach Sam und Kate und bleibt hartnäckig, obwohl James und ich versuchen, sie abzulenken.

Danach bleibe ich zurück, um aufzuräumen, während James Cara mit in den Stall nimmt, um sie zu beschäftigen.

Ich bin so abwesend, dass ich das dreckige Geschirr in den Schrank räume und mich erst frage, was ich da tue, als ich die Dose mit dem Aufschnitt in die Spülmaschine räume.

Nach einer gefühlten Ewigkeit ertönen Schritte auf der Treppe, kurz darauf betritt Samantha den Raum. Sie schenkt mir ein Lächeln, das eher erschöpft als angespannt ist. »Sie schläft jetzt«, sagt sie und setzt Wasser auf.

»Wie geht es ihr?«

Sam seufzt. »Das ist eine gute Frage. Sie hat sich beruhigt, aber spricht kein Wort mehr.« Sie holt einen Thermobecher aus dem Schrank und einen Teebeutel aus der Teeschublade. »Ich habe nie darüber nachgedacht, wie weitreichend diese Phobie ist. Ich versuche, sie vor allem abzuschirmen und ihr Normalität zu ermöglichen. Ich kann dafür sorgen, dass sie nicht nach Hause muss und keine Geige zu Gesicht bekommt, aber das?« Sie fährt sich mit der Hand über das Gesicht und lehnt sich an die Theke.

»Kann man das nicht irgendwie ... verhindern?« Ich begebe mich hier in gefährliches Halbwissen, denn über den weiblichen Zyklus weiß ich sehr wenig. Schokolade, Wärme und bedingungslose Zustimmung sind in der Vergangenheit meine bevorzugten Waffen gewesen.

»Sie könnte die Pille nehmen und durchnehmen, dann würde sie ihre Tage nicht mehr bekommen. Aber wir würden sie mit Hormonen vollpumpen, von denen wir nicht wissen, wie sie sich auf ihre Stimmung auswirken. Außerdem sperrt sie sich gegen ihr Antidepressivum, dann will sie vielleicht auch keine anderen Medikamente nehmen«, erklärt Sam und seufzt.

»Weißt du, nachdem sie ihre Medikamente abgesetzt hat, haben wir darüber diskutiert, sie einzuweisen. Aber was richtest du an, wenn du einen Menschen, der Angst vor allem Medizinischen – vom Kittel bis zum Krankenhausbett – hat, in eine Klinik schickst, aus der er sich nicht selbst befreien kann? Man denkt immer, dass man als Eltern weiß, was richtig ist und die guten Entscheidungen trifft. Bei meinen Eltern war das so, sie haben immer alles richtig gemacht. Und dann kommt man selbst in diese Situation und stellt fest, dass es keine übermenschliche, magische Eingebung gibt. Es gibt nur Trial and Error.«

»Ist das im Leben nicht immer so?«

»Sicher. Nur geht es in Entscheidungen, die du für dich triffst, nur um dich. Du bist für dich selbst verantwortlich. Aber mit Kindern ist es anders. Wenn du dich falsch entscheidest, drückst du nicht einfach auf Neustart. Wenn du als Elternteil einen Fehler machst, sorgst du unter Umständen dafür, dass dieser Mensch, den du bedingungslos und von ganzem Herzen liebst, irreparablen Schaden erleidet. Und das findest du vielleicht nicht einmal raus.« Ihre Stimme nimmt einen bitteren Unterton an, doch sie schüttelt ihn ab, während sie den Tee aufgießt. »Ich weiß, dass ich Fehler gemacht habe. Bei Emmett und bei Katharina. Aber ich kann nichts rückgängig machen. Ich kann nur versuchen, es beim nächsten Mal besser zu machen.«

Samantha schraubt den Thermobecher zu und schiebt ihn mir hin. »Den muss sie trinken, sobald sie wach ist. Ich fahre einkaufen. Und dann rufe ich Liv an, denn es ist durchaus vertretbar, dir die Schwierigkeiten des Elternseins näherzubringen, aber es geht entschieden zu weit, dir mit meinen Männerproblemen in den Ohren zu liegen.«

Ich nehme den Becher entgegen, zögere aber.

»Wenn du willst, dass er geht, kann ich Lea anrufen. Sie lässt sich irgendetwas einfallen, damit er zurück nach London geht.«

Samantha lächelt. »Wenn ich nicht wüsste, dass er in der Minute verschwinden würde, in der ich ihn darum bitte, wäre er gar nicht hier.«

Ich weiß sofort, dass sie nicht nur seine Anwesenheit meint, sondern auch seine Rolle als Vater ihrer Kinder.

»Aber willst du, dass er geht?«

Sie lacht, fast ein bisschen spöttisch. »Himmel, Adrian, wenn ich wüsste, was ich will, wäre das Leben leicht.«

»Was haltet ihr davon, wenn wir heute Abend einen Film schauen?«, fragt Samantha, als Cara die Reste ihres Steaks auf meinen Teller verfrachtet.

»Aber keinen doofen«, verlangt meine Schwester.

»Was möchtest du denn schauen?« Anstatt zu antworten, schaut Cara erwartungsvoll zu Kate. Ich weiß nicht, was in der Nacht vor zwei Tagen vorgefallen ist, doch seitdem vergöttert Cara den Boden, auf dem Kate läuft.

Erst als Stille einkehrt, weil wir sie alle erwartungsvoll anblicken, schaut Kate auf.

Sie ist schweigsam geworden. Schweigsam und anhänglich. Und sie verbringt viele Stunden des Tages damit, zu schlafen, meist eng an mich gekuschelt.

Sie blinzelt, als wäre sie ganz woanders gewesen und sagt mit heiserer Stimme: »*La Vie de Jésus?*«

»Worum gehts da?«, will Cara wissen.

»Nein«, sagt James im gleichen Moment.

Auch Samantha schüttelt den Kopf. »Nein, ich denke nicht.«

Caras Frage bleibt unbeantwortet.

Kate zuckt mit den Schultern. »*Swimming Pool.* Mit Romy Schneider und dem Franzosen.«

»Alain Delon«, souffliert James und tauscht einen Blick mit Samantha. Kate beobachtet die beiden, wie Cali O die Vögel vor dem Fenster.

»Ich denke«, sagt Sam diplomatisch, »dass für heute Abend ein anderes Genre angebracht ist.«

Kate seufzt. »*Blau ist eine warme Farbe.*«

Prompt verschlucke ich mich, weil ich eine Ahnung bekomme, was die beiden gegen ihre Filmvorschläge haben.

»Blau ist keine warme Farbe.« Gesegnet in ihrer Unwissenheit runzelt Cara die Stirn.

»Wie wäre es mit einem Film, der nicht französisch ist?«, überlegt James, doch ich sehe seine Belustigung.

Sam nickt, ebenfalls einen amüsierten Zug um den Mund.

»*Mulholland Drive, Ken Park* oder *9 Songs.*«

Sam seufzt. Vielleicht lacht sie auch, so genau höre ich das nicht. Kate grinst. Aufgeregt wie ein kleines Kind, zufrieden wie eine Katze im Sahnetopf. Und Himmel, sie ist so schön.

Es liegt mir auf der Zunge, ihr genau das zu sagen, doch leider, oder vielleicht zum Glück, informiert James Sam: »Ich fürchte, wenn du ihr nichts vorschlägst, hört das nie auf.«

»Ich denke auch. Wie wäre es mit *Susi & Strolch*?«

»Oh, ja!« Cara und Kate nicken beide begeistert. Mit Disneyfilmen kriegt man uns alle drei.

»Sehr schön. Dann schauen wir heute Abend *Susi & Strolch*.« Sam guckt auf die Uhr. »In einer Stunde? Ich muss noch telefonieren.«

»Dann können wir nochmal in den Stall.«

Cara ist ganz wild darauf, seit ein paar Stuten gefohlt haben. Sam erlaubt keine langen Besuche, deswegen drückt meine Schwester sich die Nase am Fenster so oft platt, dass ich der Überzeugung bin, dass sie irgendwann platt bleiben wird.

Kate nickt.

»Dann geh und hol meine Sonnenbrille. Ich will später noch etwas schlafen, bevor wir den Film schauen.«

Cara macht sich sofort auf den Weg nach oben. Samantha seufzt abgrundtief, kaum ist meine Schwester aus der Tür.

James kippt den Kopf. »Hast du die Filme wenigstens gesehen oder hast du dir einfach eine Liste mit den bekanntesten Sexfilmen rausgesucht?«

»Das ist kein angemessenes Thema fürs Abendessen«, geht Samantha dazwischen, bevor ihre Tochter antworten kann.

»Dann morgen früh beim Frühstück?« Kate lächelt arglos.

»Nein. Gar nicht.«

Mit einem herausfordernden Funkeln in den Augen lehnt sie sich zurück und mustert ihre Mutter. »Du hast die Filme doch selbst geguckt. Wieso dann der Aufstand?«

»Das ist durchaus im Bereich des Möglichen. Aber ich habe auch meinem Vater mal vor die Füße gekotzt, und trotzdem wünsche ich mir für dich etwas anderes.«

»Was das angeht, ist es wohl ein bisschen zu spät.« Kate formt mit rechts eine Faust. James stößt seine dagegen. »In beiden Hinsichten übrigens.«

Anstatt nachzufragen oder sich in sinnlosen Diskussionen mit dem größten Dickschädel des Jahrhunderts zu verlieren, erhebt Sam sich energisch. »Es freut mich, dass du und Cara eure Differenzen beheben konntet, aber ich verbiete dir, ihr Flausen in den Kopf zu setzen.«

»Ich setze ihr Flausen in den Kopf?«

Ich kann nicht einschätzen, ob Kates Empörung echt oder gespielt ist.

»Du bekommst ja nicht mal mit, wenn sie nachts an deiner Sicherheitsanlage rumspielt und sich rausschleichen will. Ich kriege nicht genug Schlaf, weil ich sie immer einfange. Wenn du mir das abnimmst, kannst du mir was von Flausen erzählen, aber vorher sicher nicht!«

»Sie schleicht sich raus?«

»Nein, ich fange sie ja ein.« Kate kichert. »Leise ist nicht unbedingt ein Adjektiv, das ich ihr zuschreiben würde.« Sie fängt meinen Blick auf und erklärt: »Vor zwei Nächten ist sie gegen das Treppengeländer gelaufen. Das war ziemlich lustig.«

»Das kann ich mir vorstellen.«

Cara ist ganz klar der Tollpatsch unter meinen Geschwistern. Sie hat mit fünf ihren Kopf in einen Zaun gesteckt und musste herausgesägt werden. Das ist bis heute Dads Lieblingsanekdote. Aber viel mehr lustige Geschichten kennt er auch nicht.

Wie auch, er ist ja nie dabei.

Hingegen kann er über sein Büro und seine Lieblingsgäste im *Adeodato* bestimmt ganze Wälzer schreiben.

Auf der Treppe ertönt Gepolter und dann ist Cara wieder da. »Aufi!«

Kate erhebt sich. Langsam. »Es ist nicht so, als würde der Stall irgendwohin laufen.«

»Ne, aber die Pferde. Das sind Fluchttiere.«

»Jetzt, wo dus sagst, bemerke ich es auch.« Sie gähnt, nimmt von Cara die Sonnenbrille entgegen und folgt ihr aus dem Zimmer.

Samantha schaut ihnen hinterher. »Ich werde die Bibliothek wohl nachts abschließen müssen.«

»Besser wärs. Wer hätte gedacht, dass ausgerechnet Cara diejenige wird, die nachts ausbricht.«

James schüttelt den Kopf.

»Auch nur, weil Lea am helllichten Tag abhaut«, sagt Sam.

»Je strenger die Eltern, desto besser die Lügen«, murmele ich.

»Das stimmt.« Sie lächelt und ich denke an unser Gespräch über Elternschaft. Ich glaube, ihr geht das Gleiche durch den Kopf. Doch sie erwähnt es nicht, sondern fragt stattdessen: »Schläft sie nachts ruhig?«

»Sie schläft immer. Und ruhig. Den ganzen Tag macht sie nichts anderes, das bekommt ihr doch mit.«

Kate steht auf, frühstückt, arbeitet an ihrem Essay und geht schlafen. Nach dem Mittagessen klimpert sie auf ihrer Gitarre, dann schläft sie wieder, noch bevor das Intro von *Friends* ganz über den Bildschirm geflimmert ist.

»Sie ist erschöpft«, sagt James, jetzt merklich ernster.

»Wovon? Sie macht doch nichts.« Es stört mich nicht, dass sie Dreiviertel des Tages schlummernd auf meinem Schoß verbringt, aber Sorgen mache ich mir trotzdem.

»Nicht körperlich«, erklärt Samantha. »Sondern psychisch. Die Situation vor zwei Tagen war traumatisch für sie, und nur, weil man es ihr nicht ansieht, heißt das nicht, dass sie es verarbeitet hat.«

»Du darfst nicht vergessen, dass sie hochdepressiv ist«, ergänzt James. »Früher oder später wird sie dich daran erinnern, auch, wenn sie es nicht will. Nur, weil sie gute Laune hat, heißt es nicht, dass es ihr gut geht.«

13

Never Let Me Go
– Florence + the Machine

ADRIAN

James' Worte hängen mir auch die nächsten Tage nach. Kate schläft weiterhin viel und spricht wenig, und ich versuche, das Gesagte abzuschütteln. Doch es hat sich festgebissen und lässt nicht locker. Kate kommt mir distanzierter vor, als wäre sie nicht richtig bei mir, mit den Gedanken ganz woanders. Als ich sie gestern Abend danach gefragt habe, hat sie nur gesagt, dass sie müde sei, und sich an mich gekuschelt, bevor sie weggedöst ist.

Müde ist ein Dauerzustand. Und langsam steckt er mich an. Anstatt zu arbeiten, mache ich oft ebenfalls die Augen zu, was dazu führt, dass ich nachts hellwach bin und stundenlang grübele. Die Stunden, die Kate morgens mit James an ihrem Essay sitzt, verbringe ich mit Sport, um wenigstens ein bisschen überschüssige Energie abzubauen. So auch jetzt, allerdings ist der Boxsack meinen Tritten nicht gewachsen, zweimal schon ist er so hochgeflogen, dass er gegen den Deckenbalken geknallt ist.

Als auch noch die Musikanlage abrupt ihren Geist aufgibt, entweicht mir ein frustriertes Geräusch. Ich fahre herum. Kate steht an der Anlage, die Finger noch auf dem Display.

»Was ist?«, keuche ich, ganz außer Atem.

»Dein Bruder ist hier. Er will dich nach Hause holen«, sagt sie steif.

»Leo oder Enzo?« Ich kenne die Antwort, noch bevor ich die Frage gestellt habe. Wut überrollt mich, Wut auf mich selbst, und ich trete nochmal gegen den Boxsack. Das Knarren der Ketten löst nicht die gleiche Befriedigung in mir aus wie die letzte Dreiviertelstunde.

Wir haben gestern Abend noch telefoniert. Sicher, es ging um die Arbeit, aber er hätte wenigstens etwas sagen können. Enzo ist ja wohl kaum heute Morgen aufgewacht und wollte mich auf einmal zurück in London haben. Außer ...

Etwas muss passiert sein.

Kate sieht mich durchdringend an, die Kiefer fest aufeinandergepresst.

»Er wartet im Haus auf dich.« Sie stößt sich von der Wand ab. »Und jetzt?«

»Jetzt gehe ich zu Enzo.«

»Aber ... du bleibst hier, oder?«

Eine ganze Reihe ungesagter Worte steht zwischen uns, und ihre Miene schwankt zwischen Sorge und noch etwas anderem, das ich nicht benennen kann. Ich weiß, dass da mehr ist, kann sie praktisch laut denken hören.

»Na ja ... Wenn meine Familie mich in London braucht –«

»Gut.« Ich weiß, dass es ganz und gar nicht gut ist. Und ich weiß auch, dass sie nicht will, dass ich gehe. Verdammt, ich will ja selbst nicht weg von ihr. Aber ich will es von ihr hören. Nur ein einziges Mal will ich es hören. Wir wissen es doch beide. Warum kann sie es nicht sagen?

Ich war schon wieder derjenige, der nachgegeben hat, obwohl ich mir so fest vorgenommen hatte, es nicht zu tun. Weil sie mich gebraucht hat. Aber jetzt brauche ich etwas von ihr.

Doch Kate sagt nichts. Mal wieder lässt sie mich mit nichts dastehen. Enttäuschung beißt sich in jeder Zelle meines Körpers fest. Wie oft noch? Wie oft muss ich noch auf die Schnauze fliegen, bis ich endlich lerne? Mein Onkel sagt, wer einmal einen Fehler macht, hat die Chance zu lernen; wer ihn zweimal macht, hat der Chance gewunken, als sie vorbeizog.

Das Schweigen, das zwischen Kate und mir herrscht, als wir das Poolhaus verlassen, sie ein paar Schritte hinter mir, ist kalt und schmerzhaft.

Enzo kommt durch die Küchentür auf den Hof. »Da bist du ja«, schnauzt er mich an. »Ich warte seit zehn Minuten.«

»Bist du hier als mein Bruder oder als mein Vorgesetzter?«

Meine Frage geht unter, als Kate hinter mir unüberhörbar zischt: »Für wen hältst du dich, hier aufzutauchen und zu erwarten, dass alle nach deiner Pfeife tanzen?«

»Verschwinde!«, blafft Enzo sie an. »Das hier ist ein Privatgespräch. Ich weiß, das Konzept ist dir vermutlich nicht vertraut, aber ich muss etwas Wichtiges mit meinem Bruder besprechen.«

»Etwas Wichtiges«, wiederholt sie voller Spott. »Du willst ihn zurück in London haben, damit er innerhalb deiner Kontrolle bleibt.«

»Ich erwarte nicht, dass du das verstehst –«

»Richtig!« Sie fällt ihm hitzig ins Wort. »Es müsste die Hölle zufrieren, damit ich auch nur auf den abartigen Gedanken käme, meine Stimmungsschwankungen an meinem kleinen Bruder auszulassen.«

»Ich stehe hier«, versuche ich den beiden klarzumachen, jedoch geht es in Enzos höhnischem Lachen unter.

»Das glaube ich, schließlich hast du dafür meinen kleinen Bruder.«

»Wie bitte?«

»Du hast mich schon verstanden. Es liegt sicher nicht daran, wie ich mit ihm umgehe, dass er in London aussah wie eine traurige Zimmerpflanze, von der sich die Sonne abgewandt hat. Du benutzt ihn als Spielball für deine Launen und wenn du nur ein bisschen Rückgrat hättest, würdest du erkennen, wie unfair du bist. Dann würde es immerhin einer von euch tun, wenn seine Brille schon zu rosarot dafür ist!«

»Enzo!« Keiner der beiden beachtet mich. Die Luft pulsiert praktisch vor unterdrückter Wut.

Beide sind vollkommen überzeugt davon, dass ihre Meinung genau in meinem Sinne ist und ich nicht in der Lage bin, für mich selbst zu sprechen.

»Ich benutze ihn? Ihr ladet doch alles bei ihm ab! Die Zwillinge, Cara, die Arbeit, die Verantwortung und das Erwachsensein. Sogar deine Hunde!«

Noch nie habe ich Enzo so gesehen wie jetzt. Unter seinem Kragen kriechen rote Flecken nach oben, er atmet schwer, die Hände sind zu Fäusten geballt.

»Ich warne dich«, knurrt er. »Nur dieses eine Mal noch. Verpiss dich, Prinzessin!« Das letzte Wort, diesen so passenden Spitznamen, spuckt er aus wie eine Beleidigung.

Kate richtet sich auf und zurrt ihren Zopf fest. Ihre Knöchel knacken. »Sonst was? Was willst du tun?«

Mein großer Bruder schiebt sich die Ärmel hoch. »Ich bin für Gleichberechtigung. Ich schlage dich auch, wenn du Titten hast.« Er ist so aufgebracht, dass die verwaschene und mühsam abtrainierte Aussprache des Vororts von London durchkommt, in dem er aufgewachsen ist. Im Gegensatz zu Leo und mir hat Enzo nie Kampfsport gemacht. Er hat das Zuschlagen nicht in einem Ring gelernt, sondern auf den Straßen rund um die ranzige Wohnung, in der er aufgewachsen ist.

»Enzo!«, wiederhole ich schärfer. Ich will nicht, dass die beiden sich prügeln. Und schon gar nicht meinetwegen.

»Ich polier dir so dermaßen das Fressbrett, wenn du dein eigenes Lächeln jemals wieder sehen willst, musst du deinem Vater einen Witz erzählen.«

Punkte für Kreativität, die muss ich Kate lassen.

»Komm doch, wenn du dich traust!«

Kate spuckt meinem Bruder vor die Füße. Im nächsten Augenblick, ich kann nicht mal sagen, wer von beiden mich aus dem Weg geschubst hat, stürmen sie aufeinander zu.

»Leute!«, brülle ich, doch die Fäuste fliegen.

Es ist unmöglich, die beiden zu trennen. Und die Versuche sind schmerzhaft, weil mich von beiden Seiten Schläge treffen. Ich kann keinen von beiden packen, weil der jeweils andere es nicht gut sein lassen kann. Kurz schießt mir durch den Kopf, dass ich Enzo k. o. schlagen und dann Kate greifen könnte, doch im nächsten Augenblick tönt eine Stimme über den Hof und vermutlich bis nach London:

»WAS BEI GOTT DENKT IHR EUCH DENN?«

Ich glaube, es ist nur zu dreißig Prozent Sams Gebrüll und zu siebzig Prozent James' körperliches Eingreifen, das Kate und Enzo auseinanderbringt. Er hält meinen Bruder zurück, sodass ich mir Kate schnappen kann. Samantha kommt die Treppe herunter. Fassungslosigkeit und Wut verzerren ihre Züge. »Wie könnt ihr es wagen?«, faucht sie. »Prügeleien in der Auffahrt?«

»Wir können auch auf die Wiese gehen.« Kate windet sich in meinem Griff.

»Guck dich doch mal an! Du siehst aus wie sonst wer!«

Von der Seite erkenne ich, dass Kates rechtes Auge bereits dunkel wird. Enzo hat einen guten Schlag gelandet.

»Lass mich los und er kriegt auch eins!«

»Komm doch!« Enzo wehrt sich gegen James.

»Lorenzo!«, keift Samantha. »Du bist erwachsen. Ich erwarte mehr von dir!« Sie dreht sich herum. »Und von dir auch, Katharina. Ich erwarte von euch beiden mehr, als dass ihr eure Konflikte lösen müsst wie schlecht sozialisierte Hunde!«

Keiner der beiden beachtet sie.

»Ich rufe Douglas an!«, tobt sie. »Ich schwöre, ich rufe ihn an und schicke euch beide bis Weihnachten in eine Militärakademie!«

Genauso gut könnte sie mit einer Wand sprechen, das geht James und mir im gleichen Moment auf. Er nickt mir zu und ich beginne, Kate zurückzuziehen.

»Komm schon, Kate. Sie schickt dich wirklich zu Douglas, das ist kein Witz«, raune ich.

Sie gibt ein wildes Geräusch von sich und kämpft weiter gegen mich an. Mir bleibt nichts anderes übrig, als sie hochzuheben.

»Lass mich runter!«

»Auf keinen Fall.« Mit meiner wütenden Last mache ich mich auf den Weg zurück zum Poolhaus. Soll sie den Boxsack vermöbeln.

»Ich breche ihm die Nase!«

»Das ist ja das Problem.«

Sie windet sich so sehr, dass ich Angst habe, auf den Fliesen, die den Pool umgeben, zu stolpern, also lasse ich sie runter und halte bloß ihre Arme fest. »Kate, bitte.« Ernst sehe ich ihr in die Augen. »Hör auf damit. Du verletzt dich sonst.«

»Ihn werde ich verletzen! Er hat kein Recht, so etwas zu sagen.«

»Was genau?« Beide haben in ihren gegenseitigen Anschuldigungen außen vor gelassen, dass ich erwachsen bin und sehr wohl entscheiden kann, ob ich etwas tun möchte oder nicht. Aber beide hatten nicht ganz unrecht. Ich habe in den letzten paar Jahren mehr Zeit mit Cara verbracht als Dad, und Kate nutzt mich in gewisser Weise aus.

Was ich zulasse.

Weil sie mir wichtig ist. Weil sie mich braucht. Weil ich sie auch ein bisschen brauche.

»Alles«, weicht Kate mir aus, feige wie sie ist.

Sie zieht ihre Arme aus meinem Griff, doch ich halte sie fest und dann passiert es: Wir verlieren das Gleichgewicht und gehen baden.

Das Wasser ist angenehm kühl, doch das Chlor brennt in den Augen. Ich lasse Kate los und tauche auf, wir durchbrechen zeitgleich die Wasseroberfläche. Prustend stelle ich fest, dass ich hier stehen kann. Kate nicht. Sie rudert mit den Armen, und kurz glaube ich, dass sie nicht schwimmen kann.

Als sie jedoch einen frustrierten Schrei ausstößt, wird mir klar, dass sie um sich schlägt. Sie flucht dreisprachig und nicht jugendfrei. Ich schaue zu, sicher, dass mein Eingreifen nicht sinnvoll wäre.

Schließlich bemerkt sie meinen Blick und keift: »Was?« Unwirsch wischt sie sich eine nasse Locke aus dem Gesicht. »Das Chlor ist sauscheiße für meine Haare, außerdem habe ich meine Tage, falls du dich erinnerst!«

Stimmt, da war ja was. Ich greife Kate und hebe sie auf den Beckenrand. Unter dem Top zeichnet sich ihr babyblauer BH ab. Ich schaue nicht hin. Oder vielleicht doch.

An den Haaren zieht Kate mein Gesicht nach oben. »Augen hoch, Spanner.«

Ich schaue hoch. Meine Mundwinkel zucken.

»Fick dich!«, schleudert sie mir entgegen, doch ich höre das widerwillige Lächeln. Gleich darauf sehe ich es auch.

Ihre Finger rutschen aus meinen Haaren an meine Schulter, während meine Hände auf ihrer Taille verharren.

»Kann man nicht schwimmen gehen, wenn man seine Tage hat?«, erkundige ich mich. Ich dachte immer, das könnte man.

»Grundsätzlich kann man das natürlich«, erklärt sie bereitwillig. »Aber eher mit einem Tampon als mit Binden.«

»Und du benutzt keine Tampons?« Ich kann selbst nicht glauben, dass ich das frage.

»Nö. Es gibt spezielle Unterwäsche, die ist dunkel und ... na ja, besser.« So muss sie das Blut nicht sehen, wird mir klar.

»Das war Samanthas Idee. Aber ich glaube nicht, dass es so hygienisch ist, damit in den Pool zu springen.«

»Du meinst also, ich sollte gleich duschen und wir sollten Sam nahelegen, ihr Poolwasser reinigen zu lassen?«

»Genau das.« Kate öffnet die Beine und mustert ihre Oberschenkel. Zum Glück sind sie nur vom Wasser nass. Sie atmet auf.

Sofort sind James' Worte wieder in meinem Kopf.

Es ist nicht, dass ich Kates Probleme vergesse, vielmehr bin ich mir des Ausmaßes nicht bewusst. Vermutlich keiner von uns, schließlich spricht sie nicht darüber.

Sie schaut wieder auf, und obwohl ich es für unmöglich gehalten hätte, wirkt das Auge unter dem violetten Veilchen blauer als je zuvor. Sie bemerkt meinen Blick und betastet es vorsichtig. »Das sollte ich wohl kühlen.«

»Nicht so schnell.« Ich trete zwischen ihre geöffneten Beine, die sich reflexartig um mich schließen. »Wir sind hier noch nicht fertig, *principessa*.«

Kate stellt sich dumm. »Wieso? Was ist denn noch?«

»Tu nicht so«, verlange ich. »Das ist unfair. Uns beiden gegenüber. Rede mit mir. Bitte.« Warum sträubt sie sich so, einzugestehen, dass ich ihr wichtig bin? Wie kann ein Mensch so unerschrocken und gleichzeitig so unfassbar feige sein?

Ich sehe zu ihr auf und das Gute daran, dass wir uns so nah sind, ist die Tatsache, dass sie sich nicht verstecken kann.

Sie senkt den Kopf, doch ich sehe genau, dass sie die Lippen fest zusammenpresst. Als lägen ihr Worte auf der Zunge, die sie sich auszusprechen verbietet.

»Wieso willst du nicht, dass ich mit Enzo nach London fahre?«

»Das habe ich nie gesagt«, protestiert sie aufgebracht.

»Außerdem sagt Cara, dass du ihr versprochen hast, hierzubleiben.«

Es ist feige, dass sie dieses Versprechen vorbringt, denn ja, ich habe es Cara gegeben. Aber Kate geht es nicht um Cara.

»Warum bist du überhaupt hergekommen?«, frage ich sie. »Du magst Colchester lange nicht so sehr wie London. Du sagst selbst, dass du ein Großstadtkind bist.«

Sie überlegt, sucht fieberhaft nach einer Ausrede.

»Wenn Samantha mich in ihrer Nähe hat, kann sie sehen, dass es mir gut geht und versucht nicht, mich irgendwie zu kontrollieren.«

»Und warum schläfst du bei mir, anstatt in deinem eigenen Bett?« Drei Fragen, auf die es nur eine Antwort gibt. Eine Antwort, die verletzlich macht. »Drei Fragen, Kate. Zweimal hast du mich schon angelogen. Ein drittes Mal nehme ich nicht hin.« Kate blinzelt, den Mund schon geöffnet, um mir die nächste Ausrede zu präsentieren. »Sag mir die Wahrheit. Wir wissen beide, dass ich sie verdient habe.«

Sie schließt den Mund. Und dann ist es wieder da, das höhnische Schweigen, weil sie nicht den Mut besitzt, mir die Wahrheit zu sagen. Das Schweigen, das sich ausbreitet und immer von mir beendet wird. Ich gebe nach. Immer. Früher oder später. Ich will das nicht mehr.

Nur leider habe ich gegen mich selbst keine Chance. Was nicht bedeutet, dass ich es nicht immer wieder versuche.

Unter meinen Händen ist ihre Haut weich und glatt, als ich nach ihren Beinen greife, um sie von mir zu lösen. So anders als ihr scharfkantiges, zerklüftetes Inneres.

»Dann fahre ich gleich mit Enzo nach London.« Meine Stimme ist hart, weil ich mich dazu zwinge. »Ich werde nicht wiederkommen und ich will auch nicht, dass du nach London kommst.« Etwas greift nach meinem Herzen und zerquetscht es. »Wenn das deine endgültige Antwort ist, will ich nichts mehr von dir hören, Kate. Ich will dich nicht sehen und ich will nichts mehr mit dir zu tun haben.« *Lüge*, schreit alles in mir. »Das kann ich nicht. Und da du ja sowieso nur wegen Samantha hergekommen bist, wird dich meine Abwesenheit wohl kaum stören.«

Ich wende den Blick ab und zwinge mich zu gehen. Es fühlt sich an, als würde ich einen Teil von mir gewaltsam entfernen, als ich Kate auf dem Beckenrand zurücklasse und über die Wiese zurück zum Haus gehe. Meine Turnschuhe quietschen, bei jedem Schritt tritt Wasser aus.

Enzo und Samantha stehen noch auf dem Hof, die beiden Höllenhunde vor ihnen. Mein Bruder ist deutlich ruhiger als gerade eben.

»Lorenzo, ich habe mehr Jahre meines Lebens Hunde gehalten, als du bis jetzt erlebt hast. Ich habe mich selbstverständlich gut um die beiden gekümmert.« Sam lacht, doch dann fällt ihr Blick auf mich. »Adrian! Wie siehst du denn aus?«

Enzo dreht sich um und mustert mich ebenfalls mit erhobenen Brauen.

»Wir sind im Pool gelandet«, erkläre ich kurz angebunden. An meinen Bruder gewandt, setze ich hinzu: »Pack deine Köter ein. Wir fahren in zwanzig Minuten.«

»In zwanzig Minuten?«

»Meinst du, dass es Dad lieber ist, wenn ich Cara gar nicht Bescheid gebe, dass ich mein Versprechen breche? Er nimmt sich ja keine Zeit für sie, vielleicht erwartet er das auch von uns anderen.« Mein Bruder zögert, Caras Gefühle sind ihm keineswegs egal.

Plötzlich ertönen Schritte hinter mir auf dem Kies. Ich fahre herum, gerade rechtzeitig, um die Arme zu heben.

Etwas Nasses mit triefenden, roten Locken fliegt mir entgegen. Kate wickelt ihre Arme und Beine fest um mich wie eine Schlingpflanze und obwohl ich stolpere, halte ich sie.

Ihr hektisches Schluchzen erklingt an meinem Ohr.

»Bitte.« Sie holt Luft, doch zwischen Hysterie, Festklammern, Weinen und Atmen bekommt sie kein weiteres Wort raus.

Hoffnung keimt in mir auf, als ich sie halte, dicht an mir. Ich weiß nicht, ob es mein oder ihr Puls ist, der so wummert.

»Bitte«, wiederholt sie.

Am Rande bekomme ich mit, dass James aus der Küche kommt, doch ich konzentriere mich ganz auf das schluchzende Mädchen in meinen Armen. »Tief atmen, Prinzessin«, flüstere ich.

Sie schnappt nach Luft. »Bitte geh nicht«, kommt es ihr über die Lippen.

»Bitte bleib. Lass mich nicht allein.« Ein Heulkrampf packt sie, und ihre Nägel bohren sich schmerzhaft in meine Haut.

»Bitte«, fleht sie mich an, wiederholt es immer wieder, immer schneller. Meine Entscheidung fällt, ist gefallen, noch bevor sie mehr als fünf Wörter gesagt hat.

Enzo seufzt und schüttelt verächtlich den Kopf. »Dad wird in spätestens zwei Tagen deine Mutter herschicken, wenn du dich jetzt weigerst, mitzukommen. Und ich werde ihn nicht davon abhalten.«

Dad hat ihn geschickt? Es gibt also gar nichts Neues? Dieser verdammte Wichser.

Kate hebt den Kopf ein Stück, und ich glaube, dass sie etwas sagen will, doch da ergreift James das Wort.

»Nein.« Er tritt vor, das Gesicht starr, ein sicheres Zeichen, dass er innerlich kocht.

»Katharina«, wendet er sich an seine Tochter, die noch immer leise an meinem Ohr weint. Er klingt sanft. »Geh mit deiner Mutter rein.«

Sie schüttelt den Kopf, ihr Griff wird richtig schmerzhaft.

Er dreht sich zu Sam um. »Nimm sie mit, pack sie unter die Dusche und dann in trockene Klamotten.«

»Nein!«

»Katharina, bitte.«

Samantha legt ihr die Hand auf die Schulter.

»Ich will nicht allein sein«, schluchzt sie.

»Ich schwöre dir, dass du Adrian behalten kannst, solange du willst, wenn du ihn jetzt loslässt und mit deiner Mutter ins Haus gehst.«

Obwohl ich mir sicher bin, dass ich keine Sache bin, auf die Besitzansprüche gestellt werden können, widerspreche ich nicht, denn James hat, im Gegensatz zu mir, eine echte Chance, meinem Vater ins Gewissen zu reden.

»Na los, Prinzessin, geh rein.«

Sie hebt das tränenverschmierte Gesicht von meinem Hals.

»Versprichst du, bei mir zu bleiben?«

»Ich verspreche es dir.« Sie lockert ihren Griff, und ich stelle sie wieder auf eigene Füße. »Und jetzt geh duschen. Ich bin gleich bei dir.«

Sam legt ihr den Arm um die Schultern. »Na komm, Liebling.« James beobachtet, wie die beiden nach drinnen verschwinden. In der Sekunde, in der die Tür hinter den beiden ins Schloss fällt, fährt James zu uns herum.

Kates Wut ist glühend heiß und unaufhaltsam, James' Wut ist klirrend kalt und brutal. Seine Augen sind Eiskristalle, als er uns mustert. Sogar Morpheus und Somnia sehen verunsichert aus, doch Enzo hat trotzdem den Mut zu sprechen:

»James, du –«

»Jetzt rede ich. Was denkst du dir, hier unangemeldet aufzutauchen und einen solchen Aufruhr in diesem Haus zu veranstalten? Die Kontrolle so dermaßen zu verlieren und dich mit Katharina auf dem verfickten Parkplatz zu prügeln?«

Vielleicht bilde ich es mir nur ein, aber seine Betonung konzentriert sich in meinen Ohren besonders auf ›hier‹ und ›in diesem Haus‹. Hat er mich nicht Anfang des Sommers gewarnt, dass ich mich mit Emmett wegen Lea bloß nicht im Haus prügeln soll? Er hatte eigentlich noch nie ein Problem damit, wenn wir uns gegenseitig die Köpfe einschlagen.

»Adrian hat lange genug seine Zeit hier verschwendet. Dad hat gesagt, ich soll herkommen und ihn holen, da er nicht hört, wenn wir ihn anrufen.«

»Hätte es hier doch nur eine Person gegeben, deren Kontaktinformationen du hast, die mit deinem Bruder hätte sprechen und ihn nach London schicken können«, grollt James. »Und jetzt erwarte ich von dir, dass du dich bei Samantha entschuldigst, bevor du deine Hunde einpackst und zurück nach London fährst.«

»Aber Dad will, dass Adrian –«

»Das ist mir egal. Domenico und ich sind der Meinung, dass Adrian hierbleiben sollte. Er wird während deiner Abwesenheit die Verantwortung für deine Abteilung übernehmen.«

»Welche Abwesenheit?«

James lächelt. Das ist ziemlich beunruhigend. »Chastity Abernathy ist leider krank geworden. Ihre Stellvertretung ist im Vaterschaftsurlaub, also wirst du sie vertreten.«

»Quality Assurance zählt nicht zu meinem Aufgabenbereich. Ich bin nicht mal bei der Bellini Group angestellt, sondern bei Finance«, sagt Enzo verächtlich.

Außerhalb der Rechtsabteilung habe ich noch nie gehört, dass jemand einen Unterschied zwischen den Gesellschaften macht. »Die Finance und die Group stehen in einem Dienstleistungsverhältnis. Und die Group hat deinen Arbeitgeber beauftragt, im *Il Santo* in Frankreich Dienstleistungen zu erbringen, ohne diese genauer zu definieren. Dein Arbeitgeber hat das Recht, dich für Tätigkeiten zu nutzen, die deiner gleichwertig sind. Und wenn du einen Blick auf die Organisationsstruktur aller Gesellschaften wirfst, wirst du feststellen, dass deine und Chastitys Positionen gleichwertig sind. Sie sollte ins *Il Santo*, eigentlich gestern schon. Dort hören wir vermehrt von unzufriedenen Gästen. Du wirst einchecken, unter falschem Namen, und das für uns prüfen.«

»Ich kann nicht mal einen Classic Room von einer Junior Suite unterscheiden!« Auf Enzos Haut tauchen wieder die roten Flecken auf.

»Das ist kein Geheimnis. Du nimmst deine Schwester mit. Lucy wird dich bei der Evaluation unterstützen. Und deine Hunde kannst du auch mitnehmen.«

»Auf gar keinen Fall! Ich habe viel zu viel zu tun!«

»Bis auf einen detaillierten und hilfreichen Bericht über das *Il Santo* gibt es nichts, das du erledigen musst.«

»Ich mache das nicht!«

»Darf ich das als Arbeitsverweigerung zählen? Eine Kündigung ist schnell geschrieben.«

Autsch. Enzo liebt seinen Job. Wenn er Urlaub nimmt, dann um soziale Arbeit zu leisten. Wenn er seinen Job nicht hätte, wüsste er vermutlich gar nichts mit sich anzufangen.

Das scheint er einzusehen, denn jetzt fährt er sich aufgebracht durchs Haar. »Ich brauche drei Tage, um alles abzuarbeiten. Und maximal fünf Tage in Frankreich.«

James schnalzt. »Deine Zugänge werden in diesem Moment gesperrt.« Er schiebt die Hände in die Taschen. »Du hast heute ordentlich Scheiße gebaut, Lorenzo. Jetzt musst du mit den Konsequenzen leben.« Enzo sieht aus, als hätte man ihm verkündet, dass er sein Erstgeborenes opfern muss. Nichtstun ist das Schlimmste für ihn, und James weiß das ganz genau. Er hat zielgerichtet dorthin getreten, wo es wehtut.

»Aber Dad –«, startet Lorenzo einen letzten, verzweifelten Versuch, den James jedoch gnadenlos abschmettert.

»Weißt du, was noch in diesem Moment passiert? Domenico telefoniert mit Nunzia. Er erzählt ihr, dass deine Arbeit fehlerhaft ist, weil du seit Monaten keinen freien Tag mehr hattest und überarbeitet bist. Und dass er dich, um dir nicht das Gefühl von Sinnlosigkeit zu geben, nach Frankreich schicken wird, wo du arbeitest, indem du dich entspannst. Nunzia wird das für eine tolle Idee halten. Sie wird zu Matthew gehen, dem sie schon seit Wochen damit in den Ohren liegt, wie viel du arbeitest. Sie wird ihm davon erzählen, ganz begeistert und erleichtert. Er wird gar nicht auf die Idee kommen, bei Domenico ein gutes Wort für dich einzulegen. Du weißt doch: Happy Wife, happy Life.«

Enzo schweigt. Fassungslos und geschlagen.

James mustert ihn und dann mich.

»Um die Regeln dieser Familie kommt ihr nicht herum. Ihr müsst euch entscheiden, ob ihr danach arbeitet oder sie für euch arbeiten lassen wollt.« Er verschwindet ohne ein weiteres Wort nach drinnen.

»Wo sind deine Konsequenzen? Wo ist deine Bestrafung? Deinetwegen hat sie geheult.«

Ein bisschen ironisch, dass er genau das aus den Augen verliert, worauf er mich überhaupt erst gebracht hat. »Es geht ihm nicht um Kate«, mache ich meinem Bruder klar. »Es geht um Samantha. Und die hast du ziemlich aufgeregt. Unabhängig davon, dass du ihrer Tochter ein blaues Auge geboxt hast.«

»Dafür hat sie mir fast eine Rippe gebrochen.« Er betastet seine linke Seite und zischt schmerzerfüllt.

»Vielleicht können sie es dir im Il Santo rausmassieren«, rutscht es mir raus. »Das Wellnessprogramm soll zu den Top 10 von allen gehören.« Für diesen Kommentar ernte ich einen

Todesblick, bevor Enzo in die Ferne starrt. Ich habe diesen Gesichtsausdruck oft genug gesehen, um zu wissen, dass er seine Gedanken sortiert. Mehr oder weniger geduldig warte ich ab. Ich will rein zu Kate.

»Pass auf«, murmelt mein Bruder schließlich. So leise, dass ich nähertreten muss. »Wir haben ein Problem.«

Etwas, vielleicht seine Stimmlage, sagt mir, dass es nicht um das Tagesgeschäft geht. Also ist doch etwas mit ... der anderen Sache. Es ist uns verboten, darüber zu sprechen, zumindest außerhalb eines Konferenzraums, dessen Kamera- und Mikrofonanlage nachweislich ausgeschaltet ist. Aber diese Linie haben wir schon lange überschritten.

»Was ist los?« Mein Puls schnellt in die Höhe. Egal, was ich tue, diese Sache lässt mich nicht los. Sie hat sich an mir festgebissen wie ein tollwütiges Tier, und obwohl ich sie meistens gut verdrängen kann, werde ich sie nie ganz los.

Enzo presst die Lippen zusammen, Schatten über den grünen Augen. »Hundertzehn Gramm fehlen.«

Die Welt kippt. Gerade noch herrschte perfektes Gleichgewicht, jetzt steht alles Kopf.

»Bist du dir sicher?« Aller Sauerstoff um mich herum scheint verschwunden zu sein. »Kann das nicht einfach ...« Ich weiß nicht, was.

Mein Bruder lacht düster.

»Auf dem Weg hierhin vom Winde verweht worden sein? Weißt du, wie viel Geld das ist? Das verliert man nicht einfach so. Ich habe es fünfmal überprüft mit drei verschiedenen Waagen. Hundertzehn Gramm fehlen.«

»Und jetzt?« Das Zeug könnte überall sein, bei jedem, und im schlimmsten Fall eine perfekte Spur zu uns bilden.

»Jetzt? Jetzt werde ich von deinem Onkel in die französische Pampa geschickt und habe kaum Möglichkeiten, weiter nachzuforschen, was passiert ist.«

Während er das so achtlos sagt, kommt mir ein grausamer Gedanke. »Was, wenn Domenico das extra getan hat? Wenn er«, ich schlucke, »wirklich Bescheid weiß und dich aus dem Weg haben will?«

Enzos Gesichtsausdruck verdüstert sich. »Dann sind wir gefickt. Schlimm genug, wenn dein Cousin damit Amok läuft. Aber wenn wirklich Domenico mit drinhängt? Vergiss es.«

»Vergiss was?«

»Alles. Ich weiß nicht mal, wo ich anfangen soll. Wenn du an einen Gott glaubst, fang an zu beten, dass dein Onkel damit nichts zu tun hat.«

Irgendwie schaffen es James, Samantha und ein Anruf vom CFO von Bellini, der sich vergewissern will, dass ich Enzos Aufgaben gewachsen bin, weil er nicht weiß, dass ich sie längst übernommen habe, mich bis zum Abend von Kate fernzuhalten. Wenn auch unbewusst, spielt sogar Cara mit, die mir beim Essen erzählt, dass wenn sie nicht zu Kate darf, weil diese schlafen muss, ich es auch nicht darf, weil ich ein lautes Trampeltier bin.

Beim Spülen der Töpfe bin ich kurz davor, zu explodieren. Aber dann ist endlich alles in den Schränken verstaut und ich mache mich auf den Weg nach oben. Weder in Emmetts noch in meinem Zimmer werde ich fündig. Aber ich ahne, wo sie ist, und behalte Recht.

Es ist angenehm mild, als ich zu Kate durchs Fenster aufs Dach des Wintergartens klettere. Sie trägt einen meiner Pullis, Cali O hat sich neben ihr ausgestreckt und schnurrt in den goldenen Strahlen der sinkenden Sonne.

»Hey«, begrüße ich sie und nehme neben ihr Platz.

»Hey«, sagt sie, ohne den Blick von den Weiden und Wäldern in der Ferne zu nehmen, die Sams Grundstück umrunden. Stattdessen lässt sie den Kopf auf meine Schulter sinken.

Ich lege den Arm um sie. »Wie hast du geschlafen?«

»Lang und tief, aber leider allein. Samantha ist, glaube ich, geblieben, bis ich weg war. Aber ich wache nicht gerne allein auf.« Diese Ehrlichkeit überrascht mich. Es ist nicht so, als würde sie mir etwas Neues erzählen, aber dass sie überhaupt darüber spricht, hätte ich nicht erwartet.

»Ich wurde den ganzen Tag beschäftigt. Mir ist sogar der Verdacht gekommen, dass da jemand seine Finger im Spiel hatte.« Um den Frieden zu wahren, sage ich nicht, wen ich meine. Kate reagiert darauf nicht.

Sie hebt den Kopf und sieht mich ernst an.

»Ich wäre lieber neben dir aufgewacht. Ich will nicht, dass du nach London fährst, weil ich nicht ohne dich sein will. Ich bin hergekommen, weil ich die Ruhe dieses Ortes brauche, wo die Welt sich nicht ganz so schnell dreht. Und du bist Teil dieser Ruhe. Du hast hier schon mal dafür gesorgt, dass die Welt nicht ganz so grau erscheint. Und ich schlafe bei dir, weil deine Wärme mir Ruhe und Frieden gibt.«

Mir fehlen die Worte, als sie mit fester Stimme die drei Fragen von heute Vormittag beantwortet. Sie zögert nicht, sie druckst nicht herum und sieht mir dabei unerschrocken in die Augen. Ich räuspere mich. »Woher kommt das jetzt alles?«

Kate zuckt die Schultern. »Ich ...« Sie sucht nach Worten. »Ich bin hier. Ich bin hier, während andere das nicht sein können. Und es ist nicht fair, Zeit zu verschwenden oder mich selbst zu belügen, wenn andere keine Zeit mehr haben, die sie für Ehrlichkeit genutzt hätten.« Sie spricht von Josie, das weiß ich, obwohl sie den Namen nicht ausspricht. Ich schweige, weil ich jetzt, wo sie endlich spricht, lieber zuhöre.

»Bitte bleib bei mir.«

Ich glaube, das werden meine neuen Lieblingsworte.

»Auch, wenn ich ein kompliziertes Wrack bin.«

»Du bist kein Wrack«, protestiere ich.

Unter dem blühenden Veilchen hebt sie eine Braue. »Aber kompliziert schon?«

»Prinzessin.« Ich ziehe sie an mich. »Du bist nicht kompliziert, du bist anspruchsvoll. Das ist keine Schande.«

Sie brummt undefiniert und ich füge hinzu: »Das bedeutet mir viel, dass du mir das alles gesagt hast. Danke.«

Kate lächelt leicht. »Ich arbeite daran, beim nächsten Mal früher ehrlich zu sein und das Ganze weniger dramatisch zu machen.«

»Drama ist Teil deines unvergleichlichen Charmes.« Ihr Lächeln wird breiter, und sie reckt mir das Gesicht entgegen. Meine Hand findet den Weg an ihre Wange und ich senke den Kopf.

Meine Lippen landen auf ihren. Sie sind weich und schmecken nach Zigaretten. Kate schlingt den Arm um meinen Nacken, doch obwohl ein Funkenschauer durch uns hindurchgeht, entbrennt nicht dieser hektische, alles verschlingende Waldbrand. Der Kuss bleibt langsam, romantisch.

Schließlich haben wir jetzt ewig Zeit.

14

Rescue
– Lauren Daigle

ADRIAN

»Hat Emmett dir gesagt, dass er herkommt?«, fragt James mich in der Küche, während Sam und Kate hinten im Garten sitzen und sich gegenseitig beim Mau Mau beschummeln.

»Nö, wieso?«

»Ich habe gerade einen Anruf aus London bekommen. Er ist wohl auf dem Weg hierhin, praktisch schon da.«

Ich checke mein Handy, weil ich in den letzten Stunden so sehr in meiner Arbeit vertieft war, dass ich es nicht beachtet habe. Nichts Neues.

Das Tor schwingt auf, und ich erwarte den Aston Martin meines besten Freundes. Er rollt auf den Hof, doch viel interessanter ist das BMW-Motorrad, das vor ihm fährt. Die Person darauf trägt dicke Schutzkleidung, trotzdem bin ich mir sicher, dass sie weiblich ist.

»Hat Sam Besuch erwähnt?«

»Mir gegenüber nicht.« James und ich treten auf den Hof.

Die Fahrerin stellt ihre Maschine mitten in die Einfahrt, sodass Emmett halb in den Blumenbeeten parken muss.

Sie schaltet den Motor aus, und das Röhren erstirbt, bevor sie die Handschuhe abstreift. Unter dem Helm kommt schulterlanges Haar in der Farbe von Honig hervor. Sonnenlicht verfängt sich in ihrem Septum und die Lippen schimmern in der Farbe giftiger Brombeeren. Mit Schwung steigt das Mädchen ab, auf dem Weg über den Kies öffnet sie die Schutzjacke. Zeitgleich mit Emmett kommt sie bei uns an.

»Wer bist du?«, fragt er.

Dunkle Augen, fast schwarz, mustern ihn. James kippt den Kopf zur Seite und die Fremde kiekst leise.

»O mein Gott.« Sie betrachtet ihn mit etwas, das an kindliche Verwunderung erinnert. »Das ist ja lustig. Ich weiß, wer du bist.«

Die Kopfbewegung, wird mir klar. Sie erkennt sie als etwas Vertrautes. Ich kenne nur wenige Menschen, die das machen. Mich beschleicht eine Ahnung, wer die Fremde ist.

James lächelt. »Ich weiß auch sofort, wer du bist.«

»Was, woher?«

»Du fährst eine BMW mit Frankfurter Kennzeichen, du bist Fan von Bayern München«, er deutet auf ihren Schlüsselanhänger, »und du hörst Rolling Stones.« Ein pointierter Blick auf das Logo auf ihrem Shirt. »Du bist ein Kind, das von Jake aufgezogen wurde. Da gibt es drei. Eins sitzt hinten im Garten, eins ist ein präpubertärer Junge mit Gipsbein. Das heißt, du bist Maxi.«

Die Fremde, Maxi, offenbart eine Reihe perlweißer Zähne, als sie lächelt. Maxi. Kates engste Freundin, ihre Schwester. Der Mensch, der alles über sie weiß. Der Mensch, mit dem sie Heroin über Ländergrenzen geschmuggelt hat.

Sie bestätigt es nicht. Muss sie auch gar nicht. Stattdessen sagt sie ernst und mit einer Dringlichkeit, die keinen Widerspruch zulässt: »Ich möchte jetzt in den Garten.«

James nickt und dreht sich um. Wir alle folgen ihm ins Haus. Emmett wirft mir einen Blick mit erhobenen Brauen zu. Ich zucke mit den Schultern. Ich wusste davon nichts.

Vermutlich wusste nicht mal Kate davon.

Sobald Maxi Kate draußen vor der Scheibe des Wintergartens erblickt, wird sie schneller, rennt rüber und hinaus in den Garten. Kate dreht sich um, als sie die Tür hört. Schock breitet sich in ihrem Gesicht aus, da ist Maxi schon bei ihr. Sie umarmt sie so schwungvoll, dass die beiden in einem Knäuel aus Gliedmaßen von der Lounge fallen. Keine macht sich die Mühe, den Sturz abzufangen, beide nicht gewillt, loszulassen.

Cara guckt irritiert, doch Sam lächelt sanft. Sie strahlt regelrecht, als sie Emmett neben mir entdeckt. Emmett jedoch erwidert es nicht. Das Desaster während Theas Besuch hat eine Wunde hinterlassen, die noch lange nicht geheilt ist. Und ich bin mir ziemlich sicher, dass Zeit nicht ausreichen wird, um das zu schaffen.

Samanthas Lächeln flackert und sie wendet sich wieder Kate und Maxi zu.

»Mädchen. Ihr liegt auf dem Boden. Setzt euch richtig hin. Ihr werdet ganz dreckig.«

Kates Gesicht taucht auf, tränennass.»So verschwitzt wie Maxi ist, macht das bisschen Dreck auch nichts mehr.«

Maxi kichert.»Sag das nochmal.«

»Was denn?«

Das Kichern wird lauter.»Du klingst wie die Queen.«

»Wie meinst du das?«

Lachend rollt Maxi sich auf den Rücken.»Das hat Thea gar nicht erzählt. Du klingst, als würdest du bei *The Crown* mitspielen.«

Kate sieht aus, als wolle sie protestieren, konzentriert sich aber auf das Wichtigere.»Du hast mit Thea gesprochen?«

»Ich war bei Thea. Was meinst du, warum ich so spät dran bin? Mach dir keine Sorgen um sie. Mit Camille geht sie voll in der Budgetplanung für den neuen Film von Chesters Dad auf.« Maxi schnaubt.»Ich glaube nicht, dass sie je glücklicher war.«

»Das klingt nach Thea.«

»Das klingt eher nach einer Obsession.« Maxi klingt eine Spur verächtlich.»Aber Onkel Lars sagt, dass das okay ist, solange sie isst, schläft und wenigstens ein Minimum an menschlicher Interaktion hat.«

»Du hast mit Onkel Lars gesprochen?« Auf einmal ist da ein alarmierter Unterton in Kates Stimme.

Lars, ich krame in meinem Gedächtnis, wer genau das ist, denn Kate hat eine ganze Handvoll Onkel. Aber wenn ich es richtig im Kopf habe, ist er der Psychiater.

Maxi stützt sich auf die Ellenbogen und nickt, ohne Kates Blick loszulassen, die nervös ihre Hände knetet und fragt: »Und?«

»Das ist eigentlich mein Text«, sagt Maxi leise.

Es ist Kate, die den Blick senkt. Schweigen herrscht, während ich mich frage, was ich verpasst habe.

»Du hast nicht ...?«, flüstert Maxi betroffen.

Kate schüttelt den Kopf.

»Wieso?«

Unter ihrem eindringlichen Blick windet Kate sich, dann fordert sie meine Schwester auf: »Cara, kannst du mir meine Handtasche aus Emmetts Zimmer bringen?« Ohne zu zögern steht Cara auf und huscht nach drinnen.

In Kates Augen steht ein flehentlicher Ausdruck, als sie zu einer Erklärung für was auch immer ansetzt: »Es ging nicht. Ich bin hergekommen, weil ich dachte, hier wird es leichter, aber ich konnte einfach nicht. «

»Aber jetzt schon«, sagt Maxi, und obwohl die Worte sanft sind, lassen sie keinen Platz für Widerspruch.

Kate sagt nichts. Als Cara wiederkommt, nimmt sie ihr die Tasche ab. Sie langt hinein, zieht den Arm aber nicht hervor.

Maxi greift danach und als sich die verschränkten Hände heben, erkenne ich darin eine Dose. Samantha holt tief Luft.

»Woher hast du die, Katharina?«, verlangt James zu wissen. Er bekommt keine Antwort.

Maxi schraubt den Deckel auf, nimmt eine weiße Pille heraus und reicht sie Kate zusammen mit dem Glas Wasser vom Tisch.

Kate nimmt widerstandslos die Tablette, setzt das Wasser an und stockt.

»Weißt du, was Levi jetzt sagen würde?«, fragt Maxi nach einem Augenblick.

Kate schluckt und prustet gleichzeitig mit einem unfassbar widerlichen Geräusch die Hälfte des Wassers durch die Nase, als sie in jaulendes Gelächter ausbricht.

»Eww!« Maxi springt aus ihrer Reichweite. »Was rotzt du mir auf die Füße?«

Kate grinst, noch immer läuft ihr Wasser übers Gesicht. »Sei froh, dass es nur die Füße waren. Wärst du Levi, hätte ich dir für den Spruch ins Gesicht gerotzt.«

Maxi schüttelt sich vor Ekel, ich werfe einen Blick zu Cara, die glücklicherweise den Zusammenhang nicht begriffen hat.

Kate wirft die Pillendose wieder in ihre Tasche und begegnet Sams Blick: »Stell deine Fragen.«

»Woher hast du die Tabletten?«, schießt sie los. »Sind das überhaupt die richtigen? Wieso weiß ich davon nichts? Wann hast du die bekommen?«

»Von Onkel Lars. Ich habe Lucas gebeten, ihm einen Brief weiterzuleiten, und kurz darauf waren sie da.«

»Lars? Wieso hat er nichts gesagt?«

Es ist Maxi, die antwortet: »Als behandelnder Arzt unterliegt er der Schweigepflicht.«

»Dir hat er es aber gesagt.«

»Er hat mir überhaupt nichts gesagt. Ihm sind dummerweise Patientenakten vom Tisch gefallen, als ich da war. Beim Aufheben habe ich einen Blick darauf geworfen und es gesehen.«

Samanthas Blick ist mörderisch, und genau wie ich glaubt sie das keine Sekunde lang. Selbst wenn es stimmt, sind die Akten sicher nicht »dummerweise« heruntergefallen.

»Wenn drin ist, was draufsteht«, fährt Kate fort, »sind das die richtigen. Ich hab sie einen Tag bevor ich hergekommen bin bekommen, und du wusstest offensichtlich nichts davon, weil ich es dir nicht mitgeteilt habe.«

Einen Augenblick debattiert Samantha mit sich selbst. Dann nickt sie langsam und steif. »Es freut mich, dass du die richtige Entscheidung getroffen hast.«

»Dann kannst du es ja der Weltgeschichte verkünden.« Kate deutet auf Maxi. »Und du gehst duschen. Nichts Persönliches, aber dringend notwendig.«

Maxis Antwort besteht aus einem gereckten Mittelfinger.

Kate wendet sich grinsend an mich. »Stört es dich, wenn sie bei uns schläft?« Ihre Schwester versteht angesichts der neutralen Miene kein Wort des schnellen Französisch.

»Ist das eine Fangfrage?«

»Nein?«

»Möchtest du, dass sie bei uns schläft?«

»Ja.«

»Okay, dann habe ich damit kein Problem. Wenn sie auch keins hat, kann sie bei uns pennen.«

Kate erhebt sich und presst mir einen Kuss auf die Brust. »Du bist toll.« Fast schon glücklich hüpft sie mit Maxi ins Haus.

Ich schaue ihr nach, während James sich mit erhobenen Mundwinkeln Sam zuwendet: »Sie nimmt wieder ihre Medikamente, ist zufrieden, und du musst dich nicht um einen weiteren Raum kümmern. Ist das nicht wunderbar?«

»Ja, das – Was, wieso?« Die grünen Augen landen bei mir. »Nein.«

Ich reiße die Hände hoch. »Kate sagt, dass Maxi bei uns schläft. Ich tue nur, was man mir sagt. Ich schwöre, ich bin unschuldig.«

Cara kichert, und Emmett grinst ebenfalls. Samantha schüttelt den Kopf. »Davon halte ich überhaupt nichts.«

»Ich werde es ausrichten«, sage ich brav.

Werde ich nicht. Wenn es Kate glücklich macht, schlafe ich meinetwegen auch auf dem Boden, wenn sie noch mehr Menschen einlädt, bei uns zu pennen.

KATHARINA

Maxis Hand liegt warm und fest in meiner, während ich sie ins Bad führe. Keine von uns hat das Bedürfnis, loszulassen. Natürlich nicht. Wir waren seit Mai nicht beieinander. Das breite Lächeln in meinem Gesicht würde ich nicht mal loswerden, wenn ich es versuchen würde.

Nicht mal der Gedanke daran, dass ich jetzt wieder von Pillen abhängig bin, deren Nebenwirkungen gerade in der ersten Zeit die Hölle sind, kann mir etwas anhaben. Maxi ist hier. Maxi ist hier und gesund und so sehr der Teil von mir, den ich in den letzten Monaten vermisst habe.

Maxi ist hier und alles andere ist egal.

Oben im Bad lösen wir uns voneinander, und ich muss nicht nachfragen, ob sie lieber duschen oder ein Bad nehmen will. Dieses Wissen ist einfach da, wie es schon immer da war.

Hinter mir streift sie sich die schweren Sicherheitssachen ab, während ich das Badeöl öffne und in die Wanne gieße.

Der Geruch nach Lavendel steigt auf und umgibt uns, dann öffne ich den Wasserhahn.

»Bist du mit der Duke hier?«

Wenn sie vorher in Monaco war, muss sie auf der 125er ewig lang unterwegs gewesen sein.

»Nein, ich hab ein Upgrade bekommen.«

Es klimpert, und ich drehe mich zu dem Geräusch um. Maxi hält einen Schlüssel mit vertrautem Logo hoch.

»Nicht dein Ernst.«

Sie nickt begeistert. »Von Ma und Dad. Eine F 900 XR. Ich glaube, sie wussten, dass ich herkomme.«

Weil es in einem anderen Leben nicht denkbar gewesen wäre, uns für eine so lange Zeit zu trennen.

An der Innenseite ihres Handgelenks prangen enge, schwarze Linien. Ein Tattoo. Das ist neu.

Genauso wie die, die ich am Körper habe. Die Welt hat nicht angehalten, nur weil wir nicht mehr Rina & Maxi waren.

»Ich hole dir frische Klamotten«, sage ich, die gute Stimmung plötzlich verflogen.

In meinem und Adrians Zimmer fische ich lange Fußballshorts und eins von Adrians Shirts aus dem Schrank sowie Unterwäsche. Als ich zurückkomme, sitzt Maxi schon in der zugeschäumten Wanne. Ich lege die Klamotten ab und setze mich auf den Rand.

Wir schauen uns gegenseitig an, eine ganze Weile, schweigend. Auf einmal fehlen mir die Worte und ich bekomme Angst. Was, wenn wir nicht mehr Rina & Maxi sein können? Wenn wir nur noch Katharina und Maximiliane sind? Keine Einheit mehr, sondern zwei Individuen, die sich unverhältnismäßig gut kennen.

»Ich weiß, was du gerade denkst«, bricht Maxi das Schweigen. »Du denkst: Mhm, und das wäre?«

Ein Lächeln zupft an meinen Mundwinkeln. »Mag sein.«

Sie lächelt auch. »Wie gehts dir?«

Es ist das erste Mal seit einer gefühlten Ewigkeit, dass ich nicht sofort mit der aussagelosen Einheitsantwort komme, die mir sonst immer auf der Zunge liegt.

»Na ja ...« Ich überlege und ziehe dabei die Beine an, um die Arme darum zu schlingen. Fast falle ich vom Wannenrand. »Es geht. Mal so, mal so. Ich kann nicht allein schlafen. Wenn ich nichts zu tun habe, kreiseln meine Gedanken nach unten. Und da ist Adrian.«

Sie fragt nicht nach. Vielleicht, weil sie mit Thea gesprochen hat. Vielleicht, weil sie weiß, dass ich es nicht mal unter Zwang erklären könnte.

»Was ist mit dir? Du hast das letzte Kreuz gemacht.« Ich hätte vor zehn Tagen dabei sein sollen. Ich war beim ersten und jedem anderen dabei. Ich hätte es auch diesmal sein sollen

Anstatt mich anzusehen, zupft Maxi an ihren Nägeln herum. »Habe ich. Um Mitternacht. Ich bin in mein Zimmer, hab die Farbe genommen und das letzte Kreuz gemacht. Und dann ...« Ich weiß, dass etwas fehlt. Ein Teil der Geschichte.

Woher? Keine Ahnung. Vielleicht aus einem Leben, das ich an der Seite dieses Menschen verbracht habe. Aber ich frage nicht nach, sondern höre bloß zu.

»Max hat mich in sein Büro gebeten. Er hat nicht mal gratuliert, sondern saß nur an seinem Schreibtisch und hat gewartet, was ich zu sagen habe. Und ich habe gesagt: ›Herzlichen Glückwunsch, du hast es geschafft. 18 Jahre mein Erziehungsberechtigter und du bist nicht abgehauen. Natürlich warst du auch nie wirklich da, aber immerhin hast du es nicht wie deine Frau gemacht und dich nach drei Jahren verpisst. Jetzt sind wir endlich beide frei.‹«

»Und was hat er gesagt?«

Max ist kein Vater, generell kein Mensch, der Emotionen zeigt. Genau wie sie es ihm gesagt hat. Sicher, er war anwesend, aber er war nicht da. Zwar haben Ma und Dad Maxi nicht adoptiert, aber sie sind genauso ihre Eltern wie meine.

»Er hat gesagt: ›Ich nehme nicht an, dass du den Wunsch hast, mir je wieder entgegenzutreten, also habe ich das hier vorbereitet. Ein bisschen Papierkram, dann hast du es geschafft.‹«

Ich lehne mich vor. »Was denn?« Maxi sieht auf.

Tonlos sagt sie: »Er hat mir die ersten 400.000 Euro geschenkt, die ich von seinem Erbe kriege. So umgeht er die Erbschaftssteuer.«

»Er hat bitte was?« Maxis Eltern haben sich immer zu sehr in ihr Leben eingemischt, trotz der Tatsache, dass die beiden mit ihren jeweiligen 80-Stunden-Wochen genug zu tun haben und dass Toni sich aus Luxemburg nie persönlich gemeldet hat. Maxi soll Jura studieren, genau wie die beiden. Warum Max ihr Geld gibt, um sich selbst zu versorgen, und damit das einzige Druckmittel unwirksam macht, dass die beiden haben, ergibt für mich keinen Sinn.

»150.000 als Überweisung und 250.000 in Form der Mietwohnung, die er im Haus in Köln hat.«

»Hat er noch was gesagt?«

»Nö, wir haben uns nur nochmal beim Notar gesehen. Ich bin direkt abgehauen.«

»Zu Ma und Dad?« Maxi nickt.

Streng genommen sind wir Nachbarinnen, denn das Haus ihrer Eltern steht direkt neben dem von Ma und Dad. Mein Zuhause war auch immer ihr Zuhause.

»Ich habe die BMW bekommen, mich hingehauen, war morgens beim Notar und bin danach direkt nach Monaco.«

»Wie ist es? Ich mein Zuhause.«

Sie zuckt die Schultern und das Badewasser plätschert.

»Laut und lebendig. Wie Ma es liebt.«

Das glaube ich sofort. Theas Geschwister und ihre Stiefmutter vertreiben hoffentlich die Stille, die jetzt herrscht, wo nicht nur ich, sondern auch Maxi fehlt.

»Asenka schläft im Gästezimmer mit Anatoliy, Nikita schläft bei Paul, Anastasia und Yuri schlafen im Fernsehzimmer.«

»Und du bei mir?«

Maxi nickt. »Wie immer.«

»Ja«, sage ich leise. »Wie immer.«

ADRIAN

Zwei Sachen fallen mir sofort auf, als ich am nächsten Morgen in die Küche komme: Das Klavier, das eigentlich oben in dem leeren Zimmer stehen sollte, steht plötzlich im Wintergarten, und Emmett gafft, ziemlich unauffällig, aber trotzdem eindeutig Maxi an.

Heute Nacht ist mir ehrlich gesagt nicht mal aufgefallen, dass sie da ist. Kate lag zwischen uns und halb auf mir, und da Maxi weder getreten noch geschnarcht hat, habe ich von ihr nichts mitbekommen.

»Ich weiß es«, sagt Cara. »Aber ich sage es nicht.«

»Was denn?«, frage ich und schiebe ein »Morgen« hinterher.

»Katharina hat das Haus verlassen«, erklärt James.

»Und sie kommt auch wieder«, sagt Maxi beschwichtigend. »Motorradfahren verlernt man nicht und sie ist auch nicht weit weg.«

»Ich halte nichts vom Motorradfahren«, verkündet Sam. »Es ist unnötig riskant.«

»Aber ein Auto zu fahren, bei dem alles falsch herum ist, in einer Straßenführung, die ebenfalls falsch herum ist, das ist besser?«

»Nein, natürlich nicht.«

»Du hättest es lieber, wenn sie sich keinen Schritt aus deinem Sichtfeld bewegen würde und leicht kontrollierbar wäre, wissen wir«, murmelt Emmett halblaut, aber für jeden gut hörbar. Sam geht darauf nicht ein, sondern holt einen vollbeladenen Teller mit Rührei aus dem Ofen, den sie mir mit strengem Blick auf die Anrichte stellt.

»Das ist eine Ausnahme, Adrian. Das nächste Mal, wenn du das Frühstück verpasst, bekochst du dich selbst oder wartest bis zum Mittag. Mein Haus ist kein Hotel.« Sie holt aus und schleudert ein Handtuch nach Emmett. »Also nimm gefälligst deine Füße von meinen Möbeln!«

Mit einem feindlichen Blick in ihre Richtung zieht er die Füße vom Stuhl neben sich.

Ich bedanke mich artig und nehme neben meinem besten Freund Platz.

Sorge um Kate kommt nicht auf, vielleicht weil sie Cali O hiergelassen hat, oder weil Maxi so entspannt ist. Sie wird schon wiederkommen, da bin ich mir irgendwie sicher.

»Wolltest du nicht dabei sein, wenn der Tierarzt kommt?«, wendet Sam sich an Cara, die sofort nickt.

»Na, dann los. Dr. McRae ist schon seit zwanzig Minuten im Stall. Aber du bleibst bei Roger, hörst du?«

»Ja, ja.« Cara düst davon.

»Wusstest du, dass es Rucksäcke für Kinder gibt, an denen Leinen befestigt sind?«, fragt James hinter der Financial Times hervor.

»Nein, aber bei unserem Bedarf würden wir Mengenrabatt kriegen.« Sam seufzt selbstironisch, bevor sie ein Schneidebrett, eine Schüssel und Kartoffeln an den Tisch bringt. Sie dreht sich um, um das restliche Gemüse zu holen.

Geräuschvoll faltet James seine Zeitung, zieht sich die Sachen heran und beginnt mit einer unfassbaren Selbstverständlichkeit, Gemüse zu schälen.

Kurz sieht Sam aus, als wolle sie protestieren, doch dann holt sie ein weiteres Messer und ein Brett, setzt sich und schneidet die Paprika.

Ob das früher für die beiden normal war? Zusammen zu kochen? Ich kann mir das gar nicht vorstellen. Ich weiß, dass James kochen kann. An unseren Wochenenden außerhalb Etons hat er uns auch ohne Lieferdienst immer satt bekommen. Wobei da sehr oft die Küchenchefs von One Hyde Park involviert waren. Es ist einfach ungewohnt, ihn hier so sitzen zu sehen.

»Gib Cara noch vier Jahre, dann wird sie unkontrollierbar«, scherzt er. Still stimme ich ihm zu. Sie ist neugierig, stur und schlau. Alles Attribute, die ihr das Leben als Tochter meines Vaters nicht leicht machen werden.

»Darf ich einhaken, bevor ihr dieses Thema vertieft?«, erkundigt Maxi sich und rutscht auf den Stuhl am Kopfende, wo Kate meistens sitzt. Sam und James wenden sich ihr zu.

»Super, danke. Ich habe mich informiert, eine Nacht darüber geschlafen und bin zu einer Entscheidung gekommen. Shrewsbury ist die beste Wahl.«

»Die Schule?«, vergewissert James sich.

»Nein, der Typ in eurer komischen Peerage.« Maxi verdreht die Augen.

»Der ist ein bisschen zu alt für dich«, kommt es trocken von Emmett zurück. »Sogar sein Sohn ist zu alt für dich.«

Maxi geht nicht darauf ein. »Natürlich die Schule. Die Anmeldefristen sind schon vorbei, aber ich gehe nicht davon aus, dass das ein Problem darstellen wird.«

»Du und Katharina habt über Schulen geredet? Und sie hat dir gesagt, dass sie nach Shrewsbury gehen möchte?«

Samantha klingt genauso ungläubig wie ich mich fühle. Von Emmett weiß ich, dass Kate sich kein einziges Mal zu einem der Institute geäußert und bei den Besichtigungen konstant geschwiegen hat.

»Nein, hat sie nicht. Sie hat mir erzählt, dass ihr sie in die Schulen geschleppt habt, und dann habe ich gesagt, dass ich sie mir online angucken und darüber nachdenken werde. Und das habe ich, und ich sage, wir gehen nach Shrewsbury.«

»Was heißt ›ihr‹?«

»Was genau hat sie gesagt?« Samantha und James sprechen gleichzeitig.

»Na, wir halt. Rina und ich. Sie wird Thea vermutlich auch rüberholen. Und was genau sie gesagt hat, das wiederhole ich lieber nicht, vielen Dank.«

»Maximiliane.« Sam legt das Messer weg und die Hände flach auf den Tisch. »Ich werde das, was du mir da sagst, keine Sekunde lang in Betracht ziehen, wenn ich mir nicht sicher bin, dass Katharina das wirklich möchte. Was hat sie gesagt?«

Maxi beißt sich auf die Lippe.

»Muss ich?«

»Ja!«

»Okay. Ich zitiere. Das sind wirklich nicht meine Worte. Also. Zitat: ›Ich bin immer noch erstaunt, dass die Direktoren klar sprechen konnten, so sehr wie sie bei Victoria gelutscht haben. Wirklich, wenn du bei Pornhub nach Deepthroating suchst, dann findest du das.‹«

Emmett grunzt belustigt, während ich die Augen rolle.

Sie hätte sich die Mühe sparen können, das als Zitat zu kennzeichnen. Das kommt eindeutig von Kate.

Und wahr ist es wahrscheinlich auch.

Mit pinken Wangen schaut Maxi zu Emmett hinüber. »Waren sie wirklich so schlimm?«

»Sagen wir mal so: Eigentlich hätten sie alle auf ihren Schleimspuren ausrutschen müssen. Der Direktor von Shrewsbury hat sich fast vor Grandma verneigt.«

Maxi schneidet eine Grimasse und wendet sich an Samantha, die überhaupt nicht amüsiert aussieht, und James, dessen Gesicht leerer ist als eine weiße Leinwand. »Rina und ich sind uns einig, dass das Geld für ein Stipendium verwendet werden soll. Natürlich nicht für Leute, die sich die Schule sowieso leisten können.«

»Welches Geld?«

Maxi wirft James einen Blick zu, als wäre er geistig ein wenig langsamer.

»Wollen wir wirklich so tun, als ob ihr die Schule nicht bestecht, damit sie darüber hinwegsieht, dass die Anmeldefrist längst vorbei ist und Rina das zweite Halbjahr der Elf komplett verpasst hat? Das finde ich ehrlich gesagt unnötig. Aber bitte, wenn es euch so lieber ist.«

»Da wir sehr daran interessiert sind, dass die Schule bestmöglich aufgestellt ist in ihrem Bestreben, den Beschulten ein noch breiteres Spektrum an Wissen zu liefern, liegt das durchaus im Bereich des Möglichen«, gibt James glatt zurück.

Maxi schaut ihn mit gerunzelter Stirn an, grenzenlos unbeeindruckt. »Auch eine Art, die Bedeutung von Bestechung zu paraphrasieren.«

»Wir werden das im Hinterkopf behalten«, versucht Sam das Thema zu beenden.

»Keine Sorge.« Maxi lächelt verbindlich. »Das müsst ihr nicht, Ma wird euch daran erinnern.«

»Vorher möchte ich von Katharina selbst hören, dass sie nach Shrewsbury gehen möchte«, sagt James.

»Ich möchte auch sehr vieles. Aber wenn ich du wäre, würde ich mich einfach darauf verlassen, was ich sage. Sie wird es nämlich nicht sagen und –«

»Du bist aber nicht ich.« James sagt es freundlich, aber endgültig. Wo Kate stur ist, ist Maxi diplomatisch, aber gesundes

Selbstbewusstsein haben beide. Und sie vertreten ihre Meinung.

Maxis Lächeln wird noch ein bisschen netter. »Nicht nur, dass ich nicht du bin, ich war auch nicht fertig. Übrigens, wenn ich du wäre, wäre die Chance ›Ich bin dein Vater‹ zu sagen, sicher nicht ungenutzt geblieben. Viel wichtiger ist aber, dass ich, im Gegensatz zu dir, kein Statist bin. Ich sage, wir gehen nach Shrewsbury, und jetzt gibt es zwei Möglichkeiten: Ihr ruft Ma und Dad an und verkündet ihnen, dass Rina und ich uns entschieden haben, und ihr euch um alles kümmern werdet. Dann haben die beiden endlich wieder das Gefühl, dass unter eurer Aufsicht nicht nur Scheiße passiert. Oder ihr macht nichts, und ich rufe Ma und Dad an und verkünde ihnen, dass Rina und ich uns entschieden haben. Dann rufen die beiden euch an, damit ihr euch um alles kümmert. Und dann werden sie sagen: ›Zum Glück ist Maxi da, jetzt müssen wir uns keine Sorgen mehr machen.‹«

Keine Sekunde lang verliert sie ihr Lächeln. »Sie sind eine weitere winzige Unannehmlichkeit davon entfernt, jemand anderem die Vormundschaft für Rina zu übertragen. Wenn ich richtig informiert bin, muss man dafür volljährig sein und sich in England aufhalten. Lustigerweise trifft beides auf mich zu. Für mich läuft alles auf das Gleiche hinaus. Rina, Thea und ich in Shrewsbury, Ma und Dad schlafen wieder ruhig. Aber wenn ich ihr wäre, würde ich Option eins bevorzugen.«

James mustert sie. Jetzt deutlich aufmerksamer als gerade eben noch. »Und was, wenn es schiefgeht? Wenn sie nicht zufrieden ist?«

»Guck mal, dann kannst du die Schuld sogar noch bei mir suchen und deinen Kopf aus der Schlinge ziehen. Win-Win.«

Die Blicke von Sam und James begegnen sich. Ihrer resigniert, seiner fragend. Sie seufzt, überlegt einen Augenblick und fragt ihn dann: »Hättest du das mit Shrewsbury für Alex entscheiden können?«

»Ja«, antwortet er, ohne zu zögern.

»Okay.« Sam zieht ihr Handy hervor. »Dann schreibe ich Jake.«
Kurz denke ich, dass James protestieren wird, doch er nickt.
Nach allem, was ich weiß und woran ich mich aus meiner
frühen Kindheit erinnere, war die Freundschaft zwischen Emmetts Dad Alexander und James einmalig.

Emmett und ich waren auch schon immer enge Freunde,
aber es käme mir nicht in den Sinn, ihm Entscheidungen abzunehmen. Offenbar ist das bei Kate und Maxi anders. Und
es ist egal, ob Sam und James das anerkennen, Lena und Jake
tun es. Maxi ist hier reinspaziert, mit ihrem strahlenden Lächeln, und hat beiden ohne eine Miene zu verziehen die Knarre auf die Brust gesetzt.

»Na schön. Ihr geht nach Shrewsbury. Meinetwegen mit Doroteya. Aber wenn es soweit ist, erwarte ich, dass Katharina
ihr Handy benutzt und erreichbar ist.« James lehnt sich vor,
niemals gewillt, ohne eine Verhandlung zu einem Abschluss
zu kommen.

»Kein Problem. Ihr solltet aber ein neues Handy kaufen.«

»Was stimmt nicht mit ihrem alten?« Emmett packt jetzt
sein Handy weg, dabei hat er es schon längere Zeit nicht mehr
beachtet.

Maxi zieht ein Handy mit vertrauter babyrosa Hülle aus der
Tasche. Sie legt es auf den Tisch. Der Hintergrund ist grau,
doch als sie den Code eingibt – 42069 –, lacht auf einmal
Josephine Lemaire aus dem Display hervor. Braungebrannt in
einem blumenbestickten Sommerkleidchen vor Notre Dame,
glücklich strahlend.

Kurz herrscht Stille, in der wir alle verstehen, warum Kate
wirklich nur mit ihrem eigenen Handy ein Problem hat.

»Sie ...« Maxi muss sich räuspern. »Sie hatte dieses Kleid an,
als Rina sie gefunden hat.« Ihre Augen sind noch schwärzer
als zuvor, als sie aufsieht. »Mit aufgeschlitzten Armen und in
ihrem eigenen Blut schwimmend. Dieses Handy ist voll mit
allem: Bildern, Nachrichten, Videos, Sprachaufnahmen. Kauft
einfach ein neues.«

Scheiße. Ich versuche, es mir vorzustellen, das ruinierte Kleid, die zerfetzte Haut. Mir wird schlecht, also lege ich die Gabel weg, obwohl mein Teller noch voll ist.

Jedes Mal, wenn ein neues Stück Wahrheit ans Licht kommt über das, was Kate durchgemacht hat, frage ich mich, wie sie das überstanden hat und überhaupt aufstehen kann.

»Hätten wir dann alles?« Maxi schiebt den Stuhl zurück, um aufzustehen. »Ich brauche eine Kippe.«

»Wie kann sie sie so geliebt haben?«, fragt Emmett. »Wenn Josephine sie so schlecht behandelt hat und dauernd bei ihrer Ex war und alles, wie kann sie sie so geliebt haben?«

Maxi stockt, dann sieht sie ihn mit gerunzelter Stirn an. Es scheint Klick zu machen. »Thea hat mit euch gesprochen, oder?«

Emmett nickt, und sie lässt sich wieder auf ihren Stuhl fallen. »Dieses Biest. Man könnte meinen, sie hätte genug Geschwister, denen sie Märchen erzählen kann.« Sie schüttelt den Kopf. »Ich kann mir denken, was sie erzählt hat. Sie hat aus Josie die böse Hexe gemacht, oder? Stimmt, nur leider nicht. Als Josie das erste Mal aus Dijon wieder nach Frankreich kam, heulend über ihren Ausrutscher mit Monique, ihrer Ex, war sie nicht die Einzige, die etwas zu beichten hatte.« Maxi lacht bitter. »Die beiden haben Schluss gemacht, sind wieder zusammengekommen, haben sich gestritten, fremdgevögelt und lagen sich am Ende heulend in den Armen. Dauernd.«

»Kate hat Josephine betrogen?« Das glaube ich nicht.

»Mit wem?«

»Die Namen kann ich mir nicht alle merken, also habe ich sie in zwei Kategorien aufgeteilt. Wenn Rina sauer auf Josie war, hat sie mit Nicht-Josies geschlafen. Männlich, dunkle Haare, keine Christen, meist gut trainiert. Und wenn sie Josie vermisst hat, gab es Schatten-Josies. Blond, dunkle Augen, niedlich, jünger, langweilig, naiv.« Sie sieht Emmett seine Zweifel an. »Nur, weil du es nicht glaubst, macht es das nicht weniger wahr. Es gab Wochenenden, an denen habe ich sie öfter mit der Zunge in fremden Hälsen gesehen als ohne. Das Problem war, dass sie und Josie sich geliebt, aber nicht gemocht haben. Irgendwann haben sie begriffen, dass sie nicht voneinander loskommen, und um sich das dauernde Gebeichte zu ersparen, haben sie sich gegenseitig eingeredet, dass eine offene Beziehung besser ist. Aber das war alles, bevor die Diagnose kam. Von da an hat die Beziehung zum ersten Mal fast etwas Gesundes an sich gehabt. Bis auf den Schluss.« Maxi fixiert das Messer, mit dem Samantha die Paprika hackt.

»Dass sie sie betrogen hat, kann ich Josie verzeihen. Aber dass sie sie gezwungen hat, sie zu finden, das nicht. In diesem Leben nicht, und auch in keinem Leben, das nach diesem kommt.«

»Woher weißt du, dass es beabsichtigt war?« James hat sein Messer Gott sei Dank weggelegt, denn seinen Schneidekünsten traue ich nur so lange, wie er auch wirklich dabei zusieht.

»Sie waren verabredet. Nach dem Sport sollte Rina bei Josie sein. Sie war eine halbe Stunde länger beim Sport. Deshalb glaubt sie, dass es etwas geändert hätte, wenn sie pünktlich gewesen wäre. Dabei war Josie schon tot, als Rina noch gar nicht beim Sport angekommen war.« Mit Mühe reißt sie den Blick von der Klinge und sieht uns alle der Reihe nach an, mit etwas, das fast schon grimmige Genugtuung darstellt.

»Theas Version lässt Rina deutlich besser dastehen, oder?« Sie erhebt sich wieder und schüttelt den Kopf. »Wahrheit zerstört den Glauben.«

»Das sagt meine Dozentin für EU-Recht immer«, murmelt Emmett. Maxi schnaubt.

»Mein Tipp: Studienfach wechseln.«

15

The Archer – Live from Paris – Taylor Swift

KATHARINA

Mit erschöpften Beinen ducke ich mich ein letztes Mal unter einem von Adrians Schlägen weg. Kurz versuche ich, wieder hochzukommen, dann aber sehe ich die Sinnlosigkeit ein und lasse mich fallen. »Stopp. Ende. Ich kann nicht mehr.« Grinsend geht Adrian vor mir in die Hocke. »Heißt das, dass du aufgibst?«

Zur Antwort stoße ich ihm gegen die Brust. Er verliert das Gleichgewicht und landet ebenfalls auf dem Boden.

Eigentlich ist es so spät, dass wir längst neben Maxi schlummern sollten, doch da wegen meines Ausflugs heute Morgen die Diskussionen mit James über den Essay nach hinten verschoben wurden, blieb keine Zeit für Sport.

»Ich gebe gar nichts auf«, schnaufe ich. »Ich setze eine gesunde Grenze.«

Adrian grunzt belustigt. »Na klar.«

»Okay, vielleicht bin ich auch müde.«

»War es ein anstrengender Tag?« Er sieht mich nicht an, sondern wickelt die Bandagen von seinen Händen ab.

Kein Mal hat er gefragt, wo ich heute Morgen war. Niemand von ihnen hat das.

»Ich war in der Kirche«, sage ich. Adrian schaut auf.

Ich zucke mit den Schultern. »Ich halte nichts von der Institution, aber –«

»Du musst dich nicht rechtfertigen«, unterbricht er mich. »Schon gar nicht vor jemandem, dessen Mutter ihn an sehr sehr vielen Sonntagen mit in den Gottesdienst geschleppt hat.«

»Ich hab sie sogar gesehen«, fällt mir wieder ein. »Als ich in London in der Kirche war.«

»Du warst bei Pater Marcus?« Er überlegt kurz. »Das ist eine von wenigen katholischen Kirchen in London. Gibts hier überhaupt eine?«

»Gar nicht mal so weit weg. Aber mit dem Bus kaum zu erreichen, und Pferde sind da drinnen wohl nicht gerne gesehen.«

»Wolltest du dafür Enzos Auto haben?« Ich begegne seinem Blick, sehe aber schnell wieder weg, als ich nicke.

»Tut mir leid, dass ich dir nicht den Grund gesagt habe.«

»Sogar Cara hat dichtgehalten, als wir heute Morgen gefragt haben. Bestichst oder bedrohst du sie?« Sein Grinsen verrät mir, dass er keines von beiden ernst meint. »Und, viel wichtiger: Womit?«

»Nein. Und wenn, würde ich dir auch nicht sagen, womit.«

Er gibt ein unzufriedenes Geräusch von sich und lässt sich rücklings auf den Boden sinken. »Ich verstehe nicht, warum sie auf dich hört. Ernsthaft, wie machst du das?«

Ich weiß genau, warum Cara mir aufs Wort gehorcht, und auch Maxi hat es direkt begriffen, während die anderen alle ahnungslos sind. Aber wir kommen auch nicht aus diesem Familienkonstrukt, haben einen viel neutraleren Blick auf die Dinge. Vermutlich könnte selbst Cara es nicht erklären.

So oder so, es ist ein Gesprächsthema für einen anderen Zeitpunkt. Also lächle ich nur großspurig. »Dieses wohlgehütete Geheimnis werde ich nicht lüften.«

»Na schön.« Adrian klingt, als hätte er nichts anderes erwartet. »Immerhin scheint sie weniger schlecht gelaunt zu sein. Wenn jetzt noch Lea einen schönen Sommer hat, bin ich zufrieden.«

»Was ist denn mit ihr?« Mein letzter Stand war, dass es ihr gut geht. Oder so gut es eben geht bei den Eltern.

»Sie ist eine Teenagerin aus dem 21. Jahrhundert, die sich verhalten soll, wie eine Jungfrau aus viktorianischen Zeiten.« Er sieht so besorgt und niedergeschlagen aus, dass ich, ohne nachzudenken, nach seiner Hand greife und die Finger drücke. »Es ist nicht fair«, bricht es aus mir heraus.

»Nein, natürlich nicht.«

»Ich meine nicht Leas Umstände. Natürlich sind die beschissen, aber ich meinte, dass alles an dir hängenbleibt. Kümmert sich dein Vater auch nur halb so viel um deine Geschwister wie du? Kennt deine Mutter auch nur die Hälfte ihrer Geheimnisse und Sorgen? Es ist nicht fair, dass du die ganze emotionale Arbeit übernimmst.«

»Ich bin ihr Bruder«, protestiert Adrian. »Ich sollte für sie da sein.«

»Natürlich solltest du das. Und das bist du auch. Aber mehr als Elternteil als als Bruder. Als Autoritätsperson. Es tut mir leid, aber weißt du eigentlich, wie abgefuckt das ist, dass du über ihr Taschengeld entscheidest? Oder dass deine Eltern dir das Recht einräumen, deine Geschwister herumzukommandieren?«

Adrian richtet sich auf, wobei ich einen herrlichen Blick auf das Spiel seiner Bauchmuskeln habe. »Ich probiere immer, nach bestem Wissen und Gewissen für sie zu entscheiden. Und es ist unfair, wenn du etwas anderes behauptest.«

Ich hebe die Hände an seine Wangen, die leichten Bartstoppeln kratzen über meine Haut.

»Das tue ich gar nicht. Aber du hast den Knackpunkt schon genannt: Es sollte nicht deine Aufgabe sein, nach bestem Wissen und Gewissen zu entscheiden. Diese Verantwortung sollte bei den Menschen liegen, die sich dafür entschieden haben, Kinder in die Welt zu setzen.«

Adrian denkt über meine Worte nach, das kann ich ihm ansehen. Er seufzt und sieht mit einem ironischen kleinen Lächeln unter dunklen Strähnen zu mir auf. »Und was soll ich deiner Meinung nach tun, Prinzessin? Ausziehen?«

Er macht einen Witz, doch ich nicke. »Das wäre vielleicht nicht schlecht, um klare Grenzen zu definieren.«

»Wenn ich ausziehen würde, würde ich in die Nähe von Shrewsbury ziehen.« Auf einmal greift er nach mir und zieht mich mit einem Ruck an sich, sodass ich dicht vor ihm sitze. Adrian senkt den Kopf, bis seine Lippen nah an meinen schweben. »Dann könnte ich morgens, bevor ich zur Uni fahre, das hier tun.«

Sein Mund senkt sich auf meinen. Das nenne ich einen effektiven Themenwechsel, überlege ich noch, bevor mein Gehirn die Denkfähigkeit einstellt.

Adrian schmeckt nach dem Vanilleproteinshake, den er vorhin getrunken hat. Meine Hände landen auf seinen Schultern und ich gebe mich ganz diesem Gefühl von Leichtigkeit hin, das sich in mir ausbreitet. Gleichzeitig vertiefen wir den Kuss und sacre bleu, wieso machen wir das so selten? Alles hieran fühlt sich gut und richtig an.

Seine Hände fahren über meine Taille zu meinen Hüften, er lehnt sich vor, ohne den Kuss zu unterbrechen.

Die unartigen Finger wandern tiefer über meinen Hintern, dann hebt er mich plötzlich auf seinen Schoß. Mir wird heiß und kalt zugleich, als ich seinen harten Schwanz zwischen meinen Schenkeln spüre.

Mit einem atemlosen Geräusch unterbreche ich den Kuss und schnappe nach Luft. »Was soll das denn werden?«

Ich existiere für das teuflische Grinsen in seinem schönen Gesicht. »Die Umsetzung einer Idee, die mir im Kopf herumspukt, seit du jede Nacht in diesen gottverdammt engen Klamotten halb auf mir liegst.«

»Ich bin entsetzt«, sage ich halbherzig, darauf konzentriert, mehr von diesem himmlischen Gefühl zu bekommen, das mich durchzuckt, wann immer seine Härte sich durch die Klamottenschichten an meiner intimsten Stelle reibt.

»Ja? So entsetzt, dass du dich ausziehen musst?«

Ohne zu zögern, streife ich mir den Sport-BH ab, was mit einem glücklichen Geräusch belohnt wird. Ich stöhne, als er meine Brüste mit seinen schönen Händen umfasst und die Spitzen reibt. Es fühlt sich gut an und ist viel zu wenig, um das Feuer zu befriedigen, das in mir brennt.

»Hör nicht auf«, verlange ich, die Stimme so kehlig, dass ich sie kaum wiedererkenne.

»Gibt wenig, was mich gerade hiervon abhalten könnte«, entgegnet er zwischen Küssen auf meinem Hals und meinen Brüsten. Ich fluche und recke mich Adrians gierigem Mund entgegen, hungrig nach mehr. Mit den Nägeln der rechten Hand reize ich seine Bauchmuskeln, die unter meinen forschen Fingern zucken, die linke Hand schiebe ich in seine Hose und umfasse seinen harten Schwanz.

Adrian beißt mich in den Hals, bevor die Welt kippt. Oder nein, ich lande nur mit dem Rücken auf den Dielen, er über mir und zwischen meinen Schenkeln. Fast da, wo ich ihn brauche. Sein herrlicher Körper fühlt sich wundervoll auf mir an, und ich schlinge die Beine um ihn, damit er bei mir bleibt.

Adrian flucht an meinem Hals. »Was tust du nur mit mir?«

Er hebt den Kopf und sieht mich aus dunklen Augen an. Verwundert, wie ein Rätsel, das er noch nicht ergründet hat.

»Dich bitten, deine Klamotten loszuwerden.«

Ich will ihn spüren. An mir. In mir, o Gott, ich brauche ihn.

»Fuck.« Adrian lehnt die Stirn an meine und streicht mir mit dem Daumen über den Mund.

Meine Lippen haben auf einmal eine direkte Verbindung zu meinem Unterleib. Spätestens jetzt bin ich feuchter als jede Tropenregion. Ich umfasse Adrians Wangen und ziehe ihn zu mir für einen schnellen, aber heftigen Kuss.

»Bitte sag mir, dass du ein Kondom herzaubern kannst.« Ich will ihn, ich brauche ihn. Alles und sofort.

Über mir spannt Adrian sich an. »Hast du noch deine Tage?«
Ich schüttele heftig den Kopf.

»Bitte, Adrian. Bitte machs nicht kaputt, bitte. So kurz danach kann eigentlich auch nichts passieren. Bist du gesund?«

Mit einem gequälten Geräusch hält Adrian mir den Mund zu. »Ich behaupte, das gerade nicht gehört zu haben, sonst muss meine Hose gleich einer chemischen Reinigung unterzogen werden.« Der gutturale Tonfall und der fiebrige Glanz in seinen Augen bringen mich beinah um den Verstand.

»Aber ich will dich«, sage ich zwischen seinen Fingern hindurch. Selbst in meinen eigenen Ohren klinge ich verzweifelt. »Was machst du?«

Adrian erhebt sich, und ich könnte heulen. An der verdammten Verhütung soll es scheitern, wirklich? Scheiße, ich glaube, ich heule gleich wirklich. Wieso habe ich kein Kondom im BH oder so? Die Hitze in mir ist unerträglich, und ich lege mir die Hände über die Augen. Ich fühle mich leer und unbefriedigt.

»Kate ...« Adrian greift nach meinen Händen. Ich halte dagegen, doch er zieht sie bestimmt, wenn auch sanft, weg.

»Wieso hast du kein Kondom da?«, fahre ich ihn aufgebracht an. Ich explodiere fast, als er leise lacht.

Doch dann hebt er den Blick und sieht mich direkt an. »Hab ich. Aber du musst es mich holen lassen, ohne einen Wutausbruch zu kriegen.«

Ich bin so verblüfft, dass ich stumm nicke und zusehe, wie er aufsteht. Er geht zum Sideboard, öffnet die Schranktür und langt hinein. Es knistert, und Adrian dreht sich mit einem triumphierenden Lächeln zu mir herum, eine quadratische Folienpackung in den Fingern.

»Zieh dich aus, Süße, sonst ist deine Hose gleich nur noch als zerrissener Putzlappen gut.«

Noch nie war ich so schnell nackt. »Wieso hast du da Kondome versteckt?«

»Die hat Emmett in der Mittelstufe hier deponiert. Gutgläubiger Trottel.«

Adrian kommt zu mir zurück und wird ebenfalls den Rest seiner Kleidung los. Er bleibt dicht vor mir stehen, seinen steifen Schwanz mit voller Absicht direkt vor meinem Gesicht. Statt seinen Penis in den Mund, nehme ich ihm das Kondom aus der Hand und prüfe das Haltbarkeitsdatum, das sechs Monate in der Zukunft liegt. Zufrieden reiße ich die Packung auf, und Adrians selbstgefälliges Grinsen verschwindet.

Es macht Platz für einen entzückten Ausdruck, als ich ihm das Gummi mit dem Mund überstreife.

»Wo zur Hölle lernt man das denn?«, krächzt er.

Ich massiere ihn mit den Fingern und lächle.

»Wenn man jedes Schuljahr Sexualkunde hat, langweilt man sich spätestens in der Mittelstufe und experimentiert bei den praktischen Übungen.«

Adrian bricht in Gelächter aus.

»Willst du sagen, dass du mit vierzehn in der letzten Reihe eines Naturkundeklassenraums einer Banane einen Blowjob verpasst hast?«

»Wir hatten Holzdildos«, korrigiere ich. »Und unser Lehrer war nicht begeistert und hat meine Eltern zum Gespräch eingeladen. Dummerweise hat er nur Dad mit Doktortitel angesprochen und Ma nicht. Sie hat ihm dann einen Vortrag gehalten, dass Teenager in einem geschützten Umfeld durchaus ihre eigene Sexualität erforschen dürfen.«

»Und dann?« Adrian klingt leicht atemlos, seine Hand verkrampft sich in meinem Haar.

»Na ja, zu Hause hat Ma mir das Taschengeld gekürzt, und ich musste einen Aufsatz über sexuelle Handlungen in der Öffentlichkeit und Konsens schreiben. Als ich sie zwei Jahre später mit Dad in der Küche erwischt habe, habe ich den natürlich wieder rausgekramt.«

Ich lache und schüttele den Kopf.

»Ich erzähl dir gerne mehr, aber können wir das auf einen Zeitpunkt verschieben, an dem ich nicht das Gefühl habe, von innen heraus zu verbrennen, weil ich so geil auf dich bin?«

Adrian sinkt vor mir zu Boden und umfasst mein Gesicht. »Super Idee«, knurrt er, bevor er mich in einen hastigen Kuss verwickelt. Seine rechte Hand wandert von meiner Wange über den Hals, meine Brust und den Bauch zwischen meine Schenkel. Wir stöhnen beide an den Lippen des anderen.

»Scheiße, bist du feucht. Ist das alles für mich?«

»Nein, ich musste gerade an diese Holzdildos denken«, rutscht es mir raus. Adrian verharrt und sieht mich mit zuckenden Mundwinkeln an.

»Eines Tages wird dir jemand deine große Klappe zukleben, Prinzessin. Und ich bin mir nicht sicher, ob ich dann widersprechen werde.«

»Fällt dir wirklich kein Grund ein, wofür du sie lieber weit geöffnet hättest?« Ich öffne den Mund und fixiere seinen Schwanz.

»Der eine oder andere vielleicht.«

Er schiebt mir zwei Finger in den Mund, und ich sauge daran, als seien sie sein Schwanz. Gleichzeitig reibt er zwischen meinen Beinen über den Punkt, an dem die Hitze ihren Ursprung hat. Ich krümme mich unter dem Ansturm der Empfindungen und packe Adrian.

Wir gehen zu Boden, er über mir, die Hände rechts und links neben meinem Kopf. Unsere Blicke begegnen sich.

»Willst du das wirklich, Kate?«, haucht er, und ich glaube, ich will ihn noch mehr. Er ist so sanft und fürsorglich und … so Adrian.

Ich nicke.

»Sag es.«

»Ich will mit dir schlafen.« Das hier fühlt sich nicht nur richtig an, es ist richtig.

»Hast du schon mal mit einem –«

»Sacre Bleu, Adrian! Mit so vielen, dass sie eine Fußballmannschaft gründen könnten, und wenn du willst, erzähle ich dir alles darüber, aber jetzt will ich endlich mit dir schlafen. Zwing mich nicht dazu, zu betteln.«

Im nächsten Augenblick rollen wir herum, so dass Adrian unter mir liegt. Er richtet sich auf und drückt mir einen fast keuschen Kuss auf den Mund.

»Mache ich nicht. Und jetzt komm her.«

Fast beschwere ich mich, dass ich jetzt die ganze Arbeit machen muss, doch dann wird mir klar, dass er mir so die Kontrolle gibt. Kann ein Mensch perfekter sein? Ich richte mich auf, greife nach seinem Schwanz und lasse mich langsam auf ihn sinken. Er gleitet perfekt in mich. Adrian flucht, die Finger fest in meine Seiten gegraben. Ich stöhne, das Gefühl ist unbeschreiblich. Er fühlt sich so gut an, ich kann nicht anders, als mich wieder aufzurichten und sinken zu lassen. Langsam und tief, alles auskostend, jeden noch so winzigen, herrlichen Funken.

Zum Glück sind wir im Poolhaus, fernab von den anderen, denn ich halte mich nicht zurück. Irgendwo in einer fernen Ecke meines Kopfes weiß ich, dass ich ziemlich laut bin.

Adrian lässt eine Hand von meiner Seite zwischen meine Beine sinken. Er reibt mich, unser Rhythmus wird schneller und härter. Wir steuern auf das Feuerwerk zu. Welle um Welle von purer Erregung durchströmt mich, ich werfe den Kopf zurück. Über uns strahlt der endlose Nachthimmel mit seinen strahlenden Sternen.

Für einen Augenblick bin ich schwerelos, im freien Fall zwischen den stillen, fernen Welten. Adrian stößt heftiger in mich, ich begegne jeder seiner Bewegungen, wir krallen uns aneinander fest. Ein Sternenschauer explodiert hinter meinen Lidern, als mich der Orgasmus mitreißt.

Für einen Augenblick, verschwitzt, erschöpft, befriedigt und mit zitternden Oberschenkeln, unter der gewaltsamen Gesamtheit des Universums, bin ich wieder ich selbst.

Obwohl ich deutlich länger wach war als Maxi, schlummert sie friedlich, genau wie Adrian, als ich mich am nächsten Morgen vorsichtig aus dem Zimmer schleiche. Mit ihrem Handy mache ich einen Schnappschuss von den beiden. Maxi, mit dem Kopf an Adrians Schulter, sein Arm über ihrem Oberkörper. Ich wäre zu gerne dabei, wenn sie aufwachen. Aber mich ziehen andere Bedürfnisse nach draußen.

Emmett sitzt auf dem Geländer, als ich auf die Veranda trete. Ungefragt bediene ich mich an seinen Zigaretten und hüpfe neben ihm auf den Holzbalken. Stumm reicht er mir sein Feuerzeug. Ich nehme den ersten giftigen Zug und lege den Kopf auf seine Schulter.

»Du siehst zufrieden aus«, stellt er fest und wird den Rauch durch die Nase los.

Ich kann nicht anders, als dämlich zu lächeln, mir dem köstlichen Muskelkater in meinen Oberschenkeln überdeutlich bewusst. »Sagen wir mal so: Danke an dein Vergangenheits-Ich für die Notfallversorgung im Sideboard vom Poolhaus.«

Mit erhobenen Brauen wendet Emmett mir den Kopf zu. »Du schmutziges Biest.«

»Du hast ja keine Ahnung«, sage ich genüsslich. Beim Gedanken an die letzte Nacht zieht sich alles in mir zusammen.

»Adrian kann ein bisschen Aufmunterung gebrauchen, auch wenn mir Maxi ein bisschen leidtut, mit euch in einem Bett schlafen zu müssen.«

Ich asche. »Soll ich sie bei Gelegenheit darauf hinweisen, dass du sie gerne bei dir willkommen heißt?«

Seine Blicke sind mir sehr wohl aufgefallen.

Eigentlich dachte ich, so wie meine ganze Familie, mein Leben lang, dass Maxi irgendwann mit Chris, meinem Cousin aus Düsseldorf, zusammenkommen würde. Sie ist in ihn verschossen, seit sie vier war, und irgendwie hatte ich immer das Gefühl, dass er auf sie wartet. Und sie auf ihn. Mit allem.

Chris war … Er hatte Beziehungen. Keine von ihnen auch nur annähernd so tiefgehend wie die Freundschaft mit Maxi. Es kam mir immer so vor, als wüssten die beiden, dass es am Ende des Tages der jeweils andere werden würde. Aber schon bevor ich Frankfurt verlassen habe, hat Maxi kein Wort mehr über ihn verloren, und bei dem Besuch, den er und sein Bruder Aaron uns irgendwann Anfang Mai abgestattet haben, hat er kein Wort mit ihr gewechselt. Wenn meine verschwommene Erinnerung der Wahrheit entspricht.

Emmett lässt sich Zeit mit seiner Antwort, bevor er schließlich sagt: »Das kannst du gerne tun. Aber ich bezweifle, dass sie darauf eingeht.«

»Soll ich dir einen Tipp geben?« Zufälligerweise weiß ich genau, warum Maxi Emmett gegenüber reserviert ist, weil sie es mir gestern Nachmittag erzählt hat, während wir Gitarre gespielt haben.

»Ja.« Seine Stimme trieft vor Sarkasmus. »Unbedingt.«

»Weißt du noch gestern Morgen, als du von deiner Dozentin für EU-Recht gesprochen hast?«

Er denkt einen Moment nach. »Professor Winterbach?«

»Professor Dr. Winterbach«, korrigiere ich automatisch. »Antonia.«

»Du kennst sie.«

»Sie ist meine Patentante. Ich hab nie verstanden warum, weil Dad und sie sich absolut nicht ausstehen können. Jetzt weiß ich natürlich, dass das auf Samanthas Mist gewachsen ist.«

»Woher kennt Sam sie überhaupt? Es gruselt mich immer, wenn sie mich in der Vorlesung bittet, sie zu grüßen.«

»Antonia war die Nachbarin meiner Eltern, als Samantha während ihrer Schwangerschaft in Frankfurt war. Und sie war gleichzeitig schwanger.«

»Maxi ist die Tochter von Antonia Winterbach? Die ist doch gerade mal Anfang dreißig.« Emmett schaltet schnell, das muss man ihm lassen.

»Sie ist siebenunddreißig.«

»Ist doch das gleiche. Wie schafft man es, unter vierzig einen Doktortitel der Rechtswissenschaften und ein erwachsenes Kind zu haben, und dabei Generalanwältin der EU zu sein?«

»Oh, das ist ganz leicht. Man lässt sich in der ersten Uniwoche von einem wildfremden Kommilitonen vögeln, wird schwanger und dann vom eigenen Vater überzeugt, besagten Kommilitonen zu heiraten, damit es nicht so trashy aussieht. Das Kind lädt man später 24/7 bei den Nachbarn ab, um seinen Abschluss zu machen, und danach verpisst man sich, um der großen Karriere nachzujagen. Bei seinem Kind meldet man sich nur alle paar Monate, versucht aber natürlich, Einfluss auf sein Leben zu nehmen, um es auch wirklich nachhaltig zu schädigen.«

»Scheiße, das ist abgefuckt.« Emmett sieht ein bisschen baff aus. »Und Maxis Eltern haben sich auch noch getrennt?«

»Nö. Antonia und Max sind noch verheiratet. Ich glaube allerdings nicht, dass diese Ehe übers Papier hinausgeht.«

»Da dürftest du recht haben. Wenn meine Menschenkenntnisse mich nicht trügen, ist Antonia nämlich in einer Beziehung mit ihrer Assistentin.«

»Oh, ja. Das ist Margie. Sie schreibt immer die Geburtstagskarten für Maxi, die zwei Wochen verspätet ankommen. Aber immerhin, wegen Margie muss Maxi nicht das Gefühl haben, dass ihre Eltern sich ihretwegen getrennt haben. Max' Geschlecht ist das Problem. Wie auch immer. Zurück zu dem Tipp, auf den ich hinauswollte: Erwähne Toni niemals wieder. Und setze sie bloß nicht mit Maxi in irgendeine Verbindung. Sie hat Wunden hinterlassen, die vermutlich nie ganz verheilen werden.« Was auch der Grund ist, warum Toni die Liste der unsympathischsten Volljuristen anführt. Wenn es nach mir ginge, müssten weder Maxi noch ich ihr jemals wieder begegnen.

»Notiert.« Emmett schnippt seine Kippe in den Aschenbecher. »Aber das heißt nicht, dass ich will, dass du dich einmischst, klar?«

»Maxi ist vielleicht weniger direkt und laut als ich, aber das heißt nicht, dass sie nicht selbst denken oder für sich Entscheidungen treffen kann. Sie hat in ihrer charakterlosen

Juristenverwandtschaft genug Leute, die ihr sagen, was sie tun soll, keine Sorge.«

»Sind es wirklich alles Juristen?«

»So wie ich Vollblut-Arztkind bin, ist Maxi Vollblut-Juristenkind. Ein paar entfernte Onkel sind ganz nett, aber der Großteil ist ziemlich scheiße. Ihr Vater ist Richter, ihre Großmutter mütterlicherseits auch, deren Mann ist Staatsanwalt. Wenn die abends diskutieren, will ich nicht mit am Esstisch sitzen.«

Ich drücke meine Zigarette aus und nehme gleich eine neue von Emmett entgegen. »Liegt das eigentlich an deiner Blaublütigkeit, dass du nur auf Mädchen stehst, deren Eltern aus geschäftlichen Gründen zusammen sind?«

Er grunzt. »Ich stehe nicht auf Lea. Und Lea steht nicht auf mich. Sie ist verfügbar, ich gucke sie mir gerne an, sie ist gut im Bett, sie nervt mich nicht, und keiner wundert sich, wenn sie bei mir zu Hause rumhängt. Ganz einfach. Und bevor du fragst: Ja, ihr geht es genauso. Es ist eine reine Win-Win-Situation. Wenn ich sie anrufe und sage, ›das wars‹, dann wird das Einzige, was sie sagt, vermutlich sein, dass ich ihr noch zwanzig Pfund schulde, weil sie letztens das Essen bezahlt hat.«

Ich sage nichts dazu, weil er die Sorge, die ich hatte, längst aus dem Weg geräumt hat. Weder Maxi noch Lea verdienen jemanden zu nur fünfzig Prozent.

Wir rauchen einen Augenblick schweigend. Die frühe Morgensonne wärmt uns den Nacken, und ich genieße die friedliche Stille. Oder zumindest beinah.

»Wie gehts dir?«

Ich halte inne. »Ist das dein Ernst? Du auch?«

»Ich meine, wegen der Tabletten«, sagt er unbeeindruckt von meinem Ton.

»Gut, wieso?« Wenn man von leichten Kopfschmerzen absieht.

»Verarsch mich nicht, Kate. Inzwischen sollten die Nebenwirkungen eingesetzt haben. Lichtempfindlichkeit, trockener Mund, Kopfschmerzen?«

»Hast du ernsthaft nach dem Kram gegoogelt? Sei du wenigstens normal, bitte. Dieses Sorgenzeug übernehmen die anderen.«

»Weißt du, was ich allen anderen voraushabe?«

»Du bist ein Duke?«

Er rollt mit den Augen. »Im Gegensatz zu allen anderen spreche ich aus Erfahrung, wenn ich dich mit den Nebenwirkungen zuquatsche.«

Ich blinzele verblüfft. »Du hast Antidepressiva genommen?«

»Schätzchen, ich habe als Teenie mehr Pillen geschluckt, als die Pharmaindustrie produzieren konnte.«

Wieso wusste ich das nicht?

»Seit wann? Und wie lange?«

»Ich war als Kind ziemlich glücklich. Auch nach dem Tod meiner Eltern relativ schnell wieder. Aber mit dreizehn war auf einmal alles trostlos und scheiße. Erst bin ich in Therapie, nach einem halben Jahr zusätzlich die Tabletten. Mit sechzehn gings wieder bergauf und ich konnte sie absetzen. Aber ich hatte mehrmals eine Umstellung. Teilweise habe ich zwei Wochen Schule verpasst, weil ich einfach zu Hause in meinem dunklen Schlafzimmer saß und gekotzt habe. Meine Kopfschmerzen waren Level elf auf einer Skala bis zehn.«

»Danke, dass du deinen Optimismus mit mir teilst und meine Ängste beruhigst.«

»Hast du Angst?« Ernst mustert er mich, als versuche er abzuschätzen, was ich denke.

»Das letzte Mal ging es mir nicht gerade gut, als ich mit den Pillen angefangen habe. Und währenddessen auch nicht unbedingt. Meine Begeisterung hält sich also in Grenzen«, sage ich ehrlich.

»Aber irgendetwas musst du daran haben, sonst hättest du dich nicht darum gekümmert, neue zu bekommen.«

»Es gibt keine vernünftige Alternative, das wissen wir beide. Ganz ohne geht nicht, kiffen erlauben sie nicht, und dieser beschissene Tee macht mich noch wahnsinniger.«

»Sind wir also ehrlich: Es war die einzig vernünftige Möglichkeit.«

»Natürlich war es das. Aber ich will nicht abhängig von Medikamenten sein. Ich bin doch nicht –« Ich verstumme abrupt, weil das Wort nicht über die Lippen kommt. Ich will es gar nicht erst denken. Ein bisschen traurig, dass ich gleichzeitig kein Problem damit habe, mich selbstironisch als wahnsinnig zu bezeichnen.

»Krank?«, fragt Emmett mit erhobener Braue und schnippt seine Kippe weg. »Ich will deine Meinung, beziehungsweise Selbsteinschätzung nicht in Frage stellen.« Er erhebt sich. »Aber denk daran, dass du nichts bekämpfen kannst, dessen Existenz du nicht anerkennst.« Emmett wartet nicht auf eine Antwort, sondern verschwindet nach drinnen.

Ich warte, bis er ganz sicher weg ist, erst dann folge ich ihm nach drinnen. Im Wintergarten warten schon, wie jeden Morgen, Cara und meine Eltern. Adrians kleine Schwester und James decken den Tisch, während Samantha kocht.

Aus dem Küchenfenster starrt Emmett, der sich dabei die Hände wäscht, hinaus auf den Hof. Adrian und Maxi stehen bei ihrem Bike, sie lachen unkontrolliert über irgendetwas, das er gesagt hat. Maxi hat eine Kippe in der Hand und trägt ein Shirt des CUAFC über ihren Leggings.

Ich muss kichern, als ich sehe, weswegen Emmett so verblüfft ist. Unter der Nummer 9 steht *Douglas-Stirling*.

»Sie trägt mein Trikot«, stellt er fest.

»Und deinen Nachnamen«, bemerkt Cara.

Ich beiße mir auf die Lippe, um nicht zu lachen.

»Hast du das aus meinem Schrank genommen?«, werde ich beschuldigt.

»Nö. Ich glaube, das lag bei uns drin.« Wenn ich mich recht entsinne, ist es mir die Tage in die Arme gefallen. »Vielleicht nach der Wäsche bei Adrians Kram gelandet.«

»Da steht mein Name drauf«, blafft Emmett Samantha an. »Wieso sortierst du das bei Adrian ein?«

Sie legt den Kochlöffel etwas heftiger hin, als notwendig. »Emmett, ich putze, koche, wasche und bügele für sieben Menschen. Da kommt so etwas vor. Und wenn es dich stört, bist du herzlich eingeladen, mich im Haushalt zu unterstützen.«

»Seit wann putzen Gäste?«, schnaubt er.

»Du bist hier genauso wenig Gast wie ich.«

»Das glaube ich kaum. Bewohner kann man schlecht rauswerfen.« Unter der Wut blitzt Verletztheit hervor. Emmett ist so ungehalten, dass er laut wird: »Und das ist auch nicht mein Zuhause!« Er dreht sich um und stürmt davon.

Dass etwas zwischen den beiden geschwelt hat, war deutlich spürbar. Jetzt ist es wohl übergekocht.

Einen Moment herrscht Stille. Cara schaut mit großen Augen zwischen der Tür und Samantha hin und her.

»So«, sagt diese leise. »Jetzt habe ich die Schnauze voll.«

Mit schnellen Schritten geht sie in den Salon. Das Glas in den Scheiben klirrt, als sie die Tür hinter sich zuzieht.

»Was war das?«, fragt Cara.

»Zwischenmenschliche Kommunikation«, sagt James. »Kümmerst du dich bitte um den Herd, Katharina?«

Ich nicke und gehe hinüber. Hätte ich wetten müssen, hätte ich verloren, denn statt Samantha folgt er Emmett.

»Und jetzt?« Cara kommt zu mir.

»Jetzt holst du deinen Bruder und meine Schwester und dann wird gegessen.« Ich werde diese Sache, was immer sie ist, nicht noch größer machen.

Cara nickt, bewegt sich jedoch nicht.

»Ich mag es nicht, wenn Leute sich streiten«, gesteht sie.

»Das verstehe ich«, sage ich, obwohl es nicht stimmt. Ich bin alles andere als konfliktscheu. »Aber Diskussionen sind nicht unbedingt etwas Negatives. Man muss manchmal seine Meinungen austauschen, dann versteht man die andere Person mit Glück besser.«

Sie zieht eine Grimasse. »Das kam mir gerade nicht wie ein gesunder Meinungsaustausch vor.«

»Das stimmt«, gebe ich zu. Allerdings haben sowohl Emmett als auch Samantha dem geübten Zuhörer deutlich mehr erzählt als das, was sie gesagt haben. »Aber das wird schon. Und jetzt beeil dich ein bisschen, sonst kokelt mir das Essen an.«

Sie tut, was ich sage, und kommt einen Augenblick später mit Maxi und Adrian zurück. »Schau mal«, sagt Adrian gerade zu Cara, »dann bleibt mehr Essen für uns.«

Offenbar hat sie die beiden schon informiert.

»Muss ich mich schlecht fühlen, weil das Oberteil einen Zoff ausgelöst hat?«, erkundigt sich Maxi auf Deutsch.

»Quatsch, das hat schon länger gebrodelt. Gut geschlafen?«

»Du hättest uns ruhig wecken können«, beschwert sie sich, jetzt wieder auf Englisch.

»Aber ihr habt tief und fest geschlafen.« Ich feixe.

»Weißt du, wie sehr ich mich erschrocken habe, als ich aufgewacht bin und mit dem Gesicht praktisch in Adrians Oberkörper hing?«

»Lieber so, als andersherum«, gibt Adrian mit funkelnden Augen zu bedenken.

»Oder gar nicht.« Maxi dreht sich zu mir um und wechselt wieder ins Deutsche. »Stört dich das nicht?«

Es ist kein Geheimnis, dass ich eine eifersüchtige Furie bin, allerdings nicht bei Maxi. Sie würde mir niemals etwas wegnehmen wollen.

»Nö, eigentlich nicht. Aber wenn ihrs wirklich mal andersherum ausprobiert, dann bitte, wenn ich noch dabei bin.«

»Weißt du was, Rina?«

»Ne, aber ich bin schon ganz gespannt.«

»Du bist ein notgeiles Miststück.«

Ich lache und schalte den Herd aus. Sie schnappt sich grinsend das Rührei und bringt es zum Tisch. Adrian kommt herüber und zieht sich einen Kaffee. Er drückt mir einen Kuss aufs Haar und einen auf die Wange.

Ich sehe auf in sein schönes Gesicht.

Er grinst. »Will ich wissen, worüber ihr sprecht?«

»Nein. Aber die Geschichte wird uns freisprechen«, erkläre ich, ein bisschen abgelenkt von seiner Hand an meiner Taille.

Bei der Erinnerung an letzte Nacht wird mir ganz warm. Ich küsse ihn auf die Brust, direkt über seinem Herzen. Die Erinnerung, wie wir überhaupt ins Haus gekommen sind, ist verschwommen. Aber ich weiß noch genau, wie wundervoll es sich angefühlt hat, in seinen Armen einzuschlafen, seinen tiefen Atem im Ohr.

Unwillig befreie ich mich aus seinem Griff und setze mich an den Tisch. Cara ist stiller als sonst, obwohl wir uns während des Frühstücks Mühe geben, sie abzulenken. Später spült sie sogar freiwillig, während ich den Tisch abräume und Adrian das restliche Essen wegpackt. Maxi schlendert zum Klavier, mit dem sie schon seit unserer Ankunft liebäugelt. Sie setzt sich auf den Schemel, hebt den Deckel und beginnt zu klimpern, ein Kinderlied, dessen Titel ich nie erfahren habe.

»Du wolltest mir auch mal zeigen, wie man Klavier spielt«, fällt Cara ein, gerade als die Melodie abbricht.

Maxi beginnt von vorne.

»Und du hast einen Wutausbruch bekommen, weil du nicht direkt spielen konntest wie Mozart«, erinnert Adrian sich.

»Das ist Ewigkeiten her.«

»Cara, das war im April.«

»Praktisch Jahrhunderte!«

Maxi stockt wieder an der gleichen Stelle.

»Wenn man eine Eintagsfliege ist, vielleicht.« Adrian schließt den Kühlschrank und geht zu Maxi, die jetzt ein paar Mal hintereinander die gleichen Töne drückt. »Darf ich?«

»Klar.« Maxi nimmt die Hände von der Klaviatur.

Ich lehne mich rücklings gegen den Tisch, um zuzuschauen.

»Das mit dem Klavier ist also deine Masche«, spotte ich.

Adrian lacht, und ich weiß, dass wir beide an Edinburgh denken. Oder zumindest den schönen Teil unserer Zeit dort. Er legt die Finger auf die Tasten und spielt. Ich könnte ewig zuhören. Als er an der Stelle der Melodie ankommt, bei der

Maxi gestockt hat, wird er langsamer, um es ihr zu zeigen, dann hört er auf.

Maxi hebt die Hände wieder und spielt es exakt nach.

»So?«

»Ja genau, du –«

Er unterbricht sich, als sie einen fließenden Übergang hinlegt und das *Andante con moto* von Beethovens 5. *Symphonie* den Raum füllt. Maxis Finger fliegen über die Tasten, tanzen mühelos die Klaviatur entlang. Sie schaut nicht mal hin, sondern grinst Adrian übermütig an. Er lacht leise, und wir alle hören bis zum Schluss andächtig zu.

Maxi kichert und presst erneut mehrfach die Taste, bei der sie eben hängengeblieben ist. »Der Ton ist schief.«

»Hör ich nicht«, sagt Adrian.

Ich schüttele ebenfalls den Kopf. Ich könnte das nachsingen, aber ohne die volle Oktave zu hören, nicht beurteilen.

»Macht nichts«, sagt Maxi. »Ist trotzdem schief.«

»Wenn du das sagst.« Adrian zuckt mit den Schultern und erkennt ihre musikalische Autorität an. »Seit wann spielst du?«

»Seit mein biologischer Ursprung erfahren hat, dass frühkindliche, musikalische Erziehung die Intelligenz fördert. Aber die Klavierstunden haben wenigstens Spaß gemacht. Der Lateinunterricht dagegen ...«

Gerade als Adrian nachfragen will – was ich durchaus verstehen kann, denn welcher normale Mensch, der sein Kind nicht abgrundtief verabscheut, zwingt es, im Alter von sieben Jahren eine tote Sprache zu lernen – betritt James wieder die Küche.

Die Aura der Tiefenentspannung ist ihm abhandengekommen, offenbar war das Gespräch mit Emmett etwas hitziger. »*Topolina*, mach Samantha bitte einen Frühstücksteller fertig«, bittet er Cara, die sofort einen Teller aus dem Schrank holt. Sobald sie mit dem vollen Teller verschwindet, sagt er:

»Jetzt zu euch.«

»Haltet euch fest«, warne ich leise, doch gut hörbar. Adrian und Maxi nehmen sich bei den Händen.

Ich ernte einen zutiefst bösen Blick von James. »Es kann nicht sein, dass die ganze Arbeit bei Samantha liegt. Ihr lebt hier alle wie Gott in Frankreich, und sie ist siebzig Prozent des Tages mit Hausarbeit beschäftigt. Ich erwarte – und das habe ich auch Emmett gesagt – dass ihr euch mehr im Haushalt beteiligt. Es ist mir egal, wer von euch mit wem und in welchem Bett schläft, aber die Zimmer und Bäder, die ihr bevölkert, werdet ihr ab jetzt putzen. Und ihr werdet euch an der Essenszubereitung beteiligen.« Er sieht Adrian an. »Frühstück werden selbst du und Emmett hinbekommen und ihr«, die blauen Augen huschen zu Maxi und mir, »könnt beim Mittag- und Abendessen unterstützen.«

Maxi zuckt die Schultern. »Wie zu Hause.«

»Ne.« Ich schüttele den Kopf. »Zu Hause machen wir das, weil Ma das Haus abfackelt, wenn sie den Herd nur ansieht.«

»Das kriege ich auch hin«, mischt Adrian sich ein. »Wollen wir wetten?«

16

Poker Face – Piano Version
– Andrea Carri

ADRIAN

Vielleicht kenne ich ihn nicht so gut wie Maxi Kate, trotzdem weiß ich, wo Emmett sich verschanzt, um ganz in Ruhe seine schlechte Laune auszuleben, die ihm folgt wie sein Schatten. Ich komme gerade rechtzeitig in den kleinen Salon, um zu sehen, wie er auf der Konsole den FIFA Cup gewinnt. Er beachtet mich nicht, als ich neben ihm auf die Couch falle. Seine gesamte Körperhaltung und die Mimik schreien: Vorsichtig, bissig!

»Was ist?«, werde ich angebrummt.

»Bisher nichts«, gebe ich zurück. »Nur, dass du dich wie der Grinch verhältst. Kate hat schon gefragt, wann wir Emmett endlich wiederbekommen.« Anstatt zu antworten, wechselt Emmett das Spiel und knallt Zombies mit einer Knarre ab, die auf seinen Charakter zustürmen.

Lustigerweise macht Sam das Gleiche, sie steht seit zwei Stunden auf der Wiese und erledigt Tontauben. Ich verkneife es mir, Emmett auf die Parallelen hinzuweisen.

»Mir gehts gut«, sagt mein bester Freund jetzt doch.

Ich warte ab. In weiser Voraussicht.

»Ist es wirklich so unverständlich, dass ich weder James noch Samantha begegnen will? Habe ich kein Recht auf Alleinsein?«

»Doch.« Auch, wenn ich nicht verstehe, warum er dann hier ist. Oder eigentlich schon. Emmett ist nicht gern allein.

Schritte auf dem Flur, dann kommt Kate ins Zimmer. »Na?« Sie wuschelt mir durchs Haar und schlingt dann von hinter der Couch die Arme um Emmetts Schultern. »Hat der Grinch noch immer von dir Besitz ergriffen?«

Emmett knurrt leise, sieht aber deutlich gelassener aus als noch vor wenigen Augenblicken.

»Ich werfe dich gleich auf den Misthaufen.«

»Überleg dir das lieber nochmal, du musst heute Abend neben mir sitzen.«

»Wieso?«

»Wir gucken alle zusammen einen Film. Das ist eine Pflichtveranstaltung.«

»Sagt wer?«

»Ich.«

Emmett rollt mit den Augen, wirft den Controller von sich und dreht sich zu Kate. »Wenn ich mich mit Pflichtveranstaltungen beschäftigen wollte, würde ich Sommerkurse an der Uni belegen.«

»Das Schöne an Pflichtveranstaltungen ist, dass es keinen juckt, was du davon hältst. Du musst da sein, ganz einfach. Das wird uns allen guttun.«

»Bah«, macht Emmett. »Du bist wie Nunzia. Die macht auch mit allen eine Gruppentherapie, wenn es Streit gibt, bis sich wieder alle liebhaben.«

Nicht nur meine Mutter, sondern er selbst auch. Aber ein weiteres Mal halte ich meine schlauen Gedanken zurück.

»Ich diskutiere darüber nicht«, redet Kate mit erhobener Stimme über ihn hinweg. Sie wendet sich mir zu, das Thema offenbar beendet.

»Wo ich schon mal hier bin: Was passiert mit Jays alter Wohnung?«

»Nach der Sanierung?«, frage ich, abgelenkt von ihrem Top.

»Wird neu vermietet, hab ich dir doch erzählt. Wieso?«

»Du hast gesagt, dass sie so schön ist. Und sie ist nicht weit weg von South Kensington.«

»Vergiss es!« Emmett lacht. »Die lassen dich nicht allein wohnen. Auch, oder besser schon gar nicht, mit Thea und Maxi.«

»Wer sagt, dass ich für mich frage?« Sie löst sich von ihm und hüpft über die Lehne zu uns. »In South Kensington ist nicht nur Shrewsbury, sondern auch das Imperial College.«

Zwei Paar blaue Augen landen bei mir.

»Du ziehst aus?«, fragt Emmett verblüfft.

»Wenn dus geschafft hast, wirds ja wohl kaum schwierig sein.« Ich wechsele ins Französische: »Prinzessin, muss ich mir Gedanken machen? Gestern Abend ist ziemlich viel passiert und dass ich, sollte ich je ans Ausziehen denken, in die Nähe von Shrewsbury ziehen würde, ist dir als Wichtigstes im Gedächtnis geblieben?«

»Na ja.« Sie lehnt sich vor und verdammt, dieser Ausschnitt!

»Da du mir mehr oder weniger das Gehirn rausgevögelt hast, ist alles, was danach passiert ist, ein bisschen verschwommen.«

»Und währenddessen?« Ich lehne mich vor.

Sie kommt mir entgegen, mit diesem typischen Grinsen.

»Vielleicht willst du meine Erinnerung auffrischen.«

»Würde ich ja, wenn wir unser Bett für uns hätten.«

»Du schaffst Probleme, wo keine sind.«

»Bring mich nicht auf Ideen«, warne ich und ziehe sie für einen Kuss an mich. Fast sofort trifft mich ein Kissen von der Seite.

»Ihr seid eklig, seit ihrs im Poolhaus miteinander getrieben habt«, beschwert Emmett sich und steht auf. »Entschuldigt mich, das ist mir zu zuckrig.«

Ich ziehe Kate auf meinen Schoß, noch bevor er ganz weg ist. Sie kichert und grinst auf mich hinab. »Was hältst du also von der Idee mit der Wohnung?«

»Ganz toll«, sage ich und weiß schon gar nicht mehr, worum es geht. »Das machen wir so«, füge ich hinzu und streife ihr die Träger von den Schultern.

KATHARINA

Hätte ich raten müssen, wer zu spät zu dem befohlenen Filmabend kommt, hätte ich wohl auf mich – beschäftigt damit, Make-up auf meinem gesamten Hals aufzutragen – oder Emmett – schmollend – getippt. Aber wir sind beide pünktlich, genau wie Cara, die bereits das Streamingangebot durchwühlt.

»Schneewittchen?«, fragt sie.

»Nein«, brummt Emmett und sieht auf, als ich eintrete.

»Warum nicht?«, fragen sie und ich gleichzeitig.

»Na, weil halt. Such was anderes raus.«

«Schlechte Laune?«, frage ich unschuldig und nehme neben ihm Platz.

»Immer. Außerdem hast du da was.« Er piekst mich in den Hals, genau da, wo der Knutschfleck mehr schlecht als recht verborgen ist.

»Bloß kein Neid.«

»Würde ich mit Adrian rumknutschen wollen, müsste ich nur fragen.« Das glaube ich sofort.

»Mein Gott«, kommt es von der Tür. »Dann tauschen wir Zimmer. Du gehst zu den Turteltauben, und ich bekomme deinen Raum. Die beiden sind nicht mehr auszuhalten.«

Maxi tritt lachend ein.

»Wem sagst du das.« Emmett hält inne, und als ich seinem Blick folge, weiß ich auch, warum. Man sieht es ihr nicht an, doch unter den Baggy Pants und oversized Shirts hat meine Schwester eine Figur, die jede Sanduhr neidisch machen würde. Jetzt gerade trägt sie ausnahmsweise enge Shorts und einen Sport-BH unter einer offenen Strickjacke. Ihre braungebrannten Beine sind unendlich lang und die Bauchmuskeln können fast mit Adrians mithalten.

»Was guckst du so?«, fragt sie Emmett verunsichert.

»Äh ... tue ich nicht.«

»Hab ich was im Gesicht?« Sie wischt sich über die Wange.

»Ne, ne. Ich ... Schönes Tattoo.«

Ich verberge mein Grinsen. Wer von beiden ist der größere Volltrottel?

Maxi sieht auf ihr Bein hinab und zieht den Saum der Hose ein Stück hoch, so dass das gesamte Tattoo zum Vorschein kommt. Ich habe es ebenfalls noch nicht ganz gesehen und beuge mich vor. Das Bild zeigt eine Frau in einem Gewand mit Diadem auf dem Kopf. Eigentlich weiß ich es schon bei der Waage, die sie in der linken Hand hält, dann erblicke ich das Richtschwert in der rechten und die Augenbinde.

»Das ist doch nicht dein Ernst.« Ich schüttele den Kopf.

»Es ist wirklich sehr schön«, beteuert Emmett. »Aber wie kommt man denn bitte auf eine Justitia als Motiv?«

Maxi spielt an ihrem Nasenring und zieht ihr Handy aus der Tasche. Sie schält die Hülle ab. Den dahinter verborgenen Personalausweis reicht sie Emmett.

Er studiert ihn einen Moment, dann schießen seine Augenbrauen in die Höhe. »O mein Gott.«

»Göttin«, korrigiert Maxi. »Und auch nur in der römischen Mythologie.«

»Justitia Maximiliane Jade? Ist das echt? Justitia?« Er prüft den Ausweis im Licht.

Maxi nickt und lächelt. »Meine Mutter heißt Antonia und ihr Vater heißt Anton. Mein Vater Max wollte, dass ich Maximiliane heiße, um die Tradition fortzuführen. Aber als ich geboren wurde, hat er mit Abwesenheit geglänzt, und um es ihm heimzuzahlen, hat sie mich nach ihrer wahren Liebe benannt und erst dann nach ihm.«

Emmett reicht ihr den Ausweis zurück. »Und Jade wegen Samantha?«

»Wieso?«

»Samantha Jade Clarke«, erklärt er und schüttelt ungläubig den Kopf. »Justitia Maximiliane Jade.«

»Ich weiß auch nicht, wofür ein Mensch so viele Vornamen braucht.« Maxi lässt zu, dass ich ihr die Ärmel hochrolle, um auch die Tattoos an ihrem Handgelenk zu betrachten.

»Ich wäre froh, wenn ich nur drei Vornamen hätte«, sagt Emmett.

»Wie viele hast du denn bitte?«

Cara kichert, als Emmett an den Fingern zählt, bevor er antwortet: »Fünf. Emmett Alexander Gavin Hamish Angus.«

»Ach du Scheiße. Warum?«

»Vielleicht, damit er genauso viel Grandeur versprüht wie sein Schloss«, spotte ich.

»Du hast ein Schloss?«, fragt Maxi. »Standest du schon mal auf der Mauer und hast gerufen: Schließt das Tor?«

Emmett blinzelt. »Nein?«

»Hm. Ich würde es machen.« Sie schlägt meine Hand weg. »Was machst du da überhaupt?« Energisch krempelt sie die Ärmel hoch und hält mir die Haut mit den Schriftzügen unter die Nase. *Memento mori*, schlingt sich wie eine Fessel um das rechte Handgelenk. Links heißt es: *Memento vivere*.

Für einen Augenblick wird mir die Kehle eng und ich lasse stumm zu, dass Maxi mein Top ein Stück hochzieht, um mein Rippentattoo zu betrachten. »Die Bibel?«

»Latein?«, kontere ich.

»*Consuetudo est altera natura.*«

»Ich kann nicht glauben, dass ich das verstanden habe«, murmelt Emmett.

»Das sieht ein bisschen aus wie eine Schlange«, überlegt Cara mit Blick auf Maxis Tattoo. Sie lässt das Tablet sinken. »Als ich mit *mamma* im Krankenhaus war, bevor wir an die Küste gefahren sind, also bei meinem Kontrolltermin, nicht wegen was Schlimmem, da war da ein Mann, der hatte ein riesiges Schlangentattoo am Hals, das kam unter der Lederjacke hervor und ging bis zum Kinn! Ich konnte jede Schuppe erkennen, das sah ziemlich cool aus. Ich wollte ihn fragen, ob das wehgetan hat, aber er war ganz blass und hat gezittert und geschwitzt, da habe ich mich nicht getraut.« Cara überlegt einen Moment und fragt uns dann: »Meint ihr, es hat wehgetan?«

Maxi und ich tauschen einen Blick. »Angenehm war es vermutlich nicht«, sagt Maxi. »Aber jeder hat eine individuelle Schmerzgrenze.«

»Hm«, macht Cara. »Ich glaube, ich will keins.«

»Wie gut, dass du noch bis zum Rest deines Lebens hast, dir das zu überlegen.« Emmett zieht ihr an den Haaren und lacht, als sie aufschreit. »Hast du dir jetzt mal langsam einen Film überlegt?«

ADRIAN

Halb blind torkele ich aus dem Haus und über den Hof. *Da war da ein Mann, der hatte ein riesiges Schlangentattoo am Hals, das kam unter der Lederjacke hervor und ging bis zum Kinn! Ich konnte jede Schuppe erkennen,* höre ich die Stimme meiner Schwester wieder und wieder wie eine kaputte Schallplatte.

Eigentlich wollte ich zu den anderen in den Salon, habe mich sogar gefreut. Filmabend, zwei Stunden mit Kate im Arm.

Ein riesiges Schlangentattoo am Hals, das ging bis zum Kinn!

Mir ist kotzübel.

Ein Teil von mir, der, der nicht vor Entsetzen ganz starr ist, weiß, dass ich weg muss. Das Handy rutscht mir beinah aus der Hand. Ich schwitze. Bis hinters Poolhaus brauche ich ewig. Die Sonne blendet. Mein Herz wummert.

Enzo geht beim ersten Klingeln ran.

»Was ist? Ich bin mitten in einer Massage. Und außer –«

»Enzo«, krächze ich. »Lukas Herzog.«

Er zieht scharf die Luft ein, dann schickt er mit harschen Worten jemanden weg.

»Was ist passiert?«

»Cara hat ihn gesehen.«

»Was?«, brüllt er mir ins Ohr. »Wo? Geht es ihr gut? Adrian, sprich!«

»Bevor sie mit *mamma* an die Küste gefahren ist. Sie hat es gerade Kate erzählt. Im Krankenhaus. Ein Mann mit Lederjacke und riesigem Schlangentattoo über den Hals bis zum Kinn. Er hat gezittert und geschwitzt.« Die Worte purzeln wirr aus meinem Mund, weil mein Gehirn nicht in der Lage ist, sich zu orientieren.

»Fuck«, flucht mein Bruder irgendwo am Arsch der Welt in Frankreich.

»Ja«, sage ich schwach. »Du hast gesagt, er würde sich uns nicht nähern, Enzo. Er ist uns begegnet und weiß, wer wir sind!«

»Adrian –«

»Er ist gefährlich für uns alle!«

War er vielleicht deswegen im Krankenhaus? Um uns zu bedrohen? Aber wieso hat er sich dann nicht gemeldet, um uns zu erpressen? Und wie hängt das mit Federico und dem Koffer aus dem Hotelzimmer zusammen?

Hat er Federico erpresst und die hundertzehn Gramm als Bezahlung behalten? Das ist verdammt viel Geld. Aber wieso sollte Federico uns das verschweigen?

»Was, wenn er irgendwo auftaucht? Im Hotel oder bei der Gala?« Scheiße, Scheiße, Scheiße!

»Das wächst uns alles über den Kopf! Du bist im Nirgendwo, ich auch, und niemand weiß Bescheid und vielleicht ist es längst zu spät!«

Enzo schweigt. Es fühlt sich an wie eine Ewigkeit. »Ich muss zurückkommen«, sagt er. »Ich kann von hier nicht an Informationen kommen. Ich kriege ja nicht mal etwas mit.«

Meine Verzweiflung wächst. »Sie lassen dich niemals. Nicht mal, wenn wir betteln.«

»Wir kriegen das vielleicht nicht hin«, sagt er abwesend. »Aber ich weiß, wer.«

»Wer?«

»Pass auf. Du wirst jammern. Das volle Programm. Die Arbeit überfordert dich. Du wirst abwesend sein, unaufmersam, Fehler machen. Ruf Isabella an und erzählt ihr davon. Beiläufig. Lass es so klingen, als hättest du Angst, Domenico zu enttäuschen. Hab weniger Zeit für Cara und vor allem für Katharine.«

»Katharina. Warum soll ich so tun, als wäre ich plötzlich inkompetent?«

»Cara wird James nerven, wenn du sie vernachlässigst. Und wir wissen beide, dass seine Tochter nicht damit umgehen kann, auf einmal nicht mehr die Sonne deines Universums zu sein. Sie wird schlechte Laune kriegen. Das bekommt Samantha mit, und wenn die sich Sorgen macht, greift James ein. Und sobald er mit Domenico diskutiert, ob ich nach Hause darf, hat der mit Glück schon von Isabella gehört, dass sie sich Sorgen um dich macht. Krieg Cara dazu, sich bei deiner Mutter zu beschweren, damit die bei Dad Druck macht, damit er ebenfalls mit James und Domenico spricht.«

Ich schweige einen Augenblick. »Spielst du uns alle wie Schachfiguren?«

»Wenn es sein muss«, gibt er hart zurück.

Ob er wohl auch Dad manipuliert und ihn hat glauben lassen, dass ich nach Hause kommen muss, um unter dem Vorwand, mich abzuholen, herzukommen und mir von dem fehlenden Stoff zu erzählen?

»Ich soll also allen etwas vorspielen?« Das will ich nicht. Ich will Kate nicht vernachlässigen und sie anlügen. Ich will kein Netz aus Unwahrheiten stricken.

»Du kannst auch nichts tun«, beißt Enzo. »Wir lehnen uns zurück und schauen, was passiert. Im Zweifelsfall halt Knast, aber mein Gott. Wir bleiben immerhin alle zusammen. Vielleicht gibt es ja Familienzellen –«

»Schon gut!«, unterbreche ich ihn. »Ich habs verstanden. Ich sorge dafür, dass sie dich zurückkommen lassen!«

KATHARINA

Adrian kommt in den Salon, nachdem schon fünfzehn Minuten von *Aristocats* gelaufen sind und der Großteil der Pizzen, die Samantha und James besorgt haben, verputzt sind.

»Ist alles gut?«, frage ich ihn leise.

Er nimmt neben mir Platz und zieht mich auf seinen Schoß.

»Ja.« Seine Stimme klingt nicht danach. »Bin nur nochmal über die Unterlagen gegangen.«

»Um acht Uhr abends? Ich hoffe, das wird dir als Überstunde angerechnet.«

Er brummt, anstatt eine vernünftige Antwort zu geben.

»Pizza?«, fragt Maxi ihn, doch er winkt ab.

»Hab keinen Hunger.«

Seit wann das denn? Adrian hat immer Hunger. Er macht so viel Sport, dass alles andere mich auch beunruhigen würde.

»Pssst!«, zischt Cara.

Ich lehne mich zur Seite und bringe den Mund nah an Adrians Ohr. »Wirklich alles gut?« Sein Verhalten gefällt mir nicht. Irgendetwas stimmt nicht.

Er drückt mich einmal an sich und küsst mich auf die Wange. »Alles gut, Prinzessin. Ich bin nur müde.«

Ich belasse es dabei und versuche, mich wieder auf den Film zu konzentrieren, was nicht so leicht ist, da das flimmernde Licht das dumpfe Pochen in meiner Schläfengegend befeuert.

Die Kopfschmerzen verfolgen mich schon ein bisschen länger, ebenso wie das Pappmaul. Aber ich will keine Schmerztabletten nehmen. Ein Medikament, von dem man nicht loskommt, ist mehr als genug.

Ich schließe die Augen, die Wange auf Adrians Brust gebettet. So ist der Schmerz erträglicher, und als ich das nächste Mal blinzele, flackert der Abspann über den Bildschirm.

Verblüfft sehe ich mich um.

Cara döst auf dem Sessel, Samantha schläft, den Kopf in sehr unnatürlicher Weise auf James' Schulter gedreht.

Maxi neben mir hat ebenfalls die Augen geschlossen und atmet tief. James greift nach der Fernbedienung und schaltet den Fernseher aus.

Vorsichtig steht er auf.

»Bring deine Schwester hoch, Adrian,« verlangt er gedämpft. »Und ihr macht hier alles aus«, wendet er sich an Emmett und mich.

Ich stehe auf, und Adrian folgt mir. Er berührt Cara leicht an der Schulter.

Sie zuckt hoch. »Ist der Film schon vorbei?«

»Ja, du hast alles verpennt.« Er ahnt ihren Protest und fügt hinzu: »Wir können ihn nochmal gucken, wenn du magst. Aber jetzt gehen wir schlafen, ja?« Er streckt die Hand aus.

Cara greift danach und lässt sich hochziehen. »Gute Nacht«, verabschiedet sie sich in die Runde, dann verschwinden die beiden.

James hebt vorsichtig Samanthas Kopf an. »Denkt ihr bitte auch an die Alarmanlage?«

Emmett verweigert eine Antwort.

»Ich würde es tun«, sagt James, »aber ich kenne das Passwort nicht.«

Emmett zieht eine Grimasse. »Du kennst deinen eigenen Geburtstag nicht? Das wäre mir ein bisschen peinlich an deiner Stelle.«

James sieht baff aus, was Emmett mit sichtbarer Genugtuung hinnimmt.

»Klingt wie ein schlechter Scherz, ich weiß. Aber ist so. Dein Safe im Büro geht doch auch mit ihrem Geburtstag auf.«

Wow, das ist echt kitschig für zwei Mitte-Vierzigjährige, die seit über fünfzehn Jahren getrennt sind und nur zwischendurch vögeln.

»Weißt du, Emmett, wenn du eines Tages lernst, all die Energie, die du in deine schlechte Laune investierst, darein zu investieren, deine Ziele zu erreichen, wirst du unaufhaltsam sein.«

Vermutlich fällt Emmett auf so viel Elternweisheit nichts ein, denn er schweigt.

James steht auf und hebt Samantha hoch. Ein leises Murmeln ist von ihr zu hören, doch sie wacht nicht auf.

»Ihr seid morgen für das Frühstück verantwortlich, vergesst das nicht.« Ohne auf eine Antwort zu warten, trägt er sie aus dem Raum.

Ich strecke mich und gähne.

»Ich will auch ins Bett. Lass uns schnell machen.« In Rekordgeschwindigkeit erledigen wir alles, inklusive Alarmanlage aktivieren.

Zurück im Salon liegt Maxi beinah noch genauso, wie wir sie zurückgelassen haben. Ich strecke die Hand nach ihr aus, doch Emmett hält mich zurück.

»Lass sie schlafen. Ich nehme sie.«

Er weicht meinem Blick aus, ich grinse. »Du bist so eine Cinnamon Roll, weißt du das?«

»Halt die Schnauze. Dich würde ich nicht hochtragen.«

»Dir bleibt auch nicht die Spucke weg, wenn du mich in Sportklamotten siehst.«

»Irgendwann, Katharina, irgendwann ...«

»Jaja, blabla, ich freu mich drauf. Nimm sie mit und dann los. Ich bin müde.«

Fast noch sanfter als James mit Samantha gerade eben hebt Emmett Maxi hoch. Ich folge ihm nach oben und in das große Schlafzimmer.

»Sie schläft bestimmt gerne bei dir«, schlage ich vor.

Als Antwort erhalte ich einen bösen Blick. »Bist du irgendwie untervögelt, oder warum spielst du Amor?« Vorsichtig legt er Maxi auf der Matratze ab, bevor er ihr mit herzzerreißender Zärtlichkeit das Haar aus dem Gesicht streicht.

»Ich bin ganz sicher nicht untervögelt«, stelle ich klar. »Im Gegensatz zu dir habe ich nämlich Sex.« Gut, bisher nur einmal, aber das lässt sich ändern.

»Ich hab auch Sex.«

»Mit deiner Hand und die zählt nicht. An das letzte Mal mit Lea erinnerst du dich doch schon gar nicht mehr.«

»Ich weiß echt nicht, wie Adrian das erträgt.«

Ich lächele liebenswürdig. »Er hat gewisse Attribute, die ihm ermöglichen, mir das Maul zu stopfen.«

»Das kann ich mir vorstellen. Will ich aber nicht.« Emmett würgt. »Und jetzt schlaft gut und bitte bitte mach morgen gutes Frühstück.«

»War ja klar, dass das an mir hängenbleibt.«

»Dafür habe ich eingekauft.«

»Mit einem Lieferdienst und gleichzeitig am Telefon mit Victoria, damit sie dir sagt, was du brauchst. Das zählt nicht.«

»Wohl.« Er verschwindet mit einem breiten Grinsen und schließt die Tür leise hinter sich.

Ich warte einen Augenblick ab, dann ziehe ich Maxi an den Haaren. »Jetzt mach die Augen auf. Ich weiß doch, dass du wach bist!«

Maxi schlägt die Lider auf. In den dunklen Augen funkelt es. »Ich wollte nicht laufen.«

»Du wolltest, dass er dich trägt!«

Sie wird rot und versteckt kichernd das Gesicht im Kissen. »Vielleicht.«

»Ich schwöre, ich schließe euch zwei irgendwo zusammen ein.« Vielleicht gar keine so blöde Idee. Emmett ist zwar offensichtlicher, aber sacre bleu, so verschossen habe ich meine Schwester lange nicht mehr gesehen.

»Auf gar keinen Fall!« Sie hebt das Gesicht. »Wenn du das tust ...«

»Fällst du ihn an wie eine Hyäne?«

»Ich wüsste nicht mal wie.«

»Soll ich dir Tipps geben?«

»Nein! Bei einem Drittel deiner Fickereien war ich sowieso dabei.«

»Die Statistik hätte ich gerne mal persönlich gesehen«, schnaube ich. Es war maximal ein Viertel.

»Um sie zu fälschen.« Sie lehnt sich gegen das Kopfteil und umarmt ihr Kissen. »Meinst du wirklich, dass ich ihn einfach … Ich weiß nicht.«

»Tackeln und abknutschen könntest? Ja. Glaub mir, er steht auf dich und ist vermutlich zu nobel, den ersten Schritt zu machen.«

»Nobel«, wiederholt Maxi verächtlich. »Davon gibt es viele, aber letztendlich stellen sie sich als die größten Arschlöcher heraus.«

Sofort klingelt es bei mir im Kopf. So aufgebracht und bitter, wie sie das sagt, ist es kein Geheimnis, dass sie aus persönlicher Erfahrung spricht. Nur hatte sie dahingehend keine persönliche Erfahrung, als ich Frankfurt verlassen habe. Was also ist in den letzten Wochen passiert? Und warum erzählt sie es mir nicht?

»Maxi«, beginne ich, doch sie wirft das Kissen beiseite und springt auf.

»Ich gehe noch eine rauchen.«

»Maxi«, wiederhole ich eindringlich.

Lächelnd schüttelt sie den Kopf. »Nicht, Rina. Bitte.«

Dann geht sie. Und mir ist plötzlich kalt.

ADRIAN

Ich weiß nicht, ob es daran liegt, dass ich so ein guter Schauspieler bin, oder dass Kate in den letzten zwei Tagen immer heftiger mit Kopfschmerzen und Lichtempfindlichkeit zu tun hatte und davon abgelenkt war, jedenfalls nimmt sie mir die zunehmende Erschöpfung ab.

Die Gereiztheit muss ich nicht mal vorspielen, die empfinde ich wirklich, denn anstatt sich zu beschweren, akzeptiert Kate klaglos, dass wir auf einmal viel mehr schlafen und deutlich weniger Sport machen. Ich fühle mich schlecht, sie anzulügen und sogar ein bisschen auszunutzen, gleichzeitig ist ein Teil von mir so dermaßen im Panikmodus, dass ich fast wütend auf sie bin, dass sie sich an meiner Müdigkeit nicht stört. Das muss sie! Ich brauche Enzo! In London und als das Mastermind, das er ist.

Um zu unterstreichen, wie viel ich arbeite, sitze ich demonstrativ mit meinem Tablet im Wintergarten, dummerweise ist niemand außer Maxi hier, die am Herd steht und kocht.

Sie pfeift leise vor sich hin, und es macht mich unfassbar aggressiv.

Als Emmett vom Hof kommt und die Türen zuschlägt, brülle ich ihn beinah an. Aber ich zügele mich.

»Das riecht gut«, stellt er fest. »Was gibts?«

»Bolognese«, sagt Maxi. »Komm her und probier mal.« Sie taucht einen Löffel in den Topf, pustet und hält ihn ihm hin.

Emmett beugt sich vor und probiert. »Schmeckt gut! Kann ich mehr haben?« Er streckt die Hand aus, doch Maxi verpasst ihm einen Klaps.

»Nein! Du wartest, bis es Essen gibt. Das ist übrigens vegetarisch.«

»Was?« Emmett mustert den Inhalt des Topfes. »Da ist Hack drin. Das sehe ich doch.«

»Sicher?« Maxi feixt, doch anstatt sich zu erklären, reicht sie ihm einen Stapel Teller. »Deck doch schon mal den Tisch, ja?«

Bis zu diesem Moment habe ich Emmett Douglas-Stirling noch nie einen Tisch decken sehen. Romantischer wirds heute wohl nicht mehr.

Genau in diesem Moment betritt Kate die Küche. Oder vielmehr schwankt sie.

»Na«, beginnt Emmett, kommt jedoch nicht weit, denn Kate schubst ihn beiseite und kotzt ins Waschbecken. Maxi ist sofort bei ihr, hält ihr das Haar aus dem Gesicht und stützt sie.

Ich eile hinüber, gerade als die Mädchen mehr oder weniger kontrolliert zu Boden gehen.

Kates Gesicht ist tränennass, sie ringt die Hände und ich erkenne genau, dass sie in eine Abwärtsspirale driftet.

»Diese verfickten Nebenwirkungen«, schluchzt sie. Ich höre den hysterischen Unterton. Sie beginnt, sich gegen Maxis Griff zu wehren.

»Lass sie los«, fordere ich.

»Mit den Joints ist das nicht passiert! Und genau deswegen wollte ich diese gottverdammten Tabletten nicht nehmen!«

»Gib mir die Zitrone«, verlangt Maxi, ohne mich anzusehen.

»Lass sie los!«

»Die verfickte Zitrone sollst du mir geben«, faucht Maxi, aber ich stehe nicht auf.

Es ist Emmett, der reagiert und ihr eine der Scheiben reicht. Ohne zu zögern stopft sie sie Kate in den Mund. Diese würgt, hustet und schluckt schließlich. Dann holt sie hektisch Luft.

»Diese verdammten Tabletten!«, bringt sie zwischen kurzen, schnellen Atemzügen hervor.

»Kate«, versuche ich, ihre Aufmerksamkeit zu erlangen, und strecke die Hände nach ihr aus, ohne sie zu berühren. »Sieh mich an.«

Sie hört mich nicht mal, ringt nach Luft, weint und wird von der Panik immer tiefer an einen Ort gezogen, an den wir ihr nicht folgen können.

»Kate«, versucht auch Emmett es.

Maxi greift nach ihrem Arm und kneift sie. Es sieht ziemlich brutal aus und Kate zuckt zusammen. »Wie lang ist die chinesische Mauer?«

»Was?«, fragen Emmett und ich gleichzeitig. Wenn kümmert das gerade? Oder überhaupt?

»21.196 Kilometer«, keucht Kate zwischen zwei Atemzügen, die Augen fest zusammengekniffen.

»Wer war der Interpret des 3. Bond-Songs?« Als keine Antwort kommt, greift Maxi wieder auf Gewalt zurück. »Wer?«

»Shirley Bassey!«

»Wer ist der Architekt der Nordschleife?«

»Gustav Eichler.« Das Zittern wird weniger, aber vielleicht bilde ich es mir auch nur ein. Emmett betrachtet das Ganze mit gerunzelter Stirn, hält sich jedoch zurück. Mühevoll tue ich das Gleiche.

»*Qui nescit dissimulare* ...«

»*Nescit regnare*«, stößt Kate zwischen zusammengebissenen Zähnen hervor. Doch aus ihrem Gesicht ist die Panik verschwunden. Es sieht eher aus, als wäre sie hochkonzentriert. »Auf Dads vierzigstem Geburtstag, welche Farbe hatten Omas Socken?«

Kate schnipst, als läge ihr die Antwort auf der Zunge.

»Sie ... rot! Rot mit weißen Blumen!«

»Wie lange ist das YouTube-Video von *Sweet Child O'Mine*?«

»Fünf Minuten und drei Sekunden!«

Maxi stellt die absurdesten Fragen aus allen möglichen und unmöglichen Nischen. Kate beantwortet jede einzelne.

Es sind so viele, dass sie im Fernsehen die eine Million längst geknackt hätte, und dann hört Maxi endlich auf.

Sie zieht an einer der roten Locken, bis Kate ihr den Kopf zuwendet.

Als die blauen Augen sich öffnen, sind sie klar. Der Atem ist ruhig und statt verängstigt, sieht sie erschöpft aus. Als hätte sie wochenlang nicht geschlafen.

Auf einmal ist Maxi ganz sanft, streicht ihr durchs Haar und über die Wange. »Gehts?«

Kate nickt, und ihre Schwester lässt sich los, um aufzustehen und das Waschbecken auszuspülen.

»Kannst du gerade mal die Töpfe umrühren?«, bittet sie Emmett. »Sonst brennt das Essen an.«

Ich strecke die Hände nach Kate aus. »Willst du dich einen Augenblick auf die Couch setzen?«

Sie nickt und ergreift meine Finger. »Gerne auch zwei. Ich hab das Maul voll Zitrone und fühle mich, als wäre ich einen Iron Man gelaufen.« Lieber Zitrone als Erbrochenes, denke ich und begreife gleichzeitig, dass es genau darum ging. Man lenkt niemandem von seinem Gekotze ab, wenn er den Geschmack noch auf der Zunge hat.

Ich führe Kate zum Sofa. Sie presst das Gesicht in mein Shirt, vermutlich um dem grellen Sonnenlicht zu entgehen. Tröstend streiche ich ihr durchs Haar. Ich hasse es, dass ich ihr nicht helfen kann, und ich hasse es, dass sie das Gefühl hat, dass ihre Medikamente alles schlimmer machen.

Zwei Wochen können eine endlose Zeit sein, wenn es einem schlecht geht. Ich will nicht, dass es ihr auch nur zwei Stunden schlecht geht. Sie sollte ausgelassen sein und Spaß haben und lachen. Stattdessen sitzt sie hier, knapp an einer Panikattacke vorbeigekommen, die Finger eng um mein Handgelenk geschlungen und dicht an mich gepresst auf der Suche nach Wärme.

Ich will sie nicht belügen und manipulieren, wird mir klar. Ich will ihr Vertrauen nicht mit Füßen treten. Es muss anders gehen. Irgendwie.

17

Leaving on a Jet Plane
– John Denver

KATHARINA

Alle meine Alarmglocken schrillen, als James mich nach dem Abendessen bittet, noch einen Moment zu warten. Es ist ja nicht so, dass mein Kopf sowieso schon kurz vorm Bersten ist, weil meine Kopfschmerzen neue Rekorde erreichen, was ihre Intensität angeht. Nicht mal meine Sonnenbrille hilft gegen das abartig helle Licht, und das, obwohl Emmett dafür gesorgt hat, dass im ganzen Haus die Fensterläden auf halber Höhe stehen.

»Wolltet ihr nicht mit Cara ins Kino?«, frage ich. James und Samantha spielen jetzt schon eine Weile happy Family mit Cara und scheinen dabei fast noch glücklicher zu sein als Adrians Schwester.

»Das ist richtig, aber wir haben noch zwanzig Minuten.«

»Und die wollt ihr mir widmen. Herrgott, was eine Ehre.«

Meine Kopfschmerzen schwingen sich in neue Höhen.

»Solltest du. Unsere Zeit ist kostbar.« Samantha schiebt sich das Haar hinters Ohr. »Hat Maxi mit dir gesprochen wegen den Schulen?«

Darum geht es also. »Schon längst. An ihrem ersten Abend. Ihr wollt mir doch nicht sagen, dass ihr das bis jetzt aufgeschoben habt, oder?«

»Wir haben die Bestätigung heute erhalten. Du, Thea und Maxi geht ab September nach Shrewsbury.«

»Davon bin ich ausgegangen. Und, wo wir thematisch schon in London sind: Die Wohnung in Covent Gar–«

»Vergiss es!« Samantha schüttelt den Kopf. »Ihr werdet alle drei bei Victoria wohnen.«

»Maxi wohnt, wo Maxi möchte, weil Maxi volljährig ist.«

»Maxi muss sich nicht um ihre Schulgebühren kümmern, und an diese Freiheit sind Bedingungen geknüpft«, meldet James sich zu Wort. Natürlich. So hat er einen Hebel ihr gegenüber. Schwachsinn, denn sie hat genug Geld, um Shrewsbury ein Jahr zu bezahlen.

»Darum geht es mir auch gar nicht. Danke, dass ich ausreden darf. Covent Garden – verdammte Scheiße, lass mich ausreden!« Samantha schließt den Mund wieder.

»Ich will doch überhaupt nicht da einziehen. Wieso sollte ich auf zehn Mietzen und einen Butler verzichten?« Wie auf Kommando schleicht Cali O herein. Der kleine Verräter springt auf James' Schoß, wo er prompt gekrault wird. »Ich will nur wissen, ob du sie Adrian vermieten würdest.«

Samantha und James tauschen einen exorbitant langen Blick. Er ist voller Worte.

Meine Mutter zögert, doch schließlich sagt sie: »Wenn er die Wohnung haben möchte, bekommt er sie. Aber an deiner Stelle würde ich mir keine großen Hoffnungen machen.«

»Wieso?«

»Wegen seiner Familie«, erklärt sie. »Es mag sein, dass er erkennt, dass ein Auszug sinnvoll wäre, und es mag auch sein, dass er dir sagt, dass er es tun wird. Aber das ist wie mit Leuten, die ihren Affären sagen, dass sie ihre Ehepartner verlassen werden. Die Gewohnheit ist eine nicht zu unterschätzende Macht.« Ich schweige und wünsche mir plötzlich, nicht gefragt zu haben. Diese Antwort hätte ich mir gerne erspart.

Anscheinend kann man mir das im Gesicht ablesen, trotz Sonnenbrille, denn Samantha lächelt mitfühlend.

»Es tut mir leid. Aber Adrians Familie folgt ihren eigenen Regeln. Und zu große Eingriffe von außen ...«

»... sind unter keinen Umständen erwünscht«, führt James den Satz zu Ende.

»Toll, eine Sekte. Mit solchen Leuten wollte ich schon immer mal was zu tun haben.«

»Du bist römisch-katholisch, Katharina. Du bist in einer Sekte, das ist dir bloß noch nie aufgefallen.«

Fairer Punkt, nehme ich an. »Na schön.« Ich mache Anstalten, mich zu erheben, doch Samantha hält mich zurück. »Was denn noch?«

Sie holt etwas aus einer Kiste unter dem Tisch und legt es auf die Glasplatte. Es ist ein brandneues Handy. Mit Plüschhülle. »Maxi hat deins versehentlich in den Pool fallen lassen. Wir haben dir ein neues besorgt und sie hat es eingerichtet.«

Seit sie hier ist, nutze ich Maxis Handy. Oder Adrians. Meins lag eigentlich bei uns auf dem Nachttisch. Nicht, dass ich ein Problem damit habe, dass Maxi es nutzt. Soll sie doch. Nur weiß ich ganz sicher, dass mein Handy wasserfest war. Aber ich weiß auch, dass ich, wenn die Rollen vertauscht gewesen wären, das Gleiche getan hätte wie Maxi offenbar. Sie hat eine Reißleine gezogen. Also nehme ich das Handy und stecke es ein. »Danke.«

Samanthas »Gern geschehen« kommt eine Sekunde verzögert, anscheinend wurde eine andere Reaktion erwartet. Auch dazu sage ich nichts.

Ich stehe auf, strecke die Hände aus und fange Cali O, der mit einer Menge Schwung hineinspringt.

»Viel Spaß im Kino.«

Ich verlasse das Zimmer, bevor das Gespräch eine Richtung annimmt, die ich nicht einschlagen möchte. Ich weiß nicht, wo die anderen sind. Adrian arbeitet vermutlich, und von Maxi und Emmett kann ich nur hoffen, dass sie irgendwo zusammenstecken. Am besten in einem Bett. Oder auf einem Heuhaufen. Oder unter einer Dusche. Eigentlich egal.

Leider ist diese Hoffnung nichts weiter als das: Eine Hoffnung. Auf dem Treppenabsatz kommt meine Schwester mir entgegen, einen Gesichtsaufdruck aufgesetzt, der von tiefer Wut spricht. Sie tippt fluchend auf ihrem Handy herum.

»Wasn los?«, frage ich neugierig.

Maxi schaut ertappt auf und steckt das Handy weg. »Alles gut. Kommst du mit aufs Dach?«

Alles gut. Das ist nicht nur eine Lüge, es reißt mir ein Stück weit den Teppich unter den Füßen weg. Wenn es einen Menschen gibt, von dem ich immer die Wahrheit erwartet hätte, dann Maxi. Wir haben uns nie angelogen. Nie. Sowas tun wir nicht.

Es ist, als wären zwei Varianten von Maxi hier. Diejenige, die ich kenne und die mich kennt und mit der alles wie immer ist. Und die andere. Die, die mir nicht erzählt, was in der Nacht ihres achtzehnten Geburtstags passiert ist. Die mich jetzt anlügt und irgendwie ... fremd scheint.

Ein Pochen setzt zwischen meinen Rippen ein, genau dort, wo ich plötzlich meine Schwester vermisse. Mehr noch als während der ganzen Zeit, die wir getrennt waren. Da konnte ich mir vorstellen, dass es nur die Nordsee ist, die uns trennt. Aber jetzt, in diesem Moment, wird mir klar, dass da mehr ist. Etwas, das nicht mit einer Fähre überwindbar ist.

»Ne«, sage ich hölzern. »Ich muss noch was erledigen.«

»Was denn?« Sie klingt skeptisch.

»Ich wollte noch in den Stall.« Sie hat Angst vor Pferden, und das ist das erste Mal, dass ich das ausnutze. Mein schlechtes Gewissen hält sich in Grenzen und ich schaue auch nicht, ob sie die Lüge durchblickt, sondern drehe mich einfach um und gehe, Cali O dicht an mich gepresst.

Equinox' Box ist schattig und der Hengst begrüßt mich mit einem leisen Schnauben.

»Hallo, Großer.« Ich kraule ihm die Nase, während Cali O ihn mit riesigen Augen ansieht. Den Kater setze ich oben ab, dann springe ich auf den Heuballen, was mein Kopf mir nicht dankt. Rücklings sinke ich auf die weiche Unterlage und starre an die Deckenbalken. Plötzlich fühle ich mich furchtbar allein. Noch mehr als am Anfang meiner Zeit hier. Noch mehr als in den Wochen weg von zu Hause.

Ich will nicht allein sein. Und noch viel weniger will ich mich so fühlen. Es ist, als ob alles auseinanderbricht, dabei sollte es doch bergauf gehen. Mein Essay ist geschrieben, die Schule steht, Maxi ist hier, Thea kommt auch, ich nehme wieder meine Tabletten, und Adrian ist da.

Es ist leichter als Blinzeln, das nagelneue Handy zu entsperren, auf Telefon zu gehen und die Handynummer einzutippen, die ich vermutlich eh nicht mehr vergessen kann.

»Hallo?«, tönt es nach nur einem Klingeln.

»Kannst du herkommen?«, bitte ich, und es fällt mir nicht mal schwer. »Ich bin im Stall bei Equinox.«

»Natürlich.« Ich höre Schritte durch die Leitung. »Ist etwas passiert?«

»Kannst du einfach zu mir kommen?« Ich will nicht allein sein. Und ich will auch nicht irgendwen, sondern ihn bei mir haben.

»Ich bin schon auf der anderen Straßenseite. Von mir aus das linke Gebäude?«

»Ja.«

»Dann bin ich sofort da, *principessa*.« Er legt auf und im gleichen Moment sehe ich ihn durch die Boxenstäbe das Gebäude betreten. Er kommt herüber in die Box, streichelt im Vorbeigehen Equinox' Nase und legt die Arme auf den Ballen, um zu mir aufzuschauen.

»Hallo«, sage ich und richte mich auf.

»Selber.« Adrian stemmt sich ohne Mühe hoch. »Kommst du zu mir?«

Das lasse ich ihn nicht zweimal fragen, rutsche zwischen seine Beine, mit dem Rücken an seiner Brust. Adrian legt die Arme um mich. Das fühlt sich gut an.

Cali O guckt ein bisschen neidisch. Wenn ich so darüber nachdenke, weiß ich gar nicht, warum Adrian und ich nicht den ganzen Tag zusammen verbringen. Bei ihm ist alles weniger dunkel. Ein bisschen strahlender und wärmer. Ich kuschele mich tiefer in seinen Arm.

»Danke, dass du da bist!«

Sein Griff wird fester. »Danke, dass du mich angerufen hast.« Jetzt erst wird mir bewusst, dass wir nicht richtig allein waren seit der Nacht unter den Sternen.

»Ist es komisch, dass ich dich ein bisschen vermisst habe, obwohl wir jede Nacht zusammen schlafen?«, frage ich.

»Na ja, Schlafen ist nicht unbedingt Zeit miteinander verbringen, und außerdem sind wir da nicht allein.«

»Wenn du willst, zieht Maxi aus.«

»Nein, das meinte ich nicht so. Sie muss doch nicht ausziehen.« Er stockt und dreht meinen Kopf zu sich um. »Außer, du möchtest, dass sie es tut?«

»Nein!« Ich zögere, weil die Worte mir im Hals stecken bleiben, und muss mich räuspern. »Ich weiß nicht. Irgendwie hatte ich gedacht, dass alles so wäre wie immer.«

»Aber das ist es nicht?«

»Sie hat Geheimnisse vor mir. Das wäre früher nicht denkbar gewesen. Und es tut weh. Wir sind nicht langsam auseinandergedriftet. Wir sind auseinandergeschnitten worden von den Dingen, die passiert sind. Aber ich kann nicht auch noch Maxi verlieren!« Mal wieder sehe ich nur verschwommen, das passiert mir echt zu oft. Mit dem Ärmel tupfe ich mir die Augen trocken. »Sie ist ein Teil von mir. Ich will nicht noch mehr von mir verlieren.« Und schon gar nicht das. Sie ist ein wandelndes Archiv meiner Selbst.

»Hast du mit ihr darüber geredet?« Er drückt mich ein Stück fester an sich. »Vielleicht verhält sie sich unbewusst anders und dahinter steckt keine Absicht.«

»Sie hat ohne Absicht Geheimnisse?«, zweifele ich. Das im Treppenhaus war alles anders als unbewusst.

»Ich meine ja nur, dass du nicht das Schlimmste annehmen solltest, ohne mit ihr geredet zu haben. Das bringt euch beiden nichts. Ganz im Gegenteil. Es könnte etwas kaputt machen, was noch intakt ist.«

Ich schniefe. »Seit wann bist du Experte für zwischenmenschliche Kommunikation?«

Adrian küsst mich auf den Hals. »Ich habe viele verborgene Talente.«

Gegen meinen Willen muss ich lächeln. »Das ist richtig.«

»Na also. Sprich dich mit ihr aus und bring sie bei Gelegenheit bitte dazu, Emmett von seinem Unglück zu erlösen.«

»Ja, oder?« Ich drehe mich umständlich in seinen Armen herum. »Sie schleichen umeinander herum wie ausgehungerte Wölfe.«

»Bei einer Serie würde ich wegschalten, weil die Spannung so überreizt ist.«

Ich grinse. »Du meinst, sie müssten es einfach tun?«

»Genau.« Adrians Blick senkt sich auf meine Lippen. »So schwer ist das nicht.«

»Stimmt.« Ich hebe den Kopf und drücke meinen Mund auf seinen. Er kommt mir bereitwillig entgegen. Es bleibt ein unschuldiger, sanfter Kuss, der das Gefühl von Geborgenheit in mir auslöst.

»Ich bin froh, dass ich dich angerufen habe«, sage ich, als wir uns voneinander lösen. Beziehungsweise, den Kuss beenden, denn es gibt keinen besseren Ort als in Adrians Armen.

»Ich auch.« Er kommentiert nicht, dass ich auf einmal mein Handy nutze. Ob er mehr weiß, oder ob er es, wie so viele meiner Eigenheiten, einfach hinnimmt, ist egal.

In der darauffolgenden Stille ist für eine Zeit lang nur das leise Rascheln und Schnaufen der Pferde zu hören.

»Kann ich dich um etwas bitten, Kate?« Ich versuche, die warnenden Stimmen in meinem Kopf zu ignorieren, sehe ihn stattdessen eingehend an. Doch sein Gesicht gibt nichts preis.

Langsam nicke ich. »Kommt darauf an?«

Adrian lächelt, doch es ist kein fröhliches Lächeln. »Ich möchte, dass du James bittest, Enzo zurück nach London kommen zu lassen.«

»Was hat James damit zu tun, ob Lorenzo zurückkommt?«

»James und mein Onkel Domenico haben ihn weggeschickt. Sie können ihn auch wieder herholen.« Adrian fährt sich durchs Haar und zerzaust es. »Ich weiß, dass ihr euch nicht ausstehen könnt, aber ich brauche Enzo hier. Es gibt Dinge, die ich ohne ihn nicht schaffe.«

Dafür, dass Adrian mindestens einmal am Tag mit seinem Onkel telefoniert, damit er weiß, wie er Enzos Aufgaben am besten lösen soll, sieht er unverhältnismäßig verzweifelt aus. Aber gut, Bellini ist das Vermächtnis seiner Familie. Da das Gefühl zu haben, zu versagen, ist bestimmt nicht schön. Aber mich beschäftigt eine ganz andere Frage.

»Wenn Enzo zurück nach London kommt, musst du dann auch wieder hin?« Zwischen den herabhängenden Strähnen sieht er mich stumm an, und ich lese die Antwort in seinem Blick. »Oh.«

Ich will mich wegdrehen, um seinen viel zu viel sehenden Augen zu entweichen, doch er hält mich fest.

»Ich weiß es noch nicht«, sagt er und ich glaube ihm. »Aber ich gehe davon aus.« Er zieht mich wieder an sich und nimmt mich fest in die Arme.

»Denk einfach in Ruhe darüber nach, ja?«

Ich nicke, doch meine Entscheidung ist längst gefallen.

Streng genommen finde ich James nicht, sondern stolpere über ihn, als ich mir in der Küche einen Energydrink aus dem Kühlschrank holen will. Eigentlich wollte ich ihn bei unserer Essaysession morgen früh nach Enzos Rückkehr fragen, doch kaum betrete ich den Salon, dringt seine Stimme durch die offenen Türen zum Wintergarten: »Egal, wie sehr du es versuchst, du kannst mich nicht belügen. Wenn du nicht wolltest, dass ich hier wäre, wäre ich es nicht.«

Ich weiß genau, mit wem er spricht, noch bevor meine Mutter antwortet. »Die Mädchen wollen dich hier, James. Bilde dir nichts ein. Hätte ich dich hier haben wollen, hätte ich dich irgendwann in den letzten sechzehn Jahren eingeladen.«

Ich debattiere mit mir selbst, aber ich will jetzt meinen Energydrink haben, und wenn er schon mal hier ist, kann ich James auch direkt fragen. Samantha könnte dabei sogar nützlich sein.

»Du kannst es dir einfach nicht eingestehen«, sagt James, als ich in den Wintergarten trete.

Samantha steht an der Küchentheke und schnibbelt irgendetwas. Er steht dicht hinter ihr, die Hände zu ihren Seiten auf der Theke. »Oder du leidest unter einer verzerrten Wahrnehmung«, kontert sie, anscheinend nicht im Mindesten von seiner Nähe beeindruckt.

Keiner von beiden bemerkt mich. Ich öffne den Mund, um etwas zu sagen, doch es geht in James' Lachen unter.

Meine Mutter legt das Messer weg und dreht sich um. »Was willst du haben, James? Was braucht es, damit du mich in Ruhe lässt?« Diese Frage ist nicht nur gefährlich, sondern auch sehr dumm. Praktisch ein Angebot.

Bevor das Ganze eskalieren kann, räuspere ich mich. Beide zucken zusammen, und noch bevor James vollständig zurückgewichen ist, hat Samantha schon die Kücheninsel zwischen ihn und sich gebracht.

»Katharina«, kiekst sie eine Oktave zu hoch. »Ich hab dich gar nicht gesehen.«

»Du warst ja auch mit ... Schneiden beschäftigt.« Ich bediene mich am Kühlschrank und greife neben dem Energydrink auch noch eine Schweizer Schokolade heraus. Ich lasse mir Zeit, die Tür zu schließen, trotzdem sind Samanthas Wangen knallrot, als ich sie schließlich ansehe.

»Wo ist das Feuerzeugbenzin?«

»Bei den Gewürzen«, antwortet sie, weicht meinem Blick aus und streicht sich Rock und Haare glatt.

Netterweise reicht James mir das Benzin vom obersten Regalbrett, und ich ziehe mein Feuerzeug hervor.

Es ist das silberne, das in die Lederjacke gehört, die ich von meinem Dad habe. Die Jacke hat Thea mitgenommen, und ich habe es nicht übers Herz gebracht, ihr zu sagen, dass ich sie behalten will. Aber das Feuerzeug habe ich mir vorher unter den Nagel gerissen.

»Ist das ...«, unterbricht James die unangenehme Stille und streckt die Hand danach aus.

Bereitwillig reiche ich es ihm. »Was ist damit?«

Er betrachtet es mit einem melancholischen Lächeln, und auch Samanthas Miene wird weich, als sie es anschaut.

James lässt es durch die Finger wirbeln und, um Gottes Willen, beinah höre ich die Mädchen sehnsüchtig seufzen, die ihm als Teenager wegen dieses ehrlich gesagt nicht gerade anspruchsvollen Tricks hinterhergegeiert haben.

»Ich habe mich ewig gefragt, wo es abgeblieben ist.«

Samantha zuckt mit den Schultern. »Es war in der Jacke. Ich wusste nicht, dass es noch immer dort ist. Als ich Frankfurt verlassen habe, habe ich sie in den Schrank gehängt und nie mehr daran gedacht. Jake war wohl zu sentimental, um sie wegzuschmeißen. Als Thea damit hier aufgetaucht ist, habe ich das erste Mal nach über fünfzehn Jahren wieder daran gedacht.«

»Moment«, hake ich ein. »Das war deine Jacke?«

»Ursprünglich war das mal meine Jacke«, korrigiert James. »Und mein Feuerzeug.« Er hält es mir hin und zeigt die drei Buchstaben, die unten eingraviert sind. JSB.

Ich bin immer davon ausgegangen, dass sie für Jakob Samuel Bergmann stehen.

»S wie ...?« Ich nehme das Feuerzeug wieder entgegen und stecke es ein.

»Sebastian«, antwortet Samantha an James' Stelle und dreht sich zum Fenster, um hinauszusehen. »So hätte ich dich genannt, wenn du ein Junge geworden wärst.«

Vielleicht beim nächsten Mal, liegt mir auf der Zunge, doch James, der meine Gedanken sehr genau zu kennen scheint, wirft mir einen scharfen Blick zu, also sage ich stattdessen: »Ich bin sowas von kein Sebastian.«

Samantha dreht sich zu mir um und mustert mich mit erhobener Braue. »Offensichtlich nicht.«

»Aber Katharina Victoria gegen Sebastian? Wirklich? Zwei der bedeutendsten Monarchinnen der Geschichte gegen den Zweitnamen von Bach?«

»Schwer ruht das Haupt, das eine Krone drückt«, gibt sie eine Shakespeare-Weisheit von sich.

»Da hatte Henry VIII. einen ziemlich guten Trick gegen. Wenn man den Kopf einfach abnimmt, wird er auch nicht so schwer. Da haben wir übrigens die nächsten: Katharina von Aragon.«

»Keine wirklich erstrebenswerte Existenz, mehrere Jahre im Exil und ein trauriges Ende. Zudem wurde sie auch nicht geköpft.«

»Na meinetwegen, deine Expertise diesbezüglich erkenne ich an. Aber wo wir gerade von Exil sprechen ...« Ich wende mich James zu. »Ich möchte, dass Lorenzo wieder nach London kommt.« Ob es sich wohl so anfühlt, wenn man sich eine Hand oder einen Fuß abschneidet? Ich hätte abwarten und dann zu Adrian gehen und ihn anlügen können. Behaupten, dass James nicht nachgeben wollte. Adrian hätte geglaubt, dass ich seiner Bitte nachgekommen wäre, und ich hätte ihn bei mir behalten können.

Aber ich hätte ihm auch nicht mehr in die Augen gucken können.

Außerdem hätte er dann vermutlich noch mehr gearbeitet. So kann er wieder ein bisschen mehr Freizeit haben. Und ich kann auch nach London fahren, wenn ich das will.

Ab Herbst werden Thea, Maxi und ich sowieso dort sein.

»Weswegen?« James richtet sich auf. Er kippt den Kopf. »Hat Adrian dich darum gebeten?«

»Ja, klar.« Ich schnaufe. »Und wie ein abgerichteter Hund komme ich natürlich direkt zu dir. Wovon träumst du eigentlich?«

»Wieso möchtest du das dann?«, fragt er skeptisch.

»Weil das total unfair ist! Ihr arbeitet beide schon lange nicht mehr für euer Geld und könnt euch den ganzen Tag miteinander und mit Cara beschäftigen. Emmett und Maxi schleichen umeinander herum, und Adrian ist durchgängig am Telefon und vor dem Bildschirm!«

»Ist dir langweilig?« James hebt belustigt eine Augenbraue.

»Ja! Und zwar körperlich.«

Darauf geht James nicht ein. »Ich bin mir nicht sicher, inwiefern der pädagogische Zweck erfüllt ist, wenn wir ihm schon nach sechs Tagen eine Rückkehr erlauben.«

»Euch wird doch wohl irgendetwas anderes einfallen«, gebe ich zurück und verschränke die Arme. »Etwas, aus dem meine Laune nicht als Kollateralschaden hervorgeht.«

James sieht nicht gerade überzeugt aus, doch bevor ich ihn daran erinnern kann, dass er mir noch drei Gefallen schuldet, mischt Samantha sich ein: »Schadet es uns, wenn er zurückkommt?«

James wendet sich ihr zu. »Nein, natürlich nicht, aber –«

»Und schadet es, wenn er länger wegbleibt?«

»Ja«, sage ich nachdrücklich.

»Na komm schon.« Samantha sieht James unverwandt an. »Hol ihn zurück, vermutlich hast du ihm sowieso schon das ganze Jahr damit versaut. Das ist mehr als genug.«

»Das hat er sich selbst zuzuschreiben«, gibt er kühl zurück.

»Aber gut, ich kümmere mich darum.«

Ich blinzele und bewege mich nicht, trotz seines auffordernden Blicks. James seufzt entnervt und zieht sein Handy hervor. Das folgende Gespräch auf Italienisch ist schnell und effektiv. Sobald er das Handy wieder wegsteckt, deutet er auf mich. »Du kannst Adrian sagen, dass Lorenzo morgen wieder seiner Arbeit nachgehen wird. Und jetzt hau ab, bevor ich mir irgendeine neue Beschäftigung für ihn überlegen kann.«

»Bin schon weg«, flöte ich beschwingt, schnappe mir meinen Fresskram und trete auf den Hof hinaus.

»Danke«, höre ich Samantha noch sagen. James brummt, dann bin ich außer Hörweite. Zum Glück.

Gerade rollt die BMW auf den Hof.

Maxi fährt nicht allein, Emmett sitzt hinter ihr. Eigentlich will ich schnell verschwinden, doch ich kann meiner Schwester auch nicht ewig aus dem Weg gehen. Zur Hölle, wir schlafen in einem Zimmer.

Typisch Maxi stellt sie sich mitten auf den Hof, und als der Motor erstirbt, steigt Emmett zuerst ab. Er wird den Helm los und wechselt ein paar Worte mit meiner Schwester, bevor er zu mir herüberkommt. Das dunkle Haar klebt ihm am Kopf.

»Hast du es also endlich geschafft?«, frage ich und beobachte, wie Maxi ihr Handy hervorholt und kurz draufschaut.

Trotz geschlossenem Visier sehe ich ihre plötzliche Anspannung. Ich wende den Blick ab und konzentriere mich auf Emmett, der mich verwirrt ansieht.

»Wie meinst du?«

»Na, wegen der Bikerregel. Du reitest das Bike, du reitest den Biker.«

»Ach, du meinst die Cowboyhutregel.« Er lacht.

Ich nicke anerkennend. »Ein Mann von Bildung.«

»Ich glaube eher, dass ich zu viel Zeit mit Lea und ihren durchaus pornografischen Büchern verbracht habe. Egal. Wieso fragst du mich das und nicht Maxi? Ist irgendetwas los?«

Mich beschleicht die Ahnung, dass er die Antwort auf seine Frage schon kennt.

»Hat Maxi irgendetwas gesagt?«

»Gibt es da etwas zu sagen?«

»Lass den Scheiß.« Maxi steigt ab und ich senke die Stimme. »Hat sie mit dir über mich gesprochen?«

»Nein«, brummt er bereitwillig. »Aber ich bin nicht blind. Da ist etwas mit euch, und ihr solltet das dringend ausquatschen.«

»Sag mir nicht, was ich sollte«, entgegne ich.

»Entweder quetscht du mich aus und hörst dir an, was ich zu sagen habe, oder du fragst in Zukunft nicht mehr.«

»Alles okay?«, fragt Maxi und tritt zwischen uns.

»Ja.« Ich wende mich ab. »Alles bestens.«

ADRIAN

Der Name meines Bruders leuchtet auf meinem Handy auf. Ich trete auf den Hof und nehme den Anruf entgegen. »Enzo?«

Im Hintergrund sind laute Motorengeräusche zu hören. »Ich bin gerade in Heathrow gelandet«, sagt er.

Oh. Es sind nicht einmal vierundzwanzig Stunden vergangen, seitdem ich mit Kate gesprochen habe. Sie muss mehr oder weniger direkt zu James gegangen sein, und das, obwohl wir beide wissen, dass es sehr wahrscheinlich bedeutet, dass ich nach Hause fahren muss.

Ich weiß nicht, warum ich darüber enttäuscht bin. Vielleicht, weil ich gehofft habe, dass sie selbstsüchtig ist. Dass sie nicht zu James geht, und Enzo und der ungeklärte Fall um Lukas Herzog in Frankreich versauern. Dann hätte ich der Sache länger aus dem Weg gehen können. Aber mit Enzo sind auch all meine Sorgen wieder gelandet.

»Du warst schneller, als gedacht«, lobt mein Bruder. »Wie viel Drama hast du veranstaltet?« Er kichert munter vor sich hin.

»Genug«, lüge ich. Mit der Wahrheit hat Enzo es vermutlich noch nie versucht.

»Sehr schön. Dann hast du sicher keins mehr übrig, wenn ich dir jetzt sage, dass du herkommen musst.«

Ich schweige.

Als die Stille sich in die Länge zieht, knurrt Enzo. »Sei vernünftig, Adrian. Das hier hat Priorität. Oder meinst du, dass sie dich auch irgendwann im Knast besuchen kommt?«

»Ich habe nicht mal ein Auto hier.«

»Es gibt eine hervorragende Zugverbindung. Weil ich so nett bin, schicke ich dir sogar jemanden, der dich am Bahnhof abholt.«

»Ein Gefangenentransport, wie nett.«

»Ich will nur nicht, dass du verloren gehst, kleiner Bruder.« Seine vorgeheuchelte Freundlichkeit ist purer Hohn.

»Du weißt doch selbst nicht, was dich in London erwartet«, starte ich einen letzten verzweifelten Versuch. »Du weißt doch gar nicht, ob –«

»Sei still«, unterbricht Enzo mich streng. »Du kennst die Regeln. Nicht am Telefon. Pack deinen Kram, verabschiede dich und komm nach Hause.«

»Buch mir ein Ticket«, gebe ich mich geschlagen. »Aber frühestens in zwei Stunden.« Ich lege auf, bevor er noch etwas erwidern kann.

Einen Augenblick starre ich in die Hecke, während ich überlege, wie es jetzt weitergeht. Packen, Kate finden, Cara Bescheid sagen, bei Sam bedanken.

Nein, besser zuerst Kate. Sie soll mich nicht beim Packen erwischen und denken, ich würde es ihr verschweigen.

»Du fährst?«

Ich fahre herum. Maxi sitzt am Tisch, Himmel, seit wann? In aller Seelenruhe und höchster Inkompetenz dreht sie sich eine Zigarette. Mir wird heiß und kalt beim Gedanken, was sie alles hätte hören können, wenn mein Bruder nicht vernünftiger gewesen wäre als ich.

»Schleichst du dich immer an?«, erkundige ich mich und geben mir keine Mühe, die Missbilligung in meiner Stimme zu verstecken.

»Schleichst du dich immer davon?«, hält sie dagegen. »Rina ist zum Teil auch deinetwegen hergekommen, das weißt du ja wohl. Und jetzt haust du ab.«

»Da muss ich dich direkt unterbrechen. Kate weiß, dass ich fahren muss. Wenn sie es dir nicht gesagt hat, tuts mir leid.«

Die nächsten Worte sind meiner Aufregung geschuldet.

»Und auch, wenn sie es nicht wüsste: Hältst du dich echt für die Person, die mir vorwerfen kann, ihr gegenüber Geheimnisse zu haben?«

Das trifft genau ins Schwarze. Sie lässt ihre Drehversuche auf den Tisch fallen und stützt die Hände flach auf. »Du hast keine Ahnung, wovon du sprichst.«

»Du auch nicht. Vielleicht halten wir also besser beide den Mund.« Ich will nicht mit ihr streiten, weiß ja nicht mal, weswegen sie mich so anzickt. Sicher, sie macht sich Sorgen um Kate, aber wieso glaubt sie, sie ist die Einzige, die darauf ein Anrecht hat?

Ich gehe rein, bevor die Diskussion ausartet. Kate sitzt im Salon, wo sie gegen meine Schwester Mario Kart spielt. Sie ist am Gewinnen, aber das könnte auch daran liegen, dass Cara auf den falschen Bildschirm guckt und durchgängig gegen die Wand fährt.

»Kann ich mit dir sprechen?«, frage ich auf Französisch.

Kate stoppt das Spiel und dreht sich zu mir herum. Vielleicht liest sie es mir im Gesicht ab, oder vielleicht weiß sie es von James, egal was. Aber ihr bedrücktes Lächeln sagt mir, dass sie es weiß.

»Du gehst.«

»Ja.« Da gibt es nichts schönzureden.

Sie nickt. »Okay.«

Nein, eigentlich nicht. »Sei nicht traurig, *principessa*«, bitte ich, denn wenn sie zu weinen anfängt, kann ich nicht gehen. »So habe ich Zeit, mich mit Jay zu treffen und zu fragen, wie viel Miete er Samantha gezahlt hat. Nicht, dass sie mich über den Tisch zieht, wenn ich wirklich da einziehe.«

Kate macht große Augen, und ich lache leise. Ich werde es vermutlich sowieso nicht tun, aber es ist ein schönes Gedankenspiel und, am wichtigsten, Kate sieht direkt etwas weniger niedergeschlagen aus.

Ich wende mich Cara zu. »*Topolina*, ich habe nicht so gute Nachrichten.«

Meine kleine Schwester schiebt die Unterlippe vor, weicht meinem Blick aus und fummelt an den Fransen des Kissens herum. »Du gehst weg.«

Woher wissen das alle?

»Ja«, bestätige ich und setze mich neben sie auf die Couch. »Ich muss Enzo bei der Arbeit helfen; wie dir manchmal mit den Hausaufgaben. Das verstehst du, oder?«

»Ja«, sagt sie, weiterhin mit abgewandtem Blick.

»Du weißt, was das heißt, oder?«, fragt Kate auf ihrer anderen Seite.

Cara sieht sie an und schüttelt den Kopf.

»Du kannst bei Maxi und mir schlafen, und wir können einen Marathon mit allen Barbie-Filmen machen.«

Entweder ist sie wirklich so begeistert, oder sie gibt sich verdammt viel Mühe, meine Schwester aufzuheitern.

Langsam beginnt Cara zu lächeln. »Im Bett? Während wir Popcorn essen?«

»Klar! Aber sags nicht Samantha.«

Über Caras Kopf hinweg tauschen Kate und ich einen Blick. Ich nicke dankbar und stehe auf, um zu packen, während sie meine Schwester in eine Diskussion über tanzende Schwäne verwickelt. Beim Rausgehen kommt mir der Gedanke, dass es nicht notwendigerweise Cara ist, die sie ablenken will.

18

epiphany
– Taylor Swift

ADRIAN

Wie in einem unfassbar schlechten Film sitzt mein Bruder an seinem Schreibtisch im Halbdunkeln, vor sich ein halbleeres Glas mit bernsteinfarbener Flüssigkeit.

Wortlos nickt er zum Servierwagen und den Flaschen darauf. Ich schüttele den Kopf und lasse mich auf einen der Sessel sinken. Vielleicht würde der Alkohol das, was jetzt kommt, leichter machen. Aber sich zu betrinken, um schwierige Situationen zu überstehen, ist das mit Abstand Dümmste, was man machen kann.

»Also?«, frage ich.

Mein großer Bruder betrachtet mich stumm, fast ein wenig verwundert.

»Hast du denn wirklich keine Ahnung?«, flüstert er.

»Wovon?« Das hier gefällt mir ganz und gar nicht.

Enzo schüttelt den Kopf. »Ich glaubs nicht. Aber andererseits bist du viel zu sensibel, als dass du hier einfach so sitzen könntest, wenn du es schon begriffen hättest.«

»Was denn? Wovon sprichst du?«

»Was hast du nochmal erzählt? Was du von Cara weißt?«

Ich habe die Worte und die Erinnerungen so tief verdrängt, dass ich einen Moment überlegen muss.

»Sie ... hat vor ihrer Abfahrt einen Mann mit Schlangentattoo am Hals im Krankenhaus gesehen. Lukas Herzog.«

»Das weißt du nicht.«

»Aber du.« Wieso sonst hätte er so dringend wieder kommen wollen?

»Natürlich. Aber woher weiß ich das?«

Verständnislos sehe ich ihn an.

Seine Zähne blitzen auf, als er lächelt.

»Ich konnte es nicht glauben«, flüstert er. »Du hast die Antworten geliefert, die wir seit Wochen suchen, ohne es überhaupt begriffen zu haben.«

»Was begriffen zu haben?« Ich fühle mich dumm und unwissend, und das alles kratzt an meinen Nerven.

»Ich habe herausgefunden, was mit den verschwundenen hundertzehn Gramm passiert ist. Deinetwegen.« Enzo lacht und trinkt einen Schluck. »Und wegen Cara.«

»Scheiße, Enzo!«, fauche ich ungehalten. Meine Aufregung schlägt in Wut um. »Jetzt machs nicht so spannend!«

»Weißt du, was Bodypacking ist?«

»Nein«, sage ich, aber der Begriff weckt in mir einen vagen Verdacht.

»So bezeichnet man das Schmuggeln von Substanzen innerhalb eines Körpers. In nicht biologisch abbaubaren Verpackungen natürlich, damit bloß nichts im Blutkreislauf der Person verloren geht.

Ich glaube, mir wird schlecht.

Das soll Lukas Herzog gemacht haben? Freiwillig?

»Cara hat dir erzählt, dass er geschwitzt und gezittert hat, nicht wahr?«

»Du meinst, er war im Krankenhaus, um das Zeug ... rausholen zu lassen?«

Darauf geht Enzo nicht ein. »Manchmal geht etwas schief, und die Verpackungen gehen doch auf.«

»Du meinst, er war dort, weil es schiefgegangen ist?« Ich richte mich auf. »Du meinst, deswegen fehlen hundertzehn

Gramm? Deswegen ist er abgetaucht? Weil es nicht funktioniert hat?« Scheiße. Was, wenn er Rache an unserer Familie nehmen will? Weil Federico oder wer auch immer ihn dazu gebracht hat, zu bodypacken und dabei etwas schiefgegangen ist.

»Adrian«, sagt mein Bruder langsam. »Hundertzehn Gramm. Hundertzehn Gramm reines, ungestrecktes, weißes Heroin. Ich glaube kaum, dass ›Abtauchen‹ der Grund dafür ist, dass Lukas Herzog unauffindbar ist, seit Cara ihn gesehen hat.«

Enzo und ich sehen uns an. Lange. Sehr lange.

Bis er sich zur Seite lehnt, um eine Flasche vom Servierwagen zu greifen. Und ich mich vorlehne. Um zu kotzen.

KATHARINA

»Wie geht es Maxi?«, fragt Paul zögerlich durchs Telefon, nachdem er mir ausgiebig alles geschildert hat, was gerade zu Hause passiert.

»Ganz gut, denke ich«, sage ich und schaukele in meiner Hängematte auf der Veranda.

»Das ist gut.« Mein kleiner Bruder klingt erleichtert. »Aaron hat mich sogar schon gefragt, ob ich was von ihr gehört habe.« Aaron? Von Onkel Stefans Söhnen ist Chris derjenige, der Maxi nahesteht.

»Wieso nicht Chris?« Wieso sein älterer Bruder?

»Sie spricht doch nicht mehr mit Chris«, erklärt Paul in einem Tonfall, als müsste ich das wissen. »Nach der Sache an ihrem Geburtstag, die sich längst rumgesprochen hat, hat Aaron sich vermutlich Sorgen gemacht.«

Ich überlege einen Moment.

»Paul«, sage ich dann, »ich weiß nicht, weswegen sie nicht mit Chris spricht, oder was an ihrem Geburtstag passiert ist.« Aber ich hatte recht. Sie verheimlicht mir etwas.

»Oh«, macht er ungläubig.

Natürlich, schließlich ist es undenkbar, dass er mehr über Maxi weiß, dass irgendwer mehr über Maxi weiß als ich. Das ist keine schöne Erkenntnis und auch Paul ist einen Augenblick lang still.

Dann fragt er: »Ist es in Ordnung, wenn ich dir nicht erzähle, was ich gehört habe? Ich fühle mich nicht wohl dabei, dir vielleicht etwas Falsches zu erzählen.«

Ich nicke, weil mir kurz die Stimme versagt. Nach einem Räuspern klingt sie immer noch kratzig. »Nein, natürlich nicht. Du bist ein toller Mensch, Pauli. Ich hoffe, das weißt du.«

Er schnieft. »Ich vermisse dich, Rina.«

»Ich vermisse dich auch. Bald kommst du mich besuchen und dann gehen wir ins Stadion, ja?«

»Ja.« Erneut schnieft er, und ich bin gleichzeitig froh und traurig, als wir auflegen. Ich will ihn nicht weinen hören und gleichzeitig vermisse ich ihn. Obwohl wir einen Altersunterschied von fünf Jahren haben, stehen Paul und ich uns nah. Nicht so nah wie Maxi und ich, aber –

Wobei ... vielleicht inzwischen doch. Und das nicht, weil das Verhältnis zwischen Paul und mir enger geworden ist. Viel eher, weil so viel Ungesagtes das Verhältnis zwischen Maxi und mir beschwert wie Feuchtigkeit die Luft in einem Sumpf.

Die Fliegentür geht auf. Maxi tritt, gefolgt von Emmett, auf die Veranda. Wenn man vom Teufel spricht. Der Teufel trägt schon wieder eins von Emmetts Shirts.

»Da bist du«, stellt Emmett mit einem Blick auf meine Matte fest. »Wir hatten schon Angst, dass du in alte Gewohnheiten zurückfällst und einfach verschwindest.« Er zündet sich eine Zigarette an.

»Ich nicht«, sagt Maxi. »Hätte dich allerdings auf dem Dach vermutet.« Da wäre ich vermutlich auch, wenn es dort nicht so hell wäre.

»Jaja«, nuschelt Emmett. »Das würde ich jetzt auch sagen.«

»Wirklich«, beteuert sie. »Du hast doch gar keine Ahnung, was ich denke. Und außerdem –«

Emmett macht plötzlich einen Schritt zur Seite, direkt vor sie. Er lehnt sich nach vorne, zu beiden Seiten die Hände auf dem Verandageländer, und kesselt sie praktisch mit seinem Körper ein.

Maxis Augen werden riesig, als sie zu ihm aufstarrt. Überrascht. Und erwartungsvoll.

Emmett beugt sich vor, verharrt jedoch, die Lippen Millimeter vor ihrem Mund. »Ich bin mir sehr sicher, dass ich weiß, was du gerade denkst«, sagt Emmett, und für die Selbstgefälligkeit in der Stimme hätte ich ihm an Maxis Stelle erst eine reingehauen und dann alle Klamotten vom Leib gerissen.

Doch sie schweigt, die Augen unverwandt auf seine Lippen gerichtet.

Emmett grinst, hebt ihr Gesicht ein Stück an, bevor er den Mund auf ihren senkt.

Es ist kein richtiger Kuss, er übergibt ihr lediglich den Zigarettenrauch aus der Lunge, trotzdem sehe ich, dass meine Schwester kurz davor ist, in Ohnmacht zu fallen, als er sich feixend zurückzieht.

Viel zu schnell und ungeschickt atmet Maxi den Rauch aus und beginnt zu husten.

Mein Mitleid hält sich in Grenzen.

»Brauchst du etwas zu trinken?«, erkundigt Emmett sich unschuldig. »Klingt, als hättest du dich verschluckt.«

Dafür erntet er einen bösen Blick, und unter anderen Umständen würde ich Maxi zur Seite springen und ihr die Peinlichkeit ersparen. Heute nicht. Sie versetzt ihm strafend einen Klaps auf die Brust. Mit spielender Leichtigkeit fängt er ihre Hand ab, dreht sie, wickelt den Arm um ihren Hals und zieht sie rücklings an sich. Maxi wehrt sich nicht, sondern lehnt sich gegen ihn.

Er hält ihr die Zigarette vor die Lippen, die sie bereitwillig annimmt.

»Also«, sagt sie, die Stimme trüb vom Rauch. »Es reicht jetzt mit Verstecken.«

»Wer sagt, dass ich mich verstecke?«, frage ich. »Ich habe mit Paul telefoniert.«

»Ja?« Sie lächelt erfreut. »Wie gehts ihm?«

»Das Gleiche hat Aaron ihn über dich gefragt.« Ich richte mich auf. »Aaron, nicht Chris. Er macht sich Sorgen wegen der Sache an deinem Geburtstag.«

Maxi verzieht das Gesicht. Und sie weicht meinem Blick aus. Noch nie hat sie das gemacht. Es ist ein Schlag in die Magengrube.

»Was ist passiert?«, will ich wissen. »Was verschweigst du mir?«

»Ich ... Was hat er dir erzählt?«

»Nichts«, sage ich und stehe auf. »Er hat es auch nur gehört und wollte nichts Falsches erzählen. Aber da du mir offensichtlich auch nichts erzählen willst, bleibt mir wohl nichts anderes übrig, als es dabei zu belassen.« Ich weiß, dass ich bitter klinge, kann jedoch nichts dagegen machen.

Aber es ist ja auch alles gesagt. Ich erhebe mich.

»Rina«, fleht Maxi.

»Wer zur Hölle bist du?«, frage ich, öffne die Tür und verschwinde nach drinnen.

Auf dem Weg ins Dachzimmer ziehe ich mein Handy hervor. Ich will mit Adrian reden, jetzt sofort, denn mich überkommt die bedrohliche Vermutung, dass dieser letzte, so achtlos gesagte Satz einiges angerichtet hat. Ich will hören, dass die nagende Enttäuschung berechtigt ist, dass ich Aufrichtigkeit erwarten darf und dass Adrian mich jetzt schon genauso vermisst wie ich ihn.

Alles, was ich bekomme, ist die Mailbox.

19

Slipping Through My Fingers – From
›Mamma Mia!‹ Original Motion Picture
Soundtrack – Meryl Streep, Amanda Seyfried

SAMANTHA

Der idyllische Sommermorgen wird von einem lauten Knall beendet. Ein Scheppern folgt und die Tontaube geht in Scherben zu Boden. Ich senke und sichere die Flinte, bevor ich mich umdrehe und fast in einem Déjà-vu stehe.

Ein paar Schritte hinter mir steht sie, das Haar hell statt dunkel, doch die Augen tiefschwarz, der Mund trotzig verzogen, die Hände tief in den Taschen.

Sie will es nicht hören, das ist mir klar, doch Maxi sieht aus wie ihre Mutter Antonia, als ich sie kennengelernt habe. Ein wütender, überforderter Teenager.

Ich schalte die Wurfmaschine aus und verstaue das Gewehr, wobei ich doppelt die Sicherung prüfe. Dann gehe ich zu ihr.

»Katharina oder Emmett?«

»Wie bitte?«

»Du schaust so finster drein«, erkläre ich. »Welches meiner Kinder macht dir das Leben schwer?«

Das können beide sehr gut.

»Ach, Emmett.« Sie winkt ab, scheinbar unbeeindruckt, doch ich sehe die Zuneigung in ihren Augen. »Er sagt, was er denkt, und er meint, was er sagt.«

Und er klammert sich an seine Wut, will weder James noch mich anhören. Es tut weh, doch das haben wir, oder zumindest ich, wohl ein Stück weit verdient. Ein Thema für einen anderen Augenblick.

»Katharina also.« Die Mädchen waren hier von Anfang an nicht so verbunden, wie früher.

Maxi nickt und fummelt an ihrem Septum herum.

»Weißt du, was an meinem Geburtstag passiert ist?«

»Ja.« Es gibt keinen Grund, sie anzulügen. Natürlich haben Max, Lena und Jake mit mir darüber geredet. Sogar mit Antonia habe ich kurz gesprochen, nachdem Maxi hier angekommen ist.

Sie nickt und weicht meinem Blick aus.

Ich kann sie verstehen, das ist sicherlich keine schöne Erinnerung, und die Tatsache, dass die halbe Weltgeschichte es weiß, macht es nicht besser.

Mit einem Seufzen sinkt sie ins Gras. Die Hände spielen nervös mit den grünen Halmen. Ich setze mich ebenfalls hin.

»Rina weiß es nicht.« Sie schaut kurz auf und sofort wieder weg.

»Möchtest du nicht, dass sie es weiß?«

»Ich möchte es ihr nicht verheimlichen.«

»Das ist nicht das Gleiche«, merke ich an. Gleichzeitig versuche ich zu begreifen, warum sie es verschweigen sollte. Zumindest vor Katharina.

Diese Frage sieht man mir wohl an, denn Maxi beantwortet sie. »Ich möchte, dass sie es weiß. Aber ich habe Angst, dass sie sich die Schuld gibt.«

Wie gerne würde ich ihr sagen, dass das nicht passieren wird, aber dann müsste ich lügen.

»Sie gibt sich für alles die Schuld. Ich habe mit Thea gesprochen. Wusstest du, dass Rina sich verantwortlich fühlt für das, was ihr passiert ist? Weil Thea nicht mehr bei uns war wegen des Zoffs, den die beiden hatten.«

Beim Gedanken daran wird mir das Herz schwer. Sie lädt

sich damit noch so viel mehr auf. Als hätte sie nicht längst einen begehbaren Kleiderschrank voll emotionaler Last.

»Ich weiß, dass ihr alle gegenseitig versucht, euch zu beschützen, aber glaubst du, dass eure Beziehung jetzt gerade weniger belastet ist, als wenn du ihr die Wahrheit erzählen würdest?«

Die Mädchen sind entfremdet, aber meine Rolle in dieser Sache ist darauf begrenzt, am Seitenrand zu stehen und zuzuschauen. Auch, wenn es mir in den Fingern juckt, einzugreifen.

Maxi denkt einen Augenblick nach, bevor sie den Kopf schüttelt.

»Dann würde sie wenigstens mit mir reden. So steht diese Sache zwischen uns. Ich kann sie nicht mehr erreichen, weil es sich so aufgebauscht hat. Ich will sie nicht verlieren.« Eine Träne rollt ihr die Wange hinab.

Ich strecke die Hand aus und fange sie auf. Ein Teil von mir ist nicht in der Lage, richtig damit umzugehen, wenn sie weint. Genau wie bei Katharina. Als ich Frankfurt verlassen habe, habe ich nicht nur ein Baby zurückgelassen, das ich geliebt habe.

»Dann sprich mit ihr. Sprich mit ihr und sei ehrlich. Es lohnt sich nicht, Geheimnisse vor den Menschen zu haben, die man liebt. Das führt nur zu Schmerz. Vielleicht später als früher, aber verletzt wird immer jemand.« Ich lege ihr die Hände an die Wangen und sehe sie eindringlich an. »Ihr braucht einander. Eine Freundschaft wie eure, eine ehrliche Freundschaft voller Liebe und Vertrauen, ist so unglaublich viel wert. Lass nicht zu, dass Ungesagtes und falsche Vermutungen das kaputt machen.«

»Ich habe Angst, dass sie mir nicht zuhört.«

»Von dem, was ich weiß, bist du einer der wenigen Menschen, denen sie wirklich zuhört.«

»Das war früher.«

»Ja, vielleicht«, gebe ich zu. »Aber diese Sache, was passiert ist, das hat so viel kaputt gemacht. Ihr habt so viel verloren. So viel Freude, so viel Zeit, so viel Gesundheit, so viel Frieden, so viel Leben. Sieh mich an und sag mir, dass ihr auch noch einander verlieren könnt.«

»Nein.« Maxi schüttelt den Kopf. »Können wir nicht. Will ich auch nicht. Ich will, dass alles gut wird.« Sie schaut mich flehentlich an, und es bricht mir das Herz, ihr das nicht versprechen zu können.

»Ob alles gut wird, das kann ich dir nicht beantworten«, sage ich ehrlicherweise. »Aber falls irgendwann wirklich das Ende kommen sollte, dann geht es darum, was bis dahin passiert ist. Die Menschen, die du geliebt, und die Freundschaften, die du geschlossen hast. Das Leben ist wie ein Buch. Keiner redet darüber, wie er es geschlossen und ins Regal gestellt hat. Es geht darum, ob du zwischen den Seiten gelacht und geweint hast und dich gerne daran erinnerst.«

20

Go Get Her
– Restless Road

KATHARINA

Mailbox. Schon wieder.

Ich schreibe keine Nachricht. Will ich nicht. Das kommt mir blöd vor. Was soll ich überhaupt schreiben? *Wieso gehst du nicht dran?* XOXO? Wohl kaum. Also lasse ich es. Adrian wird sehen, dass ich angerufen habe. Schon wieder.

Vermutlich jagt Enzo ihn durch alle möglichen Aufgaben als Rache dafür, dass James ihn nach Frankreich verfrachtet hat. Und das, obwohl Sonntag ist.

Ich würde so gerne mit Adrian sprechen. Hören, wie es ihm geht, von mir und Maxi erzählen, davon, dass die Kopfschmerzen und Übelkeit langsam nachlassen. Es geht mir gut. Wobei, nicht wirklich gut. Auch nicht schlecht, irgendwas dazwischen. Ich bin okay. Meine Stimmung bewegt sich auf einem akzeptablen Level, ohne groß zu schwanken. Das ist gut. Der Monat ist fast rum und dann sind es gerade mal vier Wochen, bis der September – und damit auch die Schule – beginnt.

Gestern Abend habe ich mit Thea geschrieben. Es ist immer schwer zu sagen, aber ich glaube, sie freut sich darauf.

Ich glaube, ich auch. Nicht, dass ich es je zugeben würde, aber es wird Struktur in meine Tage bringen. Ich werde wieder mehr als zwei Stunden am Tag denken müssen. Wieder lernen. Aber gleichzeitig auch weitermachen. Dieser Gedanke ist wie eine Deadline in meinem Kopf. Noch lässt er sich gut wegschieben. Doch wenn er hochkommt und sich festsetzt, überwältigt er mich.

Kann ich überhaupt weitermachen? Ich sollte. Ich schulde es. Aber was, wenn es nicht geht? Wenn ich nicht die Kraft habe?

Cali O schnurrt und presst sein Köpfchen an meinen Bauch. Er will Aufmerksamkeit, und ich kraule ihn unter dem Kinn. Ob man nach Shrewsbury Katzen mitnehmen kann? Bestimmt nicht. Dann muss Lucas dafür sorgen, dass Casanova ihn nicht ärgert. Er ist immerhin ein Baby. Er kann noch nicht selbst auf sich aufpassen.

Hinter mir quietscht das Fenster zum Dach.

Ich drehe den Kopf ein Stück. Maxi klettert nach draußen. Entschlossenheit und Unsicherheit wechseln sich auf ihrem Gesicht ab.

»Maximiliane.« Ich wende mich wieder ab und starre auf die Baumkronen in der Entfernung.

»Oh bitte.« Sie schnaubt. »Das funktioniert vielleicht mit Thea, aber nicht mit mir, *Katharina*. Du hältst mich nicht mit so einer lächerlichen Sache auf Abstand.«

Ich höre, wie sie sich irgendwo hinter mir aufs Dach setzt.

»Muss ich auch nicht«, sage ich. »Das mit dem Abstand zwischen uns, das kannst du ganz allein.« Ohne hinzusehen weiß ich, dass ich unter die Gürtellinie treffe. Ein weiteres Mal.

»Du kannst echt unausstehlich sein, weißt du das?«

»Damit hattest du früher nie Probleme.«

»Früher hab ich das auch nicht abgekriegt.«

»Tja«, sage ich und spiele mit dem Feuerzeug, um meine Hände zu beschäftigen. »Früher ist vorbei.«

»Alles von früher?« Sie klingt ängstlich.

Ich will es nicht bestätigen, will es nicht wahr werden lassen. »Was ist denn übrig?«, erkundige ich mich also, um nicht antworten zu müssen. »Ich nicht. Du? Keine Ahnung. Wir?

Keine Ahnung. Es kommt mir nicht so vor. Ich weiß nicht, ob ich überreagiere, aber dass du du bist, ist die wirklich einzige Sache, die mich davor bewahrt hat, wahnsinnig zu werden. Und jetzt bist du hier, und die Person, an die ich mich erinnere, ist auf einmal nur noch eine Idee, an die ich mich geklammert habe. Es geht mir nicht darum, dass ich mich berechtigt sehe, alle deine Geheimnisse zu kennen. Es geht mir darum, dass ich das immer getan habe und auf einmal nicht mehr tue. Das tut weh. Es tut so weh, dass ich beim Gedanken daran nicht atmen kann.« Ich schließe die Augen und atme tief durch. »Und jetzt sag mir, ob alles von früher vorbei ist.«

»Hast du mal darüber nachgedacht, warum ich dir nicht alles erzähle?« Ehrlich gesagt habe ich das nicht.

»Dachte ich mir.«

Ich ahne, dass sie lächelt, und drehe mich zu ihr um.

Sie sitzt neben dem Fenster, mit dem Rücken an der Wand, die Beine angewinkelt. Genau wie erwartet ist ihr Lächeln weder fröhlich noch von langer Dauer.

Sie hebt den Blick und sieht mich direkt an. »Zwei Sachen: Ich wollte nicht, dass du dir die Schuld für meine dummen Entscheidungen gibst. Und ich schäme mich.« Maxi bricht den Blickkontakt ab und legt den Kopf in den Nacken. »Ich hab Dinge gemacht, die ich unter anderen Umständen verurteilt hätte.« Sie blinzelt hektisch.

Ich rutsche zu ihr hinüber, greife nach ihren Händen und halte sie fest. Menschen weinen zu sehen, hat immer etwas Unangenehmes, dem ich am liebsten entfliehen möchte. Aber jetzt will ich nicht weg, jetzt will ich meine Schwester trösten. Maxi ist ein Mensch, der immer fröhlich sein sollte.

»Maxi«, sage ich eindringlich, doch sie hält den Blick nach oben gerichtet. »Was zur Hölle ist passiert?«

»Ich war allein, nachdem du abgehauen bist«, bricht es aus ihr heraus. Es klingt weniger wie ein Vorwurf, eher wie eine Rechtfertigung. »Ich wusste nicht, wohin mit mir, keiner war da, der auch nur einen Hauch Verständnis gehabt hätte. Ich war allein. Die Kreuze an meiner Wand waren auf einmal nicht mehr Wochen, die ich es schon ausgehalten habe, sondern Wochen, die ich allein war.«

Die Wand mit den Kreuzen in ihrem Zimmer hat sie mit vierzehn begonnen. Jede Woche ein Kreuz. Eine Wand voller Kreuze an dem Tag, an dem sie achtzehn wird.

»Wieso bist du nicht zu mir gekommen?« Die Schuld, die sie mir nicht aufladen wollte, überkommt mich.

»Antonia oder Max hätten mich sofort zurückgeholt«, sagt sie. Mit harter Stimme fügt sie hinzu: »Und ich habe mir geschworen, dass ich, wenn ich einmal gegangen bin, nur freiwillig wiederkomme.« Ihre Hände umklammern meine. »Es war irgendein beschissener Abend nach einem beschissenen Tag in einer beschissenen Woche. Ich wollte nicht mehr allein sein. Also bin ich auf eine von Levis Partys gegangen.«

»Maxi«, rutscht es mir vorwurfsvoll raus, bevor ich mich zügeln kann. Levis Partys sind super, wenn man Gras ticken will. In jedem anderen erdenklichen Fall sollte man sich davon fernhalten.

»Ich weiß«, gibt sie energisch zurück. »Ich war da und erinnere mich grob, Shots mit ihm getrunken zu haben, aber danach ist alles weg. Ich bin am nächsten Morgen in einem fremden Bett in einem fremden Zimmer aufgewacht.«

Die feinen Härchen auf meinen Armen stellen sich auf.

Solche Geschichten kennen wir alle. Aus den Nachrichten, aber doch nicht aus dem eigenen Bekanntenkreis. So etwas ist viel zu schrecklich, als dass es das eigene Umfeld je betreffen könnte.

»Philipp war da.« Maxi sieht mich nicht an.

Ich weiß, dass sie sich schämt, doch mein Kopf funktioniert gerade nicht richtig, und so fehlen mir die Worte, um sie davon zu überzeugen, dass sie das weder muss noch sollte.

»Er saß neben dem Bett auf dem Sofa, und ich weiß noch, wie er mich angesehen hat. Irgendwie bedrückt und so ganz ... anders, als wir ihn kennen.«

Philipp war Schülersprecher vor mir. Er ist zwei Jahre älter als wir und letztes Jahr hat er es ganze zwei Wochen geschafft, meine Lieblingsbeschäftigung zu sein, bevor die Langeweile überhandgenommen hat. Er ist ... er ist einfach Phil. Intelligent, charmant auf die leicht arrogante Art und im Herzen ein Guter, auch wenn er viel Scheiße erzählt.

»Ich hatte totale Panik. Er hat seine Mutter dazugeholt, damit ich mit ihm nicht allein bin, dann hat er mir erzählt, was passiert ist.«

»Und zwar?«

»Er war bei Levi, ist aber später gekommen als ich. Ich war wohl kaum noch ansprechbar, da hat er mich direkt mitgenommen. Wusstest du, dass er praktisch bei Levi um die Ecke wohnt?«

»Ja.« Wen kümmert das gerade?

»Wir kennen Philipp so lange, aber trotzdem hatte ich keine Ahnung, wo er wohnt. Komisch, finde –«

»Maxi, das interessiert mich gerade zu 0,0 Prozent.«

Sie presst die Lippen zusammen, als ihr auffällt, dass sie plappert. Kurz fokussiert sie sich, dann erzählt sie weiter.

»Er hat gesagt, dass er sich sicher ist, dass nichts passiert ist, aber ich hatte trotzdem Angst. Philipp hat mich ins Krankenhaus gebracht und ich habe Tests machen lassen.«

Ich weiß nicht, wer von uns beiden die Hand der anderen mehr zerquetscht. Maxi schließt die Augen, Tränen quellen unter ihren Lidern hervor.

»Die Abstriche haben nichts ergeben, Drogentest war positiv. Du sprichst mit einer Jungfrau, die gekokst hat.«

Ihrem Zynismus kann ich gerade nichts abgewinnen.

»Ich wollte schnell abhauen, aber irgendwer auf Station hat Dad gepetzt, dass ich da war. Ich hab mich noch nie so geschämt wie in dem Moment. Er sah so enttäuscht aus, als er reinkam.« Maxi schluchzt.

»Ich hab ihn daran erinnert, dass er Max gegenüber Schweigepflicht hat, und bin abgehauen.«

»Hat er dir Vorwürfe gemacht?« Weder bei Ma noch bei Dad kann ich mir das vorstellen. So sind unsere Eltern nicht.

»Keine Ahnung. Ich war zu schnell weg, und er musste in den OP, also bin ich drumherum gekommen, darüber zu sprechen. Ich wollte nicht nach Hause. Philipp hat mir angeboten, wieder mit zu ihm zu kommen.« Maxi lächelt schwach. »Ich war eine Woche da. Hab gekocht, seiner Schwester bei den Hausaufgaben geholfen, den Hund ausgeführt, ihn bei Unikram unterstützt und nicht nachgedacht. Einfach den Kopf ausgeschaltet. Irgendwann ist Max wohl aufgefallen, dass ich nicht da bin. Er hat Ma vorgeschickt, um mich abzuholen. Sie hat gesagt, ich könne mit ihr über alles reden, aber ich wollte nicht. Ich bin auch nicht mehr rüber, habe mich in Max' Haus verschanzt und irgendwie die Zeit rumgekriegt. Nur zu Philipp hatte ich Kontakt. Er hat mir gutgetan. Irgendwie. Wenn er da war, war ich nicht allein, aber er hat mich nicht in Sorge erstickt.«

Natürlich nicht, dafür ist Philipp zu egoistisch.

Und ich glaube auch nicht, dass er sich aus purer Selbstlosigkeit um Maxi gekümmert hat. Genau wie meine hat auch ihre Familie einen nicht zu unterschätzenden Einfluss. Ganz anders als Phils, der gleichzeitig verbissen davon träumt, hoch hinaus zu kommen, in die Penthouseetagen dieser Welt.

»Ich weiß nicht mehr richtig, wie«, fährt Maxi fort, »aber irgendwie wurde es mehr. Schleichend. Erst hat er nur bei mir geschlafen, dann saß er plötzlich mit Max und mir am Frühstückstisch.«

»Du warst mit Phil zusammen? Fucking Phil?«

Wie kann in den drei Monaten, die wir getrennt waren, so viel passiert sein? Die beiden passen in meinem Kopf nicht in dieselbe Schublade. Wie zwei Pole, die sich gegenseitig abstoßen. »Was ist passiert?«

Maxi zuckt mit den Schultern. »Er meinte, vielleicht würde eine Feier zum Achtzehnten mich aufmuntern, und ich fand, es war eine gute Idee. Praktisch jeder war eingeladen. Max'

Haus war eine einzige Menschenmenge. Ich habe nichts getrunken, und obwohl es Spaß gemacht hat, hatte ich die ganze Zeit ein Auge auf die Uhr. Um kurz vor Mitternacht bin ich hoch, um das letzte Kreuz zu machen. Ich weiß nicht wieso, aber als ich die Hand an der Türklinke hatte, wusste ich, dass etwas nicht stimmt.«

»Bist du reingegangen?«

»Philipp war da. Mit Marie.«

So, wie sie es sagt, weiß ich sofort, was passiert ist.

»Mit Marie oder in Marie?«

Maxi lächelt schwach. »Sowohl als auch. Und weißt du, was mein erster Gedanke war? ›Zum Glück musst du jetzt nie wieder in diesem Bett schlafen.‹ Sie haben beide auf mich eingeredet und sich entschuldigt, aber ich habe gar nicht zugehört. Hab das Kreuz gemacht und konnte nur daran denken, dass dieser Moment so anders hätte sein sollen.«

»Ich hätte da sein sollen.« So und nur so wäre es richtig gewesen.

»Guck, das sind genau die Schuldgefühle, die ich meine. Spar dir die. Es ist passiert. Fertig.«

So leicht ist das nicht, und das wissen wir beide. Aber ich lasse das Thema fallen.

»Und dann?«

»Max war aus irgendeinem Grund auch da. Ich wusste nicht mal, dass er zu Hause war. Von beiden Seiten haben Philipp und Marie auf mich eingequatscht, und dann stand er da und meinte, er wolle mit mir in seinem Büro reden.«

»Er hat die beiden ignoriert?«

»Ne. Beim Rausgehen hat er zu Philipp gesagt: ›Weißt du noch, als wir beim Frühstück über Marktlücken gesprochen haben?‹«

Wie jeder Langweiler studiert auch Phil natürlich BWL.

»Philipp hat genickt und Max so: ›Eine echte Marktlücke ist meiner Meinung nach in der Entsorgung zu finden. Ich zum Beispiel würde es präferieren, wenn der Müll in meinem

Haus sich ganz von selbst entsorgt. Aber du stehst leider immer noch hier.‹«

Klingt nach Max. Für die Sprüche, die er raushaut, werden in manchen Ländern Waffenscheine benötigt.

»Den Rest kennst du. Erbe, abgehauen, nach Thea geschaut, hergekommen. Aber seit ein paar Tagen versucht Philipp, mich zu erreichen. Er schreibt, er müsse dringend mit mir sprechen und es sei wichtig. Sogar angerufen hat er. Ich habe ihn heute Morgen blockiert.«

»Hat vermutlich noch einen Markenpulli vergessen«, spotte ich und gehe im Kopf all die neuen Infos durch. Über eine Sache stolpere ich. »Und Chris?«

Maxi scheint etwas sehr Interessantes an ihren Schuhen zu fixieren. »Chris und ich haben keinen Kontakt mehr.«

»Kein Scheiß. Aber warum?«

Sie schweigt. Lange. Ich sehe ihr beim Denken zu. Lange. Fast denke ich, dass sie es mir nicht sagen wird, doch dann platzt sie hervor: »Er hat mir die Schuld gegeben.«

»Wofür?«

»Im Krankenhaus, in Bern. Wir haben alle darauf gewartet, dass du nach Ostern aufwachst.« Mit unseren verschränkten Händen wischt sie sich die Tränen vom Gesicht. »Er hat gesagt, ich hätte besser auf dich aufpassen sollen und es sei meine Schuld, dass du im Krankenhaus liegst, und was alles passiert sei.«

Ungläubigkeit überschwemmt mich. Sowas Niederschmetterndes und Unfaires würde er nicht sagen. Nicht Chris, der sanfte, freundliche Chris. Nicht zu Maxi, dem Mädchen, in das er seit immer verknallt ist. Nicht in einer solchen, nervenaufreibenden Situation. Aber gleichzeitig sitzt Maxi vor mir, verheult, sich schämend und ohne Grund zu lügen.

»Du weißt, dass das nicht stimmt«, bringe ich hervor, die Erinnerungen niederringend. »Sag es. Du weißt, dass du nicht für mich verantwortlich bist und keine Schuld trägst.«

»Das weiß ich, aber –«

»Nein.« Ich umfasse ihr Gesicht und sehe sie eindringlich an. Ihre Züge sind vertrauter als meine eigenen.

»Kein Aber. Wenn ich mich nicht schlecht fühlen darf, weil ich dich allein gelassen habe, darfst du dich für Ostern nicht schlecht fühlen, hörst du?«

Tränenverschmiert sieht sie mich an. »Ich hätte –«

»Fang mir nicht mit ›hätte‹ an. Wir hätten so vieles anders machen sollen. Aber das haben wir nicht. Wir haben überheblich und mit hohem Einsatz gespielt. Und verloren. Daran können wir nichts mehr ändern. Aber ich kann das nicht nochmal Schritt für Schritt durchgehen. Das überlebe ich nicht.« Etwas Warmes, Feuchtes läuft mir übers Gesicht. Schon wieder heule ich.

»Okay.« Maxi schnieft. »Okay.« Sie gibt sich Mühe, die Beherrschung wieder zu erlangen.

Cali O maunzt leise, rollt sich auf die Füße und nimmt zwischen uns Platz. Schnurrend reibt er das Gesicht an meinem Oberschenkel, als wolle er mich trösten.

Maxi sieht einen Augenblick zu, wie ich ihn kraule, dann fragt sie: »Denkst du manchmal noch an ihn?«

Er. Mikey. Michail Karadimos.

Ich würde gerne sagen, dass er uns in viel Scheiße reingezogen hat. Aber wir haben Schwierigkeiten gesucht und sind dabei auf ihn gestoßen. Und er hat Dinge möglich gemacht. Von uns dreien war Maxi ihm immer am nächsten. Vielleicht, weil sie am verletzlichsten war. Thea hat in ihm eine Möglichkeit gesehen, Geld für ihre Familie zu beschaffen. Ich habe mich bei ihm herumgetrieben, weil es mir einen Kick gegeben hat, für ihn zu dealen und dabei Umsatzrekorde aufzustellen. Aber Maxi war seinetwegen da. Von ihren eigenen Eltern gerade mal geduldet, hat sie sich bei ihm wertgeschätzt gefühlt. Er war eine Mischung aus Vater und großem Bruder.

»Nein«, antworte ich ehrlich. »Du?«

»Ich wundere mich manchmal, ob er uns wirklich einfach so gehen lässt.«

»Er hat keine Wahl. Er kommt nicht an uns heran.« Im Schatten, den unsere Familiennamen über uns werfen, lebt es sich sicher und privilegiert. »Wenn wir ihn in Ruhe lassen, wird er uns in Ruhe lassen.«

Bei allem, was wir getan haben, waren wir Kinder. Und ein Stück weit hat er uns auch zu sehr vertraut. Wir wissen Dinge, haben Sachen gesehen, Namen gehört.

»Es ist vorbei. Für immer.«

»Bist du dir sicher?«

Ich sehe sie an. »Das muss ich. Alles andere würde ständige Paranoia und Angst bedeuten. Bis mir ein Beweis fürs Gegenteil vorgelegt wird, bin ich fest davon überzeugt, dass es vorbei ist.«

»Okay.« Sie nickt, und ich weiß, dass sie versucht, diesen Gedanken zu manifestieren. »Okay. Und jetzt? Wie geht es weiter?«

»Ende des Sommers, Thea holen, ein Jahr Shrewsbury.«

»Das wars?«

»Natürlich nicht. Aber länger plane ich nicht. Das wäre dumm. Es kommt sowieso anders.«

»Was ist mit dir und Adrian? Was und wie ist das passiert?« Ich lächele automatisch, als ich den Namen höre.

»O mein Gott.« Maxi reißt die Augen auf. »Du hast mit ihm geschlafen.«

»Ja«, gebe ich zu. »Und ich würde es jederzeit wieder tun. Wenn ich ihn erreichen würde.«

»Was soll das heißen?«

»Ich erreiche ihn nicht mehr, seit er vor zwei Tagen zurück nach London gefahren ist. Allerdings ist seine Familie auch ... einzigartig.«

»Da kann er sich hinten anstellen. Was ist der Plan?« Sie schaut mich an und zieht eine Grimasse. »Du willst nach London.«

Ich muss gar nichts sagen.

»Du rennst ihm hinterher, das ist dir bewusst?«

»Ja«, brumme ich. »Heißt nicht, dass du es mir unter die Nase reiben musst. Aber Adrian ist nicht der Typ fürs Ghosten. Er würde seiner Ex noch sein Auto leihen, wenn sie es bräuchte.«

»Wirklich?«

»Ich glaube nicht, dass irgendwer den Ferrari bekommen würde. Aber er würde ihr vermutlich einen Chauffeur schicken. Sie ist die beste Freundin einer seiner Schwestern.«

»Klischee.«

Ich weise sie nicht darauf hin, dass ich Emmett als Bruder adoptiert habe und damit zwischen uns dreien ebenfalls eine Ginny-Harry-Ron-Situation vorliegt. Es sind immer die besten Freunde von Geschwistern. Oder eben Geschwister von besten Freunden.

»London also?«

»Ja.« Ich grinse, als sie verstimmt guckt. »Aber keine Sorge. Seine Gnaden schließen sich uns bestimmt gerne an, wenn du nett fragst.«

»Bitte wer?«

»Emmett. Hat er dir das nicht erzählt? Er ist sowas wie der wichtigste Duke Schottlands. Deswegen das schnieke Schloss.«

»Nein, hat er nicht. Ein Adelstitel? Echt? Ich hab ganz vergessen, dass die das hier noch haben.«

»Mein Onkel George ist ein Earl. Und Adrians Grandpa ist auch irgendetwas.«

»Werden die Titel inflationär vergeben oder ist das die Gesellschaftsschicht?«

»Ich glaube, sie sind in der Gesellschaftsschicht inflationär.«

»Verrückt. Monarchie ist eine so geldverschwenderische Staatsform. Und die Hälfte der Bevölkerung interessiert sich nicht mal für die Königsfamilie.«

Ich stehe auf. »Bestimmt ein schönes Essaythema, wenn man sich mit Politik auseinandersetzen will.«

»Detailliert lieber nicht, danke.« Sie ergreift meine Hand und lässt sich von mir hochziehen. »Ich hab Hunger.«

»Sind schon wieder wir mit Kochen dran? Macht Samantha überhaupt noch irgendetwas?«

»Ich habe das Kochen freiwillig übernommen. Das hat was Therapeutisches. Und ich muss nicht spülen.«

»Bist ja ein richtiger Fuchs«, spotte ich.

Hintereinander klettern wir ins Haus zurück. Kaum sind wir im Flur, laufe ich frontal in etwas Großes, Breites rein, das nach Tom Ford riecht. »Wieso stehst du mitten vor der Tür, du Rindvieh?«, nuschele ich in Emmetts Shirt und mache einen großen Schritt zurück. Er grinst auf mich nieder.

»Ich war auf der Suche nach euch.« Cali O, der uns gefolgt ist, reibt sich schnurrend an seinem Hosenbein.

»Alle drei Miezen auf einmal, was eine Ehre.«

»Du kriegst gleich Mieze«, warne ich und hebe mein Kätzchen hoch. In meinen Armen rollt er sich auf den Rücken, sodass ich ihm den Bauch kraulen kann.

Emmett feixt angesichts meiner Drohung, bevor er zwischen Maxi und mir hin und hersieht. »Alles gut?«

»Nein.« Maxi tippt ihm mit dem Finger gegen die Brust. Verblüfft tritt er zurück, mit dem Rücken an die Wand. Sie folgt und schaut streng zu ihm auf. Mittelmäßig beunruhigt erwidert er ihren Blick. »Du hast mir nicht gesagt, dass du einen Adelstitel hast.«

Die Beunruhigung verschwindet so schnell, wie sie gekommen ist. Emmett lacht übermütig. »Einen? Süßes, ich habe sechs Titel. Von Norden nach Süden: Viscount of Keith and Banffshire –«

«Keith und Banffshire?«, unterbricht Maxi aufgeregt. »Kann ich den haben?«

Emmetts Finger finden den Weg an ihre Taille. »Das ist leider nicht so einfach. Dafür muss man ein uraltes Ritual durchführen?«

»Wirklich? Was für eins?«

In Emmetts Augen glitzert der Schalk, und ich grinse, weil ich weiß, worauf er hinauswill.

»Du und ich müssten beide einen Zeugen mitbringen. Und man muss dafür an bestimmten Orten. Nur wenige Menschen können das Ritual auch wirklich durchführen.«

»Was für Menschen?«

Er lehnt sich vor und wispert geheimnisvoll: »Standesbeamte.« Schallend lacht er, während Maxi ihm einen Klaps verpasst und die Arme verschränkt.

»Du bist so ein Arsch!« Ihre Wangen sind rot.

Emmett dagegen grinst und zieht sie wieder an sich heran. »Was willst du überhaupt damit? Ich bin zweifacher Duke, Marquess, zweifacher Earl und du willst den Viscount-Titel?«

»Dufftown liegt in dem Bereich«, erklärt Maxi mit kindlicher Aufregung.

»Nimms mir nicht übel, wenn ich deine Illusionen zerstöre, aber Dufftown ist nicht gerade das Zentrum der Welt. Von den 2.000 Seelen, die da wohnen, sind 1.500 vermutlich Schafe.«

»O mein Gott«, stöhne ich.

Auch Maxi schüttelt den Kopf. »Hast du nicht *Harry Potter* geguckt?«

»Willst du mich beleidigen?«

»In Teil drei sagen sie, dass Sirius Black zuletzt in Dufftown gesehen wurde. Das ist nicht weit weg von Hogwarts!«

Emmett legt den Kopf in den Nacken und lacht. »Zwei Dutzend Cousins, die darauf geiern, dass ich unfruchtbar bin, damit einer von ihnen Stirling Castle und alles andere bekommt, dabei gehört mir Hogwarts! Wie konnte mir das entfallen?«

»Das weiß ich auch nicht«, kommt es hochmütig von Maxi.

»Ich werds mir als Wohnadresse in all meine Dokumente eintragen lassen«, verspricht er.

»Das hoffe ich für dich.«

»Sollte ich jemals hinfahren, kannst du mitkommen, wenn ich aus dir schon nicht die Viscountess mache. Zumindest jetzt nicht. Was hältst du davon?« Schneller als ich gucken und sie reagieren kann, dreht Emmett sich um, sodass Maxi mit dem Rücken zur Wand steht, er vor ihr. »In Schottland ist es aber kalt.«

»Bestimmt gibt es Möglichkeiten, sich zu wärmen.« Sie lächelt. Ohne den Blick zu senken, wendet sie sich an mich.

»Willst du schon mal Kartoffeln schälen, Rina?«

»Unbedingt.« Ich wende mich ab. »Ich halte sowieso nichts von Softpornos.«

Als ich unten ankomme, höre ich noch, wie oben ein Bild krachend von der Wand fällt.

ADRIAN

Die Haustür schließe ich bewusst leise, doch leider bleibe ich nicht unbemerkt. Ich sehe nämlich genau, wie die Köchin aus der Küche herauslugt, nur um schnell wieder zu verschwinden. Großartig, in fünf Minuten lauert mir also *mamma* auf. Ich mache mir keine Illusionen, dass sie mich in Ruhe lässt. Vielleicht, weil Cara nicht da ist, oder weil ihr aufgefallen ist, dass mit mir etwas nicht stimmt.

Praktisch auf Kommando summt mein Handy. Ich ziehe es hervor. Kate.

Es tut weh, dabei zuzusehen, wie der Anruf endet. Aber ich kann nicht mit ihr sprechen. Nicht, wenn ich all das im Hinterkopf habe, was Enzo mir über Lukas Herzog erzählt hat.

Wir haben ein Leben auf dem Gewissen. Oder vermutlich sogar sehr viele. Was wir verstecken, sind Unmengen tödlicher Substanzen. Anzunehmen, dass es da keine Verluste gibt, wäre ignorant und dumm.

Bei Josephine Lemaire kann ich mir einreden, dass wir nicht schuld waren. Einfach, weil wir nie herausfinden werden, woher sie die Drogen hatte. Es hätten exakt die Drogen sein können, die Kate in die Stadt gebracht hat. Oder welche, die in unseren Häusern gelagert waren. Oder tausend andere Möglichkeiten. Aber bei Lukas Herzog gibt es keine Ausreden.

Sollte er wirklich tot sein, wovon Enzo ausgeht, sind wir schuld. Dann wird aus namen- und gesichtslosen Gestalten ein Gesicht mit Name, das mich in meinen Träumen verfolgen wird.

»Adrian!« Wie eine personifizierte Sommerbrise, strahlend und in Blaugrün, kommt meine Mutter die Treppe heruntergeeilt.

»*Mamma.*« Ich lasse sie an meinen Haaren rumfummeln, meine Gedanken längst woanders.

»Wo warst du denn?«

»Unterwegs«, weiche ich aus.

Jay hat mich gestern angerufen. Von irgendwoher wusste er, dass ich Interesse an seiner alten Wohnung habe. Verdächtiger Nummer eins ist Emmett, dicht gefolgt von Samantha.

Um zu verhindern, dass einer von beiden Kate steckt, dass ich gar kein ernsthaftes Interesse am Ausziehen habe, und vielleicht auch, weil ich gehofft habe, dass es mich auf andere Gedanken bringt, war ich mit Jay beim Sport.

»Unterwegs«, wiederholt meine Mutter. »Das kann alles bedeuten.«

»Ich war mit Jay beim Sport«, offenbare ich, bevor das Misstrauen in ihr Wurzeln schlagen kann.

»Ah.« Sie lächelt. »Wie geht es ihm? Fühlt er sich wohl in seiner neuen Wohnung? Hat er genug zu essen?«

»Gut, ja und sehr wahrscheinlich.«

Damit gibt sie sich zufrieden und scheucht mich die Treppe hoch. »Dein Vater möchte dich im Arbeitszimmer sehen. Bring deine Sachen weg und lass ihn nicht warten.«

Weswegen das denn? Und wieso ist er zu Hause? Warum nicht auf der Arbeit? Er ist immer auf der Arbeit. Den Grund dafür werde ich wohl im Arbeitszimmer herausfinden, also bringe ich die Sporttasche in mein Zimmer und gehe in den anderen Flügel, wo die Räume meiner Eltern sind.

Ich klopfe an und Dad bittet mich herein. Überraschend leger sitzt er auf seinem samtgrünen Sessel.

Enzo steht am Kamin, wie üblich im Anzug und umgeben von einer Aura maximaler Ungeduld. »Na endlich!«

»Was machst du denn hier?«, frage ich Dad, anstatt auf meinen Bruder einzugehen.

»Was fragst du mich das dauernd? Ich wohne hier«, sagt er und deutet auf das Sofa.

Ich verkneife mir ein Augenrollen und setze mich brav.

»Wärst du nicht dauernd in Colchester, hättest du das vielleicht eher bemerkt.« Er nimmt einen Schluck Wasser. »Deine Mutter hat mit Cara gesprochen. Sie ist ganz begeistert von Katharine. Das scheint ja in der Familie zu liegen.«

Ölige Schuldgefühle steigen in mir auf, während Enzo schnauft. »Die kommen sicher nicht von deiner Seite der Familie.«

»Sie ist wohlerzogen, hübsch, katholisch und aus guter Familie«, sagt Dad mit einem zufriedenen Unterton, der mir überhaupt nicht passt.

»Je nachdem, welcher Quelle man nachgeht, kann man das auch über Luzifer sagen.« Enzo zieht eine Grimasse.

»Also bitte«, sagt Dad »Wir wollen niemandem Unrecht tun.«

»Schon gar nicht Luzifer.«

»Genug!«, sagt Dad, jetzt schärfer. »Du hast sowieso noch einiges zu erklären. Setz dich.«

Entspannt lehnt Enzo sich gegen den Kamin.

»Wovon sprichst du?«

»Die Bank hat angerufen. Wir wüssten alle gerne, wofür du 15.000 Pfund Bargeld benötigst.«

Ich horche auf. Natürlich nicht wegen des Betrags, was sind schon 15.000 Pfund, sondern wegen der Abhebung.

Bargeld hinterlässt keine Spuren. Aber wobei will Enzo unbemerkt bleiben?

»Für eine Idee«, gibt er nichtssagend zurück.

»Was für eine Idee? Weißt du etwas davon, Adrian?«

»Nein«, sage ich sofort und es stimmt.

»Also, Lorenzo?«

»Das sag ich dir nicht.«

»Wie bitte?« Dad verengt die Augen, dann schnaubt er. »Diese *Idee*. Hat sie einen Namen?«

Ein schmales Lächeln huscht über Enzos Gesicht. »Hat sie. Paula.«

»15.000 Pfund, Lorenzo? Für eine Frau? Wer ist sie? Woher kennt ihr euch? Wann stellst du sie uns vor? Kennst du ihre Familie?«

»Sowohl sie als auch ich haben nicht vor, das in nächster Zukunft zu tun. Sie, weil ihr nichts daran liegt, dass ich ihren Ehemann genauer kennenlerne, und ich, weil Nunzia vermutlich in Ohnmacht fällt, wenn sie mitbekommt, dass ich mit einer verheirateten Frau schlafe.«

Während ich mich immer mehr frage, was das für ein absurdes Gespräch ist und warum ich daran teilnehmen muss, sieht Dad weder empört noch entsetzt aus. Aber als er *mamma* einen Antrag gemacht hat, war er ja auch noch in einer Beziehung samt gemeinsamer Wohnung mit Enzos Mum.

»Wenn sie einen Ehemann hat, wieso musst du sie dann finanzieren?«, fragt er mit erhobenen Brauen.

»Sollte ich ihm jemals begegnen, werde ich ihm anbieten, seine Finanzen mit ihm durchzugehen und sie zu optimieren, damit seine Frau einen Lebensstil pflegen kann, der ihren Ansprüchen gerecht wird.«

»Dann muss sie sich vielleicht keine außerehelichen Beschäftigungen suchen«, gibt Dad glatt zurück.

»Ja, vielleicht«, kommt es genauso glatt von Enzo.

»Na gut. Du wirst das Geld selbstverständlich von deinem eigenen Konto zurückzahlen. Mit deinem Eigentum kannst du tun, was du willst, aber du ziehst sicher nicht Bellini in deine schmutzige Wäsche mit hinein. Ich werde den anderen sagen, dass du das Geld für Schulden deiner Mutter benötigst. Niemand wird nachfragen.«

Jetzt fällt die Nonchalance von Enzo ab. »Sie hat keine Schulden, seit Jahren nicht mehr, und sie macht auch keine neuen«, sagt er scharf. Seine Mutter hat sich, nachdem Dad sie verlassen hat, in einige zwielichtige Dinge verwickeln lassen. Dad hat ihre Konflikte mit dem Gesetz für eine nicht unerhebliche Summe aus allen offiziellen Akten streichen lassen. »Es würde aber niemanden wundern. Keiner wird genauer nachhaken. Du hast die falsche Kreditkarte verwendet, das kann vorkommen.« Dads Stimme wird hart. »Wenn es nach mir geht, kannst du dich durch alle verheirateten Frauen von ganz London vögeln, aber ich werde sicher nicht Domenico oder Benedetta mitteilen, dass du auf derartige Weise auf ein Bündnis vor Gott spuckst. Das sind Katholiken, Lorenzo! Domenico ist nichts heiliger als die Ehe, gerade seit Aurora tot ist! Noch mag er dich. Mach nicht den Fehler, etwas daran zu ändern!«

»Das ist nicht fair«, spuckt Enzo. »Sie hat seit Jahren keine Schulden mehr, und wenn du dich damals nicht verpisst und uns ohne finanzielle Unterstützung zurückgelassen hättest, um dir deine Trophy-Wife zuzulegen, hätte sie auch niemals Schulden machen müssen!«

»Das reicht! Ich will nichts mehr hören! Kein Wort über diese ... Paula zu irgendwem! Und jetzt raus, beide! Ich rufe Domenico an.« An Dads Hals pulsiert schon wieder diese Ader und ich beeile mich, aufzustehen.

Ich weiß, dass Enzos Mutter zwischen den beiden immer ein Spannungspunkt war, aber noch nie ist Enzo so deutlich geworden. Ich kann ihm nicht mal vorwerfen, wie er über meine Mutter spricht.

Ich verlasse das Arbeitszimmer ohne ein weiteres Wort, Enzo auf den Fersen. Er zieht die Tür deutlich lauter zu, als notwendig.

Bevor ich etwas sagen kann, raunzt er mich an: »Du denkst an das Essen heute Abend mit Steven. Wir fahren um sieben!« Mag sein, dass Enzo einen Steven kennt, ich aber nicht. Und erst recht haben wir nie über ein Dinner gesprochen. Weder für heute noch für einen anderen Tag. Ich nicke automatisch, und er stürmt davon.

KATHARINA

Mailbox. Mal wieder die verdammte Mailbox. Die automatische Stimme und das Tuten sind das Einzige, was ich seit Adrians Abreise von ihm gehört habe.

Damit kann ich nicht umgehen. Nicht nur, dass bei seiner Abreise vor drei Tagen alles gut zwischen uns war, sondern auch, weil ich seine ruhige, unaufdringliche Persönlichkeit vermisse. Und weil es mich krank macht. Mein Ego, um genau zu sein. Ich werde nicht geghostet. Klingt arrogant, ist aber so. Sowas passiert mir einfach nicht. Ich werde das nicht hinnehmen. Vor allem, weil ich mir sicher bin, dass etwas nicht stimmt. Was genau das ist, werde ich herausfinden. Ob Adrian damit einverstanden ist oder nicht. Er hat mich auch nie in Ruhe gelassen, als es mir schlecht ging. Ich stehe auf und klettere durch das Fenster vom Dach nach drinnen.

Meine Gitarre lege ich auf der Couch ab, bevor ich durch die Verbindungstür in Samanthas privaten Trakt des Hauses trete. Vor ihrer Zimmertür schießt es mir kurz durch den Kopf, dass halb sechs am Morgen eine unverschämte Uhrzeit ist, andererseits ist Samantha immer relativ früh wach. Ich klopfe an.

»Ja?«, kommt es sehr verschlafen von der anderen Seite.

Ich trete ein.

Als erstes begegnet mir der Geruch.

Unverkennbar. Es riecht nach Sex.

Vor dem Bett liegen wild verstreute Klamotten, und während meine Mutter sich gähnend und mit nacktem Oberkörper aufsetzt, bleibt James, ebenfalls obenrum unbekleidet, seelenruhig liegen, das Gesicht in den Kissen vergraben.

»Guten Morgen«, begrüßt Samantha mich. Sie lächelt. Bis ihr Blick auf die verstreuten Klamotten fällt.

Ich kann ihrem Denkprozess praktisch zusehen, während sie den Raum mustert und die Ereignisse der letzten Nacht zurückkehren. Langsam dreht sie den Kopf und sieht James an, der davon nichts mitbekommt.

»Soll ich später wiederkommen?«, biete ich an, als sie das Gesicht in den Händen vergräbt. Ich weiß ehrlich nicht, warum sie so überrascht und schockiert ist. Das war doch von Anfang an klar.

»Nein«, sagt sie dumpf. »Ist schon in Ordnung.« Umständlich zieht sie die Decke vor der Brust hoch. »Was gibt es? Möchtest du dich setzen?«

»Ähm ... nein. Lieber nicht.«

»Na gut. Mach bitte die Tür zu. Was kann ich für dich tun?« Sie scheint zu spüren, dass mich etwas bedrückt.

»Ich will nach London.«

»Okay. Und hat das etwas mit Adrian zu tun?«

Ich lehne mich gegen die Tür und lasse mich in die Hocke sinken.

»Er meldet sich nicht mehr, seit er da ist. Geht nicht ans Handy, schreibt nicht. Ich weiß nicht, was los ist.«

Samantha brummt nachdenklich. Dann zieht sie aus dem Nichts James ihr Kissen über. Er schreckt hoch.

»Hast du etwas damit zu tun?«

»Was?«, fragt er verschlafen. »Was ist los?« Er setzt sich auf und fährt sich über das unrasierte Gesicht. »Was machst du denn hier?«

Bevor ich ihn dasselbe fragen kann, wiederholt Samantha ihre Frage: »Weißt du etwas darüber, dass Adrian sich nicht mehr meldet?«

»Bei wem? Weswegen?«

Samantha rollt mit den Augen. Ich auch.

»Braucht dein Betriebssystem immer so lange, um hochzufahren? Zum Glück habt ihr mir ein Update eingekreuzt.«

Hätte ich gewusst, dass er Teil dieses Gespräches wird, hätte ich es vielleicht doch nicht gesucht.

James räuspert sich und scheint langsam den Schlaf abzuschütteln. »Adrian ghostet dich?«

»Ich liebe es, wie sensibel du bist«, zische ich.

»Entschuldigung. Aber nein. Was auch immer der Grund ist, das ist keine Entscheidung, die wir Adrian abgenommen haben. Das hat er selbst zu verantworten.«

»Toll.« Ich zwinge mich zu einem Lächeln. »Jetzt geht es mir viel besser, danke.«

»Ich bin mir sicher, dass es eine vernünftige Begründung gibt«, sagt Samantha beschwichtigend. »Und es ist vermutlich eine gute Idee, dass du sie herausfinden möchtest.« Sie lächelt sanft. »Lieber früher als später, habe ich recht?«

Ich nicke. Sonst werde ich wahnsinnig. Den ganzen Tag versuche ich, mir einen Reim daraus zu machen, aber die Wahrheit werde ich wohl nur von Adrian selbst erfahren.

»Also gut. Ihr packt. Ich mache Frühstück und bespreche mit Cara, dass ihr beide abreist. Ich nehme an, dass Maxi und Emmett euch begleiten werden.«

Sie wendet sich an James. »Gib Richard bitte Bescheid. Abfahrt in zwei Stunden sollte realistisch sein, denke ich.«

Oh verdammt. Anscheinend wird sie uns jetzt alle los.

Verstohlen blicke ich zu James, doch der lässt sich nicht anmerken, ob ihre Entscheidung ihn trifft. Stattdessen beugt er sich vor und fischt sein Hemd vom Boden, aus dessen Brusttasche er sein Handy zieht. »Das denke ich auch.«

Samantha nickt, nimmt ihm das Hemd ab und schlüpft hinein. Sie knöpft es zu, schlägt die Decke zurück und steht auf.

»Na dann los. Es gibt viel zu tun. Und bitte denk an deine Katze, hörst du?«

»Ich überhöre das, weil ich gerade keine Lust habe, darüber empört zu sein, dass du mir unterstellst, dass ich ein Lebewesen, für das ich verantwortlich bin, irgendwo vergessen könnte.«

21

No Time To Die (Instrumental) – Movie Sounds Unlimited

KATHARINA

Ziemlich genau zwei Stunden später sind wir abfahrtbereit. Richard ist wieder da, mit dem Urus, dessen Kofferraum mit dem Großteil meines Krams sowie Janis Joplin zugepackt ist. Es hängt unausgesprochen in der Luft, dass ich diesen Sommer nicht mehr wiederkommen werde.

Samantha hat Cara verklickert, dass jetzt der beste Teil der Ferien beginnt, den die beiden nur zu zweit genießen können, trotzdem wirkt sie geknickt. Ich verspreche ihr, dass wir uns allerspätestens bei der Gala zum 200-jährigen Jubiläum von Bellini wiedersehen werden.

Emmett verabschiedet sich ebenfalls überschwänglich von ihr, bevor er, ohne Samantha auch nur eines Blickes zu würdigen, in seinen Wagen steigt. Ich sehe genau, wie verletzt sie ist, und auch Maxi wirft ihm einen verständnislosen Blick zu. Sie umarmt Samantha und die beiden tauschen ein paar geflüsterte Worte, bevor Maxi ihren Helm überzieht und auf ihr Bike steigt.

Samantha nimmt auch mich in den Arm. Ich erwidere ihre Umklammerung. Auf einmal tut es mir leid, dass wir das Haus nach den Tagen voller Lautstärke und Aktivität so leer und still zurücklassen. Ob sie hier manchmal einsam wird?

»Du kannst immer anrufen oder herkommen, wenn du das möchtest«, sagt sie leise an meinem Ohr. »Ich möchte, dass du das nicht vergisst.«

»Danke«, sage ich, und meine Stimme ist nicht so fest, wie ich es gerne hätte.

»Und das mit Adrian wird sich klären, da bin ich mir sicher.« Ich nicke und umarme sie noch einen Augenblick länger, bevor wir uns loslassen.

Richard öffnet mir die Tür zur Rückbank. Ich klettere hinein, Cali O wartet bereits. Samantha sieht James nicht an, als er auf sie zutritt, um sich zu verabschieden. Er bekommt einen Kuss auf die Wange, der unglaublich gezwungen aussieht.

Bevor er etwas sagen kann, wendet sie sich an Richard: »Ich erwarte, dass Sie vorsichtig fahren, Rick.«

Er neigt den Kopf. »Nichts anderes würde mir einfallen.«

»Sehr schön. Dann habt eine gute Fahrt!« Sie und Cara gehen zur Haustür, damit Platz zum Wenden ist.

James und Richard steigen ein, das Tor schwingt auf und Maxi rollt aus der Einfahrt.

Emmett folgt, dann Richard.

Kaum sind wir auf der Landstraße, lehne ich mich vor.

»Kann ich Musik anmachen?« Ich bilde mir ein, dass Richard seufzt, doch James sagt: »Wenn du Spaß daran hast.«

Grinsend verbinde ich mein Handy mit dem Auto. Taylors Stimme erklingt.

James legt den Kopf in den Nacken und massiert sich die Schläfen. »Zum Weihnachtsbonus gibt es dieses Jahr Schmerzensgeld«, verspricht er seinem Bodyguard.

»Wieso haben wir überhaupt Sie dabei und nicht Jimmy? Jimmy ist viel netter.«

»Es ist nicht seine Aufgabe, nett zu sein«, erwidert Richard kühl.

»Nein, aber geschadet hat Freundlichkeit auch noch niemandem.«

»Merk dir das mal besser«, mahnt James.

»Moment.« Ich mache die Musik leise und wechsele ins Deutsche. »Was ist dein scheiß Problem?«

»Ich habe kein Problem, aber wenn du mit schlauen Ratschlägen um dich wirfst, berücksichtige sie doch auch selbst.«

Er wirft mir einen Blick durch den Rückspiegel zu.

Richard hält neben Emmett an einer roten Ampel. Vor uns steht Maxi, links neben ihr ein Porsche Panamera. Alle vier Scheiben sind heruntergelassen, Musik dröhnt über die ganze Straße. Der Porschefahrer streckt den Arm aus dem Fenster, und ich weiß genau, was er vorhat.

Maxi passt nicht richtig auf, er langt zwischen ihre Hände an den Lenker. Das Röhren ihrer Maschine erstirbt abrupt, als er den Killswitch betätigt. Obwohl weiterhin rot ist, gibt er gleich darauf Gas, um aus ihrer Reichweite zu kommen, wobei er die Haltelinie ein gutes Stück überfährt.

Anstatt den Motor wieder zu starten, klappt sie den Seitenständer auf, springt vom Bike, huscht hinter den Porsche, öffnet den Kofferraum und kehrt zu ihrer Maschine zurück.

Es wird gelb.

Maxi ist längst wieder fahrbereit, als die Ampel auf Grün springt. Dröhnend schießt sie davon, nicht ohne dem Panamera einen Mittelfinger zu zeigen.

In weiser Voraussicht fährt Richard noch nicht los, denn der Fahrer öffnet schwungvoll seine Tür und steigt laut fluchend aus, um seinen Kofferraum zu schließen. Wir rollen langsam an ihm vorbei, Emmett zieht hinter uns, und dann folgen wir Maxi auf die Autobahn.

»Wenn ich mitkriege, dass du so leichtsinnig bist«, warnt James mich, »kannst du das Geld, das du ausgibst, in Zukunft mit echter Arbeit verdienen.«

»Ich wäre für so jemanden nicht abgestiegen. Ich hätte ihm mein Wasser übergekippt, aber danke für den Hinweis. Außerdem war es ja wohl berechtigt.«

»Im Straßenverkehr beharrt man lieber hinterher auf sein Recht. Das hätte schiefgehen können.«

»Wieso sagst du mir das? Ruf Maxi an und sag es ihr.«

»Für Maxi trage ich nicht die Verantwortung.«

»Wenn du es tätest, würdest du deine schlechte Laune immerhin fifty-fifty auf uns aufteilen und nicht zu hundert Prozent an mir auslassen.«

»Wie bitte?«

»Du hast mich schon verstanden.« Ich halte seinen Blick im Rückspiegel.

»Ich hab dir nichts getan, okay?« Mag sein, dass er pissig ist, weil wir zurück nach London fahren, aber ohne mich hätte er gar nicht die Chance bekommen, die letzten Tage bei Samantha zu verbringen. Dann hätte es für ihn nämlich gar keinen Grund gegeben, überhaupt hinzufahren.

Ich bekomme keine Antwort und die nächsten fünf Minuten vergehen in unangenehmem Schweigen. Wäre ich besser bei Emmett mitgefahren. Aber der wollte Cali O nicht in seinem Wagen haben.

»Sir.« James schaut von seinem Handy auf und folgt Richards Blick durch den Seitenspiegel. Ich strecke mich, um ebenfalls hineinzusehen.

In einer Geschwindigkeit, die ich als Kind deutscher Autobahnen fürs rückwärts Einparken nutze, die hier jedoch deutlich über der Höchstgeschwindigkeit liegt, nähert sich der Porsche.

Er fährt auf der rechten Seite, doch vor ihm sind mehrere Autos. Er wechselt die Spur und nimmt dabei einem dunkelgrünen 5er BMW Gran Coupé die Vorfahrt, der bremst ruckartig ab und zieht ebenfalls links rüber. Er versucht, die Diagonale zwischen dem Porsche und Maxi weiter vorne zu schließen, doch keine Chance, der Panamera ist zu schnell.

»Was hat er vor?«, frage ich.

James runzelt die Stirn. Er tippt mit fliegenden Fingern auf seinem Handy herum. Seine Augen zucken zwischen dem Bildschirm und der Straße hin und her.

»Da kommt eine Kurve«, sage ich. »Da kommt eine Kurve!«

In ein paar hundert Metern neigt die Straße sich nach links, und mich beschleicht eine beunruhigende Vorahnung. Der Porsche zieht weiter an Geschwindigkeit an, ist jetzt auf einer Höhe mit Maxi und zieht immer weiter nach links, wodurch er sie näher und näher in die Leitplanke zwingt. Sie gibt Gas, doch er bleibt dicht an ihr dran, so dass sie nicht rüber kann.

Emmetts Motor heult auf, als er beschleunigt, um sich vor den Panamera zu setzen. Doch dieser beginnt zu schlenkern, sodass sicheres Überholen unmöglich ist und Maxi nur noch wenige Zentimeter zwischen sich und dem Metall hat.

»Was macht er da?« Mir schlägt das Herz in der Kehle. Auf dem Bike ist Maxi sowieso viel unsicherer als in einem PKW, und der Porsche läuft Gefahr, sie und Emmett gleichzeitig zu treffen, wenn er jetzt die Kontrolle verliert. Wenn es knallt, sind alle dran. Genau wie der 5er BMW, der sich hartnäckig in dem Tumult hält.

»Wieso bremst sie nicht?«, grollt Richard.

»Wenn er vor sie zieht, knallt sie frontal in ihn rein, da ist doch überhaupt kein Bremsweg!«

Noch während ich spreche, passiert es. Schlingernd geht der Porsche in die Kurve und bricht aus.

Vielleicht ist es ihr Instinkt. Vielleicht ist es Gott, der sie lenkt, oder vielleicht auch etwas ganz anderes. Aber einen Wimpernschlag bevor er in die Leitplanke schlittert und seinen perfekten Metalliclack komplett zerkratzt, gibt Maxi Gas. Dröhnend schießt sie davon. Mitten in die Kurve.

Sie ist viel zu schnell, der Lenker viel zu gerade.

Emmett und wir bremsen, als sie über zwei, Gott sei Dank leere, Spuren schießt. Ich schlage mir die Hand vor den Mund, kann nicht wegsehen, bin wie gelähmt.

Maxi kriegt die Kontrolle zurück. Sie fängt sich und die Maschine, lehnt sich zur Seite und geht in die Biegung. Es ist bewundernswert, dass Richard und Emmett noch die Aufmerksamkeit besitzen, die Wagen gerade zu halten. Den Porsche haben wir in der Leitplanke gelassen, auch den 5er sehe ich nicht mehr. Die Kurve wird enger, und wie im Lehrbuch lehnt Maxi sich in perfekter Harmonie mit der Maschine zur Seite. Weit. Sehr weit. Das Bike liegt fast auf der Straße.

Ich weiß, dass Maxi gerade der gleiche Gedanke durch den Kopf schießt wie mir: Ein Fehler und es ist vorbei.

Sie lässt sich weiter sinken, Funken fliegen, als ihr Knie und der Ellbogen über den Asphalt schürfen.

Ich danke Gott, Ma und Dad, qualitativer Schutzkleidung, BMW und vielen geschwänzten Schultagen, die wir auf dem leeren Schrottplatz mit Üben verbracht haben. Halb rutscht, halb fährt sie über den Scheitelpunkt der Kurve. Ebenso rechtzeitig vor der Geraden fängt sie sich, richtet sich auf, das Bike kommt stabil hoch und sie fährt sicher weiter.

Im Auto herrscht Stille. Mir fehlen die Worte. Mein Herz rast. Ich will hier raus und sofort zu meiner Schwester. Ich will sie in den Arm nehmen, will mit meinen zitternden Händen ihre Haut berühren und mich vergewissern, dass es ihr gut geht. Als ginge es ihr ebenso, blinkt sie und fährt auf die Rastplatzspur.

Der Motor ist noch nicht aus, doch ich bin schon längst aus dem Wagen, ums Heck herum und bei Maxi. Vom Bike fällt sie mir fast in die Arme. Durch die Schutzjacke und meine Klamotten wummern unsere Herzen gegeneinander.

Ich habe keine Worte. Sie kann ein Auto mit allen erdenklichen Assistenzfunktionen nicht vorwärts einparken, ohne auf die Vollkasko zurückzugreifen, aber Motorrad fährt sie wie der Teufel.

Einen langen Augenblick halte ich sie fest, dann mache ich mich los und greife nach ihrem Arm. Am Ellenbogen ist die Jacke übel zerkratzt, die Hose am Knie. Doch die Haut scheint unbeschadet. Gott sei Dank.

Maxi macht einen Schritt zurück, um den Helm abzunehmen und die Handschuhe abzustreifen.

Ihr Haar ist verschwitzt und klebt an der blassen Haut ihres eigentlich so sonnengeküssten Gesichts.

Mit riesigen Augen starrt sie mich an. Unsere Hände finden sich und wir verschränken die Finger.

»Geht es ...« Sie räuspert sich. »Geht es euch gut?«

Ich nicke, noch immer stumm. Wir drehen uns um, zu Emmett. Seine Fahrertür ist offen, er sitzt seitlich auf dem Fahrersitz, die Füße auf dem Asphalt. James hockt neben der geöffneten Fahrertür und redet leise auf ihn ein.

Da lehnt Emmett sich vor und erbricht sich. James hält ihm die Hand gegen die Stirn und reicht ihm eine Flasche Wasser. Die Hälfte wird verschüttet, weil Emmetts Hände so dermaßen zittern. Sein weißes Gesicht ist tränennass.

James hilft ihm beim Trinken, wischt ihm die Stirn ab und spült den Asphalt mit dem restlichen Wasser. Dann stützt er sich an der Tür ab und greift nach Emmetts Nacken. Dieser lässt sich widerstandslos nach vorne ziehen. Seine Schultern zucken und er vergräbt das Gesicht in James' Hemd. Jeder Streit ist vergessen, jede Bockigkeit fallen gelassen. Die Meinungsverschiedenheiten der letzten Wochen sind nichts gegen die Tatsache, dass James Emmett mit Liebe, Fürsorglichkeit und Verständnis aufgezogen hat, seit ...

»Scheiße«, flüstere ich.

»Was?«, fragt Maxi beunruhigt, doch ihre Augen verlassen Emmett nicht.

»Seine Eltern«, murmele ich. »Sie sind gestorben, als sie mit dem Auto von der Straße abgekommen sind.«

»Was?« Entsetzt starrt sie mich an, gerade als Richard zu uns tritt.

»Wie fühlen Sie sich?«

Maxi zuckt mit den Schultern, sichtlich überfordert. »Ich weiß nicht. Gut?«

»Das Knie und der Ellenbogen?«

»Nichts.« Ihr zittriges Lächeln ist eher eine Grimasse. »Gute Schutzkleidung.«

Er nickt, scheinbar tiefenentspannt. Irgendwie färbt seine Ruhe ab. »Setzen Sie sich einen Moment.«

Wir folgen ihm zum Urus und setzen uns in den offenen Kofferraum, mit dem Rücken an meine Taschen und Kisten. Nach einem kurzen Augenblick sackt Maxi in sich zusammen. Richard packt ihre Schulter und lässt sie kontrolliert gegen die Innenwand sinken.

»Mir ist ein bisschen schwindelig.«

»Das Adrenalin lässt nach.« Ich wende mich an Richard.

»Haben wir Kaffee oder Energydrinks?«

Er schaut sich um, gerade als der 5er BMW von eben auf den Parkplatz rollt und hinter uns zum Stehen kommt.

Die Beifahrertür schwingt auf und zu meiner Überraschung steigt Jimmy aus. Den dunkelhaarigen Mann auf der Fahrerseite kenne ich nicht.

»RedBull, Berry«, ruft Richard.

»Ja, Sir.« Der Dunkelhaarige holt zwei Dosen aus dem Kofferraum und kommt damit herübergejoggt. Er öffnet die Dosen und reicht sie Maxi und mir.

Ich bedanke mich artig, trinke jedoch nicht. Maxi setzt an, nimmt jedoch auch nur Minischlücke.

»Alles in Ordnung?«, fragt Jimmy fürsorglich.

Ich nicke. Mein Herzschlag ist wieder auf normalem Level, doch der Schreck sitzt tief.

»Und?«, erkundigt Richard sich.

Berry verzieht das Gesicht.

»Der Wagen wird abgeschleppt werden. Dem Fahrer fehlt nichts außer einer Aggressionstherapie.«

»Wohl eher ein Gehirn«, sagt Maxi matt. Sie stellt die Dose ab, und ich helfe ihr, sich aus der dicken Jacke zu schälen.

»Maxi«, ruft James gedämpft. »Komm her, bitte.«

Sie richtet sich sofort auf. Jimmy reicht ihr die Hand, hilft ihr aus dem Wagen und hinüber. Mit einem Geräusch wie ein verletztes Tier zieht Emmett sie an sich. Sie klammern sich aneinander fest.

»Gibt es eine Möglichkeit, das Motorrad nach London zu transportieren?«, frage ich Richard leise. Ich will nicht, dass

Maxi weiterfährt. Das wäre leichtsinnig. Dazu ist sie vermutlich geistig und körperlich gerade nicht in der Lage.

»Darum kümmern wir uns.«

»Und der Aston Martin? Emmett fährt heute auch nicht mehr.«

»Du nimmst den Wagen, wenn du dich um die Maschine gekümmert hast«, wendet er sich an Berry, der zackig nickt.

»Dann nimmt Jimmy den Urus und wir den 5er«, entscheide ich.

»Das wird Ihr Vater sich gleich –«

»Ist mir vollkommen egal, was er gleich entscheidet. Weder Emmett noch Maxi lasse ich aus den Augen, bis wir in London sind. Jetzt lässt dummerweise James Emmett nicht aus den Augen, und Sie James nicht.«

»Wir werden sehen.«

»Ich will nicht sehen«, beiße ich hervor. »Ich will in diesen BMW steigen, Maxi festhalten und nach London fahren!«

James tritt zu uns an den Kofferraum. »Und?«

»Fahrer in Ordnung, Wagen vermutlich Totalschaden«, sagt Richard.

»Wenigstens etwas.«

»Berry wird sich um das Motorrad und den Aston kümmern. Jimmy nimmt den 5er, und wir fahren mit dem Urus weiter.«

Bevor James antworten kann, mische ich mich ein. »Sonst immer gerne. Aber jetzt ist wirklich nicht der Moment, um mich zu provozieren.«

Richard sieht mich nicht einmal an, doch James verengt die Augen.

»Was?«, fauche ich.

Er streckt mir die Hand entgegen. »Komm mal her.«

»Nein! Mir gehts gut.«

»Mir aber nicht. Ich brauche eine Umarmung«, sagt er, setzt sich neben mich und greift meine Hände.

Ich gebe nach und sinke gegen ihn, das Ohr an seiner Brust. Ich spüre seinen Herzschlag, kräftig und gleichmäßig.

»Wie möchtest du denn nach London fahren?« Er streicht mir durchs Haar.

Unverschämterweise antwortet Richard für mich, doch alle Kraft ist mir plötzlich abhandengekommen. Ich höre zu, wie er James meine Vorstellungen mitteilt.

»In Ordnung«, sagt James überraschenderweise. »So machen wir es. Gib Jimmy Bescheid.«

»Ich präferiere den Urus, Sir.«

»Ich habe volles Vertrauen, dass unsere Sicherheit in beiden Fahrzeugen gewährleistet ist. Wir nehmen den BMW. Die Mädchen fühlen sich darin wohler, das kann ich nachvollziehen.« Mal wieder fällt mir ein, dass James meinen Dad länger kennt, als ich es tue.

Er weiß genau, dass BMW für Maxi und mich genauso zu unserer Kindheit gehört wie versalzenes Essen und aufgeregtes Geschrei an Bundesligaspieltagen. Es ist lächerlich emotional, aber allein das Logo zu sehen, fühlt sich ein bisschen nach Zuhause an.

»Ich werde Jimmy Bescheid geben«, knickt Richard ein und entfernt sich.

»Danke«, sage ich, ohne aufzusehen, und drücke James' Hand. Und dann, weil ich irgendwie Mitleid mit ihm habe, füge ich hinzu: »Tut mir leid, dass du heute auch fahren musstest.«

James stößt ein sanftes Lachen aus. »Ach, Katharina. Das hat doch nichts mit dir zu tun. Wir kennen uns bedauerlicherweise gerade mal ein paar Wochen. Aber deine Mutter und ich spielen dieses Spiel seit dreizehn Jahren. Sie hat immer Gründe gefunden, mich wegzuschieben, und das wird sie auch weiterhin, ganz unabhängig von dir. Gib dir nicht die Schuld an etwas, das du nicht ändern kannst. Schon gar nicht, wenn ich es auch nicht tue.«

ADRIAN

Um nicht allzu deutlich zu machen, dass ich mir sehr sicher bin, dass Steven und das Dinner imaginär sind, ziehe ich mir Chinos, ein Hemd und darüber einen Pulli an, bevor ich mich auf mein Sofa setze und warte. Auf meinem Lockscreen blinken mir inzwischen zehn entgangene Anrufe von Kate entgegen. Sie hat weder auf die Mailbox gesprochen noch geschrieben. Das würde ich an ihrer Stelle auch nicht tun, denn unter normalen Umständen würde ich ihren Anruf sehen und mich zurückmelden.

Gott, wie sehr ich ihre Stimme hören will. Doch wenn ich nur darüber nachdenke, sie anzurufen, habe ich ihre Verzweiflung vor Augen und wie sehr sie darunter leidet, was Josephine Lemaire passiert ist.

Und dass wir vielleicht Schuld daran sind.

Vielleicht bin ich persönlich verantwortlich.

Weil ich seit zwei Jahren weiß, was meine Familie tut und nie in Betracht gezogen habe, das Richtige zu tun.

Wer weiß, ob es unser Heroin war? Wer weiß, ob ich es hätte verhindern können? Den Suizid und all den Schmerz. Ich wische meinen Lockscreen beiseite, weil das Atmen schwer wird. Doch das ist auch nicht besser. Mein Homescreen ist noch immer das Bild von Kate im Pavillon in Edinburgh. Sie sieht so unbeschwert aus. Voller kindlicher Freude, fast glücklich. Meine Augen brennen.

Es klopft.

»Adrian«, ruft mein großer Bruder, »bist du soweit?«

Ich gebe mir zehn Sekunden, um mich selbst in den Griff zu bekommen, dann öffne ich die Tür. »Natürlich.«

Enzo mustert mich. »Sicher?«

»Halt die Schnauze.« Ich gehe an ihm vorbei.

Die Zeiten, in denen ich mich ihm anvertrauen konnte, sind lange vorbei. Er ist ein Puppenspieler, und wir alle nur Marionetten an seinen Fingern.

Jede Information, die er bekommt, ist ein weiterer Faden, um uns alle noch enger zu kontrollieren. Netterweise hält er wirklich den Mund und die Fahrt in Londons Außenbezirke vergeht in Stille.

Wir parken in einer Straße mit mehreren abgeranzten Häusern, von denen einige zugenagelte Fenster haben. Bei vielen sind die Rollläden heruntergelassen und mit bereits abblätternden Graffiti besprüht.

»Was tun wir hier?«, frage ich, bevor Enzo die Tür öffnen kann. Im Jogginganzug wären wir hier deutlich unauffälliger. Enzo schenkt mir ein Lächeln, das mich zutiefst beunruhigt.

»Wir treffen Paula.« Ich habe keine Zeit zu fragen, denn er steigt bereits aus.

Hastig folge ich ihm. In einem der Hauseingänge sitzt ein schlecht rasierter Mann und öffnet mit den Zähnen ein Bier. Der Staffordshire Bull Terrier zu seinen Füßen betrachtet uns fast so aufmerksam wie sein Herrchen, als wir vorbeigehen. Enzo sieht tiefenentspannt aus, doch ich weiß, dass er in höchster Alarmbereitschaft ist.

Verwirrenderweise fällt sein Wagen nicht auf, denn trotz der ranzigen Häuser stehen hier nur hochglanzpolierte, teure SUV herum.

»Wo haben die Leute diese Wagen her?«, frage ich meinen Bruder gedämpft auf Italienisch. Man sollte meinen, mit dem nötigen Kleingeld würde jeder normale Mensch lieber in eine bessere Wohngegend ziehen, anstatt eine teure Karre zu kaufen.

»Leasingbürgschaften durch die halbe Familie«, gibt er verächtlich zurück.

Wir bleiben vor einer Haustür stehen, die ihre besten Tage schon vor meiner Geburt hinter sich hatte. Entweder geht sie mit Druck auf, oder Enzo schüttelt einen seiner Kleinkriminellentricks aus dem Ärmel. So oder so, die Tür schwingt auf und wir betreten einen Flur, der riecht wie der U-Bahnhof, an dem ich mit Kate war.

Weiter hinten in einer der dunklen Ecken quiekt etwas, Tippelschritte entfernen sich. Mir wird ein bisschen übel und ich bin froh, nichts im Magen zu haben.

»Was bei Gott tun wir hier?«, zische ich auf Italienisch.

»Die Wahrheit aus erster Hand hören.«

Rechts führt eine lange, dünne Treppe in den ersten Stock. Sie knarren bedenklich.

»Wieso informierst du mich eigentlich nie vorher, was du vorhast?«

Er bleibt stehen und dreht sich zu mir um. »Und das wollen wir wirklich jetzt und hier ausdiskutieren?«

»Nein«, knurre ich. »Es fällt nur unangenehm auf.«

Enzo dreht sich wieder um. Oben bleibt er vor einer Tür mit abblätterndem grünen Lack stehen. Ich erhasche einen Blick aufs Klingelschild. Collins. Sagt mir nichts. Enzo klingelt.

Erst passiert nichts, dann ertönen schlurfende Schritte. Die Tür geht auf. Dort steht ein Mann. Gebeugte Haltung, tiefe Augenringe, hoher Haaransatz. All das lässt ihn alt wirken, aber so viel älter als Enzo ist er vermutlich nicht.

»Ja bitte?«, fragt er gehetzt.

»Dr. Brendon Collins?«, vergewissert Enzo sich.

Der Mann wird misstrauisch. »Wer will das wissen? Wer sind Sie?« Er wartet nicht auf eine Antwort, sondern versucht, die Tür zuzuschlagen.

Mit nur einer Hand hält Enzo sie fest.

»Zwölfter Mai«, grollt er.

Dr. Collins weicht zurück, Enzo tritt über die Schwelle, und ich folge gerade noch, bevor mein Bruder die Tür zudonnert.

»Was wollen Sie?« Der Mann stolpert zurück. »Hat sie Sie geschickt? Ich habe niemandem etwas erzählt, das schwöre ich!« Seine Stimme wird panisch.

»Wir wollen alles hören, was an diesem Tag passiert ist. Und wie es dazu kam, von Anfang bis Ende. Dann gehen wir. Wenn Sie lügen, kommen wir wieder«, droht Enzo.

»Ich ...« Der Mann ringt um Atem. »Ich kann nicht.«

»Wer kümmert sich, wenn Sie es nicht mehr können?«, fragt mein Bruder. Mal wieder habe ich das Gefühl, dass mir der Zusammenhang fehlt. Doch ich schweige und warte ab.

Die Frage scheint Dr. Collins einknicken zu lassen. Er senkt den Kopf, auf einmal ist alle Feindseligkeit verschwunden. »Kommen Sie doch hinein«, bietet er verblüffenderweise an.

Enzo lächelt sein Schwiegersohnlächeln. »Sehr gerne.«

Dr. Collins führt uns aus dem winzigen Flur in eine kaum größere Wohnküche. Er deutet auf eine Sitznische. Ich nehme auf der Ecke Platz, nachdem Enzo einen der Stühle für sich beansprucht hat. Die Wohnung ist spärlich eingerichtet, aber unverkennbar sauber. Dr. Collins setzt sich ebenfalls.

»Wo soll ich anfangen?« Er klingt müde.

»Am Anfang.«

»Na schön. Es war im April, da kam ein Brief bei mir zu Hause an. Kein Absender, mit Schreibmaschine verfasst. Darin stand, man wisse, dass ich Geld brauche. Dass man es gegen einen kleinen medizinischen Gefallen liefern würde.«

Ein Doktor der Medizin also.

»Ich habe erst nicht geantwortet, doch dann ... Alles wurde schlimmer. Ich bin aus meiner Wohnung hierher gezogen, doch es hat nicht gereicht. Also habe ich geantwortet.«

»Wie?«, fragt Enzo. »Auf welche Art haben Sie kommuniziert?«

»Ich habe die Antworten in der Leichenhalle in bestimmten Akten deponiert. Die Rückmeldungen kamen zu mir nach Hause. Auch an die neue Adresse. Immer ohne Poststempel. Ich habe nie herausgefunden, wer sie geliefert hat.«

»Was sollten Sie tun?«

»Einen Eingriff vornehmen. Fremdkörper aus dem Magen einer Person entfernen.«

»Sie sind Chirurg?«, frage ich dazwischen.

»Noch in der Ausbildung«, antwortet Collins bereitwillig. »Nächstes Jahr fertig.«

»Weiter«, fordert Enzo.

»Ich habe zugestimmt. Mir wurden das Datum sowie die Uhrzeit genannt. Ich sollte einen der stillgelegten Operationsräume im Keller des Krankenhauses nutzen. Natürlich konnte ich mir denken, worum es geht. Aber … ich habe nicht nachgefragt.« Er schaut auf, flehentlich, als könnten wir ihn von seinen Vergehen freisprechen. »In den Anweisungen stand, dass ich Unterstützung in Form von medizinischem Personal bekommen würde. Ich war zur vereinbarten Zeit da. Da war eine Frau. Sie sprach mit Akzent. Spanisch oder etwas Ähnliches.«

Enzo und ich tauschen einen Blick. Sehr sicher war die Frau keine Spanierin.

»Er war bereits in Narkose. Zumindest dachte ich das am Anfang. Die Werte auf den Monitoren waren praktisch perfekt. Ich hatte ein Röntgenbild vorliegen.«

»Er war am Leben?«, fragt Enzo.

»So sah es zumindest aus. Seine Werte waren perfekt«, wiederholt Collins. »Ich habe angefangen zu arbeiten.«

»Sie haben ihn aufgeschnitten.«

»Ich habe mit einem 21er Skalpell einen Rippenbogenrandschnitt gemacht, ja. Dann bin ich in den Magen. Er hatte über sechzig Tütchen geschluckt. Zwei oder drei davon waren nur noch Fetzen.«

Die Übelkeit wallt wieder in mir auf. Nachdem ich erfahren habe, was Bodypacking ist, war ich dumm genug, danach zu googlen und mich einzulesen.

»Ich weiß, dass ich mich noch gefragt habe, wie er das überlebt hat«, sagt Collins tonlos. »Dann hat die Frau den Monitor ausgemacht. Es muss ein Video gewesen sein. Selbst wenn er am Anfang noch gelebt haben sollte, wären die Werte niemals so gut gewesen. Da lag er: tot und halb offen. Sie hat das Beatmungsgerät weggelegt und ist zu mir gekommen. Ich konnte mich nicht rühren, bloß zusehen, wie sie die Tüten entfernt hat. Achtlos. Sie hat geschnitten wie ein Metzger, ohne Rücksicht. Ich stand unter Schock. Konnte nur zusehen, bis sie fertig war. Sie hat mich aufgefordert, ihn wieder zuzumachen.

Erst wollte ich nicht, doch sie hat gesagt, ich bekäme das Geld nicht, wenn ich nicht täte, wofür ich bezahlt werde. Also habe ich ihn zugemacht und sie hat mir einen Umschlag gegeben.« Collins lacht bitter.

»Er war viel zu leicht. Noch während ich nachgezählt habe, ist sie gegangen. Es war weniger als ein Viertel von dem, was abgemacht war.«

»Sie sind die Leiche losgeworden?« Collins nickt.

»Ich habe Papiere gefälscht. Er wurde verbrannt. Seitdem habe ich nichts mehr gehört.«

»Sie habe sich in eine Reihe Straftaten verwickeln lassen. Sie könnten Ihren Job verlieren, für den Sie ein halbes Leben lang studiert haben, und den Rest ihrer Tage im Knast verbringen.«, fasse ich zusammen. »Für Geld? Was immer man Ihnen versprochen hat, selbst wenn Sie es bekommen hätten, das wäre es nicht wert gewesen.«

»Mir ging es doch nicht ums Geld!«

»Um was dann? Was kann das rechtfertigen?«

Der Doktor antwortet nicht, vergräbt nur das Gesicht mit einem gequälten Geräusch in den Händen.

»Paula«, sagt Enzo und klingt fast mitleidig.

Mit zuckenden Schultern nickt Collins.

»Wo ist sie?«

»Schlafzimmer.« Collins steht wackelig auf.

Enzo und ich folgen. Er führt uns zurück durch den Flur und durch eine Tür. Der kleine Raum besteht größtenteils aus einem Bett, dessen Beine so verkratzt sind, dass es ein Wunder ist, dass das Ding noch steht.

Auf der dünnen Matratze, umgeben von vier Decken, liegt ein Hund. Er sieht furchtbar aus. Dünn, abgemagert. An manchen Stellen fehlt das Fell, sodass die graue Haut sichtbar ist. Er probiert, den Kopf zu heben, sinkt jedoch kraftlos zurück in sein Nest. Collins zupft die Decke über dem mageren Körper zurecht. Ich weiß nicht, wer gequälter aussieht, er oder Paula. Enzo geht vor dem Bett in die Hocke und streckt die

Hand aus. Paulas Nase zuckt und sie wedelt ganz leicht mit dem Schwanz. Aus trüben Augen sieht sie zu uns auf. Mein Bruder streichelt sie sanft.

»Was hat sie?«, erkundige ich mich bei Collins.

»Krebs. Er ist behandelbar, doch sie braucht eine OP. Eigentlich sofort.«

»Und die ist teuer?«

»Zusammen mit allem, was danach kommt, mit der Pflege, die sie benötigt ...« Er nickt und fährt sich über das Gesicht. »Ich will sie nicht leiden lassen. Aber es wäre auch nicht fair, sie einzuschläfern, nur weil ich kein Geld habe.«

Als würde es Klick machen und sich eine Tür in meinem Kopf öffnen, weiß ich, was jetzt passieren wird. Und ich behalte Recht.

Enzo erhebt sich und greift in seine Innentasche. Er zieht einen Umschlag hervor und hält ihn Collins hin.

»Was ist das?«, fragt dieser misstrauisch, ohne danach zu greifen.

Andere binden Leute durch Erpressung oder Angst an sich. Was Enzo macht, ist viel perfider. Er bindet die Leute durch Dankbarkeit, sorgt dafür, dass sie in seiner Schuld stehen und den Grund für ihre Loyalität stets vor Augen haben.

»15.000 Pfund«, sagt mein Bruder. »Sie werden nie wieder auch nur ein Wort über das verlieren, was passiert ist. Sie schreiben mir bis morgen früh alles, was Sie noch von der Frau wissen, auf. Jedes noch so kleine Detail. Dann vergessen Sie diesen Tag, sorgen dafür, dass Paula gesund wird, und leben Ihr Leben weiter, als wäre nie etwas passiert.«

»Wieso?«, frage ich Enzo, als wir wieder im Auto sitzen. »Wieso hast du dir diese Geschichte ausgedacht, die du Dad aufgetischt hast? Und wieso das Geld vom Firmenkonto?«

»Weder der Name noch die Summe haben ihn misstrauisch werden lassen. Es ist also ganz sicher nicht Dad, der mit Federico zusammenarbeitet. Dass es für eine Frau war, ist für ihn glaubhaft. Den anderen erzählt er diese Lügengeschichte über meine Mutter. Ich zahle das Geld zurück und keinen interessiert es weiter.«

»Woher willst du wissen, dass er nicht misstrauisch geworden ist?«

»Weil ich Dad besser kenne als du. Er ist es nicht. Bleiben James oder Domenico. Oder Benedetta.«

Zwar sollte es mich aufmuntern, dass Dad nichts damit zu tun hat, doch die anderen Aussichten sind nicht besser.

»Sollten wir ihn dann nicht einweihen? Die Sache wächst uns über den Kopf. Vielleicht kann er helfen.« Immerhin war er mit dafür verantwortlich, das ganze Drogengeschäft von Bellini überhaupt aufzubauen.

Überraschenderweise nickt Enzo. »Ja. Vielleicht sollten wir das. Aber erst will ich diese Frau finden und die Gala über die Bühne bringen. Danach werden wir ihn einweihen. Wenn es davor ist, kriegt er einen Nervenzusammenbruch. Die Gala muss glattlaufen. Mit Glück haben wir die Frau bis dahin gefunden. Die Wahrheit kommt raus, glaub mir. Und zwar sehr bald.«

22

Africa – Acoustic
– Tyler Ward, Lisa Cimorelli

KATHARINA

Das *Adeodato* strahlt den gleichen Glamour aus wie immer. Hinter dem Counter lächelt ein Angestellter sein Hochglanzlächeln. Bestimmt gibt es weniger Geld, wenn er das nicht tut.

»Guten Morgen!« Das Lächeln blendet beinah. »Wie kann ich Ihnen behilflich sein?«

»Miss Blackwell ist hier für Mr. St. John«, sagt Jimmy an meiner Stelle.

Der Mann hämmert auf seiner Tastatur herum. »Mhm ... welchen?«

»Nummer drei.«

Der Mann blinzelt.

»Adrian«, erklärt Jimmy und reicht eine Karte über den Tresen. Der Mann prüft sie lächerlich genau, nickt und gibt sie zurück.

»Danke. Wo genau finden wir ihn?«

»Bei Bellini Finance. Oberste Etage, aus dem Aufzug rechts durch die Tür.« Wir bedanken uns artig und treten weg, damit die Dame hinter uns an den Counter kann.

»Ich muss nicht mitkommen, oder?«, fragt Jimmy.

Ich folge seinem Blick und muss grinsen. »Nein, du kannst gerne den Japan Day im Restaurant begehen.«

Grinsend macht er sich davon, während ich die Aufzüge ansteuere.

Außer Emmett und Maxi weiß niemand, dass ich hier bin. James kann es sich vermutlich denken, und selbst wenn ich vorgehabt hätte, Adrian zu informieren, wäre er sowieso wieder nicht rangegangen.

Vielleicht ist es nicht das Netteste, ihn auf der Arbeit zu überraschen, aber unabhängig davon, dass ich sowieso nicht nett bin, ist Ghosting auch nicht gerade die feine Art.

Außerdem kann er mich nicht davon abhalten, zu ihm zu kommen, wenn er es gar nicht weiß. Genau genommen wird mich niemand aufhalten. Ich werde mit ihm sprechen, komme, was wolle. Und wenn ich ihn aus einem Meeting mit seinem obersten Vorgesetzten holen muss. Was will Domenico machen? Seinen Nachfolger feuern? Ihm ein kleineres Weihnachtsgeschenk besorgen?

Im obersten Stock gibt es einen drastischen Szenenwechsel. Aus dem Pomp hinaus trete ich durch eine Eichenholzdoppeltür in kühle, distanzierte Eleganz.

Das hier fühlt sich eher nach James' Büroturm an als nach dem *Adeodato*. *Bellini Finance* heißt es hinter einem Counter, der verlassen dasteht. Ich gehe daran vorbei durch eine Glastür.

Links liegen leere Konferenzräume, es folgt eine weitere Glastür. Kaum trete ich hindurch, begrüßt mich das charakteristische Geräusch von Tischtennis. Ich trete um die Ecke und tatsächlich: Ein junger Typ im Anzug spielt gegen eine Frau im Kostüm. Sie tragen beide Sneaker. Drei andere stehen drumherum und feuern sie an. Ich sehe mich verstohlen um. Es sieht aus wie in einem Startup-Büro.

Die Partie endet damit, dass die Frau den Ball übers Netz schmettert und der Typ in die falsche Richtung hechtet. Alle johlen, dann fallen die Blicke auf mich.

»Hi«, sage ich in die plötzliche Stille. »Ich suche Adrian.« Untereinander sehen sie sich mit großen Augen an.

»Adrian ist mit Enzo in einem Meeting«, bekomme ich von einem der Anzugträger erklärt.

»Ist der Gesprächspartner wichtiger als Domenico?«

»Ähm ... nein?«, sagt die Frau, doch es klingt wie eine Frage.

»Toll. Und wo genau finde ich Adrian?«

Sie deutet auf ein Büro mit Milchglaswänden. Auf der Tür steht Lorenzos Name. Ich bedanke mich überschwänglich, gehe hinüber und klopfe.

Ich bin weder zögernd noch wütend. Verständnislos trifft es wohl am ehesten. Ich kann nicht nachvollziehen, warum Adrian sich verhält, wie er es tut. Und ich werde nicht gehen, bis ich es herausgefunden habe.

»Herein«, tönt die entnervte Stimme von Enzo St. John durch die Milchglastür.

Das Büro ist überraschend einladend mit zwei riesigen Strelitzien in den Ecken. An der Wand hinter dem Schreibtisch hängen mehrere botanische Illustrationen. Der Schreibtisch links ist leer, rechts auf dem Sofa sitzen Adrian und Lorenzo. Ihr Gesprächspartner auf dem Sessel ist nicht nur nicht wichtiger als Domenico, er ist auch nicht unwichtiger, denn es ist Domenico.

Adrian zieht meinen Blick an wie ein Magnet.

Er sieht schlecht aus. Die Augenringe sind beinah lila, und vielleicht kommt es mir nur so vor, doch alles an ihm, vom dunklen Haar über die gebräunte Haut bis hin zu den sanften Augen, wirkt stumpf und glanzlos. Aber er sieht mich gar nicht an, sein Blick gilt dem Tablet, das zwischen den Dreien auf dem Tisch liegt.

Domenico lächelt freundlich, während Lorenzo das Gesicht verzieht. »Ist man wirklich nirgendwo vor dir sicher?«

»Offensichtlich nicht. Steht das Pingpongspielen als Tätigkeit im Arbeitsvertrag deiner Mitarbeiter?«, entgegne ich.

Beim Klang meiner Stimme hebt Adrian den Kopf. Verwirrung, Schreck, Freude und Schuld wechseln sich auf seinen Zügen ab.

»Ich dachte mir, ich schaue mal vorbei«, erkläre ich beiläufig.

»Das hilft meinen Mitarbeitern beim Denken. Es verbessert ihre Arbeit erheblich«, knurrt Lorenzo mich an.

»Gesprochen wie ein echter BWL-Bachelorand, der gerade sein erstes Startup gegründet hat.«

»Der Fonds verwaltet dreizehn Millionen.«

»Ach wie nett, hat James euch ein Jahresgehalt zur Verfügung gestellt?«

»Seit wann bist du wieder hier?«, unterbricht Adrian unser Gezanke mit rauer Stimme.

»Seit gestern Mittag.« Ich wäre auch schon früher hier gewesen, aber nach dem Zwischenfall auf dem Weg hierhin haben Maxi, Emmett und ich den Tag auf der Couch verbracht. Eng beieinander, die Hände verschlungen.

Stille kehrt ein und ausnahmsweise störe ich mich an meinem Publikum.

Adrian erhebt sich, kommt auf mich zu und schlingt die Arme um mich. Seine Wange landet auf meiner Schulter. Perplex erwidere ich die Umklammerung. Unter meinen Fingern beben seine Schultern. Feuchtigkeit gelangt an meinen Hals.

»Raus.« Ich hebe den Kopf zu Lorenzo und Domenico. »Beide.«

Adrians Onkel erhebt sich. »Ich habe gehört, das Restaurant hat sich heute mal wieder selbst übertroffen.«

»Ich lasse mich nicht aus meinem eigenen Büro entfernen«, protestiert Lorenzo.

»Wenn es sein muss, entferne ich dich sogar von dieser gottverdammten Insel«, zische ich und streiche Adrian durchs Haar, der stumm an meiner Schulter weint.

»Das will ich sehen.«

Anstatt sich einzumischen, schiebt Domenico die Hände in die Taschen und wartet. Schön, dass er Spaß hat.

»Ich weiß nicht, ob du dir einredest, dass du so schnell aus Frankreich kommen durftest, weil man dich hier vermisst hat, aber wenn dem so sein sollte, muss ich dich enttäuschen. Du bist hier, weil ich mich habe breitschlagen lassen, James darum zu bitten. Und das sicher nicht für dich. Provozier mich nicht, sonst sitzt du schneller wieder irgendwo im Nirgendwo, als du gucken kannst.«

»Das wagst du nicht.« Lorenzo macht einen Schritt vor, als glaube er ernsthaft, mich damit einschüchtern zu können.

»Meine Motivation steigt exponentiell mit jeder Sekunde«, warne ich, während die Wut in mir zu glühen beginnt. »Du bist ein blöder Wichser, das wissen wir alle, aber wenn es darauf ankommt, bin ich das größere Miststück, glaub mir. Und jetzt verpiss dich! Ich sags nicht nochmal.«

Lorenzo blickt mir unentwegt in die Augen, aber auch darin bin ich besser als er, wofür habe ich das schließlich in der Mittelstufe jeden Tag im Bus geübt? Schließlich knurrt er eine böse Beleidigung und stürmt nach draußen.

Triumph will nicht richtig aufkommen, vor allem, weil Domenico sich keinen Schritt bewegt. Stattdessen lächelt er mich an.

»Sonst immer gern«, sage ich bemüht ruhig, »aber jetzt gerade will ich dein Gesicht wirklich nicht sehen.«

»Dann sollte ich Adrian vielleicht mitnehmen«, spielt er auf die Ähnlichkeit zwischen seinem Neffen und sich an.

»Vielleicht besser nicht«, entgegne ich. »Vielleicht ist er genau jetzt genau hier gerade richtig. Und du bist genau jetzt genau hier eben nicht richtig.«

»Vielleicht«, nickt Domenico. Er wendet sich der Tür zu, verharrt jedoch mit der Hand auf der Klinke. »Nur eine Sache noch. Es ist ganz allein meine Entscheidung, ob irgendwer irgendwohin geschickt wird. Dein Vater und ich sind meistens einer Meinung, aber letztendlich liegt die Verantwortung bei mir.«

Ich kann, kann, kann die Worte nicht aufhalten, die sich gewaltsam aus meinem tiefsten Inneren an die Oberfläche drängen: »Das stimmt, du hast die Verantwortung. Für eine Nichte, die wegen ihres Geschlechts unterdrückt wird, seit sie geboren wurde. Für einen Neffen, der aus Langeweile sexuell übergriffig wird. Für eine Nichte, die von ihrer Mutter ein so maximales Harmoniebedürfnis antrainiert bekommen hat und deswegen Stress bekommt, sobald zwei Leute diskutieren. Und für einen Neffen, der freiwillig nicht mehr nach Hause kommt, weil man ihn dort so unter Druck setzt. Das ist, was unter deiner Verantwortung geschieht. Bleibt die Frage, ob du nicht durchgreifen kannst, oder ob deine Moral unfassbar verkümmert ist. Aber gleichzeitig klatscht ihr euer heuchlerisches Familienmotto auf jede freie Oberfläche, die ihr findet. Die Familie vor allem, ich glaubs auch. Da will ich gar nicht wissen, was passiert wäre, wenn ihr euch einen anderen Spruch ausgedacht hättet!«

»Eines Tages«, sagt Domenico, unbeeindruckt von meinem Ausbruch, »verbrennst du dich an deinem eigenen Feuer.«

»Keine Sorge. Hexen sind nicht brennbar.«

Er lässt mir das letzte Wort, doch ich sehe nicht mal mehr zu, wie er geht. Da ist nur Sorge, als ich Adrians Kopf vorsichtig anhebe, weg von meinem inzwischen durchnässten Shirt.

Er kneift die Augen zusammen, doch weitere Tränen kommen hervor. »Es tut mir leid!«, schluchzt er. »Es tut mir leid!« Sein Griff um meinen Oberkörper wird fast schmerzhaft.

Nie habe ich ihn annähernd so aufgewühlt gesehen. Normalerweise tröstet er mich, nicht andersherum. Ich streichle ihm durchs Haar und ziehe ihn wieder an mich. »Ganz ruhig. Es ist in Ordnung.«

Ist es eigentlich nicht. Überhaupt nicht, doch lieber würde ich sein Verhalten der letzten Tage fallen lassen und niemals wieder ansprechen, als ihn weiter so niedergeschmettert zu sehen.

»Komm her«, fordere ich und ziehe ihn mit mir, sodass wir in Richtung Couch stolpern. Ich versuche, ihn auf die Polster zu drücken, und es klappt auch, aber da er sich weigert, mich loszulassen, falle ich fast auf ihn, die Beine zu seinen Seiten in die Kissen gepresst.

Sanft nehme ich sein Gesicht in die Hände und ziehe es zu mir hoch. »Hey.« Ich streiche ihm das Haar aus der Stirn. »Ich bin hier, okay? Und ich gehe auch nicht weg.«

Adrian nickt und lockert seinen Griff um meine Taille.

»Was ist passiert?«

Er schüttelt den Kopf und richtet sich auf, um sich mit dem Ärmel das Gesicht abzuwischen.

»Es war einfach alles zu viel.« Er weicht meiner Frage aus, das ist klar.

»Das tut mir leid«, sage ich ehrlich, obwohl ich ihn fragen möchte, wieso er nichts gesagt hat. Ich wäre früher hier gewesen. Sacre bleu, hätte ich gewusst, wie schlecht es ihm geht, hätte ich sogar James gebeten, dafür zu sorgen, dass er zu mir zurückkommt.

Was zur Hölle tut seine Familie mit ihm, dass er so unter Druck steht?

»Ist okay.« Er zieht die Nase hoch.

»Du kannst nicht erwarten, dass ich das glaube, wenn du vor zwei Minuten noch einen Heulkrampf hattest.«

Er schlägt die Lider nieder, sodass ich ihn nicht mehr ansehen kann, und richtet seine Hemdsärmel.

»Hey«, sage ich eindringlich. »Hey.«

Widerwillig hebt er den Blick.

»Du sprichst hier nicht mit irgendwem, sondern mit mir. Ich bin es. Bitte schließ mich nicht aus. Nicht nach allem.« Er hat mich so oft am Boden zerstört gesehen und es tut weh, zu denken, dass er mir für das Gegenteil nicht genug vertraut.

»Nach allem?«, wiederholt er leise, fast ein bisschen heiser, und seine Augen verlassen meine wieder, um tiefer zu wandern. »Allem, was?«

Ich weiß ganz genau, was er vorhat. »Zum Beispiel der Tatsache, dass wir miteinander geschlafen haben.«

Adrian stößt ein leises Brummen aus und senkt den Kopf, kommt näher.

»Daran erinnere ich mich gar nicht mehr richtig.«

Im Sekundenbruchteil, bevor er mich küsst, lege ich ihm die Hand auf die Lippen. »Das glaube ich nicht. Diese Nacht vergisst keiner von uns. Und dass du mich mit Sex davon ablenken willst, was hier gerade passiert ist, nehme ich nicht hin.«

In seinen Augen tobt ein Sturm, so unaufhaltsam, dass er London dem Erdboden gleichmachen könnte.

Sicherheitshalber lasse ich meine Hand über seinem Mund, denn meine Selbstbeherrschung hat Grenzen.

»Ich schlafe nicht mit dir, wenn es dir so schlecht geht.«

Adrian beißt mich in den kleinen Finger. Reflexartig ziehe ich die Hand weg. »Es geht mir nicht schlecht«, behauptet er. Seine Finger tanzen über meinen unteren Rücken.

»Natürlich«, wähle ich den Weg des geringsten Widerstands.

»Wirklich«, beteuert er und zieht mich näher. Als würde ich es nicht bemerken.

Und dann spüre ich ihn durch unsere Klamotten. Hart und unnachgiebig an meinem Oberschenkel.

»Adrian«, warne ich, mache mich jedoch nicht los, was er als Anlass nimmt, mich am Hals zu küssen. Eine Welle pulsierend-heißer Lust überkommt mich, und ich beiße mir auf die Lippe, um nicht zu stöhnen.

Abbruch. Jetzt oder gar nicht.

Ich schiebe die Hand in sein Haar und ziehe seinen Kopf hoch.

Bockig sieht er mich an. »Du willst nicht mit mir schlafen?«

»Ich weigere mich, das zu beantworten. Vor allem wegen des unnötig vorwurfsvollen Untertons. Ich weiß genau, was du da vorhast. Aber es funktioniert nicht, also lass es besser bleiben.«

Adrian grummelt, macht jedoch keine weiteren Anstalten, mich zu verführen. Ich erhebe mich und greife nach seiner Hand. »Und jetzt komm mit.«

»Wohin?«

»Weg. Ich will nicht länger in diesem Gebäude sein.« Schon gar nicht, wenn Lorenzo und Domenico hier herumspuken.

»Wenn man bedenkt, welchen Tonfall du dem Chef gegenüber angeschlagen hast, ist das vielleicht auch besser.«

Ich kann nicht erkennen, was er von dem hält, was ich seinem Onkel entgegengeschleudert habe, aber wenn er ehrlich mit sich selbst ist, weiß er, dass es stimmt.

»Dann mag er mich jetzt nicht mehr.« Ich zucke mit den Schultern. »Wenn ich es zeitlich einräumen kann, nehme ich mir später zwei Minuten, um darüber zu heulen.«

Adrian schüttelt den Kopf und steht endlich auf. Ich folge seinem Blick auf die deutliche Ausbuchtung in seiner Hose. »Geht das irgendwie weg?«

»Vielleicht, wenn du es nett streichelst.« Er greift sein Jackett und hält es unauffällig vor seinen Schritt.

»Komm.« Ich führe ihn aus dem Büro. »Raus hier.«

Die Start-up-Szene liegt verlassen da. Auf dem Weg nach unten texte ich Jimmy, der uns in der Lobby begegnet.

Mit der U-Bahn fahren wir zurück zum Ovington Square, wo mein Lieblingsbodyguard sich verabschiedet.

Lucas öffnet die Tür, noch bevor ich klingeln kann.

»Miss Blackwell, Mr. St. John. Kommen Sie herein.«

»Danke, Lucas.« Ich wende mich an Adrian. »Willst du was trinken?«

»Nein, danke.«

Auf dem Weg hierher ist alle sexuelle Spannung verschwunden. Jetzt sieht Adrian wieder erschöpft aus. Und niedergeschlagen.

»Dann komm.«

»Wohin gehen wir?«, fragt er, doch folgt mir. »Aufzug? Für zwei Etagen? Wow, Prinzessin. Hoffentlich wartet oben ein roter Teppich.«

»Das toleriere ich nur, wenn der rosa Teppich vergriffen ist.« Oben deute ich auf meine Zimmertür. »Zieh dich schon mal aus.«

Adrian hebt die Brauen. Ich rolle mit den Augen. »Ich hole dir vernünftige Klamotten.«

Er dreht sich um und verschwindet in meinem Zimmer. Ich glaube, er murmelt etwas, doch ich rufe ihn nicht zurück, um zu fragen.

Obwohl mir beide unabhängig voneinander bestätigt haben, dass sie die erste Base noch nicht hinter sich gelassen haben, klopfe ich vorsichtshalber an Emmetts Tür.

»Wer stört?«

Ich trete ein. Er und Maxi sitzen auf dem Bett und verfolgen auf dem Flatscreen gebannt irgendein Fußballspiel.

»Wie wars?«, fragt Maxi sofort, während ich zum Schrank gehe.

»Semi. Habs mir mit Domenico verscherzt und gehe ohne Personenschutz nicht mehr in Enzos Nähe.«

»Gute Bilanz.« Emmett gähnt. »Hey, das da nicht.«

Ich lege das weiße Shirt zurück und nehme ein anderes.

»Kannst du jetzt mal richtig antworten?« Maxi richtet sich auf und wechselt ins Deutsche. »Ich nehme an, dass er eine gute Erklärung hatte. Sonst hättest du ihn wohl kaum mitgebracht.« Sie lacht.

Ich nicht.

»O mein Gott. Ist das dein Ernst? Er hat dich geghostet! Was hat er dir erzählt, dass du sofort weich wirst wie geschmolzene Schokolade?«

»Vielleicht gibt es Gründe, die wir nicht kennen und die uns nichts angehen.« Emmett spricht jetzt ebenfalls Deutsch.

Maxi dreht sich ruckartig zu ihm. »Seit wann kannst du das denn?«

Ich husche aus dem Zimmer und schließe die Tür.

Halb erwarte ich, dass Adrian sich wirklich ganz ausgezogen hat, doch er trägt seine Boxershorts noch, liegt auf dem Bett und tippt auf seinem Handy herum.

»Ist das schon wieder dein Bruder?« Können sie ihn nicht einmal in Ruhe lassen?

»Das ist Jay.« Er richtet sich auf die Unterarme auf. »Hat mir die Nebenkostenaufstellung für die Wohnung geschickt.«

»Die Wohnung?« Ich werfe ihm Emmetts Klamotten zu, werde meine Schuhe los und ziehe das nasse Top aus.

»Covent Garden?« Er zieht die Jogginghose bereitwillig an, doch ignoriert das T-Shirt.

»Ach, die Wohnung.« Verblüfft drehe ich mich um.

»Du ziehst das wirklich in Betracht? Ausziehen?« Ich erinnere mich an das Gespräch mit meinen Eltern, nach dem ich die Hoffnung darauf mehr oder weniger aufgegeben habe.

Adrian zuckt mit den Schultern. »Keine Ahnung. Mal sehen. Ich muss das ja nicht jetzt entscheiden.« Er reicht mir das T-Shirt zurück.

Ich ziehe es an und trage nun, wie erwartet, ein Kleid, sodass ich meine Hose darunter loswerde. Ich klettere aufs Bett und lege mich eng neben Adrian, mit dem Kopf auf seiner Brust. Er schlingt den Arm um mich und krault mir den Nacken.

»Das habe ich vermisst«, gesteht er mir nach einem kurzen Moment. »Ich hatte nie Probleme, allein zu schlafen, aber seit ich aus Colchester zurück bin, ist mir das Einschlafen schwergefallen. Du warst nicht da.«

»Und Maxi auch nicht.«

Adrian kichert. »Genau. Maxi hat mir auch total in meinem Bett gefehlt.«

Seine Finger fahren sanft durch mein Haar. »Dein Geruch war nicht da. Das Gefühl von deiner Hand auf meiner Brust. Sogar deine Haare überall in meinem Gesicht und den tauben Arm habe ich vermisst.« Wir beide lächeln. »Als ich angekommen bin, war alles wie immer. Ich hab das immer hingenommen. Es war meine Realität, mein Leben. Aber die letzten Tage hatte ich das Gefühl, zu ersticken. Ich kann nicht der Adrian sein, den meine Familie will. Vielleicht konnte ich es nie, oder ich habe es während meiner Zeit in Colchester verlernt. Keine Ahnung.«

Mein Herz zieht sich zusammen. Maxi mag nicht verstehen, warum ich kein bisschen nachtragend bin, aber wenn ich es wäre, hätte ich ihr nicht verziehen, was sie mir verschwiegen hat. Wäre sie nachtragend, hätte sie mir nicht verziehen, dass ich all ihre Nachrichten seit meiner Flucht aus Frankfurt ignoriert habe.

»Ich weiß nur, dass ich nicht mehr in die Rolle passe, die ich in den letzten Jahren besetzt habe. Und es tut weh. Aber es tut auch weh, es zu versuchen. Es ist wie ersticken.«

»Das tut mir leid.«

Adrian hebt den Kopf, um mich anzusehen. »Das muss es nicht. Es ist nicht deine Schuld, Kate.«

»Ich weiß. Trotzdem tut es mir leid, dass du mit deiner Gesamtsituation unglücklich bist. Ich will nicht, dass du unglücklich bist.«

»Ich will auch nicht, dass du unglücklich bist. Und ich wollte dich nie verletzen. Das werde ich auch nie wollen, ich schwöre es dir.«

Die Ernsthaftigkeit, mit der er das sagt, jagt mir einen Wärmeschauer durch den Körper.

»Wenn ich könnte, würde ich die Zeit zurückdrehen und mir selbst dafür eine verpassen, dass ich dich ignoriert habe.«

»Es ist in Ordnung.« Und das ist es wirklich. Es ist okay. Schnee von gestern, einfach nicht wichtig. Ich kann ihm den Schmerz nicht nehmen, den ihm die Umstände bereiten. Aber ich kann ihm versichern, dass er nicht zusätzlich noch mir gegenüber ein schlechtes Gewissen haben muss, in der Hoffnung, dass er es glaubt.

Ein zitternder Atemzug geht durch seinen Körper. »Ich bin froh, dass du hier bist.«

»Ich auch. Bleibst du?«

Sein Lächeln ist angespannt. »Ich gebe mir Mühe.«

»Okay.« Ich habe keine Lust, darüber zu streiten, also gebe ich mich damit zufrieden.

»Hey.« Mit der zweiten Hand fährt Adrian mir über die Stirn. »Du guckst so betrübt.«

»Nein, alles gut.«

»Sag das nicht, wenn es nicht stimmt«, bittet er. »Ich kann es dir ansehen. Ich bleibe heute Nacht hier. Und wenn du magst, frage ich Jay nach den Schlüsseln und zeig dir die Wohnung. Wir machen, was du möchtest, aber bitte sei nicht traurig.«

»Wir machen meistens, was ich will«, gebe ich zu bedenken, drehe mich um und rolle auf ihn. Das Kinn stützte ich auf seine Brust. »Was, wenn ich dein Auto fahren will?«

»Dann müssen wir nach Holland Park und es holen«, sagt er ohne zu zögern. »Willst du?«

»Natürlich. Aber jetzt gerade nicht.«

»Was dann?«

»Mit dir hier liegen. In Ruhe existieren.«

Nicht, dass Rumgammeln in Colchester irgendwie zu kurz gekommen wäre, aber ich habe das Gefühl von seiner Haut auf meiner vermisst.

»Das klingt gut.« Die Hälfte des Satzes geht in einem Gähnen unter. »Entschuldige. Ich habe die letzten Nächte nicht wirklich geschlafen.«

Ich greife nach der Decke, werfe sie über uns und kehre in seine warmen Arme zurück. »Das trifft sich hervorragend. Zufälligerweise habe ich heute keine Termine mehr und wir liegen in einem Bett.«

»Das sind wirklich tolle Zufälle«, murmelt er, dann driftet er auch schon weg.

»Rina!«, zischt es hinter mir auf dem Treppenabsatz nach unten in den ersten Stock. Maxi kommt am anderen Ende des Flurs aus Emmetts Zimmer und holt zu mir auf.

»Alles gut?«, frage ich.

Sie und Emmett waren nachmittags in der Bathöhle, um das Bike und den Aston zu holen. Und um auf einem sicheren Privatparkplatz wieder zu fahren und damit die Erinnerungen abzuschütteln, die sich wohl in uns allen festgebrannt haben.

»Ja. Hast du den 300 SL gesehen?«, schwärmt sie sofort von den Sammlerstücken, die sich in James' Besitz befinden.

Während ich schöne Autos gerne fahre, schraubt Maxi lieber daran herum.

»Oh ja. Und die Lotus Elise.«

»Meinst du, es fällt auf, wenn wir da einbrechen?«

»Sehr wahrscheinlich. Wenn wir überhaupt reinkommen. Aber wir können auch einfach die Zugangscodes von Jimmy beschaffen.«

»Das ist auch eine Möglichkeit.«

Nebeneinander gehen wir die Treppe hinunter.

»Wie war dein Tag?«, fragt Maxi.

»Wir haben nicht viel gemacht«, erzähle ich bereitwillig. »Eigentlich nur im Bett gelegen und Zeit miteinander verbracht.«

»Nicht geredet?« Ich höre die Skepsis in ihrer Stimme. »Er hat sich nicht erklärt?«

Ich antworte nicht, sondern betrete den Salon, die einzige Lichtquelle ist das Flurlicht.

In der Dunkelheit begegnen uns drei Paar stecknadelgroße, weißlich-reflektierende Augen. Schnell mache ich das Licht an, Albträume habe ich genug. Casanova sitzt auf dem Klavier, Chopin und Cognac auf dem Sofa.

»Hallo? Sprichst du nicht mehr mit mir?« Maxi geht zur Balkontür und reißt sie auf, nicht ohne zu prüfen, ob das Fliegengitter auch wirklich geschlossen ist.

»Maxi. Er hat Dinge gesagt, die bewirkt haben, dass ich über die Tatsache, dass er sich nicht gemeldet hat, hinwegsehe.«

»Hattet ihr Sex?«

»Du weißt genau, dass du es gehört hättest, wenn es so gewesen wäre.«

»Ich war nicht die ganze Zeit da«, erinnert sie mich. »Aber gut, hattet ihr nicht.« Sie setzt sich aufs Sofa. Sofort kommt der taube Chopin zu ihr und rollt sich auf ihrem Schoß ein.

»Wäre das wichtig?« Ich setze mich neben sie und hole meine Zigaretten hervor.

»Es macht einen Unterschied, ob du im Vollbesitz deiner geistigen Kräfte warst.« Wir kichern wie Schulmädchen.

»War ich. Aber was ist mit dir? Wenn es für dich einen perfekten Ort für das erste Mal gibt, dann ja wohl die Bathöhle.«

Maxi wird rot. »Schon, aber da laufen überall Mechaniker rum. Und außerdem wäre das eine Sauerei.« Sie nimmt einen Zug und fügt leiser hinzu: »Außerdem weiß ich nicht, wie.«

»Wie was? Reinstecken?« Wir reden immer offen über alles, aber was Sex angeht, ist es das erste Mal, dass sie ihre eigene Unerfahrenheit thematisiert. Sie wollte nie. Weder darüber sprechen noch es ausprobieren. Dass ausgerechnet Emmett derjenige ist, der das ändert, hätte ich niemals gedacht. Aber es ergibt Sinn. Es ist ein Teddybär. Absolut harmlos.

»Nein.« Maxi schlägt die Hände vors Gesicht. »Ja. Ich weiß nicht. Alles! Selbst wenn ich wollte, wüsste ich nicht wie. Und Emmett hat sich durch halb London geschlafen.« Zwischen ihren Fingern hindurch sieht sie mich dramatisch an. »Inklusive Adrians Schwester, und die sieht aus wie eine römische Göttin.« Das ist richtig.

»Na und? Du heißt wie eine. Außerdem war die Sache für beide nichts mehr als die Erfüllung von Bedürfnissen mit jemandem, der verfügbar und gleichzeitig unproblematisch war. Dich guckt er an, wie Dad Ma anguckt. Und die sind schnulzig.«

»Ew, ja.« Sie streicht das Haar zurück und stößt ein zutiefst leidendes Geräusch aus. »Ich weiß einfach nicht, wie ich es mache, wenn ich es machen will.«

»Was willst du denn machen?« Ich lege die Füße auf den Couchtisch. »Ihr liegt da, in seinem Bett, er küsst dich, und ganz zufällig sind seine Finger in deinem Kragen. Und du, was? Was willst du tun?«

»Ich weiß nicht.« Sie nimmt Chopin als Sichtschutz. »Ihm einen blasen?«, nuschelt sie ins reinweiße Fell. »Aber wie?«

»Viel Spucke und in den Mund nehmen. Du kannst eigentlich nichts falsch machen. Aber der Würgereiz kommt plötzlich, also nicht direkt so tief nehmen, sonst kotzt du.«

»Ich könnte ihm auf den Schwanz kotzen?«, fragt sie schockiert.

»Ja, aber an der Spitze sind sie sowieso am empfindlichsten. Den Rest kannst du einfach in die Hand nehmen. Und wenn du seine Hand dazunimmst, kannst du dir direkt zeigen lassen, wie er es am liebsten hat.«

Sie lässt die Katze sinken, die leise maunzt, und macht ein Gesicht wie ein Fragezeichen.

»Bloß nicht wirklich blasen. Du musst saugen. Wenn du das beachtest, wird es schon werden. Du musst auch nicht bis zum bitteren Ende durchhalten. Du kannst auch mit was anderem weitermachen. Aber vermutlich wird es eine Sauerei geben, also zieh nichts Gutes an und –«

»Rina«, unterbricht Maxi mich. »Du lässt es wie Quantenphysik klingen.«

»Ach, Quatsch. Einfache Fortpflanzungsbiologie.«

»O Gott, ich glaube, wenn ich irgendwann wirklich davorsitze, kriege ich einen Nervenzusammenbruch.«

»Im Zweifel kannst du ihn fragen, wie er es haben will.«

»Einfach machen und im Zweifelsfall fragen?«

»Wie, wenn man das Ziel, aber nicht den Weg dahin kennt.«

Maxi legt sich die Hand aufs Herz. »Der Weg ist das Ziel.«

»Genau.« Ich lasse den Kopf auf ihre Schulter sinken. »Ich bin froh, dass du hier bist«, gestehe ich leise. »So habe ich zu Hause bei mir, wenn ich nicht nach Hause kann.«

Maxi dreht den Kopf und sieht mich von der Seite ernst an. »Versprichst du mir was?«

»Ja«, sage ich, anstatt zu fragen. Sie ist der einzige Mensch auf der Welt, dem ich eine solche carte blanche erteile.

»Gehen wir irgendwann zurück nach Hause?«

Ich sehe sie an, dieses Gesicht, das Teil meines Lebens ist, seit es mein Leben gibt. Diese Augen, die gesehen haben, was ich gesehen habe. Dieser Mund, der gesagt hat, was ich gedacht habe. Diese Hände, die mich nie losgelassen haben.

»Ja«, entscheide ich heiser. »Wenn ich stärker bin als die Erinnerung.«

23

Betty
– Taylor Swift

ADRIAN

Das Handyklingeln weckt mich. Ich gehe ran und weiß, wer es ist, ohne nachzusehen.

»Deine Großmutter kommt heute nach London«, holt Enzo mich auf den Boden der Tatsachen zurück.

Ich richte mich auf. Kate liegt auf meiner Brust, doch obwohl ihre Augen geschlossen sind, weiß ich, dass sie nicht schläft.

»So plötzlich?«, frage ich auf Italienisch.

»Sie hat die Schnauze voll, dass wir wegen des Diebstahls und Lukas Herzog nicht weiterkommen. Außerdem ist nächste Woche die Gala.«

Das stimmt allerdings. Die Zeit vergeht schneller, als mir lieb ist. »Was ist dein Plan?«

»Es gibt natürlich eine Besprechung, sobald sie da ist. Aber wir fangen schon vorher an.« Enzo macht ein verächtliches Geräusch. »Eine Reihe erwachsener Männer bespricht, wie sie vor einer Grandma am wenigsten als unfähig dastehen. Lächerlich!« Nonna hat nie eine offizielle Position bei Bellini gehabt. Was die Tatsache, dass alles so funktioniert hat, wie sie es wollte, noch beeindruckender macht.

»Gibt es etwas Neues?«, frage ich.

»Ich werde die anderen nervös machen, aber ich suche noch nach der Komplizin.«

»Hat er dir die Informationen geschickt?«

»Natürlich hat er. Paula wird heute Abend operiert. Aber ich suche mal wieder die Nadel im Heuhaufen, das geht nicht von heute auf Morgen. Wir sind in zwei Stunden im *Adeodato*. Muss ich jemanden rausschicken, um dich zu holen?«

Ich streiche Kate durch die Locken. Sie reckt sich mir entgegen. »Wenn du jemanden findest, der an Kate vorbeikommt, versuch es gerne. Ansonsten würde ich alternativ sowieso auftauchen.«

»Da wir gerade vom Teufel sprechen: Habe ich das gestern richtig verstanden? Du hast sie aktiv gebeten, mit James zu sprechen, damit ich zurückkommen darf? Das war nicht der Plan!«

»Nein«, stimme ich zu. »Aber es war aufrichtig, erfolgreich und genau richtig.«

Enzo seufzt. »Wieso denkst du nicht mit deinem Kopf?«

»Ich bin nicht wie du«, mache ich ihm klar. »Ich manipuliere nicht alles und jeden um mich herum, weil ich glaube, dass es das Beste ist. Du bist hier, mein Weg hat funktioniert und fertig. Außerdem hast du genug andere Dinge, um die du dir Sorgen machen kannst und musst.«

Er antwortet etwas Unflätiges, dann wiederholt er »Halb elf, sei pünktlich« und beendet das Telefonat.

»Sacre bleu«, gähnt Kate. »Er ist kein Morgenmensch, oder? Ich habe kein Wort verstanden, aber seine Sieben-Tage-Regenwetter-Fresse konnte ich praktisch sehen.«

»Erinnere mich daran, mit der Security zu besprechen, wie wir auf der Gala nächste Woche garantieren, dass du und er unter allen Umständen immer hundert Meter Sicherheitsabstand haben werdet.«

»Weißte«, sagt Kate und dreht sich um, um mich mit erhobenen Augenbrauen anzusehen, »du liegst hier in meinem Bett und bist unverschämt wie sonst was.«

Ich grinse und ziehe sie näher zu mir. »Dreistigkeit siegt, Prinzessin. Das weißt doch gerade du.« Bevor sie etwas erwidern kann, verwickele ich sie in einen Kuss, der schnell ausartet. Erst, als es laut an der Tür klopft, komme ich wieder zu mir. Inzwischen liegt Kate mit dem Rücken auf dem Bett, ich über ihr, ihre Beine um mich geschlungen.

»Was?«, knurrt sie ungehalten.

»Ihr seid eklig«, ruft Maxi. »Noch nicht mal richtig angefangen und ich höre euch schon über den Flur jaulen.«

»Woher willst du das wissen?«, rufe ich zurück.

»Erfahrung«, erwidert sie und lacht dreckig. »Das ist nicht mein erstes Rodeo.« Ihre Schritte entfernen sich.

Kate grinst. »Hast du noch Zeit, um überhaupt richtig anzufangen, oder musst du los?«

»Woher weißt du, dass ich los muss?«

Das Grinsen verschwindet. »Immer wenn dein Bruder anruft, musst du weg.«

Ich werfe einen Blick auf mein Handy. Die Zeit hat nicht angehalten, egal, wie sehr ich es mir gewünscht habe.

Kate rollt von mir weg, doch bevor ihr das Haar wie ein Vorhang vor das Gesicht fällt, erhasche ich einen Blick. Die Enttäuschung darin versetzt mir einen Stich. Mit ihrer Wut und Frustration kann ich umgehen, aber mit Traurigkeit komme ich nicht klar.

»Hey«, sage ich leise. »Was hältst du davon, mich heute Mittag im Hotel zu besuchen? Wir essen und dann fahren wir die Wohnung in Covent Garden anschauen.«

Es ist nicht das Lächeln, das die Sonne verblassen lässt, doch es ist unverkennbar ein Lächeln, das sie mir schenkt.

»Meinetwegen.«

»Sehr schön.« Ich erhebe mich und gebe ihr einen Kuss auf die Stirn. »Und jetzt gehe ich ins Bad. Wenn du weiter so hier rumläufst, komme ich doch nicht aus dem Haus.«

»Entschuldigt«, sagt mein Vater, als er skandalöse drei Minuten verspätet den Konferenzraum betritt. »Verwirrungen bei zwei VIP-Buchungen.«

»Gelöst?«, fragt Domenico und nippt an seinem Wasser.

»Selbstverständlich.«

Die Schärfe ist unüberhörbar. Schlechte Arbeit lässt mein Vater sich nicht unterstellen.

Er nimmt am Kopfende Platz, schließlich gehört Bellini formell zu einundfünfzig Prozent ihm. Der Platz gegenüber bleibt frei, denn der steht *nonna* zu. »Was ist das denn?«, werde ich angeranzt, als sein Blick auf meinen Hals beziehungsweise den deutlich sichtbaren Knutschfleck fällt, den Kate mir als Andenken verpasst hat.

»Ein Hämatom«, gebe ich zurück. »Was dachtest du denn?«

»Wir haben jetzt wirklich wichtigere Dinge zu besprechen«, ergreift James das Wort. Seine Augen funkeln heiter.

»Richtig«, bestätigt Domenico und wendet sich auffordernd Enzo zu. »Konntest du etwas Neues herausfinden?«

»Lukas Herzog ist tot«, lässt dieser die Bombe platzen.

»Was?«, »Seit wann?«, »Weswegen?«, trommeln die Fragen auf meinen Bruder ein.

Ich dagegen beobachte unauffällig Federico.

Neben Bella, die sich mit betroffener Miene bekreuzigt, sitzt er regungslos da.

Ich kann nicht erkennen, was er denkt und ob diese Nachricht ihn überrascht. Er ist ein fantastischer Schauspieler.

»Von Anfang an«, fordert Dad. »Woher weißt du das?«

»Ich hatte die Information, dass er zuletzt im Holy Trinity Hospital hier in London gesehen wurde.«

»Woher?«, unterbricht James.

Enzo wirft mir einen schnellen Blick zu. Damit bringt er uns in eine beschissene Situation.

Aber er antwortet wahrheitsgemäß: »Cara hat ihn dort gesehen. Bei ihrer Kontrolluntersuchung, bevor sie nach Bournemouth gefahren ist.«

Eine Ader an Dads Hals tritt hervor. »Woher weiß Cara, wie Lukas Herzog aussieht?«

Auch Domenico und James sehen über die Maße ungehalten aus. Mein Bruder wirft mir einen auffordernden Blick zu. Ich räuspere mich.

»Sie hat keine Ahnung, wer er ist. Sie und Kate haben über Tattoos gesprochen, und Cara hat von ihm erzählt. Ein Mann mit großem Schlangentattoo auf dem Hals bis hoch zum Kinn. Er trug eine Lederjacke. Er hat gezittert und war blass, und mehr war es für sie nicht.«

»Adrian hat mich informiert und ich habe Nachforschungen angestellt.«

Domenico und Dad sehen einigermaßen beunruhigt aus. Doch James scheint noch aufgebrachter. »Wie informiert?« Streng sieht er zwischen uns hin und her. »Wie genau habt ihr darüber gesprochen?«

Ich weiche seinem Blick aus und halte, genau wie Enzo, den Mund. Es war klar, dass es darauf hinausläuft.

»Was braucht es?«, zischt James leise und bedrohlich, »damit ihr zwei gedankenlosen, dummen Jungen es begreift? Unter keinen Umständen wird über diesen Teil der Geschäfte außerhalb eines Konferenzraums gesprochen, der uns nicht selbst gehört und auf dessen Technik wir als einzige Zugriff haben.«

»Was hätte Adrian machen sollen? Einen Konferenzraum bauen und nach Frankreich mitbringen?«

»Adrian hätte zu mir kommen und um ein Gespräch bitten können. Morgens oder abends oder irgendwann dazwischen, schließlich haben wir im entsprechenden Zeitraum unter einem Dach gewohnt! Oder er hätte sich an seinen Onkel wenden können, mit dem er täglich mindestens einmal telefoniert hat!«

Enzo wendet sich mir zu. »Du bist doch draußen gewesen, oder?« Ich nicke, und er sieht wieder zu James hinüber. »Außerdem haben wir nicht mal Englisch gesprochen.«

»Sondern was? Italienisch? Ja, das ist natürlich die perfekte Wahl, wenn man ein Geheimnis wahren möchte. Hast du Cara vergessen?«

»Cara wurde doch von dir und Sam die ganze Zeit beschäftigt.«

»Und Maxi?«

»Was ist mit Maxi?« Dass sie mich einmal erwischt hat, fällt mir wieder ein. Ein Schauer läuft mir über den Rücken.

James schüttelt den Kopf, ungläubig und fast verzweifelt. »Maxi verbringt nicht nur dreißig Prozent des Tages draußen, um zu rauchen, sie spricht auch Latein und Spanisch.«

»Latein ist keine italische Sprache«, merkt Bella an.

»Es sind alles drei indogermanische Sprachen, wenn wir wirklich so genau sein wollen. Spielt aber auch keine Rolle, denn es ändert nichts daran, dass Adrian und Lorenzo sich mit voller Absicht über die Regeln hinweggesetzt haben!«

Domenico nickt zustimmend. »Das wird Konsequenzen haben. Wenn wir wieder in einer Position sind, in der wir uns erlauben können, den Blick nach innen, statt nach außen zu wenden. Aber das sind wir momentan nicht. Und jetzt zurück zum Thema.«

Auffordernd nickt er Enzo zu, der mit verkniffener Miene wieder das Wort ergreift.

»Ich habe Nachforschungen angestellt. Lukas Herzog ist am gleichen Tag noch im Krankenhaus an einer Überdosis Heroin gestorben.«

Er spricht weder das Bodypacking noch den ganzen Rest der Geschichte an, was zu einer Reihe Spekulationen führt, die größtenteils von Domenico, Dad und James kommen. Sie sind sich einig, dass die Überdosis wohl kaum die gesamte fehlende Menge ist. Aber hat er den Rest auf dem Kontinent gelassen oder mitgebracht? Wurde es ihm verabreicht oder war er ein Junkie mit Unglück? Einzeltäter oder Marionette von jemandem, den wir noch nicht kennen?

Wo ist der Rest? Sind wir sicher?

Das wilde Durcheinander wird unterbrochen, als es an der Tür klopft.

»Ja bitte?«

Einer der Mitarbeiter der Rezeption steckt seinen Kopf in den Raum. »Bitte entschuldigen Sie die Störung. Ich wollte nur mitteilen, dass Signora Bellini gerade eingetroffen ist«

»Danke.«

Er verschwindet wieder und Domenico ergreift das Wort: »Keine Spekulationen oder sonstiges. Fakten, mehr nicht. Und eine Sache noch.« Mein Onkel deutet auf Enzo.

»Das Geld, das du von Bellini für private Angelegenheiten genommen hast, ist wieder eingetroffen. Dieses Mal werden wir selbstverständlich darüber hinwegsehen. Sorg dafür, dass eine solche Verwechslung nicht nochmal vorkommt. Wenn du mit deinen Kreditkarten nicht umgehen kannst, muss ich ansonsten davon ausgehen, dass du nicht die Sorgfalt besitzt, um deiner aktuellen Position gerecht zu werden.«

KATHARINA

Ich weiß, in welchem Konferenzraum die Familie sitzt, und ich weiß auch, wie man dahinkommt, also mache ich mir nicht die Mühe, an der Rezeption anzuhalten.

Es ist genau Mittag, als ich an die Tür klopfe.

»Ja bitte?«, kommt es genervt von drinnen. Matthew.

Ich trete ein und schiebe mir die Sonnenbrille ins Haar.

»Mahlzeit.«

Da sitzen sie alle. Lorenzo, Adrian und Federico, außerdem Domenico, Matthew und James.

Am Kopfende sitzt eine Frau. Die tiefgebräunte Haut ist faltig, doch ihre dunklen Augen funkeln aufmerksam.

»Benedetta«, sagt James, »darf ich dir meine Tochter Katharina vorstellen? Katharina, das ist Benedetta.«

Adrians Großmutter erhebt sich und kommt auf mich zu.

Wie auf den Bildern in den Fotoalben ist sie ziemlich klein. Sie gibt mir Wangenküsse und mustert mich eingehend. »Du kommst nicht nach deiner Großmutter.« Ihr Blick bleibt an meinen Ringen hängen. »Kaum.«

»Das kann ich nicht beurteilen. So gut kenne ich sie nicht.«

»Ich schon.« Sie wechselt in schnelles Italienisch und naturgemäß verstehe ich kein Wort.

Adrian antwortet, bevor er sich wieder auf Englisch an mich wendet: »Du bist zu früh, Kate.«

»Zu früh?« Ich sehe auf meine Lady Datejust. »Du hast gesagt Mittag. Wir haben Punkt zwölf GMT. Mehr Mittag wird es auf dieser Welt nicht mehr.« Ich habe mich zwischendurch sogar abgehetzt, weil ich mich in der Zeit verschätzt habe.

Adrian sieht zerknirscht aus. »Ich meinte eher Nachmittag.«

»Weißt du eigentlich, was ich für einen Hunger habe?«

Lorenzo rollt mit den Augen.

»Tut mir leid«, murmelt Adrian. Er sieht auch wirklich so aus, aber das ändert nichts an meinem leeren Magen. »Du könntest bei Jay den Schlüssel holen und wenn du wieder hier bist, bin ich fertig.«

Ich greife in meine Tasche und ziehe den Schlüssel hervor. »Liebe Grüße. Wenn du willst, kannst du schon Möbel reinstellen.«

Matthew horcht auf. »Wohnung? Möbel? Adrian, worum geht es?«

Auf Lorenzos Gesicht breitet sich ein unfassbar gemeines Grinsen aus. »Adrian will ausziehen. In die Wohnung in Covent Garden.« Er fixiert seinen Bruder über den Tisch hinweg. »Hab ich recht?«

»Ausziehen?«, echot Matthew verblüfft.

Leise steht Federico auf und schließt die Tür. Seine Augen finden meine, und kaum merklich deutet er auf den leeren Stuhl zwischen sich und James.

Ich setze mich widerwillig. Eine Diskussion wollte ich eigentlich nicht bestreiten. Auch Benedetta hat sich wieder gesetzt. Wie ist aus dem Mittagessen mit Adrian so schnell eine Familienintervention geworden, aus der ich nicht mehr rauskomme?

»Wir schauen uns die Wohnung nur an«, erklärt Adrian ruhig. »Kate kennt sie noch nicht.«

»Wofür muss sie sie denn kennen?« Matthew sieht zwischen uns hin und her. Adrian wendet den Blick ab. Ich nicht.

Was genau ich gemacht habe, um so einen forschen Tonfall verdient zu haben, weiß ich nicht, doch bevor einer von uns etwas sagen kann, spricht er schon weiter: »Wie stellt ihr euch das denn vor?«

»Na ja «, beginne ich, werde aber sofort unterbrochen: »Du gehst doch ab Herbst auch wieder zur Schule.«

»Dad«, hakt Adrian ein.

Sein Vater wendet sich ihm zu. »Ich war nicht fertig.«

Fassungslos sehe ich zu, wie Adrian den Mund schließt. Ein erwachsener Mann, der eines Tages für Tausende Mitarbeiter verantwortlich sein soll. Stummgeschaltet. Einfach so.

Matthew richtet das Wort wieder an mich. Gönnerhafter Tonfall, breites Lächeln.

»Wie stellst du dir das denn vor, wenn du wieder zur Schule gehst? Du wirst viel Zeit mit Lernen verbringen, wann willst du das alles schaffen?«

James verlagert das Gewicht. Ich versuche, seinen Blick aufzufangen, doch er ignoriert es.

»Alles was?«, erkundige ich mich und weiß sofort, dass ich es bereuen werde.

Matthew macht eine allumfassende Geste.

»Na, alles.« Er lacht. »Einkaufen, kochen, putzen, waschen, bügeln. Ein Haushalt ist viel Arbeit.«

Ich schließe die Augen. Nicht mal meine Wut kommt auf. Als wäre sie ausgepustet worden. Im Raum herrscht Stille.

Ich sehe Adrian an. Meine Uhr tickt. Stumm starrt er auf den Tisch. Ein weiteres Ticken. Er rührt sich nicht. Eingeknickt wie eine rückgratlose, erbärmliche Gestalt. Tick.

Auf Deutsch frage ich: »Weißt du, wie viel Adrian verdient?«

»Ja«, antwortet James ruhig.

»Könnte er damit dauerhaft meine Ausgaben decken?«

»Wenn du so weitermachst, nicht mal zur Hälfte. Zwei Monate gebe ich ihm, dann ist er im Minus.«

Matthew lächelt zwischen James und mir hin und her.

Ich stelle mir vor, wie er aussehen würde, wenn er es ohne Zähne täte.

»Damit ich das richtig verstehe«, beginne ich, viel ruhiger, als ich mich fühle, »ich soll Adrian bekochen und umsorgen wie seine Mutti, obwohl er mich keine zwei Monate finanzieren könnte, wie mein Vater es gerade tut?«

Matthew öffnet den Mund.

Ich hebe die Hand. »Jetzt bin ich dran.«

Und jetzt ist sie doch da. Die Wut.

Sie lodert in jeder Faser meines Körpers, nährt sich an jedem Spruch im Vorbeigehen, jedem Pfiff aus einem Auto, jedem Blick auf ein enges Oberteil, jeder Nacht mit einem Messer in der Hand und dem Handy am Ohr, jeder Hose, die sicherer ist als ein Rock, jedem Notfallanruf fünfzehn Minuten in ein Date hinein.

»Selbst wenn dein Sohn sich entscheiden würde, auszuziehen, heißt das nicht, dass ich miteinziehe. Das würde ich nämlich nicht tun. Er ist zwanzig und normalerweise sollte ein zwanzigjähriger Mensch kein Problem damit haben, sich selbst zu versorgen. Sowas zählt zur modernen Überlebensfähigkeit. Traurig, dass du den Fokus in deiner, na ja, manche nennen es vielleicht Erziehung, auf andere Dinge gelegt hast.« Meine Stimme bebt vor Zorn, und selbst wenn ich mich bremsen wollte, könnte ich es nicht.

»Aber, und jetzt hör mir genau zu, das sage ich nämlich nur ein Mal, niemals werde ich auf die Idee kommen, in einer Wohnung, in der ich nicht wohne, den Haushalt zu schmeißen. Meinetwegen kannst du es unter Putzen kategorisieren, wenn ich deinem Sohn den Schwanz poliere.«

In der dröhnenden Stille, die folgt, erhebe ich mich und gehe zur Tür. Ein paar Schritte bin ich schon den Flur hinunter, dann ist Adrian neben mir.

»Kate.«

Ich fahre zu ihm herum. »Drei Sekunden, Adrian. Ich habe dir drei Sekunden gegeben, in denen du deinem Vater diese Sachen hättest sagen können, in denen du irgendetwas hättest sagen und Rückgrat beweisen können! Du hast keine davon genutzt, keine einzige!«

»Es tut mir leid.« Er verschränkt unsere Finger, doch ich erwidere den Druck nicht. »Bitte, sei nicht sauer.«

»Bin ich nicht.« Das ist nicht mal eine Lüge. »Ich bin enttäuscht und ... ratlos. Einen Menschen wie deinen Vater möchte ich nicht in meinem näheren Umfeld haben, aber solange ich hier in London bin, werde ich nicht drumherum kommen.«

»Was meinst du damit? Solange du hier in London bist?« Er greift meine Schultern und wir bleiben stehen. »Du gehst doch nicht weg, oder?«

»Nein, tue ich nicht. Aber was ich damit meine, ist, dass ich in London um deinen Vater nicht herumkomme. Und das gibt mir so ein ... hilfloses Gefühl.« Ich kann es nicht anders beschreiben. Ein Mann mit Matthews Ansichten ist pures Gift.

»Das will ich nicht«, murmelt er und lehnt die Stirn an meine. »Ich will nicht, dass du irgendetwas anderes als glücklich bist.«

Glücklich?

Ich kann dieser Tage schon froh sein, wenn ich mal zufrieden bin. Sicher, meine Tabletten wirken und die Eingewöhnungsphase ist mehr oder weniger vorbei, sodass ich wieder etwas tun kann, ohne dass mein Kopf explodiert. Aber glücklich? Glücklichkeit liegt in weiter Ferne.

»Ich muss heute Abend mit meiner Familie essen, aber was hältst du davon, wenn ich morgen Nachmittag zu dir komme und bei dir schlafe?«

»Okay«, sage ich und hasse mich ein bisschen dafür, dass ich gehofft habe, dass er mich jetzt nicht allein gehen lässt.

»Hey.« Adrian hebt mein Kinn ein Stück. »Was kann ich machen, dass du wieder lächelst?«

Ich wende den Blick ab und zucke mit den Schultern.

Ich will nur hier weg. Aus diesem Gebäude raus.

»Du bist mit Jimmy unterwegs, oder? Schau, dann machen wir es so.« Er zieht den Schlüssel für seinen Ferrari hervor, legt ihn mir in die Hand und drückt meine Finger zusammen. »Bitte sorg dafür, dass meinem Schatz nichts passiert. Und meinem Auto am besten auch nicht.«

Müde zucken meine Mundwinkel. Sofort strahlt Adrian.

»Na schön.« Ich drücke ihm einen Kuss auf die Wange.

»Danke. Und bis morgen.«

»Ich schreibe dir«, verspricht er. »Und wenn du magst, telefonieren wir später, Prinzessin.«

Ich wende mich ab und durchquere das Hotel. Der Schlüssel liegt tonnenschwer in meiner Hand. Den Ferrari zu fahren, das ist toll. Ganz bestimmt. Aber es ändert nichts. Diese Familie bleibt, wie sie ist, und Adrian tut, was sie wollen.

Zum ersten Mal wird mir wirklich bewusst, was Samantha meinte, als sie mich gewarnt hat, wegen der Wohnung nicht allzu begeistert zu sein.

Adrian mag mir zustimmen und das Verhalten seines Vaters verurteilen, aber letztendlich kehrt er zurück, ohne auch nur dazu aufgefordert worden zu sein. Daran ändert auch ein schneller Sportwagen nichts.

In der Lobby trete ich an den Empfangstresen. Eine blonde Mitarbeiterin, deren Gesicht mir bekannt ist, dreht sich zu mir. »Wie darf ich helfen?«

»Ich hätte gerne die Empfangsleitung gesprochen.«

Falls diese Bitte sie überrascht, zeigt sie es nicht, sondern lächelt weiter unbeirrt.

»Natürlich. Einen Moment bitte.«

Sie verschwindet in einem Hinterzimmer und kommt gleich

darauf mit einem Mann heraus, dessen Lächeln fast so breit ist wie seine Zähne weiß.

»Miss Blackwell. Wie darf ich Ihnen behilflich sein?«

Ich lege den Schlüssel auf den Tresen.

»Bitte lassen Sie den Adrian zukommen. Der Wagen steht irgendwo hier.«

Der Empfangschef nimmt den Schlüssel entgegen. »Sehr wohl. Ich werde Mr. St. John den Schlüssel persönlich übergeben und ihn informieren, dass sein Wagen weiterhin unten steht. Darf ich sonst noch etwas für Sie tun?«

»Nein, vielen Dank. Das ist alles. Einen schönen Tag noch.«

Wie auf Kommando kommt Jimmy aus dem Speisesaal zu mir geeilt. Wer informiert ihn eigentlich dauernd, wenn ich irgendwohin gehe?

»Ich bin hier, ich bin da, was ist der Plan?« Ich könnte ihn dafür küssen, dass er nicht nach Adrian fragt.

»Ovington Square«, sage ich.

Wir treten aus dem Hotel. Am Straßenrand steht der Rolls-Royce. Einer der Doorboys öffnet die Tür zum Fond.

»Oha«, scherzt Jimmy energetisch wie eh und je. »Heute sind wir nobel unterwegs.«

Ich runzele die Stirn. Wenn das nicht von ihm ausging, dann war das James' Werk. Wieso?

Ich wehre mich nicht, sondern steige ein.

Im Rückspiegel schenkt Kirpal mir ein warmes Lächeln. »Ovington Square, Miss?»

»Ja, danke.»

Jimmy steigt auf der anderen Seite ein, die Türen werden geschlossen, dann rollen wir davon.

»Ist jemand da?«, frage ich ihn.

»Nein, alle ausgeflogen.« Er scheint einen siebten Sinn für meine Gedanken zu haben. »Wir können *Friends* auf dem großen Screen im Salon schauen.«

Bevor ich ihn für diese grandiose Idee loben kann, klingelt mein Handy. Nicht gespeicherte Nummer, deutsche Vorwahl.

Da ich sie mir sowieso alle merken kann, speichere ich Nummern nie ein. Auch diese hier kenne ich. Ungläubig nehme ich den Anruf an. »Was zur Hölle willst du?«

»Bitte leg nicht auf«, fleht Philipp.

»Ich hab gefragt, was du willst.«

»Ich bin dabei, exmatrikuliert zu werden. Wegen nicht gezahlter Gebühren!«

»Geld, Phil? Du rufst mich wegen Geld an?« Eigentlich passt das gar nicht zu dem Philipp, den ich kenne. Er war immer gewissenhaft und gut organisiert.

»Rina, du kennst mich. Ich habe gezahlt, ich schwöre! Die Uni kann die Zahlungen nicht finden. Selbst wenn ich mir eine Klage leisten könnte, der Dekan hat mit Maxis Eltern zusammen studiert.« Oh verdammt. Ich weiß genau, was Philipp andeutet, und noch viel schlimmer, ich weiß, dass es stimmt.

»Maxi hat mich blockiert. Bitte Rina, ich flehe dich an, hilf mir! Das kann mich alles kosten.«

Phil geht auf eine Privatuni. Wie schon damals auf der Schule hat er nicht grundlos ein Teilstipendium. Er arbeitet sich für seine Zukunft Tag und Nacht den Arsch ab.

Seine Eltern haben weder großartig Geld noch Einfluss, was bedeutet, dass er ganz sicher fliegt, wenn sich niemand einmischt. Unter anderen Umständen würde ich darüber gar nicht nachdenken. Phil und ich waren nie enge Freunde. Aber ich mochte ihn. Vorher.

»Weißt du«, sage ich kühl, »ich könnte dir verzeihen, wenn du mich betrogen und meine Gefühle verletzt hättest. Aber du hast Maxi betrogen und verletzt. Du hast bei dem Menschen, den ich mehr liebe als alles andere auf der Welt, nachgetreten. Alles, was du jetzt bekommst, ist meiner Meinung nach Karma.« Und damit lege ich auf.

Gleichzeitig schneien Victoria, Emmett und Maxi in die Küche, wo Jimmy und ich mit Kakao sitzen. »Und?«, fragt Emmett beim Reinkommen. »In die Architektur verknallt?«

Im Augenwinkel sehe ich Jimmy heftige Armbewegungen machen, während ich Zucker aus der Schublade hole.

»Wie wäre es mit einem anderen Thema?«, fragt Victoria.

Wenig elegant, doch mit guter Intention. Woher weiß sie schon wieder Bescheid?

»Warum?« Emmett sieht ahnungslos zwischen uns hin und her.

Maxi wirft mir einen Blick zu. »Was ist passiert?«

»Soll ich, oder möchtest du?« Victoria nimmt Jimmy gegenüber Platz. Ich zucke mit den Schultern und rutsche neben ihn auf die Bank. Er legt den Arm hinter mir auf die Lehne. In wenigen Worten fasst sie die Ereignisse des Mittags treffend zusammen, zögert jedoch gegen Ende.

Ich wiederhole den Spruch, den ich Matthew am Ende reingedrückt habe. Emmett tarnt sein Lachen als Husten, doch Maxi gibt ein angeekeltes Geräusch von sich.

»Können wir diesen Menschen für immer und in alle Ewigkeit meiden?«, will sie von Emmett wissen.

»Ich leider nicht. Aber du könntest es schaffen.« Er gibt ihr einen Kuss auf die Nase.

Ich wende den Blick von den beiden ab und lande im kühlen Grau von Victorias Augen. Sie mustert mich eingehend.

»Woher weißt du das alles überhaupt schon wieder?«

»Detta und ich haben miteinander gesprochen«, erklärt sie bereitwillig. »Morgen Abend erwarte ich euch alle übrigens hier im Haus zum Dinner.«

»Wir essen doch jeden Abend.« Emmett spielt mit Maxis Haaren herum.

»Das ist richtig, aber morgen gibt es Dinner«, betont sie. »Detta, Domenico, Adrian, Jamie, ihr drei und ich.«

»Gibt es einen Joker, um da rauszukommen?«

»Nein. Ihr werdet hier sein. Gut angezogen, pünktlich und mit besten Manieren.« Trotz meines Ausrasters heute Mittag sieht sie bei diesen Worten eher Emmett mahnend an. Wir alle drei seufzen. Jimmy trinkt grinsend einen Schluck Kakao.

»Ich brauche was zum Anziehen von dir.« Maxi zieht eine Grimasse. Victoria nickt wohlwollend.

»Das ist die richtige Einstellung.«

»Können Detta und du euch nicht einfach zum Bingo treffen, Granma?«

»Warum sollten wir das tun?«

»Weil alte Ladys das so machen. Bingo spielen und stricken.« Victoria lächelt. »Jemand Freiwilliges zum Kartoffelschälen, wie schön.«

»Granma!« Maxi grinst schadenfroh und nimmt mich bei der Hand. »Viel Spaß!«

Wir sind aus dem Raum, bevor jemand etwas sagen kann.

Ganz von selbst steuert sie den Aufzug an. Oben betreten wir Emmetts Zimmer. Cali O schnurrt uns vom Bett entgegen.

»Kann ich mich da sicher draufsetzen?«, frage ich im Scherz und stelle den Kakao auf den Nachttisch.

Maxi grinst aufgeregt. »Bett: ja. Sofa im Fernsehzimmer: nein.«

»Du versautes Ding. Was habt ihr gemacht?«

»Oh nein, du lenkst mich nicht ab. Vergiss es! Bevor ich dir irgendetwas von Emmett erzähle, erzählst du mir von Adrian. Was hat er gesagt?«

Ach verdammt. Ich will nicht darüber reden. Maxis Meinung von Adrian hat deutlich abgenommen und das, obwohl die beiden so einen guten Start hatten. Die Ereignisse von heute Mittag werden das nicht besser machen.

Maxi bemerkt mein Zögern. Sie sinkt aufs Bett und sagt, jetzt viel ernster: »Wenn dus mir nicht erzählen willst –«

»Nein.« Ich räuspere mich und gebe wieder, was sich vor ein paar Stunden zwischen Adrian und mir im Hotelflur abgespielt hat. »Das ist einfach so frustrierend!« Ich falle neben ihr aufs Bett. »Er ist immer so aufmerksam und verständnisvoll und ... gut. Aber dann kommt seine Familie ins Spiel, und ich hab das Gefühl, er ist jemand ganz anderes.«

»Um die wirst du nicht drumherum kommen.« Maxi lehnt

sich gegen das Kopfteil. »Und ändern kannst du daran auch nichts.«

»Weiß ich«, sage ich, »das ist ja das Problem. Wenn er selbst es erkennen und etwas dagegen unternehmen würde, okay, aber so? Ich weiß nicht, ob mich das nicht früher oder später wahnsinnig machen wird.«

»Das kann ich dir auch nicht sagen.« Sie zögert. »Aber ich weiß, dass du es nicht herausfinden willst. So geht es nicht weiter. Das musst du ihm sagen.«

Ja, vermutlich. Aber das ist leichter gesagt als getan. Wie soll ich bitte seine gesamte Familie kritisieren, ohne dass er es in den falschen Hals bekommt?

»Du weißt, dass es ungesund ist, das in sich reinzufressen.«

Wieso ist Maxi überhaupt Beziehungsexpertin? Ihre Erfahrung in dem Bereich ist eher mau. Sofort fällt mir Phil ein.

»Da ist noch was.« Wie gern würde ich das verschweigen. Aber so etwas tun wir nicht. Wir sagen uns die Wahrheit, auch wenn wir mit den Konsequenzen, die die andere zieht, nicht einverstanden sind.

»Was denn?«

»Phil hat angerufen.«

»Phil?« Sie zieht eine Grimasse. »Ich nehme mal an, dass du rangegangen bist. Was wollte er?«

»Er steht kurz vor der Exmatrikulation.«

»Weswegen?« Ich kann ihr die Skepsis im Gesicht ablesen, sie weiß genau, dass da etwas nicht stimmt.

»Die Uni kann seine Semesterbeiträge nicht finden. Laut denen hat er nie gezahlt.«

»Philipp würde seine Schwester verkaufen, um seine Karriere zu finanzieren. Sowas vergisst er nicht.«

»Der Dekan –«

»Ich kenne ihn! Thomas Bahlsen. Er spielt Golf mit Max. Sie kennen sich aus dem Studium.« Sie flucht. »Warum sollte Max das tun?« Ich schweige, denn was mir auf der Zunge liegt, kann sie sich denken.

Es war zu leicht. Eine Wohnung und ein paar Tausend in Bargeld? Das soll es gewesen sein?

Er hat so viel Energie aufgewendet, Maxi die letzten achtzehn Jahre genau dorthin zu lenken, wo er sie haben will, in eine juristische Laufbahn, die perfekt ins Familienbild passt, und dann lässt er sie einfach so vom Haken? Nein.

Und er kennt sie so gut, dass er genau weiß, dass ihr Herz manchmal zu weich ist. Nicht umsonst ist sie Vegetarierin und weint bei traurigen Tierheimvideos.

Kurz starrt Maxi ins Nichts. Dann zuckt sie hoch. »Weißt du was? Nein. Ich werde mich heute Abend nicht zu einer Entscheidung hinreißen lassen. Morgen ist auch ein Tag.«

ADRIAN

Von der Minute an, in der ich das Haus betrete, verfolgt meine Mutter mich. Sehr, sehr viele Worte kommen ihr über die Lippen, doch eigentlich sagt sie sehr wenig und zwar: Zieh nicht aus, was für eine Schnapsidee. Über Kate verliert sie kein Wort, und das ist vielleicht auch besser so.

Drei Sekunden.

Wie viel man darin falsch machen kann, habe ich erst begriffen, als Simon Brown von der Rezeption mir meine Autoschlüssel überreicht hat. Keine Sekunde hätte ich gedacht, dass Kate sie nicht nehmen würde. Vielleicht hat sie es auch falsch verstanden? Ich habe ihr den Wagen nicht gegeben, weil er teuer ist und sie auf teuren Kram steht. Sie hat den Wagen bekommen, weil sie auf schnelle Autos steht und mit dem Ferrari liebäugelt, seit wir uns kennen.

Weil ich ihr zeigen wollte, dass sie mir viel bedeutet, ich ihr vertraue und ich den letzten Spruch meiner Familie gegenüber nicht übel aufgefasst habe.

Neben Emmett ist außer mir noch niemand dieses Auto gefahren. Und sicher nicht, weil niemand gewollt hätte.

Vielleicht sollte ich ihr das erklären, überlege ich, während ich am nächsten Mittag aus dem Bad in mein Zimmer trete, wo ich bereits erwartet werde.

»Nicht du auch noch«, stöhne ich und bleibe im Türrahmen stehen.

Enzo dreht sich auf der Couch zu mir um. Er fläzt sich in den Kissen, als gehörten sie ihm. »Hast du James' Tochter eigentlich mal gefragt, ob sie einem bestimmten Muster folgt, während sie sich jedes einzelne Mitglied dieser Familie zum Feind macht? Gibts da einen höheren Plan oder so?«

»Aber recht hatte sie.«

»Natürlich.« Enzo schnaubt. »Aber recht haben bringt nichts, wenn man überall Minenfelder hinterlässt. Dad wird noch in zehn Jahren einen Anfall kriegen, wenn er daran denkt. Und deinen Schwanz wird sie dir wohl auch nicht so schnell wieder polieren.«

Das wird sich zeigen. Ich ziehe mir ein T-Shirt über und rubbele mir das Haar trocken, ungeduldig darauf wartend, was er von mir will. Kate und ich sind verabredet, und nochmal lasse ich das sicher nicht sausen. Ich werfe Klamotten in meine Sporttasche, die für heute Abend angemessen sind.

Nicht, dass *nonna* und Vittoria etwas zu meckern haben.

»Wann bringt Samantha Cara wieder?«, fragt Enzo und scrollt durch sein Handy. Auf einmal ist er mit den Boxen in den Wänden verbunden und ich zucke unter der lauten Melodie des Imperial March zusammen.

»Keine Ahnung«, antworte ich und muss gegen die Musik anreden. »Aber ganz sicher vor der Gala.«

Enzo erwidert etwas, seine Lippen bewegen sich, doch hören tue ich nichts.

»Bitte was?«, rufe ich und gehe zu ihm hinüber. Die Melodie beginnt von vorne.

»Domenico und James sahen ehrlich überrascht aus.«

»Aussehen?« Ich hebe die Brauen. »Darauf willst du dich verlassen? Sie sind gute Schauspieler, verdammt gut sogar.«

»Dann nenn es Intuition, mir egal. Ich sage, Federico war es allein oder hat mit Benedetta zusammengearbeitet.«

An eine Beteiligung meiner *nonna* will ich gar nicht denken.

»Und was heißt das jetzt? Willst du den anderen Bescheid geben?«

Ich will gar nicht wissen, was sie mit uns machen, wenn sie herausfinden, wie viel hinter ihren Rücken passiert ist.

»Nein.« Enzo schüttelt den Kopf. Erneut beginnt das Darth Vader Theme zu spielen.

»Wir bleiben beim Plan. Zuerst die Komplizin finden. Bei der Gala wird Federico nichts Dummes tun, ihm liegt viel an Bellini. Danach haben wir mit Glück mehr Infos. Ich will es beweisen können. Sonst dreht er es am Ende so, wie es gar nicht war. Das können wir nicht riskieren.«

Das ist wahr.

Vor allem jetzt, wo Enzo und ich uns in die dumme Lage gebracht haben, unseren Regelbruch vor den anderen zu offenbaren, traue ich es Federico sogar zu, den Spieß irgendwie umzudrehen und Enzo und mich als schuldig darzustellen, sodass er am Ende als Unschuldslamm dasteht.

»Und wie willst du das machen?«

»Weiß ich noch nicht.« Enzo überlegt. »Vielleicht macht er einen Fehler. Das müssten wir nur mitbekommen. Ich werde mir etwas überlegen. Bis dahin machst du genauso weiter.«

»Womit?« Was tue ich denn?

Enzo kichert. »Ach ja. Ich mach ja alles allein. Aber Kitty gerecht zu werden, ist vermutlich ein Vollzeitjob.«

Ehrlich gesagt bin ich überrascht, dass Kate mir die Tür am Ovington Square öffnet. Doch da steht sie, die Augen stürmisch, die Locken wild wie eh und je.

Einen Augenblick mustern wir uns gegenseitig, dann lächele ich, unsicher angesichts der Reserviertheit, die von ihr ausgeht. »Darf ich reinkommen?«

Stumm tritt sie beiseite. Ich überquere die Schwelle.

Im Foyer sieht es aus wie immer. Manchmal frage ich mich, ob die weißen Chrysanthemen echt sind. Seit ich denken kann, sehen sie immer gleich aus. Nie habe ich ein vertrocknetes Blatt gesehen oder einen Wasserwechsel mitbekommen.

»Wie geht es dir?«, fragt Kate und zieht meine Aufmerksamkeit wieder auf sich. Was für eine blöde Frage. Wir sind doch keine entfernten Bekannten.

»Gut«, sage ich nichtsdestotrotz. »Sehr warm heute.« Wenn, dann richtig. Kate schnaubt, als sie sich umdreht, doch sie sagt nichts. Ich schließe die Haustür und folge ihr in die Kabine des Aufzugs.

»Wie viel Kalorien sparst du eigentlich, wenn du die Treppen auslässt?«

»Kannst ja gehen, wenn es dir nicht passt.« Sie reckt kampflustig das Kinn. Ich mache einen Schritt auf sie zu, doch da öffnen sich die Türen und sie schlüpft an mir vorbei aus der Kabine.

Mit schnellen Schritten folge ich ihr. »Katharina!« Auf halbem Weg zu ihrem Zimmer bekomme ich ihren Arm zu packen. Sie wirbelt herum. Unsere Münder kollidieren. Achtlos lasse ich meine Tasche fallen. Kate springt mich an oder ich hebe sie hoch oder beides, aber dann ist sie in meinen Armen. Ihre Beine hat sie um mich geschlungen, ich halte ihren wundervollen Arsch und sie küsst mich fast um den Verstand.

Den Bruchteil einer Sekunde überlege ich, es hier direkt auf dem Flur mit ihr zu tun. Aber wir sind nicht allein im Haus und ich will sie nackt unter mir.

Mit meiner ungestümen und kratzenden Last torkele ich über den Flur in ihr Schlafzimmer. Die Tür trete ich so hastig hinter uns zu, dass vermutlich das ganze Haus hört, wie sie ins Schloss donnert. Egal. Nur Kate und ihre Küsse zählen. Sie schmeckt nach Zigaretten und schönem Mädchen.

Am Bett angekommen, gebe ich mir große Mühe, sie behutsam abzulegen, doch sie krallt sich an mich und zieht mich mit herunter.

»Komm her«, keucht sie an meinen Lippen. Ihre ungehorsame Hand wandert zu meinem Hosenbund. Gleichzeitig reiße ich ihr Hemd auf.

Knöpfe fliegen, doch ich habe nur Augen für ihre vollen Brüste in diesem winzigen Spitzen-BH, der eher dekorativen als irgendeinen anderen Zweck hat. Der Kopf ihrer Schlangenkette liegt zwischen den Brüsten. Ich stöhne bei dem Anblick. Kate zerrt an meinem Shirt, bereitwillig werde ich es los, dann sinke ich auf sie.

Ihre erhitzte Haut fühlt sich an wie Schicksal. Nie war irgendetwas so perfekt. Achtlos schiebe ich den BH hoch und lecke über die hoch aufgerichteten Nippel. Kate krallt ihre Mördernägel in meine Kopfhaut, zieht fast brutal an meinen Haaren. Ich zwicke sie und ernte ein paar Kratzer auf der linken Schulter, die sicher noch nächste Woche zu sehen sein werden.

Ich küsse jeden Zentimeter von Kates schönem Oberkörper. Sie seufzt, keucht und stöhnt, wölbt sich mir entgegen und bemerkt dabei nicht, dass ich mich für den lila Fleck an meinem Hals revanchiere. Ich schiebe die Finger unter den elastischen Bund ihrer Shorts. Sie stöhnt laut und langgezogen, als ich durch die Feuchtigkeit zwischen ihren Schenkeln streiche.

Feixend hebe ich den Kopf und sehe zu ihr auf. Mit verschleiertem Blick sieht sie zur Decke, die sündigen Lippen ein Stück geöffnet.

»Leise«, fordere ich. Gleichzeitig schiebe ich einen Finger in sie. Es ist ein Wunder, dass die Wände nicht wackeln, so laut wie sie ist. »Sonst muss ich aufhören«, gebe ich zu bedenken, ziehe den Finger heraus und drücke ihn gleich wieder hinein.

»Ja?«, fragt sie herausfordernd, abgeschwächt von ihrer Atemlosigkeit. »Mach doch.«

Ich ziehe die Hände weg und richte mich auf. Kate streift die Hose und den Slip ab, sodass sie nackt vor mir liegt.

Ich schlucke, als sie die Schenkel spreizt und es sich selbst macht. Sie umkreist ihre Klitoris, bewegt dabei aufreizend die Hüfte und macht mich in Sekunden willenlos.

Hektisch werde ich meine restlichen Klamotten los, ohne auch nur einen Moment den Blick abzuwenden. Ich massiere meinen Schwanz, während ich Kate zusehe, doch als sie den Kopf zurückwirft und extra laut meinen Namen stöhnt, reißt der dünne Faden, an dem meine Selbstbeherrschung hing.

Einen Wimpernschlag später bin ich wieder über ihr, zwischen ihren Schenkeln, und so verdammt nah an der Hitze, nach der ich mich so sehr sehne.

Doch Kate drückt gegen meine Hüfte und hält mich auf Abstand. »Kondom!« Fluchend lange ich nach meiner Hose.

Die Verpackung knistert. Diesmal haben wir es viel zu eilig, als dass sie irgendwelche Tricks demonstriert. Ich rolle mir das Gummi über, dann bin ich wieder bei ihr.

Sie hat die Augen geschlossen und den Kopf in den Nacken gelegt, als ich ganz langsam in sie eindringe. Dieses Gefühl. Wenn sich in den Himmel kommen nicht exakt so anfühlt, zieht mich nichts dorthin.

Kate krallt die Hände in die Laken. Ihre Haut glänzt. Vorsichtig beginne ich mich zu bewegen. Sie ist laut. So laut, dass ich ihr die Hand auf den Mund presse, während wir langsam einen Rhythmus finden und gleich wieder verlieren, weil sie sich so ungeduldig unter mir windet. Es ist gar nicht so leicht, sich auf einem Arm abzustützen und dabei mit ihr mitzuhalten. Ich gebe es auf und ziehe mich aus ihr zurück.

Kates lautstarker Protest wird zu dumpfem Genuschel, als ich sie auf den Bauch werfe und ihr Gesicht ins Kissen gepresst wird. Ich packe sie an der Hüfte, ziehe ihren Hintern hoch und versenke mich mit einem einzigen Stoß tief in ihr. Ich stöhne, sie schreit.

»Zu tief?«

Kate reißt den Kopf hoch und wirft mir über die Schulter einen Blick zu, aus dem Feuer sprüht. »Wenn du mich jetzt nicht richtig vögelst, werfe ich dich aufs Bett, fessele deine Hände und nehme mir, was ich brauche!«

»Also nein«, fasse ich zusammen. »Gut.«

Ich packe ihre Hände, drehe ihr die Arme auf den Rücken und fixiere sie mit links. Mit rechts greife ich ihr ins Haar und presse ihr Gesicht ins Kissen. »Sag das doch einfach.«

Ihre Flüche verstummen, sobald ich schnell und hart in sie stoße. Sie begegnet jeder meiner Bewegungen perfekt und bringt mich damit um den Verstand.

Wir keuchen beide, schwitzen und stöhnen, und scheren uns keine Sekunde darum, dass wir nicht allein im Haus sind. Ich kann spüren, wie sie sich um mich zusammenzieht, und verliere den Verstand. Mein Orgasmus überrollt mich.

So. Genauso will ich es. Für immer. So will ich sie für immer. Alles von ihr. Ihr Lächeln, ihre dummen Sprüche, ihren Körper, ihre Kratzspuren in meiner Haut, ihr Vertrauen, ihren Geruch in der Nase, ihre Haare beim Schlafen in meinem Gesicht, ihre Hand in meiner, wo immer ich bin.

Ihre Sommersprossen, ihre verurteilenden Blicke, die Verletzlichkeit, wenn sie ihre Mauern fallen lässt, ihre Schreie, wenn sie unter mir liegt. Ich will sie. Alles von ihr.

Ich rolle mich von ihr hinunter, werde das Kondom los und starre schweratmend an die Decke.

»Du bist so verdammt perfekt«, keuche ich. Und ich werde nicht zulassen, dass die familiären Differenzen sich uns in den Weg stellen. »Nach dem Essen machen wir das nochmal.«

Kate hebt den Kopf nicht aus dem Kissen, sodass ihre Antwort zu einem unverständlichen Gebrumme wird.

Ich drehe mich auf die Seite und kraule ihr den Rücken.

»Magst du mir einen Gefallen tun, *principessa*?«

Ihr Schweigen deute ich als Bestätigung.

»Würdest du meiner Familie gegenüber ein bisschen zurückhaltender mit deiner Meinung sein?«

Jetzt hebt sie doch den Kopf. Und die Brauen gleich mit. »Ich soll zurückhaltender sein?«

Ich lasse die Hand zu ihrem Nacken wandern. »Du hast vor meiner Familie heute den Begriff ›Schwanz polieren‹ verwendet, Kate. Vor meiner Großmutter.«

Sie richtet sich auf, meine Hand fällt auf das verschwitzte Laken.

»Adrian.« Sie sieht mich verständnislos an. »Weder deine Mutter noch dein Onkel wurden vom Storch gebracht. Und ich habe Bilder von deinem Großvater gesehen. Ich glaube nicht, dass deine Großmutter nicht weiß, was lutschen ist.«

»Sag das nicht so!«, verlange ich ein bisschen heftiger als notwendig. »Ich verlange doch nicht viel. Nur, dass du dich ein bisschen zusammenreißt, damit es ein friedliches Abendessen wird.«

24

History Of Man
– Maisie Peters

KATHARINA

»Wenn es ein friedliches Abendessen werden soll, gehst du dir jetzt besser einen Ort zum Fertigmachen suchen, der sich außerhalb meines Zimmers befindet«, fordere ich ihn auf. Nicht zickig, aber bestimmt. Die Frustration kocht in mir.

»Na schön.« Adrian seufzt. »Ich gehe rüber.« Er verschwindet kurz im Bad, dann haut er ab.

Es war keine schlaue Entscheidung. Genau genommen war der Sex sogar ein Fehler. Wir hätten reden sollen. Über gestern, über meine Gefühle seiner Familie gegenüber.

Ich will wissen, wo er steht, bevor wir gleich Dinner mit seinen und meinen Verwandten haben.

Wo ich stehe, weiß ich genau. Und auch, dass ich mir zwar Mühe geben kann, mich zu zügeln, aber ich nicht von meiner Meinung abweichen werde.

Ich beginne, mich fertig zu machen, und wie gerufen taucht Maxi auf. Zwischen Knutschflecken abdecken und Eyeliner ziehen, fasse ich ihr zusammen, was vorgefallen ist. Ihre Sympathie Adrian gegenüber sinkt ins Negative, und langsam finde ich keine Gründe mehr, ihn zu verteidigen.

Zeitgleich mit Adrian und Emmett treten wir schließlich auf den Flur.

»Wenn ich mir euch so angucke, kann ich direkt wieder gehen«, schleimt Emmett und sieht dabei einzig und allein Maxi an.

»Funktioniert der Spruch bei anderen?«, fragt sie, doch strahlt dabei.

»Bei Adrian.«

»Immer, Honey«, sagt dieser. »Damit kriegst du mich ins Bett.«

»Ich weiß, Baby.« Emmett klimpert ihn mit langen Wimpern an. »Du bist unten.«

»Dann entgeht dir aber was«, murmele ich und bleibe vor dem Aufzug stehen.

»Akustisch ist mir dafür überhaupt nichts entgangen«, kontert er.

Unten im Haus ertönt die Türglocke.

»Können wir bitte die Treppen nehmen?«, fragt Adrian.

»Lieber nicht.« Gemächlich ruckelt der Aufzug zu uns hoch.

Als würden wir die Queen empfangen, wirft er einen pointierten Blick auf die Uhr. »Wir sind schon zu spät.«

»Der Aufzug ist doch fast da.« Wieso sind die Jungs nicht schon früher runter? Es ist ja nicht so, dass Maxi und ich uns ohne die beiden verlaufen würden.

»Du hast nicht mal hohe Schuhe an.«

Maxi seufzt deutlich hörbar.

»Was denn? Ich finds unhöflich, wenn man zu spät kommt. Und es startet den Abend nicht gerade mit den besten Voraussetzungen.«

»Wenn du den Aufzugschacht runterspringst, bleibst du vielleicht unter dreißig Sekunden Verspätung, probiers doch mal.«

Maxi rollt mit den Augen und betritt den Aufzug.

Im Esszimmer sitzen Victoria und Benedetta schon am Tisch, während James und Domenico gerade Platz nehmen.

Adrians Onkel spart sich die Begrüßung und fragt: »Habt ihr euch verlaufen?«

Ja, wir mussten aus dem 21. Jahrhundert zurück ins Mittelalter finden. Wie wichtig kann man sich selbst nehmen?

»Tut uns leid«, sagt Adrian und geht zu seiner *nonna* hinüber, um sie zu begrüßen. »Der Aufzug hat so ewig gebraucht.«

»Aufzug?« Benedetta tauscht einen belustigten Blick mit Victoria. »Ihr seid doch alle jung. Also, ich werde heute Abend die Stufen nehmen.«

Adrian zuckt mit den Schultern und wirft mir einen schnellen Blick zu. Benedettas Augen landen bei mir. »Und du bist auch noch die Jüngste!«

Sie lacht.

Adrian lächelt ebenfalls.

Ich auch. »Ich bin sogar die Einzige, die den Weg nach unten findet. Ohne mich an der Seite konnte niemand allein den Weg antreten.«

Adrians Lächeln erstirbt. Wenn er bei seiner Familie ist, wird er zu einer ganz anderen Person. Und ich mag diese Person nicht.

»Das ist kein Flying-Dinner«, mischt James sich ein. »Also setzt euch bitte.«

Adrian nimmt rechts von mir Platz, Maxi links. Sie wirft mir einen bedeutungsschwangeren Blick zu. *Was zur Hölle?*, lese ich daraus.

Ein ungutes Gefühl hat sich in meinem Inneren verwurzelt und wächst. Es blüht wie Kirschblüten im Frühjahr, als Lucas eintritt, zwei Flaschen in den Händen. Mir wird schlecht. Ich senke den Blick auf meinen Teller.

Mein Puls hämmert plötzlich laut in meinen Ohren. Warme Finger schieben sich zwischen meine. Maxi und ich klammern uns aneinander fest. Sie sieht genauso benommen aus, wie ich mich fühle.

Lucas schenkt um den Tisch herum ein. Wie in Trance sehe ich zu. Als würde ich hinter Glas sitzen.

»Kate.« Adrian greift nach meinem Arm. »Was möchtest du trinken?« Ich zucke zusammen und sehe in sein Gesicht.

Er lächelt, als könne er damit Harmonie und Weltfrieden heraufbeschwören. »Du trinkst doch keinen Alkohol.«

Ich starre ihn an.

»Wegen der Medikamente.«

Ich schüttele den Kopf und kratze alles von mir zusammen, das nicht in Schockstarre verfallen ist.

»Nein«, krächze ich und hebe unendlich langsam den Blick zu Lucas, vorbei an der Flasche. »Maxi trinkt auch keinen Alkohol.«

Unter dem Tisch drückt meine Schwester meine Hand.

»Maxi«, sagt James auf der anderen Tischseite. Er lehnt sich ein Stück vor. »Ist alles in Ordnung?«

Auch Emmett wird jetzt aufmerksam.

Ich kann praktisch spüren, wie Maxi sich zusammenreißt. Ich will, dass sie nicht hier sein muss. Ich will nicht hier sein müssen.

»Ja«, krächzt Maxi. »Alles in Ordnung. Was essen wir denn überhaupt?«

»Lasagne«, ergreift Victoria das Wort und spielt an ihrem Glas herum.

»Ist das vegetarisch?«, frage ich, weil Maxi es nicht tun wird. Aber es sind zu viele Abendessen vergangen, bei denen sie diesen Kampf geführt und gewonnen hat. Diese Enthaltsamkeit wird sie jetzt nicht aus Höflichkeit aufgeben.

»Vegetarisch?« Fast könnte ich Benedettas melodisches Lachen mögen. »Wie macht man denn Lasagne ohne Fleisch?«

»Es gibt Ersatzprodukte«, erklärt Domenico, der wohl mit James heute den Diplomatenpart übernommen hat.

»Oder Alternativen«, sagt Victoria. »Wir haben eine vegetarische Version. Du weißt doch, dass ich kein Fleisch esse.«

»Immer noch nicht? Wie viele Jahre denn noch?«

»Alle, die übrig sind, Detta.«

»Kannst du dir das vorstellen?«

»Nein«, sagt Domenico und schüttelt den Kopf. »Das kann ich nicht, *mamma*.«

Maxi und ich bekommen Orangensaft in Champagnerflöten. Victoria lächelt in die Runde. Beinah tut es mir leid. Sie hat uns alle hier versammelt, Menschen, die sie mag, die ihr wichtig sind, und wir kommen schon mit einer unnötig geladenen Grundstimmung an ihren Tisch.

Mit dem Vorsatz, rauszuzoomen und das Dinner möglichst ohne Drama hinter mich zu bringen, klatsche ich mir ein Lächeln ins Gesicht und stoße mit den anderen an.

Zum Glück bestreiten die Erwachsenen die Konversation. Gala, Wetter, Sommer in Italien, überall Touristen. Ich bekomme ein paar der Themen mit, die über den Tisch fliegen.

Doch dann wird die Lasagne serviert und Benedetta erinnert sich wieder an meine Anwesenheit. Kritisch beäugt sie meinen Teller. »Du isst ja doch Fleisch.«

Die Muskeln in meinem Gesicht tun weh vom Lächeln. »Ja genau.«

»Immerhin etwas.« Sie sagt es leise, doch ich höre es. Und ich weiß genau, dass das ihre Absicht war, denn heute Mittag hat sie mit Adrian über mich gesprochen und dabei auf Italienisch zurückgegriffen. Jetzt spricht sie Englisch. Ich könnte darüber hinwegsehen. Ganz vielleicht. Doch Adrian streckt unter dem Tisch die Hand aus und drückt meinen Oberschenkel. *Lass es*, sagt er stumm.

Ich lege die Gabel weg. »Wie darf ich das verstehen?«

Die geheuchelte Freundlichkeit fällt von ihr ab. Über den Tisch hinweg bohrt sie ihre Augen in meine. »Da ich nicht den Eindruck habe, dass du dir von mir oder irgendwem etwas sagen lässt, lasse ich das offen für Interpretationen.«

»Das ist aber nett.« Ich breche den Blickkontakt, um Adrian anzusehen. »Würdest du bitte aufhören, mir unter dem Tisch das Bein zu zerquetschen? Das brauche ich noch zum Autofahren.«

Seine Hand verschwindet im Bruchteil einer Sekunde.

Zwar verstehe ich sie nicht, doch als Benedetta ihm über den Tisch hinweg ein paar Worte auf Italienisch zukommen lässt, habe ich den Eindruck, dass sie ihn zurechtweist. Es ist massiv unhöflich von ihr, in ihre Muttersprache zu verfallen, wenn nicht jeder am Tisch sie spricht, doch es ermöglicht mir, das Gleiche zu tun.

An Maxi vorbei lehne ich mich zu Emmett. »Ich weiß, ihr könnt euch gerade gegenseitig nicht ausstehen, aber wir hätten in Colchester bei Samantha bleiben sollen.«

»Das nächste Mal, wenn du nach London willst, halte ich dich davon ab«, stimmt er zu. »Notfalls lasse ich das Wasser aus dem Pool, werfe dich rein und ziehe die Abdeckung drüber.«

»Es reicht«, sagt James auf Englisch, sodass wir alle ihn verstehen. »Derartige Streitigkeiten sind wirklich nicht notwendig.«

»Deine Tochter ist respektlos. Wenn man Kinder in die Welt setzt, hat man sich darum zu kümmern.«

Einen Moment sehe ich mich selbst, umgeben von Benzinkanistern, ein brennendes Feuerzeug in der Hand. Ohne Reue lasse ich es fallen. »Aber nur, bis man sie an den meistbietenden, ausländischen Fremden verkauft, damit man weiter Echtpelz tragen und Champagner trinken kann.«

»Es reicht mit deiner Respektlosigkeit, Kate!« Adrians Stimme bebt vor mühsam unterdrücktem Zorn. »Sei einfach einmal still!« Er ist wütender, als ich ihn je gesehen habe.

Ich nicht. Ich bin klarer denn je, als ich stumm meinen Stuhl zurückschiebe, aufstehe und das Zimmer verlasse.

ADRIAN

Stille, lauter als ein Düsenjet, zieht ein, nachdem Kates Schritte im Foyer verklungen sind. Nur den Aufzug höre ich ruckeln.

Die Wut verschwindet so schnell, wie sie aufgekommen ist. Keiner sagt ein Wort. Ich glaube, wir sind alle gleichermaßen erschrocken. Ich bin eigentlich nicht aufbrausend.

Und dann kichert Maxi leise.

Sie zieht ihr Handy hervor. »Meine Güte, das muss ich Thea schreiben. Neues Jahreshighlight.« Noch immer feixend hebt sie den Kopf und sieht mich ungläubig an. »Wirklich, so dermaßen verkackt hat nicht mal Brasilien bei der WM 2014.« Sie wird ernst. »Also, dass du unsensibel bist, was einige Themen angeht, darüber könnte ich hinwegsehen. Und sie auch. Aber das? Du hast da was verwechselt: Sie hätte sich *für* dich einiges eingefangen, aber doch nicht *von* dir.«

Die Wut kehrt zurück.

»Ich bin unsensibel? Wer von uns war denn hier seit Mai? Wer war bei ihr? Nicht du, du saßt in Frankfurt herum und hast Nachrichten auf ein Handy geschickt, von dem du wusstest, dass sie es nicht anrührt!«

Unter diesen Worten zuckt sie zusammen. Emmett runzelt die Stirn, vermutlich stört er sich an meinem Tonfall, doch das ist mir scheißegal. Seit sie hier ist, verhält Maxi sich, als wäre sie etwas Besseres.

»Sie war hier. Einsam, allein und kaputt. Und du warst nicht hier, Maxi. Also erzähl mir nichts!«

Maxi verzieht das Gesicht. »Ich bin mehr da, als du es jemals sein wirst.«

»Bitte«, schreie ich, »dann erzähl mir doch mal, warum du so unglaublich viel besser bist!«

»Fangen wir damit an, dass ich sie sicher nicht dazu gedrängt hätte, nett zu meiner Großmutter zu sein. Einer Großmutter, die so maßlos frech ist, dass sie am Tisch in eine andere Sprache wechselt, weil sie nicht genug Rückgrat hat, offen schlecht über jemanden zu sprechen.« Sie wirft *nonna* über den Tisch einen kühlen Blick zu und wendet sich dann wieder an mir.

»Entweder bist du blind oder egoistisch. Du glaubst, weil sie Medikamente nimmt, sich von dir vögeln lässt und keine andere Wahl hatte, als die Sache mit der Schule zu akzeptieren, ist sie irgendwie gesund. So ist es für dich ja auch viel bequemer! Willst du wissen, warum sie den Aufzug nimmt, obwohl das Ding Stunden braucht?« Ihr Tonfall weckt eine ungute Vorahnung in mir.

»Die Chrysanthemen, die da draußen stehen? Sie sehen fast genauso aus wie die, die bei Josies Beerdigung die ganze Kirche gefüllt haben. Und das Bild an der Wand? Das ist das Festspielhaus in Bayreuth. Das letzte Mal, dass wir dort waren, hat Josie dort auf der Bühne gespielt. Sie will diese Treppen nicht hinuntergehen. Und während du das auf ihren Dickschädel schiebst, weiß ich, dass es dafür Gründe gibt.« In ihren Augen glitzern Tränen, als sie auf die Champagnergläser deutet.

»Dom Pérignon? Ich hatte Ostern eine Flasche davon in der Hand, um einzuschenken, als Chris festgestellt hat, dass sie nicht mehr geatmet hat. Aber klar, nur wegen der Medikamente trinkt sie nichts. Es tut mir wirklich leid, dass deine Geduld dünn wird, was ihre Probleme angeht. Aber was für dich nervig ist, ist unsere Realität, unser Schmerz und unser Trauma. Es freut mich für dich, dass du das nicht nachvollziehen kannst, weil das Schlimmste, was dir jemals passiert ist, vermutlich ein Economyflug ist, aber wir sind leider nicht alle so privilegiert.«

Das Schlimmste ist, dass ich mich nicht mal vor mir selbst rechtfertigen kann. Das Bild und die Blumen, okay. Davon hatte ich keine Ahnung. Aber das mit dem Champagner, das hat Thea uns erzählt. Das hätte ich wissen können. Wissen sollen.

»Ich denke«, sagt mein Onkel leise, »dass uns allen der Appetit auf Dessert vergangen ist.«

»Das denke ich auch«, stimmt Vittoria ihm zu.

Domenico erhebt sich. »Es ist auch schon spät.«

»Genau.«

Gerade kann ich mich nicht schuldig fühlen, dass Dinner ruiniert zu haben. Es stand von Anfang an unter einem schlechten Stern. So gerne würde ich Maxis Vorwürfe von mir weisen, allerdings ist das nicht so leicht.

Ich will mit Kate sprechen. Direkt. Nicht über drei Ecken. Und sicher nicht mit Maxi dabei. Sie ist schlimmer als Thea.

Thea mag mich aus persönlichen Gründen nicht. Maxi hat valide Argumente.

In letzter Zeit habe ich nicht mehr so viel über Kates Trauma nachgedacht. Weil sie weniger Anlass gegeben hat. Weil es weniger oft zum Vorschein kam. Jetzt erst begreife ich, was Samantha und James mir sagen wollten, als sie mich gewarnt haben.

Ich weiß nicht mal alles, was passiert ist, aber selbst wenn, ich könnte trotzdem nicht nachvollziehen, was manche Dinge mit Kate tun, die mir gar nicht auffallen.

Die anderen erheben sich und schwärmen ins Foyer. Ich will keinen von ihnen ansehen, also lasse ich mir Zeit damit, aufzustehen und meinen Stuhl zurecht zu rücken.

An der Tür wartet Maxi auf mich. Funken sprühen aus ihren Augen und mit gesenkter Stimme setzt sie zum Todesstoß an.

»Ach übrigens: Wenn ich sie vorhin gevögelt hätte, wäre sie auch gekommen. Aber ist schon okay. Du warst zu beschäftigt damit, ihr vorzuhalten, dass sie nicht nett zu deiner Großmutter war.« Sie wirft das Haar über die Schulter und geht.

Die Scham überkommt mich in zehnfacher Intensität. Fuck, Maxi hat recht. Entweder bin ich blind oder egoistisch.

Ich folge den anderen ins Foyer, schließlich kann ich mich schlecht für immer im Esszimmer verstecken.

Die weißen Chrysanthemen starren mich an.

Lucas kommt gerade die Treppe herunter. Er hat eine Tasche in der Hand, die mir sehr vertraut vorkommt. Vor mir bleibt er stehen und lächelt sein Butlerlächeln, das nichts preisgibt.

»Wir waren so frei, Ihre Sachen zu packen, Mr. St. John. Ich wünsche eine angenehme Heimfahrt.«

Ich nehme die Tasche entgegen und bedanke mich. Nicht, weil ich es will, sondern weil ich es muss. Dass sie mich rauswirft, überrascht mich nicht wirklich. Aber jetzt zu gehen, das ist nicht richtig. Nicht, ohne mit ihr geredet zu haben.

Ich machte einen Schritt auf die Treppe zu. Maxi geht an mir vorbei und die Stufen hoch.

»Über Respektlosigkeit heulen und sich dann über ein so deutliches Signal hinwegsetzen, das ist das Wahre.«

Jemand legt eine Hand auf meine Schulter. »In unruhigen Gewässern sieht man den Boden nicht«, gibt James eine Weisheit von sich, die jetzt wirklich keiner braucht.

Allerdings spricht der Druck auf meiner Schulter für sich. Ich gehe jetzt offensichtlich nicht hoch.

Also wende ich mich ab. Im Vorbeigehen verabschiede ich mich von *Vittoria* und *nonna*, die hier schlafen wird, dann folge ich meinem Onkel aus dem Haus und in die wartende Limousine.

»Lustige Mädchen«, sagt mein Onkel gedämpft. Sein Siegelring glitzert im Licht der Straßenlaterne. »Und so temperamentvoll.« Er lächelt und sieht mich direkt an, nagelt mich mit dem dunklen Blick praktisch fest.

Nicht, dass es das braucht. Ich könnte aus diesem Gespräch sowieso nicht entkommen.

»Weißt du, egal, ob man im Recht ist oder nicht, es hat auch etwas mit Respekt zu tun, sich in einer Situation auf die Zunge zu beißen und die Dinge, die einen stören, später unter vier Augen anzusprechen. Diskutiert wird ausschließlich allein, in Ruhe und hinter geschlossenen Türen.«

25

Peter
– Taylor Swift

KATHARINA

James ist erstaunlich unüberrascht, als ich zu ihm in den Rolls-Royce steige, Cali O eng im Arm. Ohne nachzufragen schaltet er die Sitzheizung ein und die Sprechanlage aus.

»Weiß Maxi, dass du bei mir bist?«

»Ja.« Auch, wenn sie gerade damit beschäftigt ist, Emmett schlechte Nachrichten zu überbringen. »Sie geht.«

»Wohin?«

»Zurück nach Frankfurt.« Als sie es mir heute Nachmittag verkündet hat, hat es mich nicht überrascht. Maxi ist weichherziger als ich. Wenn es nach mir gegangen wäre, hätte Philipp seine Lektion gelernt. Aber sie konnte nachts nicht schlafen. Also fährt sie rüber und setzt sich freiwillig nochmal mit Max auseinander. Genau das, was er bezweckt hat. Weder geht er ans Telefon, noch stellt sein Büro Maxi zu ihm durch.

Ich bin nicht neidisch auf ihre Situation. Aber ich bin neidisch auf ihren Mut und ihre Kraft. Wie gern würde ich einen Flieger nehmen und in wenigen Stunden Ma und Dad in die Arme fallen.

»Kommt sie wieder?«

Beiläufig breitet James eine Decke über mir aus und achtet sogar darauf, dass Cali O rausgucken kann.

»Ja. Sie wird nur ein paar Tage weg sein. Muss doch noch etwas mit ihrem Vater klären.«

Er brummt unbestimmt. »Würdest du gerne mitfahren?«

Ich schüttele den Kopf und sehe aus meinem Fenster auf Londons Straßen hinaus.

»Warum nicht?«

»Weil ich feige bin«, erwidere ich bitter. »Weil ich Angst habe und mich im Gegensatz zu Maxi nicht traue, zurück nach Hause zu gehen.«

»Maxi hat auch nicht durchgemacht, was du durchgemacht hast.«

Ich drehe mich um. »Maxi hat –«

»Maxi hat Dinge erlebt, die niemand erleben sollte. Du hast Dinge erlebt, die niemand erleben sollte. Aber ihr zwei seid unterschiedliche Menschen. Unterschiedliche Menschen, die auf unterschiedliche Dinge unterschiedlich reagieren. Das darfst du nicht vergessen.« James sieht mich offen an. »Es ist keine Schande, Angst zu haben.«

»Ich hatte nie Angst!«

»Das ist dumm. Du bist nicht dumm. So einfach ist das.«

Da wäre ich mir nicht so sicher.

»Du bist nicht dumm«, wiederholt James nachdrücklich.

»Glaub mir. Ich kenne viele dumme Leute.«

»Das tut mir leid.«

»Ist okay«, gibt er zurück und drückt meine Hand. »Ich habe zwei wundervolle Kinder, auf die ich stolz bin, das holt viel wieder raus.«

»Was ist mit heute Abend?«

»Was soll damit sein? Du bist ein Dickschädel, das muss ich dir nicht sagen. Und wenn du eine Meinung hast, von der du nicht abweichen möchtest, ist das in Ordnung. Aber, weißt du, wenn man immer mit dem Kopf durch die Wand geht, stürzt einem irgendwann das Haus auf den Kopf. Wenn man nicht damit einverstanden ist, wie die Wände stehen, sollte man das Haus vielleicht verlassen.«

»Was willst du mir damit sagen?«, frage ich, weil ich mir nicht sicher bin, wie er das meint.

»Es ist dein gutes Recht, deine Meinung zu haben und zu vertreten. Genauso ist es aber auch das Recht von jedem anderen, seine Meinung zu haben und zu vertreten. Und wenn du und jemand anderes zu einem Thema stark abweichende Meinungen habt, musst du dir überlegen, ob alles andere die dauerhaften Diskussionen wert ist.«

Maxi und Emmett treffen eine Dreiviertelstunde nach uns in One Hyde Park ein. Er sieht ganz und gar nicht zufrieden aus und verkrümmelt sich sofort neben James auf die Couch.

Kein Wunder, an seiner Stelle wäre ich auch nicht zufrieden damit, sie nach Frankfurt zurückfahren zu sehen, nur um ihren Ex aus Problemen rauszuboxen.

»Ist alles in Ordnung?«, fragt James. Emmett brummt, die universell verstandene Antwort eines Teenagers. James nimmt es hin und schaltet den Flatscreen an. Allen Ernstes schauen sie *Suits*. Ich spare mir einen Kommentar darüber, sondern folge Maxis ebenfalls unmissverständlichem Kopfnicken.

Wir erklimmen die Treppe, denn selbstverständlich ist das X-Millionen-Pfund-Apartment in einem der teuersten Wohngebäude der Welt zweistöckig.

Das Zimmer, das James mir zugewiesen hat, ist überraschenderweise recht wohnlich, auch, wenn es direkt aus Pinterests #luxurylivingaesthetics kopiert wurde.

Ich sinke auf das überdimensionierte Bett.

»Was für ein beschissener Abend«, sagt Maxi und schließt die Tür.

»Das kannst du laut sagen.«

»Soll ich?«

»Ne, über uns wohnen irgendwelche Scheichs oder Hollywoodstars oder so.«

»Wohnt hier nicht sogar Kylie Minogue? Meinst du, sie ist gerade hier?«

Ich schnaufe. »Klar. Lass uns einen Klingelstreich machen gehen. Schau mal bitte gerade, ob da im Bad Abschminkzeug ist.«

Maxi tritt ins En-Suite. »Hier ist eine ganze Drogeriefiliale drin. Das Make-up ist sogar deine Farbe.«

»Gutes Personal ist unbezahlbar.«

Ich will gar nicht wissen, was für eine unfassbar engmaschige Kommunikation zwischen den Chauffeuren, Köchen, Butlern, Putzkräften und Sicherheitsleuten herrscht, damit immer alles so reibungslos funktioniert.

»Wir müssen es ja zum Glück nicht zahlen.« Maxi kommt aus dem Bad und wirft mir den Make-up-Entferner und einen Waschlappen zu. »Hier.«

Ich beginne, mir die Farbe vom Hals und dem Dekolleté zu schrubben. Die Schranktür gegenüber vom Bett ist ein Spiegel, sodass ich mich selbst dabei ansehen kann. Auf einmal fühlen sich die Knutschflecke furchtbar vulgär an. Ich gebe mir Mühe, nicht darauf zu achten.

»Also. Was ist der Plan?«, erkundige ich mich, um meine Gedanken in andere Richtungen zu leiten.

Maxi zuckt mit den Schultern und beginnt, die Schubladen und Schränke zu durchwühlen. »Ich fahre nach Frankfurt und höre mir an, was Max sagt. Es geht ihm nicht um Philipp, er will irgendetwas von mir.« Darin sind wir uns einig.

»Wann?«

»Morgen früh.«

Ich schließe die Augen. Morgen früh ist sehr bald.

»Wenn ich das jetzt nicht mache, ist es zu spät. Außerdem bin ich dann frühzeitig zurück, um die Gala mit dir zu überstehen.«

»Die Gala?« Ich sehe sie an. Aus einem der Schränke holt sie einen verdammten Dyson Airwrap mit allem Zubehör heraus. »Ich glaube nicht, dass ich dahin gehe.«

»Das glaube ich aber für dich mit.«

»Ich hab da keine Lust drauf. Wenn man eine Gala gesehen hat, hat man alle gesehen. Und wir haben mehr als nur eine gesehen.« Unsere Großeltern in München haben unfassbar oft Ministerbälle geschmissen, als Opa noch aktiv in der Politik war.

»Darum geht es nicht. Es geht darum, dass morgen jeder weiß, was heute passiert ist. Und du willst auf der Gala nicht auftauchen? Wegbleiben? Dich verstecken?«

Endlich lässt sie die Schubladen in Ruhe und dreht sich zu mir um, Unglaube im Gesicht.

»Das bist nicht du, Rina. Und ich lasse auch nicht zu, dass du es wirst. Du gehst auf diese Gala. Du versteckst dich nicht.«

»Wieso nicht?« Ich schmeiße den Lappen durch die noch offene Tür ins Waschbecken im Bad. »Das ist leichter.«

»Leicht?« Maxi schüttelt den Kopf. »Du stehst nicht auf Leicht. Das langweilt dich.«

»Vielleicht ja nicht mehr.«

Sie stößt ein Geräusch wie ein Fauchen aus.

»Du tust so, als wärst du ein neuer Mensch. Dabei bist du immer noch genauso du, wie du es all die Jahre warst. Und ich lasse dir Feigheit nicht durchgehen!«

»Du lässt mir diese Feigheit ›durchgehen‹, seit ich von zu Hause abgehauen bin!«

»Na und? Das soll trotzdem keine Gewohnheit werden. Irgendwann gehst du zurück nach Hause. Aber sicher nicht, wenn du immer den leichten Weg wählst und allem aus dem Weg gehst, was nicht deiner Komfortzone entspricht! Wenn du vom Pferd fällst, sattelst du auch nicht ab und fährst nach Hause. Du steigst wieder auf und machst noch ein paar Runden!«

»Aber ich habe Angst!«

»Wovor?« Wir werden beide laut.

»Alles, was in Frankfurt auf mich wartet, ist Schmerz!«, breche ich hervor.

»Schmerz macht dich nicht schwach, Schmerz ist menschlich. Wenn du daran nicht zerbrichst, macht er dich stark. Ohne Schmerz würde niemand von uns wertschätzen, was er hat.«

»Was er hat? Ich habe nichts. Ich dachte, ich hätte etwas Gutes, etwas, das mir Kraft gibt und mich weitermachen lässt, und sieh, wo es mich hingebracht hat.«

»Rina.« Maxi kommt zu mir aufs Bett und umfasst meine Hände. Mit erstickter Stimme sagt sie: »Weitermachen lassen, das kannst du nur selbst. Menschen, die dich dabei unterstützen, die sind gut, aber sie lassen deine Probleme nicht verschwinden. Egal, wie wohl du dich bei ihnen fühlst, wie verständnisvoll sie sind, sie machen nicht alles ungeschehen. Der Schmerz ist da, auch wenn du ihn verdrängen willst. Niemand außer dir kann dich heilen.«

Aber mit Adrian, da gibt es nichts zu heilen. Es ging mir gut. Das mit ihm, das war so normal, so alltäglich, so perfekt sorglos. Ich kann über all meine Probleme hinwegsehen. Ich kann alles ausblenden, was die Illusion stört.

Es ist leicht, sich dem verlockenden Gedanken hinzugeben, wenn Adrian bei mir ist. Es ist alles gut. Perfekt in Ordnung. Er ist einzigartig begabt darin, meine eigenen Probleme von mir fernzuhalten.

Nur leider ist da seine Familie. Und vielleicht hat Maxi recht: Ich bin kein neuer Mensch. Ich bin immer noch ich selbst.

Und der Mensch, der ich bin, ist nicht dazu gemacht, bei all den verkorksten Vorstellungen der Familie einfach brav zu nicken.

Emmett schafft es, den Mund zu halten, bis wir vor dem Zug stehen. Dann platzt er hervor: »Hältst du das wirklich für eine gute Idee?«

»Ich kann verstehen, dass du das nicht gut findest.« Maxi sieht zwischen uns beiden hin und her. »Ihr beide. Und ich weiß auch, dass es euch beiden an meiner Stelle egal wäre. Aber mir ist es nicht egal, was aus Philipp wird. Und ich bin diejenige, die nachts ruhig schlafen muss.«

Emmett und ich tauschen einen Blick. Er verschränkt die Arme, doch ich spare mir das Ganze. Es gibt nichts, was er ihr vorschlagen könnte, das sie umstimmen würde. Maxi hat ihre Entscheidung getroffen. Daran ist nicht mehr zu rütteln.

»Was, wenn er auf eine Privatuni geht?«

»Das kann er sich nicht leisten, ohne sein Teilstipendium. Und mittendrin bekommt er kein neues.«

»Dann zahlen wir das halt.«

»Emmett.« Maxi umfasst sein Gesicht und lächelt. »Du möchtest einem Menschen wie Philipp etwas bezahlen?«

»Nein«, brummt er nach kurzer Überlegung. »Aber ich könnte ihm einen Kredit geben und unverschämte Zinsen verlangen.«

»Dann wärst du, mit dem ich in einer Beziehung bin, in einer Geschäftsbeziehung mit Philipp, was mich konstant an ihn erinnern würde. Und das will ich nicht. Ich möchte diese Sache klären. Und zwar so, dass ich nie wieder etwas mit Philipp zu tun haben muss und gleichzeitig ruhig schlafen kann.«

Emmett blinzelt perplex. »Wir sind in einer Beziehung?«

Maxi lässt die Hände sinken und wendet sich mir zu.

»Zum Glück habe ich ein ganzes Abteil für mich. Meinst du, man kann die Vorhänge zum Gang zuziehen? In diesem Zug findet sich bestimmt einiges Attraktives.«

»Nein!«, mischt Emmett sich energisch ein. »Auf gar keinen Fall!«

»Okay.« Maxi sieht ihn erwartungsvoll an. »Und gibt es dafür auch einen Grund?«

Seine Antwort ist ein Kuss, der so stürmisch ist, dass einem vom bloßen Zugucken die Knie weich werden.

»Gott, ist das knuffig«, brummt Jimmy mit verschränkten Armen. »Da wird einem ja schlecht.«

Ich klopfe ihm dankbar auf die Schulter. Ein Mann, der so sehr für Rachel und Ross schwärmt, findet das hier nichts anderes als romantisch. Aber ich schätze seine Bemühungen, mir gegenüber empathisch zu sein. »Wir zwei Süßen fahren gleich zu Blackwell & Murphy«, teilt er mir mit.

»Warum?« Nicht, dass ich irgendetwas anderes vorhätte.

»Keine Ahnung. Hab ich auch nur gehört.« Ich komme nicht dazu, Genaueres herauszufinden, denn dann ist Maxi bei mir. Wir umarmen uns. Sie fühlt sich an wie zu Hause.

Ihre Augen glitzern, doch ich spüre ihre Freude. Emmett ist ein Guter, aber das weiß sie natürlich.

»Ich bin schneller wieder da, als du gucken kannst«, flüstert sie.

»Wenn nicht, schicke ich Berry und Jimmy los. Dann kommen sie dich holen, ob du willst oder nicht.« Wir lachen beide erstickt. Meine Augen brennen, doch ich weine nicht. Das würde Maxi anstecken, und ich will nicht, dass Maxi weint.

»Ich liebe dich«, sage ich, weil ich nicht will, dass sie geht, ohne es von mir gehört zu haben. Ich will überhaupt nicht, dass sie geht.

»Ich liebe dich auch, Rina.« Der Druck ihrer Arme verstärkt sich, dann lässt sie mich los. »Und diesmal schreibst du.«

»Versprochen.«

Sie steigt in den Zug. Und ich hasse, hasse, hasse mich. Weil meine Füße sich nicht bewegen. Weil alles in mir schreit und kämpft und sich gegen die solide graue Wand in meinem Inneren wirft, die mich davon abhält, ebenfalls in den Zug zu steigen. So sollte es sein, es wäre das einzig Richtige. Aber ich bewege mich nicht.

Und Maxi verlässt London.

Jimmy verabschiedet sich an der Tür von One Hyde Park, ich schlurfe hinein.

Es war ein anstrengender Tag. Nicht nur, dass ich bei Blackwell & Murphy meine Großtante Odette Fontaine kennenlernen durfte, ich habe auch als ihr Modepüppchen fungiert, um ein passendes Kleid für die Gala zu finden. Nach dem Mittagessen hat Murphy sich mal wieder einen Spaß daraus gemacht, mir ihre nervigen Fleißaufgaben zu übertragen, bevor Jimmy mich zum Sport geschleppt hat. Ich bin müde, nicht sonderlich gut gelaunt und mir tut alles weh.

Wie es scheint, ist Emmett noch nicht zurück von seinem Trip nach Marylebone, wo er sich mit Jay treffen wollte. James allerdings ist da. Er kocht. Noch immer komme ich damit nicht so richtig klar, weil es mein Schubladendenken durcheinanderbringt. Aber riechen tut es gut.

Ich gehe hinüber und rutsche auf einen der Hocker vor der Küheninsel. »Was kochst du?«

»Pasta all'arrabbiata.«

»Warum?«

»Weil ich Lust darauf hatte?«

»Warum?«

Er schaut auf. »Wie warum?«

»Warum kochst du selbst?« Ich greife nach einem trockenen Spaghetto.

James lacht und rührt in der Pfanne herum. »Irgendwann in meinem Leben habe ich den Punkt erreicht, an dem ich die allermeisten Dinge nur noch aus einem Grund tue: Weil ich es möchte.«

»Und wenn ich so handele, schreien auf einmal alle ›Diebstahl‹ und ›Überschreiten der Maximalgeschwindigkeit‹.«

»Nach der Gala fahren wir beide mal nach Silverstone. Bist du fündig geworden, was deine Kleiderwahl angeht?«

»Von Wahl würde ich nicht gerade sprechen. Deine Tante ist ...«

»Überwältigend?«, schlägt er grinsend vor.

»Wenn Frankreich ein Mensch wäre, wäre es Odette.«

»Meine Großmutter kriegt heute noch Kopfschmerzen, wenn sie an früher denkt. Victoria ist mit siebzehn weggewesen und hat die ganze Familie finanziert, Juliette war unkompliziert, und Odette hat jeden Tag Scheiße gebaut. Mehrfach abgehauen, um Gott weiß was zu tun. Erst als Victoria und Henry sie mit nach London gebracht haben, ist es besser geworden.«

»Sie hat Kinder, oder?«

So genau kenne ich mich mit ihr nicht aus. Natürlich sagt Odette Fontaine mir etwas wie Karl Lagerfeld und Tom Ford, aber Haute Couture ist nicht unbedingt mein Spezialgebiet. Und die Geschichten der Leute dahinter erst recht nicht.

James nickt und haut mir, ohne hinzusehen, mit dem Kochlöffel auf die Finger, als ich wieder nach den Nudeln greife. »Meine Cousine Olympe lebt in Athen, ihr Vater ist Grieche. Und ihre Schwester Genevieve wohnt bei Mamie in Frankreich.«

»Gibt es außer dir auch Männer in deiner Familie?«

»Juliettes Ehemann, mein Onkel Alain. Ansonsten ... nein.« Ich hatte ehrlich gesagt gar nicht auf dem Schirm, dass die Familie sich so weit erstreckt.

»Keine Sorge, du musst sie nicht alle auf einmal kennenlernen«, scheint James mir meine Gedanken vom Gesicht abzulesen. »Davor hatte deine Mutter damals immer Angst.« Er lächelt erinnerungsselig. »Aber bis auf Victoria haben sie sie alles sofort geliebt.«

Kurz schwelgt er in Erinnerungen, dann reißt er sich zusammen, rührt erneut im Essen herum und räuspert sich. »Für dich ist etwas angekommen.«

»Was denn?« Habe ich es bei Louis Vuitton schon so übertrieben, dass ich jetzt zu den A-Kunden gehöre, die einfach so kleine Geschenke kriegen?

Aus einer Schublade unter dem Herd hebt er eine kleine Tüte. Cartier. Er schiebt sie mir über die Theke zu.

An der Schleife an der Seite baumelt ein Kärtchen. *Principessa* steht darauf in vertrauter Handschrift.

James betrachtet mich schweigend.

»War er hier?«

»Er war zuerst am Ovington Square, wo man ihn weder reingelassen noch Auskunft erteilt hat. Hier ist er auch nicht weitergekommen. Nunzia hat es mir schließlich gegeben. Ich wollte es dir nicht vorenthalten.«

»Hast du es aufgemacht?«

»Nein. Es ist ja nicht für mich.«

Ich wappne mich und hole die Box hervor.

Selbst das Geräusch, das sie beim Öffnen macht, hört sich unfassbar teuer an.

Auf schwarzem Samt liegt er, ausgestreckt, die Pfoten übereinandergelegt, mit den klassischen Smaragdaugen: ein Panthère.

Im silbernen Fell blitzen saphirfarbene Sprenkel auf und der Rumpf des Tieres geht in einen Ring über, der vermutlich perfekt um mein Handgelenk passt. Filigran und wunderschön. Vielleicht ist es das schönste Schmuckstück, das ich je gesehen habe.

»Oha«, sagt James leise.

Ich kenne den ungefähren Preis dieses Armbands und bin mir sehr sicher, dass Adrian nicht allein an diese Summe kommt. Dafür musste er mindestens Lorenzo involvieren, wenn nicht sogar Matthew.

Eine große Geste. Und dabei irgendwie ... nichtssagend.

Da ist kein handgeschriebener Brief, nicht mal ein Anruf. Es ist ganz klar ein Bestechungsversuch, so kühl wie das Metall, als ich mit dem Finger darüberfahre. Eine Verzweiflungstat.

Aber was bringt mir schöner Schmuck? Was soll ich damit? Schön glitzern, wenn er das nächste Mal nicht das Maul aufkriegt, während ich mit einem seiner Familienmitglieder diskutiere?

Ich gehe davon aus, dass Adrian bereut, wie der Abend bei Victoria gelaufen ist. Ich gehe sogar noch einen Schritt weiter und bereue, wie er angefangen hat. Wir hätten miteinander sprechen sollen. So sind wir mit dieser brodelnden Situation in die Höhle der Löwen gestiegen und kaputter herausgekommen, als ich je gedacht hätte. Schmuck ändert daran rein gar nichts. Nichts an den Worten, die Adrian gesagt hat, an den Gefühlen, die er in mir ausgelöst hat. Genau wie sein Versuch, mich mit dem Ferrari zu bestechen.

Unbedeutend. Emotionslos. Es ändert nichts.

Ich sehe hinab auf meine Hand und den silbernen Ring mit dem blauen Stein. Adrians erste Entschuldigung, nachdem er seine Familie mir vorgezogen hat. Er hat noch betont, dass es kein Bestechungsversuch sei. Und damals habe ich ihm geglaubt. Ich hatte ja keine Ahnung, dass teure ›Entschuldigungen‹ für uns zum Tagesgeschäft werden würden.

Ich ziehe den Cinderellaring von meinem Finger und lege ihn zum Armband in die Box, bevor ich diese wieder schließe und in der Tüte verstaue. James lässt sie kommentarlos wieder in der Schublade verschwinden.

Die Zeit für Märchen ist vorbei.

ADRIAN

Acht Minuten nach sechs. Mit jedem Ticken des Sekundenzeigers schwindet meine Hoffnung mehr.

Ein weiteres Mal sehe ich mich um. Vorbei an der Bronzestatue von Peter Pan, die ich als Treffpunkt ausgewählt habe, in die ungefähre Richtung von One Hyde Park. Es sind eine Menge Leuten unterwegs, doch niemand hat die wilden roten Locken, die unzähligen Sommersprossen, den Schmollmund oder die Augen in der Farbe von zehn verschiedenen Blautönen.

Ich weigere mich, es mir einzugestehen, doch es wird immer klarer, was ich bereits wusste, als der Zeiger auf eine Minute nach sechs Uhr gesprungen ist: Sie kommt nicht.

Ich rufe mir den Brief in Erinnerung. Ich habe ihn so oft neu geschrieben und schließlich das fertige Ergebnis so oft gelesen, bis ich jedes Wort auswendig kannte.

Im Kopf gehe ich sie alle einzeln durch. Mehr als diese paar Zeilen und das lächerlich teure Schmuckstück, von dem sie schwärmt, seit ich sie kenne, habe ich nicht zu bieten.

Nach der ernüchternden Abfuhr am Ovington Square war ich bereit, aufzugeben. Vermutlich war ich so eine mitleidserregende Gestalt, dass *mamma* deswegen angeboten hat, sich darum zu kümmern, dass die Sachen bei Kate eingehen.

Ich habe sie gebeten, mich hier um sechs Uhr zu treffen, wenn sie glaubt, dass sie mir mein Verhalten verzeihen kann. Die andere Option habe ich nicht erwähnt. Doch es ist klar, dass Kate sich dafür entschieden hat.

Statt ihr sind hier nur ich und die Statue eines Jungen, der das Mädchen, das er haben wollte, nicht davon abhalten konnte, ihm den Rücken zu kehren.

26

Bad Liar
– Anna Hamilton

KATHARINA

»Wo zur Hölle sind wir?«, frage ich. Wir sind irgendwo in den Tiefen Londons, das weiß ich, allerdings in einer mir völlig unbekannten Ecke. Vielleicht hatte James Angst, mich nach dem Essen, bei dem er die *Reputation Stadium Tour* samt meines Mitgejaules ertragen hat, allein daheim zu lassen.

Oder er hatte Mitleid. So oder so, er hat mich zum Umziehen hochgeschickt, weil wir ›ausgehen‹. Ich weiß nicht, was genau ein Mitte-vierzig-Milliardär darunter versteht, bin aber mit einem schwarzen Anzug auf Nummer Sicher gegangen und hoffe einfach, dass wir nicht golfen.

Wir parken an einer Straße mit Cafés und Restaurants in einer Parklücke, die der Urus uns halb freigehalten hat. Sehr viele Leute sind unterwegs und es werden so viele Gespräche geführt, dass ein konstantes Summen in der Luft liegt. Gerade an einem so herrlichen Tag gibt es vermutlich niemanden, der nicht draußen ist.

Naturgemäß zieht der Wagen Blicke auf sich. Wir sind kaum ausgestiegen, schon werden von allen Seiten Bilder gemacht. Ich bin froh, eine Sonnenbrille aufzuhaben.

Richard ist praktisch in Lichtgeschwindigkeit bei uns, hält sich jedoch im Hintergrund.

Ein paar junge Typen sprechen James an. »Sir, dürfen wir Ihnen ein paar Fragen stellen?«

Einer von ihnen scheint zu filmen, der Fragensteller hat ein Mikro an den Pulli geheftet. Weiter vorne steht ein Lambo Huracán, und auch einen McLaren Senna habe ich vorbeifahren sehen. Vermutlich sind die Jungs extra hier, um auf schicke Wagen zu warten.

»Meinetwegen«, sagt James bereitwillig.

»Dankeschön. Was machen Sie beruflich, um sich so ein schönes Auto leisten zu können?« Irgendwie dachte ich immer, diese Videos sind gestellt, wenn ich sie auf Instagram gesehen habe.

»Ich bin Jurist.«

»Ah, also haben Sie studiert.«

»Richtig.«

Der Junge lächelt mit maximaler Strahlkraft, vermutlich, um der nächsten Frage die Dreistigkeit zu nehmen. »Darf ich fragen, wie viel Sie verdienen?«

James' Lachen hört an, als würde man viele 500-Euro-Scheine aneinander reiben. »Gerade genug.«

»Und wie viel hat Ihr Wagen gekostet?«

»Das habe ich längst verdrängt.«

Die Jungen stimmen in das Lachen ein, bevor der mit dem Mikro einen Schritt zurücktritt. Sein Kameramann lässt das Handy sinken, jedoch nicht, ohne vorher auf die Uhr zu zoomen, die James am Handgelenk trägt.

»Vielen Dank! Dürfen wir das hochladen?«

»In vierundzwanzig Stunden.«

»Danke, Sir!«

»Danke euch. Schönen Abend noch.«

Die Jungs treten beiseite, und James und ich machen uns, inklusive Richard, auf den Weg die Straße hoch.

»Wie oft passiert das?«

»Oft«, sagt James und überlegt. »Mit den Exoten natürlich öfter.« Klar, 911er findet man in London sicher massenweise.

Den Imola gibt es weltweit keine zehn Mal. Was der Grund sein könnte, weshalb Berry und Jimmy ebenfalls hier sind. Personenschutz für ein Auto, das ist so absurd.

»Und wohin gehen wir?«

Zwischen zwei hohen Mauern treten wir auf einen Weg, der zwischen perfektem englischen Rasen entlang zu einem freistehenden Herrenhaus führt. Es sieht dem Zuhause der Familie St. John mit seinen langen Stufen und den Säulen sehr ähnlich, ist jedoch um einiges kleiner. Praktisch ein Herrenhäuschen.

»Das wirst du gleich sehen«, gibt James sich geheimnisvoll. Ein Schild neben der Tür verkündet *The Serpent*. Wir werden von Männern in Fracks begrüßt. Drinnen liegen schwere Samtteppiche. Alle Türen sind geschlossen. Dahinter dringt leise Musik hervor, zwischendurch auch Stimmen. Wir werden nach oben geführt. Auch hier sind die Türen geschlossen.

»Ähm.« Ich räuspere mich. »Ist das ein Puff?«

»Wenn du mit deiner wirklich umfangreichen Gehirnkapazität nachdenkst, sollte sich diese Frage erübrigen.«

»Also, ich stelle mir einen Edelpuff genauso vor.«

»Da bin ich aber beruhigt, dass du es dir vorstellen musst und nicht aus Erfahrung sprichst.«

»Ich zahl doch nicht für Dinge, die es umsonst gibt.«

»Da bin ich beruhigt, denn wenn du für Dinge, die umsonst sind, auch noch Geld ausgeben würdest, hätte ich bald nichts mehr.«

»Jetzt werd nicht absurd.«

Der Mann im Frack, der uns hergeführt hat, bleibt vor einer der Türen stehen. »Da sind wir.«

Er hat einen Akzent, den ich nicht zuordnen kann. Schwungvoll schiebt er die Tür auf.

Wie auch die Flure ist der Raum holzgetäfelt und düster. Ein altmodischer Kronleuchter spendet gerade genug Licht für die Raummitte, sodass die Ecken im Schatten liegen. Unter der Lichtquelle steht ein großer Tisch, der mit grünem Stoff bezogen ist. Sofort weiß ich, was das für ein Ort ist, doch meine Aufmerksamkeit wird viel mehr von einer der drei Personen beansprucht, die um den Tisch sitzen.

In Kaskaden flüssigen Golds fallen ihr die Haare über die Schultern, die das schwarze Kleid unbedeckt lässt. Perlen schimmern an ihren Ohren, das Make-up ist dramatischer, als ich es von ihr kenne. Anders als die beiden Männer steht Murphy bei unserem Eintreten nicht auf, doch sie schenkt James und mir ein scharfes Lächeln, bei dessen Anblick mir die Knie weich werden.

»Marten, Terry, das ist meine Tochter Katharina«, reißt James mich wieder in die Wirklichkeit.

Terry hat einen angenehmen Händedruck und ich rätsele, woher ich ihn kenne. Als er mir ein zähneblitzendes Lächeln schenkt, geht mir auf, dass ich vor dem Außenminister stehe.

Martens kurzgeschorenes weißes Haar steht in krassem Kontrast zu seiner Haut in der Farbe von Ceylon-Ebenholz. Er schüttelt mir ebenfalls die Hand und zwinkert, bevor er sich an James wendet. »Heute besteht mehr als die Hälfte aus deinen Leuten, Blackwell. Was soll das? Erwarten wir auch noch deine Mutter und deinen Junior, oder hast du genug Familie eingeladen?« Beide lachen, gerade als die Tür ein weiteres Mal aufgeht.

»Hallo, hallo, da bin ich!«, flötet meine Großtante Odette Fontaine und kommt in den Raum gefegt. Sie schlackert mit dem Kopf, wobei sich ihre roten Ponysträhnen in den gigantischen Kreolen verheddern. Dabei winkt sie in die Runde und lässt sich dann an dem Tisch nieder.

Der Frackträger, der sie hergebracht hat, nimmt unsere Getränkewünsche auf, und wir anderen neben ebenfalls am Pokertisch Platz. Ich habe James auf der linken und Murphy auf der rechten Seite.

Als ich meine Tasche zwischen die Füße stelle, fällt mein Blick auf den Schlitz in Murphys Kleid, der bis zu ihrem sonnengeküssten Knie reicht. Ich glaube, ich muss hier und jetzt sterben. Tue ich jedoch nicht. Stattdessen richte ich mich auf und schiebe die Jackettärmel hoch.

»Wer fehlt?«, fragt James. Mit gerunzelter Stirn sieht er zum Platz ihm gegenüber, der leer geblieben ist.

»Ich war so frei, noch jemanden einzuladen«, erklärt Terry, während die Getränke kommen und ein weiterer Frack mit Pokerkoffer hereinkommt.

Natürlich gibt es in dieser Spielhölle Dealer. Hier gehen vermutlich jeden Abend sechsstellige Beträge über den Tisch.

»Das hast du gar nicht erzählt.« James nippt an seinem Whisky.

Murphy schnalzt. »Du wirst dich nicht beschweren.«

Odette kichert zufrieden. Mich überkommt eine Vermutung. Und als ob die Vorsehung meinen Gedanken lauschen würde, geht ein weiteres Mal die Tür auf.

»Ich bin doch nicht zu spät, oder?«

Gehüllt in grüne Seide, das Haar glänzend wie Kupfer und mit einem Glas klarer Flüssigkeit in der Hand, steht meine Mutter in der Tür wie ein Star aus Old Hollywood.

Terry erhebt sich. »Samantha! Wie schön, dass du die Zeit gefunden hast.« Die beiden tauschen ein paar Floskeln und Marten lehnt sich zu James hinüber.

»Ich sag doch, mehr als die Hälfte.«

James schenkt ihm nur einen halben Blick, bevor Samantha wieder seine volle Aufmerksamkeit erlangt. »Seit wann bist du in London?«

Sie nimmt unvergleichlich elegant Platz, wobei Terry ihr den Stuhl heranrückt. Dann begegnen ihre Augen denen von James. »Hallo James. Ja, es geht mir gut, und ja, ich hatte eine angenehme Fahrt, vielen Dank.«

Sie nimmt entspannt einen Schluck von ihrem, ich nehme an, Gin. Dabei blitzt das Goldarmband an ihrem Handgelenk auf. Ich erkenne die smaragdfarbenen Kleeblätter, und nun lüftet sich endlich das Geheimnis, was in der Schmuckbox war, die James Samantha bei unserer Ankunft in Colchester gegeben hat, nachdem wir auf der Hinfahrt den Zwischen-stopp bei Van Cleef & Arpels gemacht haben.

Keine Sekunde glaube ich, dass Terry sie einfach so einge-laden hat. Sie hat einen bestimmten Grund, hier zu sein, in diesem Kleid und mit Schmuck am Arm, den James ihr ge-schenkt hat.

Er scheint zu dem gleichen Schluss zu kommen.

»Das freut mich sehr zu hören«, sagt er charmant und rollt die Hemdsärmel hoch.

Meine Mutter geiert auf seine Arme, wie ich auf Murphy.

»Uns alle«, schneidet Odette beschwingt durch die Span-nung, die zwischen den beiden aufsteigt. »Und jetzt lasst uns pokern! Mein Portemonnaie ist in letzter Zeit schon wieder so schwer.«

Wieder ins Pokern reinzukommen ist keine Kunst. Meine Karten sind gut, mein Gesicht ausdruckslos und das Geld, was ich, dank James, zur Verfügung habe, endlos, so dass ich ei-nige Runden mitgehe. Es ist eine spaßige Angelegenheit. Ge-nau die Ablenkung, die ich nach dem Dinner-Fiasko und Adri-ans laschem Bestechungsversuch von vorhin gebrauche.

Zumindest fast.

Wäre da nicht die Tatsache, dass meine Eltern abseits des Pokertisches etwas ganz anderes spielen. Die Blicke, die sie einander zuwerfen, wecken in mir das Bedürfnis, in Weihwas-ser zu baden. Es ist ein Wunder, dass sie überhaupt etwas vom Spielgeschehen mitbekommen. Nach Terry und Murphy stei-ge ich auch aus, einfach, um dieser abartigen Slowburn-Ro-mance schnellstmöglich zu entgehen.

James, der irgendwann im Verlauf des Abends die oberen Hemdknöpfe geöffnet hat, ist bei seinem dritten Whisky, wäh-rend er den Einsatz fröhlich in die Höhe treibt und seine Au-gen immer öfter an Samanthas Ausschnitt hängen bleiben.

Was vermutlich der Grund ist, warum die Wangen meiner Mutter einen Pinkton angenommen haben, den ich persön-lich nur mit viel Blush erreiche.

Ich könnte jetzt in One Hyde Park auf der Couch liegen und *Barbie* schauen. Aber nein, mein Vater hatte die ach so tolle Idee, mich abzulenken, indem wir pokern gehen. Innerlich verfluche ich Terry dafür, Sam eingeladen zu haben.

Schließlich sind nur noch die beiden im Spiel und es dauert weitere quälende dreißig Minuten, bei denen die Spannung im Raum beinah vulgär ist, bis Samantha mit einem grandiosen Royal Flush auf der Hand alles absahnt.

Murphy, der Außenminister und Marten erheben und verabschieden sich. Entweder, weil es taktvoll ist, oder, weil sie es nicht mehr aushalten. Während der Dealer Samantha Papierkram aushändigt, stützt James die Unterarme auf den Tisch und lehnt sich vor, ein herausforderndes Grinsen im Gesicht.

»Wo schläfst du heute Nacht?«

Sacre bleu. Vielleicht ist es charakterschwach und empfindlich, aber diese Frage und alles, was damit einhergeht, ertrage ich heute Abend nicht. Ich ertrage es nicht, in der ersten Reihe zu sitzen, während sie einen perfekten romantischen Abschluss für den Abend finden. Nicht heute. Nicht nach Adrians Bestechungsversuch.

Ich springe auf und flüchte. Kaum trete ich aus dem Serpent, materialisiert Jimmy sich. »Und, wie wars?«

»Frag nicht.«

»Himmel, Kind, du hast lange Beine.« Odette tritt schnaufend neben mich.

Grottig gelaunt zünde ich mir eine Kippe an. »Darin hält es doch keiner mehr aus. Wenn man jetzt nicht flüchtet, muss man mit ansehen, wie sie es auf dem Pokertisch treiben.«

Odette kichert. »Man sollte meinen, dass das Serpent genug Räume hat, die mit Betten ausgestattet sind.«

»Also ist es doch ein Puff?«, frage ich.

Jimmy verfolgt unsere Unterhaltung mit unverhohlenem Interesse.

»Es ist, was immer es für dich sein soll, wenn du das entsprechende Kleingeld hast.« Odette zuckt mit den Schultern, gerade als eine röhrende Hellcat um die Ecke biegt.»Ah, mein Wagen! Sie passen gut auf mein Mädchen auf.« Streng deutet Odette auf Jimmy.

Er nickt brav.»Immer, Ma'am.«

»Sehr schön, dann sehen wir uns auf der Gala. Dein Kleid lasse ich dir zukommen, sobald es umgenäht ist.«

»Danke, Odette.«

Jimmy und ich sehen zu, wie sie davongeht. Auf der Fahrerseite springt ein unfassbar gut aussehender, blonder Mann raus, der altersmäßig deutlich näher an Jimmy als an Odette ist. Er umrundet den Wagen, küsst meine Großtante, öffnet ihr die Tür und kehrt zurück hinters Steuer. Die Hellcat erwacht wieder zum Leben und schießt dröhnend davon.

»Wenn ich groß bin, will ich Odette sein.«

»Nicht nur du.« Jimmy legt mir den Arm um die Schulter.»Na komm. Ab zum Wagen.«

Bei den Autos erblicke ich weder Berry noch Richard. Die Sommernacht ist angenehm warm und ich will noch nicht einsteigen, also lehne ich mich an die Motorhaube des Urus, Jimmy neben mir. Noch immer sind eine Menge Leute unterwegs, sie plaudern, lachen und genießen die Zeit. Wie schön für sie.

»Muss ich Angst haben, so grimmig, wie du alle anstarrst?«, fragt Jimmy gedämpft.

Ich brumme nur und kicke einen Stein weg, der vor meinen Füßen liegt.

»Ist das ein Ja? Hast du dich über den Tisch ziehen lassen oder was ist passiert?«

»Ne.«

»Sondern?«

Jimmy stößt sich vom Auto ab, um sich vor mich zu stellen. Die Muskeln unter seiner Haut zeichnen sich deutlich ab, als er die Arme verschränkt.»Jetzt sitzt hier nicht so grummelig, sondern spuck es aus.«

»Ich bin nicht grummelig!«, stelle ich klar. Eher verbittert.

»Aber ich habe schlechte Laune.«

Jimmy lacht. »Ja, das weiß ich.«

»Ach, lass mich!«

»Jetzt werd nicht gleich zickig.«

»Ich bin auch nicht zickig!«

»Dafür aber anstrengend. Ich verdiene nicht genug, um mir das dauerhaft zu geben.«

»Dann hau doch ab!«, fordere ich ihn auf, dabei will ich das genaue Gegenteil.

»Nimm es mir nicht übel, Kitty, aber heute bin ich ausnahmsweise froh, wenn ich dich zu Hause abliefern kann.«

»Ja, ganz toll. Mit James und Samantha, die die Finger nicht voneinander lassen können.«

»Und Emmett.«

»Emmett hat in wenigen Tagen Maxi zurück. Dann sind alle glücklich und zufrieden, wie wunderbar!« Die Bitterkeit in meiner Stimme ist unüberhörbar. »Du kannst abhauen, sobald du mich losgeworden bist, und dir in der Stadt irgendeine niedliche Studentin suchen. Sogar Odette hat jemanden für heute Nacht!«

»Darum geht es dir?« Jimmy verzieht ungläubig das Gesicht. »Wirklich?«

»Und wenn?«

»Mein Gott, Kitty. Wenn du allein schläfst, klaut dir niemand die Decke.« Er zuckt mit den Schultern, als wäre es wirklich so leicht.

»Na und? Mir ist trotzdem kalt!« Ich füge leiser hinzu: »Ich hatte sowieso nicht erwartet, dass du das verstehst.« Einsamkeit überkommt mich.

Jimmy seufzt. Nicht genervt, sondern eher so, als ob er begreift, worum es mir geht.

Er entknotet die Arme und tritt einen Schritt näher. »Du bist nicht allein.«

»Hab ich auch nicht gesagt.«

Jetzt bin ich die mit den verschränkten Armen. Finster starre ich vor mich hin. Also auf Jimmys Shirt. Ich hasse ihn ein bisschen dafür, wie locker er dasteht.

»Kann ich irgendetwas für dich tun?«

Und verständnisvoll ist er auch noch. Zum Kotzen.

Je ruhiger Jimmy ist, desto aufgewühlter werde ich. »Nein!« Ich hebe den Blick in sein Gesicht. »Ich brauche ...«

Die Worte entfallen mir, als ich ihn so ansehe, mit dem leichten Bartschatten über dem kantigen Kiefer, den breiten Schultern und den definierten Brustmuskeln.

»Das ist die dümmste Idee, die du jemals hattest«, murmelt er und tritt zwischen meine erwartungsvoll geöffneten Beine. Seine Hand ist wie für meine Wange geschaffen. Keiner von uns bricht den Blickkontakt.

Jimmy senkt den Kopf. »Ich hoffe, du weißt, dass mich das hier alles kosten kann.«

Dann liegen seine Lippen auf meinen. Sanft, aber nicht zögernd. Lange nicht genug, um etwas in mir auszulösen, das die ganzen unerwünschten Dinge überstrahlt.

Also packe ich ihn an den Schultern und ziehe ihn an mich, begrüße seine Zunge in meinem Mund mit einem heiseren Geräusch. In einer kraftvollen, fließenden Bewegung greift Jimmy mich an den Oberschenkeln und hebt mich auf die Motorhaube. Mit links packt er mich an der Taille, seine rechte landet mit einem dumpfen Geräusch neben uns auf dem Auto. Er wird gieriger, ich schlinge die Beine um ihn.

»James!«, knallt es in meinen Ohren. Wir reißen uns voneinander los, nichtsdestotrotz hält Jimmy mich fest, damit ich nicht das Gleichgewicht verliere.

»Was verfickt nochmal denkst du dir?«, poltert Richard los. Berry, der sich bewusst im Hintergrund hält, feixt. Samantha, die James' Jackett über den Schultern und seine Hand in ihrer hat, schaut perplex drein, während mein Vater sich mit der freien Hand über das Gesicht fährt.

»Keine Kraftausdrücke«, fordere ich liebenswürdig.

Von Richard geht die Wut wellenartig in alle Richtungen aus.

»Es tut mir leid, Sir«, sagt Jimmy ruhig zu James.

»Wieso?«, fragt er, ein trockenes Lächeln auf seinen Lippen.

»Es ist nicht mein Hals, in den du deine Zunge steckst.« Aller Humor verschwindet von seinen Zügen. »Aber der Lack, auf dem du da rumpatscht, kostet mehr als so manches Monatsgehalt. Finger weg, sonst kriegen wir beide ein echtes Problem.«

Brav senkt Jimmy den Kopf und zieht die Hand vom Auto. »Ja, Sir.«

Richard sprüht immer noch Funken. »Darüber reden wir noch!«

»Du und Berry, ihr bringt den Pagani weg«, fordert James Jimmy auf. Er wendet sich an Richard. »Wir fahren nach One Hyde Park.«

»Aber könnte nicht lieber Jimmy uns –«

»Katharina, provozier mich nicht.« James sieht mich mahnend an.

Ich schnalze, gebe jedoch nach.

Wie ein echter Gentleman reicht Jimmy mir die Hand, damit ich vom Auto springen kann. Mit einem kleinen Grinsen tätschele ich ihm die Brust. »Morgen fliegen Fäuste.«

»Nicht erst morgen«, murmelt Berry hinter vorgehaltener Hand, während er mir die Autotür aufhält.

Statt einzusteigen, drehe ich mich nochmal um und deute mit dem Finger auf Samantha.

»Ich will dein Ehrenwort, dass Jimmy morgen den gleichen, unbeschädigten Zustand hat wie jetzt.«

»Wenn du jetzt ohne weiter zu diskutieren einsteigst, bekommst du es.«

Selbst wenn es Richard egal ist, würde James niemals zulassen, dass Samanthas Ehrenwort von einem seiner Jungs gebrochen wird.

»Gute Nacht«, flöte ich Berry zu, schicke dem verhalten lächelnden Jimmy eine Kusshand und steige ins Auto.

Kurz darauf steigen James und Richard vorne ein, Samantha nimmt neben mir Platz. Sie schenkt mir einen langen Blick, den ich mit einem Grinsen quittiere.

Kopfschüttelnd seufzt sie.

Die Fahrt nach One Hyde Park vergeht in Schweigen, was Richard angeht sogar eisiges. Im Apartment ist das Licht bereits eingeschaltet und es herrscht eine angenehm ruhige Atmosphäre.

»Katharina, leihst du deiner Mutter ein paar gemütlich Klamotten?«, bittet James und geht in die Küche. »Möchtet ihr noch etwas trinken?«

»Kakao«, sage ich. Zwar ist mit den beiden Frischverknallten hier unten zu sitzen nicht unbedingt erstrebenswert, doch allein ins kalte, fremde Bett zu gehen, das ist schlimmer.

»Wein, wenn du welchen da hast.« Samantha folgt mir die Treppe nach oben.

»Ich weiß nicht mal, ob ich etwas besitze, das nicht einen halben Meter über dem Knie endet«, gebe ich ehrlich zu bedenken. Samantha lacht glockenhell.

»Das werden wir gleich herausfinden.« Sie ist offensichtlich angetrunken, ansonsten wäre sie wohl kaum so locker in dieser Situation. In James' Wohnung und mit einem klaren Ende des Abends in seinem Bett.

»Was –« Sie verstummt und bleibt stockstarr stehen.

Dann dreht sie sich um, wie ferngesteuert, und geht zu Emmetts Zimmertür. Ohne zu klopfen drückt sie die Klinke hinunter und tritt ein.

Verwirrt folge ich ihr. Das Kingsize-Bett steht an der linken Wand. Das einfallende Flurlicht fällt auf dunkelblaue Laken, viele Kissen und den Körper, der sich windet und hin und herwirft wie unter Schmerzen.

Emmett stößt ein Wimmern aus und befördert mit einem Schlag ein Kissen quer durch den Raum. Es trifft eines der Gläser auf der Kommode, das klirrend zerbricht. Ich zucke zusammen, doch selbst von dem Lärm wird Emmett nicht wach, zu tief gefangen in seinem Albtraum. Samantha sinkt auf die Matratze, ruft seinen Namen, bewundernswert ruhig.

Auf der Treppe ertönen Schritte, James muss den Lärm gehört haben. Noch bevor er da ist, kommt Samantha zu einem Entschluss.

»Liebling, es tut mir leid.« Sie holt aus und es knallt.

Emmett fährt hoch. Mit riesigen Augen schaut er sich um. »Was ist passiert?«, fragt er zittrig und keucht dann, als würde der Schreck aus dem Traum ihn wieder heimsuchen. Sofort ist Samantha bei ihm. Emmett stürzt sich auf sie, schlingt die Arme um sie und beginnt an ihrer Schulter herzzerreißend zu schluchzen.

»Was ist passiert?«, fragt James. Er legt mir die Hand auf die Schulter und scannt den ganzen Raum.

»Albtraum«, sagt Samantha und wiegt Emmett in ihren Armen wie ein kleines Kind.

Dieser hebt den Kopf und blickt zwischen uns hin und her.

»Ich hatte nur zwei Bier und Jay auch. Adrian hat sich abgeschossen, aber ich habe wirklich nicht viel getrunken! Ich war fast nüchtern, als ich ins Bett gegangen bin.« Er schluchzt.

»Schhh, es ist alles gut, Liebling.« Sie murmelt weitere beruhigende Dinge, streicht ihm tröstend durchs verschwitzte Haar. Ich ziehe mich zurück.

Adrian hat sich heute betrunken? Es ist, finde ich, nicht zu weit hergeholt, unsere Situation als Grund dafür zu sehen. Ich weiß nicht, was James mit dem Armband gemacht hat, und ich habe mich auch nicht bei Adrian gemeldet, aber irgendeine Reaktion wird er wohl erwartet haben. Nur dass es die nicht gab. Und auch nicht geben wird. Ein kalter, unpersönlicher Bestechungsversuch soll es gewesen sein? Dafür waren wir zu viel. Wir waren nichts Richtiges, nichts Solides. Aber etwas Echtes. Zumindest für mich. Denn würde Adrian das auch so sehen, hätte ich mehr bekommen als das.

Ich habe mein Handy in der Hand, bevor ich richtig darüber nachgedacht habe. Und dann tippe ich.

27

Skinny Love – Instrumental Version – Jamie Lee Starling

KATHARINA

Das Event ist größer, als ich gedacht hatte.

Kaum steige ich mit Victoria und Odette aus der Limousine auf den roten Teppich vor dem *Adeodato*, trifft uns Blitzlicht in einer solchen Intensität und Menge, dass ich fast zurück in den Wagen stolpere.

Nur Jimmy, der mir aus dem Auto hilft und meine Hand schraubstockartig umklammert, bewahrt mich davor.

Mit gesenktem Kopf zwischen meiner Großmutter und ihrer Schwester versuche ich, ohne jegliche Orientierung, einfach nur reinzukommen.

Als wir durch die Tür in die Lobby treten, bin ich fast blind, allerdings sind die Stimmen hier nicht ganz so aufdringlich.

Meine Augen gewinnen langsam ihre Sehfähigkeit zurück. Unzählige Leute in schicken Klamotten stehen in kleinen Gruppen herum und plaudern. Ich sehe ein paar bekannte Gesichter aus Unterhaltung, Sport und Politik, darunter auch Terry, den Außenminister, der ein Faible für Pokerspiele hat.

»Man sollte meinen, langsam könnten sie eine Alternative für die verdammten Blitzlichter erfinden«, flucht Odette leise auf Französisch und schnappt Champagner von einem vorbeigetragenen Tablett.

Ich weiß nicht so recht, warum sie überhaupt hier ist. Sie meckert schon den ganzen Tag über das Event.

»Hör auf zu jammern«, sagt Victoria und betrachtet die Menge kritisch. »Ah, da hinten ist James.«

Ich folge ihrem Blick und sehe rotes Haar aufblitzen. Samantha hat die letzten Tage in One Hyde Park verbracht. Emmett und ich sind vor der ganzen Glücklichkeit, die dort geherrscht hat, an den Ovington Square geflohen, den Benedetta Bellini netterweise geräumt hat.

Odette wirft ihrer Schwester ein Stirnrunzeln zu. »Ich verstehe wirklich nicht, warum du ihm das Glück nicht gönnen kannst.« Sie wartet keine Antwort ab, sondern schiebt sich durch die Menge auf die beiden zu.

Ich folge ihr und höre Victoria noch irgendetwas murmeln, das jedoch im Stimmengewirr untergeht. Während James, bis auf die Fliege am Hals, aussieht wie immer, trägt Samantha einen Traum in Weiß, der ihr Haar zum Glänzen bringt. Beide strahlen mit den Kronleuchtern um die Wette, Champagnerflöten in der Hand und angeregt am Plaudern. Samantha begrüßt Odette und mich überschwänglich mit Wangenküssen, scheint aber keinerlei Bedürfnis zu haben, Victoria näherzukommen, was wohl auf Gegenseitigkeit beruht.

»Wie läuft der Spaß jetzt hier?«, frage ich James, dessen Hand tief auf Samanthas Rücken liegt.

»Gleich geht es rüber in den Saal. Dann kommen Ansprachen und Danksagungen. Schließlich Dinner, Feuerwerk und Party mit Spendenteil. Rotes Kreuz.«

»Wie langweilig.« Ich gähne demonstrativ und erhalte ein strafendes Stirnrunzeln.

»Zweihundert Jahre Bellini ist ein Grund zum Feiern.«

»Ich feiere, wenn Bellini und die zugehörige *famiglia* es in die Moderne schafft, vielen Dank.«

Verstohlen sehe ich mich im Raum um. Apropos. Wo genau ist besagte *famiglia*? Ich sehe keines der Mitglieder zwischen den ganzen Gästen.

Eine Berührung an der Schulter lässt mich herumwirbeln und das eisblaue Prinzessinnenkleid schwingt eindrucksvoll herum. Tränen schießen mir in die Augen. Die eine gold-, die andere silberblond lächeln Maxi und Thea mich an, beide in festlicher Kleidung. Während Thea mich glücklich strahlend in den Arm nimmt, ist Maxis Lächeln bedauernd. Fast mitleidig. Doch sie sagt nichts. Natürlich nicht.

Emmett kann die Augen kaum von ihr lösen, seine Finger sind fest mit ihren verschlungen.

»Da seid ihr ja«, begrüße ich meine Schwestern. Während es klar war, dass Maxi hier sein würde, sorgt Theas Auftauchen für eine Überraschung.

Samantha drückt Theas Hände, James zwinkert, wobei er nie den Mindestabstand unterschreitet, den sie für ein Sicherheitsgefühl benötigt.

»Wir wussten gar nicht, dass du kommen würdest«, sagt Samantha aufgeregt.

Thea macht eine nichtssagende Geste. »Chester hat mich hergeflogen. Der Flieger wartet am Flughafen.«

»Den ganzen Abend?« James hebt die Brauen.

»Solange wie nötig.«

Solange wie nötig. Wie lange auch immer das sein mag. Guter Chester.

Ich weiß, dass er kurzfristig an eine Einladung für diese Veranstaltung hätte kommen können. Aber er weiß genau, dass wir uns nicht in einem solchen Rahmen wiedersehen können.

Diese Begegnung wird schmerzhaft, verheult und wäre ein gefundenes Fressen für Umstehende, allen voran die Presse. Aber vor allem ist sie überfällig. Allerdings nicht mehr lange.

Bevor James oder Samantha weiter nachbohren können, öffnen sich die Türen in den Saal.

Unter »Ohs« und »Ahs« strömt die Menge hinein. Die Frühstückstische sind kleinen Sitzecken entlang den Außenwänden gewichen. Die Fensterseite ist frei, vermutlich fürs Feuerwerk.

Und da, auf der großen freistehenden Treppe steht sie, die *famiglia*. Sie sehen so aus wie die Mikaelsons aus *TVD* auf Esthers Ball.

Automatisch kleben meine Augen an Adrian.

Maßgeschneiderter Anzug, Siegelring, glatt gelegtes Haar. Alles nichts Neues. Trotzdem ist es, als weiche mir die Luft aus den Lungen. Erinnerungen an unsere gemeinsamen Wochen kommen hoch. Das Boxen, die Nächte unter endlosen Sternenhimmeln, sein Lächeln, seine Berührungen, die beruhigenden Worte, die er immer für mich gefunden hat.

Ob er mich sieht? Ich wünsche mir, dass er es tut.

Domenico ergreift das Wort und findet, abwechselnd mit Matthew, viele große Worte, die so unfassbar leer sind, dass es an ein Wunder grenzt. Es ist eine dieser Gelegenheiten, bei denen viel gesprochen und wenig gesagt wird. Wie immer bei solchen Veranstaltungen. Ich klinke mich aus und denke darüber nach, wie dieser Abend enden wird. Und wie es danach weitergeht.

Ein vorbeilaufender Kellner, der Champagnerflöten verteilt, reicht mir auf Seitenblick von James einen Orangensaft. Maxi und Thea bekommen auch welchen, und Emmett entscheidet sich ebenfalls, auf Alkohol zu verzichten. Ob aus Rücksicht oder weil er mit dem eigenen Auto hier ist, weiß ich nicht.

Schließlich erheben alle die Gläser. Natürlich auf Bellini.

Die Familie, die über die letzten beiden Jahrhunderte unerschütterlich an ihrer Vision festgehalten und sich von keiner Schwierigkeit davon hat abbringen lassen.

Während Adrian bei diesen Worten den Blick senkt, habe ich das Gefühl, dass mich zwei andere Familienmitglieder bei dem Wort »Schwierigkeit« ins Auge fassen.

Domenico und Nunzia durchbohren mich mit ihren dunklen Blicken. Überraschenderweise ist es ein sehr unangenehmes Gefühl, das mich überkommt.

Adrians Familie folgt ihren eigenen Regeln. Zu große Eingriffe von außen sind unter keinen Umständen erwünscht.

Wäre die Herausforderung, mir wirklich jedes Familienmit-
glied zum Feind zu machen ein Pokerspiel, hielte ich einen
Royal Flush auf der Hand. Doch das ist nicht wichtig. Die Familie, diese Dynastie, sie ist nicht wichtig. Was hat Camille Pag-
lia über die Imperien auf dieser Erde gesagt?

Ich verliere die Geschwister aus den Augen, als die Familie
die Treppe hinabsteigt, um sich unter ihr Volk zu mischen und
höfliche Konversation zu betreiben, an die sich morgen niemand mehr erinnern wird.

Am liebsten würde ich gehen. Ich war hier. Sie haben mich
gesehen, aufrecht und mit erhobenem Kopf. Was soll ich länger bleiben? Cinderella will nach Hause, auch wenn es noch
dauert, bis die Uhr Mitternacht schlägt.

Maxi und Thea verdanke ich es, nicht absolut wahnsinnig
zu werden.

Zum ersten Mal begreife ich, was diese lächerlich vielen Titel, die Emmett hinter seinem Namen trägt, in diesem Land
bedeuten. Nicht nur, wie gestelzt die Leute ihn ansprechen,
sondern wie viele es sind. Jeder möchte mit dem Duke sprechen. Er schüttelt Hände und lacht und erzählt Anekdoten,
die ich nach dem dritten Mal auch als meine eigenen verkaufen könnte. Ich lerne ein paar der habgierigen Cousins kennen, die ein Auge auf seine Titel geworfen haben. Sie alle be-
äugen Maxi, die Emmett weiterhin festhält, wie böse Geier.
Das Schloss muss beeindruckend sein, wenn sie sich alle wünschen, dass Emmett kinderlos bleibt.

Einer der Cousins, dessen Name mir zu unwichtig zum Merken war, beißt sich mit bösen Kommentaren an Maxis stoi-
scher Gelassenheit die Zähne aus, und ich nutze den Moment,
um etwas Neues zu trinken zu holen. Thea folgt mir ungefragt
Richtung Bar, dicht an meiner Seite. Sie wäre niemals hier,
wenn es nicht meinetwegen wäre.

»Brauchst du eine Pause?«, frage ich sie leise, so dass es im
Stimmengewirr fast untergeht.

»Nein.« Sie schüttelt den Kopf. »Es geht.«

Mit kühlem Blick schaut sie sich in der Menge um. »Wie viel Prozent dieser Leute sind Emmetts Cousins, was glaubst du?«

»Von den Aristokraten? Vermutlich jeder zweite. Und die andere Hälfte taucht irgendwann im 17. oder 18. Jahrhundert in Samanthas Stammbaum auf.«

»Meinst du, wenn man die alle miteinander kreuzt, wird der Stammbaum irgendwann zum Kreis?«

»Mach das ein paar Jahrzehnte, dann wird in Englands Aristokratie die Habsburger Lippe zum Trend«, spotte ich.

»Haben die nicht schon diese Gerinnungsstörung?«

»Hämophilie«, helfe ich aus. »Ja, haben sie.« Ich will noch mehr mit meinem Arztkindwissen prahlen, doch eine Stimme, die meinen Namen ruft, hält mich davon ab.

Eine Wolke aus lila Tüll flattert auf mich zu und fällt mich an. Ich erwidere die Umarmung. Thea ist bei der Hektik reflexartig einen Schritt zurückgetreten.

»Renn mich doch nicht gleich um, Cara«, schimpfe ich halbherzig. »Wenn ich falle, kann jeder unter meinen Rock schauen.« Um die Gesichter der Familie zu sehen, wäre es ganz lustig. Ob Nunzia in Ohnmacht fallen würde?

Cara kichert nicht, wie erwartet. Mit anklagenden Augen sieht sie zu mir auf. »Wieso hast du mich nicht besucht?«

Oh verdammt. Zwar habe ich ihr nicht versprochen, dass wir uns sehen, wenn sie nach London kommt, aber natürlich hat sie es erwartet.

»Lea sagt, wir dürfen zu Hause nicht mehr von dir sprechen. Und Adrian ist ganz komisch. Was ist passiert?«

»Das ist nicht so einfach, Cara.«

»Habt ihr gestritten?«

»Ja.« Wieso sollte ich sie anlügen? Sie ist nicht blöd. Sie ist nur jung.

»Könnt ihr das klären? Bitte, Kate. Bitte bitte.« Ich höre an ihrer Stimme, dass sie kurz davorsteht, zu weinen.

»Cara, ich –«

»Bitte!«

Ich schaue auf sie hinab. Die grünen Augen leuchten im Kontrast zu den dunklen Haaren.

Verdammt, sie sieht aus wie Adrian.

Ich spüre, wie ich einknicke. Habe ich mir nicht mehr von Adrian gewünscht? War ich nicht der Meinung, dass die Sache zwischen uns mehr verdient hätte als ein teures Schmuckstück, das alles wieder gut macht?

Alles wieder gut machen, das werde ich nicht können. Aber ein richtiges Ende. Ein sauberer Schnitt. Ich werde nicht diejenige sein, die ihn zunäht. Aber ich werde auch nicht diejenige sein, die ausgefranste, entzündete Ränder zurücklässt.

»Koshka«, sagt Thea energisch neben mir, doch nicht nur sie hat meine Entscheidung begriffen, bevor ich sie ausgesprochen habe.

Cara lässt mich los und greift meine Hand. »Er ist oben, mit Enzo. Bestimmt spielen sie Tischtennis.«

Ich drehe mich nochmal zu Thea: »Sag Maxi Bescheid. Ich bin gleich da.«

Mehr muss ich nicht sagen, denn Thea versteht. Sie nickt und wendet sich ab. Ich blicke mich nicht nach ihr um, sondern folge Cara, die an mir zieht wie an einem Esel.

An der Tür zur Lobby halte ich sie fest, sodass sie stehen bleiben muss.

»Du bleibst im Saal. Ich gehe allein.«

»Wieso?« Sie verengt die Augen. »Gehst du doch nicht?«

»Cara.« Ich beuge mich zu ihr hinab. »Ich gehe hoch und suche nach deinem Bruder. Aber ich brauche dafür kein Publikum. Du wirst hierbleiben. Hörst du?«

Sie presst die Lippen zusammen und nickt.

Ich lege ihr kurz die Hand auf die Schulter. Dann drehe ich mich um und verlasse den Saal.

ADRIAN

Ich weiß nicht, was es ist. Doch ich weiß, dass es ernst ist. Ich sehe es in Enzos Augen, als er mir mit einem Kopfnicken zu verstehen gibt, dass ich ihm aus dem Saal folgen soll. Mit einer Floskel entschuldige ich mich aus dem Gespräch, das ich gerade führe.

Ich bin noch keine zehn Schritte weg, da hält Leo mich auf. »Wohin gehst du?«

»Ich hab was mit Lorenzo zu besprechen«, sage ich und entferne seine Hand von meinem Arm. »Geht dich nichts an. Du bleibst hier.« Damit lasse ich ihn stehen, ohne auf den bockigen Gesichtsausdruck einzugehen.

Lorenzo wartet an der Tür und dreht sich wortlos um. Ich folge ihm in den Aufzug. Er drückt den Knopf für die oberste Etage.

»Was ist los?«, frage ich, kaum dass die Türen zu sind und wir allein in der Kabine stehen.

»Es gibt Neuigkeiten.«

Der Aufzug ist kamera-, wenn nicht sogar mikrofonüberwacht, also gebe ich mich mit dieser Aussage zufrieden und schweige. Doch meine Gedanken rasen.

Was für Neuigkeiten? Hat er die Frau gefunden, die mit Dr. Collins Lukas Herzog aufgeschnitten hat? Oder kennt er jetzt Federicos Komplizen?

Die Fahrt hinauf dauert ewig. Auch auf der obersten Etage schweigt mein Bruder weiterhin beharrlich. Mit jedem Schritt hinein in sein Reich werde ich ungeduldiger.

Das Büro liegt still und verlassen da.

Ich war noch nie hier, ohne dass sein Team die Tischtennisplatte bespielt oder irgendwo Telefonate geführt werden. Alles liegt in gespenstischem Halbdunkel.

Viel zu konzentriert darauf, mich umzusehen, achte ich nicht mehr auf Enzo, der mir vorausgeht, bis ich fast in ihn hineinlaufe, als er plötzlich stehenbleibt.

Bevor ich fragen kann, was los ist, fährt er zu mir herum und presst mir die Hand auf den Mund. Er sieht mich eindringlich an und dreht dann den Kopf ein Stück.

Ich folge seinem Blick zur Ecke, hinter der sein Büro liegt. Dort brennt Licht. Die Härchen auf meinen Armen stellen sich auf. Wer ist dort?

Enzo lässt mich los und gestikuliert mir, den Mund zu halten. Seine Augen sind groß. Er dreht sich wieder um und schleicht geräuschlos voraus. Wir gehen um die Ecke, in meinen Ohren rauscht es, und ich spüre jeden Herzschlag überdeutlich in meinem ganzen Körper.

Den Bruchteil einer Sekunde sieht Enzo vor mir, was sich in seinem Büro verbirgt. Stocksteif bleibt er stehen, doch diesmal bin ich schlauer, halte ebenfalls inne und spähe über seine Schulter in sein Büro.

Das Büro starrt zurück.

Aus fassungslosen, tiefbraunen Rehaugen.

Ich bilde mir ein, ein lautes Klirren zu hören, als alles, was wir angenommen haben, worauf wir gebaut haben und was wir wissen, zerspringt. Enzo mag ein Mastermind sein, ein genialer Puppenspieler, praktisch ein Hochleistungscomputer. Nur leider war seine Anfangsthese falsch. Und mit einer solchen kommt man niemals zum richtigen Ergebnis.

Es ist Isabella, die hinter dem Schreibtisch steht. Meine liebliche, unschuldige, gottesfürchtige Cousine, die rot wird, wenn man flucht und die nicht ins Schwimmbad geht, weil dort so viel Haut gezeigt wird.

Vor ihr auf dem Tisch steht der Koffer, den ich zuletzt vor einigen Wochen mit Enzo in Federicos geheimem Zimmer gesehen habe. Er ist offen, doch ich schaue nicht hinein. Ich weiß ja, was drin ist.

»Was hast du getan?«, fragt meine Cousine tonlos. Sie starrt Lorenzo an, als würde sie ihn zum ersten Mal sehen.

Mein Bruder macht einen Schritt auf sie zu. Sie macht einen Schritt in die Gegenrichtung.

Eine der Pflanzenzeichnungen, die an der Wand hängen, ist umgeklappt. Im Hohlraum dahinter ist ein Safe. Er ist offen und leer. Dort also hat Enzo den Koffer in den letzten Wochen gelagert.

»Ich?«, fragt er und schüttelt den Kopf. »Verdammt, Bella. Was tust du hier? Woher ... Wie ...?«

»Ich war hier ...« Mitten im Satz fällt sie aus dem Englischen ins Italienische. »Ich dachte ...« Sie fährt sich durchs Haar und zerstört die Hochsteckfrisur.

»Ihr wart es? Die ganze Zeit?«

»Wir?«, fragt er aufgebracht, während ich schreie: »Nein!« Gegenseitig schauen wir drei uns an, ich verstehe gar nichts mehr.

»Wenn du denkst, dass wir es waren, was machst du dann hier? Woher weißt du davon?«, ergreife ich das Wort und deute auf den Koffer.

»Was meinst du?«

»Woher wusstest du von dem Koffer? Woher wusstest du, dass er hier ist?«

»Das wusste ich nicht.«

»Aber woher wusstest du von dem Safe?« Nicht mal ich wusste davon.

Isabella schaut einen Moment auf das Gemälde und dann zurück zu mir. Sie guckt genau wie Enzo es manchmal tut. Als wäre ich wirklich komplett dumm.

»Es ist offensichtlich«, sagt sie langsam. »Vor aller Augen versteckt.« Meine Cousine verpasst dem Bild einen Stoß, sodass es zu schwingt und die Pflanze darauf ganz zu sehen ist.

Sie deutet auf die drei Bilder links daneben. »Kartoffel, Tomate, Paprika.« Dann auf die zwei Bilder rechts. »Zucchini und Kohl.« Zurück auf das ursprüngliche Bild. »Schlafmohn.« Schlafmohn. Ich wende mich Enzo zu.

»Schlafmohn? Ist das dein Ernst? Wie offensichtlich soll es denn werden?« Ich bin kein Chemiker, aber natürlich weiß ich, dass es von Schlafmohn über Morphin zu Heroin geht. Bella schnaubt. Noch nie habe ich ein so verächtliches Geräusch von ihr gehört. »Es passt ins Muster.«

»Welches Muster?«, frage ich.

»Morpheus und Somnia. Morpheus, der griechische Gott der Träume, dargestellt mit seinem Symbol, dem Schlafmohn. Somnia, die Personifikation des Schlafes in der römischen Mythologie?« Isabellas anklagender Blick wandert weiter zu Enzo. »Manchmal glaube ich, du willst, dass wir alle erwischt werden.«

Schlagartig ergibt die Verächtlichkeit, die sowohl Dad als auch James den Doggen entgegengebracht haben, einen Sinn. Es hatte nie etwas mit den Hunden als solches zu tun, sondern mit ihrer Namensgebung, die Enzos zweifelhaftem Humor entsprungen ist.

Anstatt auf diesen Vorwurf einzugehen, heftet Enzo seinen Blick auf Bella. »Wenn du es nicht warst und nichts von dem Koffer wusstest, was genau hast du hier gesucht?«

Isabella schweigt. Doch zum ersten Mal wendet sie den Blick ab und fixiert den Fußboden. Wird sie etwa rot? Enzo öffnet den Mund, um seine Frage zu wiederholen, doch es ist nicht seine Stimme, die plötzlich den Raum füllt. »Adrian?«

Nein. Nein, das kann nicht sein. Bitte nicht.

So grausam kann das Schicksal nicht sein. Nicht jetzt, nicht hier, nicht so. Während mein Kopf noch in seiner sinnlosen Gedankenschleife verkettet ist, dreht mein Körper sich bereits zur Seite.

Dort steht sie, schön und strahlend wie die Sonne, das Haar ein lebendiger roter Heiligenschein um ihren Kopf, in einem Cinderellakleid, die hohen Schuhe in der Hand. Eine Erscheinung, wie ich sie mir in den letzten Tagen meiner Misere dauerhaft gewünscht habe.

Himmel, jede wache Minute habe ich gehofft, dass sie auftauchen würde. Und jetzt steht sie hier.

Als Kates eisblauer Blick von meinem Gesicht nach links wandert, wird mir klar, welchen kolossalen Fehler ich damit begangen habe, mich zu drehen. Jetzt hat sie freie Sicht auf das Büro. Auf meinen Bruder und meine Cousine. Die Pflanzenzeichnungen an der Wand. Den Schreibtisch mit dem geöffneten Koffer und den Tüten darin.

Die vertrauten, sommersprossigen Gesichtszüge verziehen sich zu absolutem, unmenschlichem Horror, sodass ich sie kaum wiedererkenne. Und dann schreit sie.

Kate kreischt aus vollem Leib. Voller Schmerz.

Es lähmt mich. Egal, wie sehr ich mir wünsche, zu ihr zu gehen und sie an mich zu ziehen, meine Muskeln gehorche mir nicht.

Es ist Leonardo. Leonardo, der natürlich nicht tun kann, was man ihm sagt, und Enzo und mir unbedingt folgen musste. Er stürzt in den Raum und packt Kate, schlingt die Arme um sie und hält ihr den Mund zu.

»Was ist passiert?«, fragt er aufgebracht. »Was ist los?« Seine Augen huschen ebenfalls zu dem Koffer. Er wird blass wie eine Leiche.

Enzo fängt sich als Erster. »Bring sie raus, Leo, aber lass sie nicht aus den Augen. Wir sind sofort bei dir.«

Kate verstummt plötzlich. Riesig wie Tennisbälle huschen ihre Augen hin und her, ohne etwas zu sehen. Leo lässt vorsichtig die Hand sinken.

Stille.

Dann: »Josie?«

Kate zuckt, als wolle sie irgendwohin laufen, als würde sie nicht realisieren, dass sie hier ist. Aber das ist sie auch nicht. Ich weiß genau, in welcher Erinnerung sie gefangen ist, und es bricht mir das Herz.

Hass breitet sich in mir aus, Hass, der sich einzig und allein gegen mich richtet. Es ist meine Schuld, dass sie Josies Tod erneut erlebt.

28

Ronan (Taylor's Version)
– Taylor Swift

KATHARINA

Genervt trete ich einen Schritt zurück, nachdem ich zum dritten Mal die Klingel betätigt habe, und lege den Kopf in den Nacken, um an der hässlichen grauen Fassade des Hauses hochzusehen.

Meine Haare kleben unangenehm in meinem Nacken, aber ich bin sowieso schon viel zu spät und möchte sie nicht länger warten lassen, indem ich noch nach Hause fahre und schnell duschen gehe.

Ende Dezember ist es scheiße kalt, vor allem wenn man sich nicht bewegt, und anscheinend schläft sie oder hört die Klingel nicht. Mit tauben Fingern fummele ich den Ersatzschlüssel hervor, den sie mir heimlich hat machen lassen, und schließe die weiße Tür mit den undurchsichtigen Glasfenstern auf.

Ein Schwall Wärme schlägt mir entgegen, als ich den ordentlichen Flur der Lemaires betrete, der mit den aufgereihten Schuhen und den glänzenden Fliesen im krassen Gegensatz zu unserem Flur zu Hause steht, wo Paul und ich uns die dreckigen Schuhe immer von den Füßen treten und irgendwie liegen lassen.

»Josie? Bist du hier?«, rufe ich in die Stille herein, aber es kommt keine Antwort.

Nur ihr zuliebe streife ich die Schuhe ab und stelle sie ordentlich an die Wand, sonst würde sich ihr Vater wieder bei ihr darüber beschweren und sie würde mich verteidigen und dann mit ihm streiten. Das macht sie immer traurig, also hänge ich auch meine Jacke zu den anderen an den Haken, bevor ich die Treppe nach oben jogge und an ihre Zimmertür klopfe. Es kommt keine Antwort, also öffne ich die Tür und spähe in den hellen Raum hinein.

Das Bett ist frisch gemacht, der Schreibtisch ist ordentlich und der Koffer mit der Geige liegt wie immer auf der Kommode. An dem Spiegel darüber hängt das Bild, das mein Dad gemacht hat, als wir zusammen in Straßburg waren, wo sie dieses unfassbar schöne Blumenkleid getragen hat.

Aber auch hier ist Josie nicht, bestimmt wartet sie längst auf dem Dachboden und ist dabei auf den alten Matratzen eingeschlafen. Das schlechte Gewissen, weil ich sie warten gelassen habe, steigt in mir auf. So schnell wie möglich schlittere ich über den Parkettboden und zur Wendeltreppe, die nach oben führt.

»Josie?«

Eigentlich hat sie einen leichten Schlaf, aber seit der Dialyse ist sie dauernd müde. Ungeduldig öffne ich die Tür zum Dachboden. Sofort blendet mich das Licht der untergehenden Sonne. Ich schirme die Augen mit der Hand ab und betrete den Raum.

»Da bist du ja«, murmele ich.

Sie liegt auf den alten Matratzen, die Rainier eigentlich längst auf den Sperrmüll packen wollte. Meine Lippen verziehen sich zu einem Lächeln. Sie trägt genau dasselbe Blumenkleid wie auf dem Foto. Ihre Haare liegen ausgebreitet um ihren Kopf herum, und ich nehme mir einen Moment Zeit, um festzustellen, wie schön das Mädchen ist, das ich liebe.

Ich weiß, dass sie es nicht gerne hat, wenn ich sie so offensichtlich ansehe, aber ich kann nicht anders, vor allem jetzt, wo sie schläft und mich dafür nicht rügen kann.

Ich lasse meinen Blick über ihre schlanke Gestalt wandern, bis mich etwas innehalten lässt.

Die Ärmel ihres Kleides sind rot.

Die Matratze ist rot.

Ein sattes, leuchtendes Rot.

Und dann rieche ich es. Der gesamte Dachboden ist erfüllt von einem metallischen Geruch.

Ich durchquere den Raum und falle neben Josie auf die Knie. »JosieJosieJoise.« Wie ein Mantra wiederhole ich ihren Namen, umfasse mit zitternden Fingern sanft ihr Gesicht.

Meine Eltern haben mir immer wieder eingeschärft, was in diesen Fällen zu tun ist, aber ich kann den Puls ihrer Halsschlagader nicht finden. Wie auch, meine Hände hören nicht auf zu zittern.

Ich richte meine Augen auf ihre Brust. Ihre Brust, die sich nicht hebt und nicht senkt. Bestimmt, weil meine Augen so nervös hin und her zucken.

Sanft klopfe ich gegen ihre Wange. »Josie, wach auf! Wir wollten doch endlich die letzten beiden Folgen sehen. Das schaffen wir nicht, wenn wir jetzt nicht anfangen.«

Ich weigere mich, meine Stimme schwach und weinerlich klingen zu lassen. Josie schläft nur, die Dialyse macht sie müde, und bestimmt hat sie heute wieder schrecklich wenig gegessen. Sie hat auch Sonntag geschlafen, als ich sie zum Gottesdienst abgeholt habe, obwohl sie längst ihre Bluse trug und die Haare ordentlich geflochten hatte.

Als wir vor zwei Wochen Never have I ever gesehen haben, ist sie auf meinem Schoß eingeschlafen. Diesmal ist es genauso. Das glaube ich. Das muss ich glauben. Das will ich glauben.

Auf der anderen Seite der Matratze liegt etwas, halb verborgen von ihrem herabhängenden Haar. Ich ziehe es hervor und starre ungläubig auf die Spritze und das blutverschmierte Küchenmesser.

Hilfe – Ich muss Hilfe rufen! Den Notruf, das Krankenhaus, meinen Dad und meine Ma, irgendwen!

Ich kann mich nicht regen. Die Klinge hält mich gefangen, sie blitzt im Licht der hellen Nachmittagssonne silbern auf.

Es kostet mich alle Kraft, den Ärmel des Kleids hochzuschieben. Das Blut tränkt meine Finger, ein ekelhaftes, abstoßendes Gefühl. Alles in mir schreit danach, dass ich aufwachen, diesen Albtraum hinter mir lassen muss.

Stattdessen starre ich auf den tiefen Schnitt in der einst so makellosen Haut. Eine Sekunde. Eine Stunde. Vielleicht auch ein Leben lang.

29

Evermore
– Dan Stevens

ADRIAN

»Wo ist sie?«, keuche ich, als Lucas mir die Tür öffnet. »Wo?« Aus wirren Erzählungen von Leo, einem Putzmädchen und Cara ist mir aufgegangen, dass Kate in Begleitung von Thea und Maxi das Hotel verlassen hat.

Ungefähr zum gleichen Zeitpunkt haben auch Vittoria, Samantha und James die Festlichkeiten verlassen.

Ich weiß noch, wie mein Vater gebrüllt hat, als er den Koffer gesehen hat. Ich weiß auch noch, wie ich Lorenzo ein blaues Auge verpasst habe, als er mich aufhalten wollte. Aber ich bin trotzdem raus, wollte nur zu Kate. Doch Kate war fort.

»Kommen Sie doch mit in den Salon«, fordert Lucas mich auf. Wir gehen an den Chrysanthemen vorbei. Ich muss den Blick abwenden und eile die Treppen hoch, sodass ich den Butler beinah überhole.

Sobald wir den Raum betreten, scanne ich die Anwesenden. James, Samantha, Vittoria.

Keine Kate.

»Wo ist sie?«, frage ich statt einer Begrüßung.

Hinter mir schließt Lucas die Tür.

»Was ist passiert?«, stellt Samantha eine Gegenfrage. Am liebsten würde ich sie anschreien.

Es fühlt sich an, als würde ich bereits Stunden nach Kate suchen, immer von ihrem schmerzerfüllten Schrei verfolgt und dem absolut gebrochenen Ausdruck in den so vertrauten blauen Augen.

James' Handy klingelt. Mit einem genervten Geräusch stellt er es ab.

»Adrian.« Noch nie hat Samantha mir gegenüber diesen Tonfall angeschlagen.

Ich kann ihr nicht die Wahrheit sagen. »Ich weiß es nicht.«

Samantha erhebt sich. Mordlust steht in ihren Augen. »Du lügst.« Sie starrt mich einen Moment an, dann dreht sie sich zu James um.

»Dein Handy hört nicht auf zu klingeln, seit wir das Hotel verlassen haben ...« Die Räder in ihrem Kopf setzen sich in Bewegung. Und dann, als hätte man ihr die Luft rausgelassen, sinkt sie kraftlos aufs Sofa.

»Nein.« Das Wort ist ein Flehen, ein Befehl und absolute Kapitulation in einem. »Nicht diese Sache. Sag mir, dass es nicht diese Sache ist.«

James sieht sie einfach nur an. Sie schlägt sich die Hand vor den Mund.

»Du weißt davon?«, hauche ich. Seit wann weiß sie davon? Wieso weiß ich nicht, dass sie es weiß? Weiß irgendwer, dass sie es tut?

Samantha lacht hart, ein Geräusch, das so überhaupt nicht zu ihr passt. »Seit fast zwanzig Jahren. Es ist der Grund, warum Katharina in Frankfurt aufgewachsen ist.« Sie sieht James an mit einem Blick, als sähe sie ihn zum ersten Mal. »Wie vielen Menschen musst du damit noch weh tun? Wann ist es genug? Wann reicht es?« Sie klingt so betrogen, so verletzt.

»Samantha«, beginnt er, nicht weniger flehend, doch sie hebt die Hand.

»Ich will nichts hören. Es gibt nichts, das du sagen könntest. Sobald sie dazu in der Lage ist, nehme ich meine Tochter und gehe.«

»Nein.« Ich weiß nicht, wer von uns es sagt, James oder ich. Es ist auch vollkommen egal, denn es wird nichts ändern. Sie hat schon einmal bewiesen, dass sie es durchzieht. Das wird sie auch ein zweites Mal tun.

Es klopft.

»Ja?«

Die Tür schwingt auf. Thea tritt ein.

Sie trägt noch immer das Kleid von der Gala, rosa mit aufwändigen Schnüren am Rücken.

»Wie geht es ihr?«, fragt Samantha.

Thea zuckt nichtssagend mit den Schultern.

»Ich will zu ihr«, sage ich. Ich mache einen Schritt nach vorne. Thea zuckt mit dem Kopf angesichts dieser ruckartigen Bewegung. Morgen tut es mir leid, sie verschreckt zu haben. Jetzt will ich zu Kate.

Ich werde sie auf Knien um Vergebung bitten.

»Ich glaube nicht, dass sie gerade in der Lage ist, Besuch zu empfangen«, drückt Thea sich ungewohnt diplomatisch aus.

»Das ist mir egal!«

»Ja, das dachte ich mir.« Da ist sie wieder, ihre trockene Art.

Von draußen klingen aufgebrachte Stimmen von der Straße durch die angelehnte Balkontür, doch sie sind zu weit weg, um zu verstehen, was sie sagen.

Samantha stößt ein frustriertes Geräusch aus. »Ich gehe zu ihr. Und ich werde sie mitnehmen.«

»Dafür dürfte es zu spät sein«, sagt Vittoria gedämpft.

»Wieso?«

Sie nimmt einen tiefen Schluck aus ihrem Cognacschwenker. »Es ist über zwanzig Jahre her, aber ich weiß genau, wie es klingt, wenn ein Teenager sich nachts aus diesem Haus schleicht.« Wie auf Kommando springt draußen ein Motor an. Reifen quietschen.

Alle Blicke schwenken zu Thea. Sie lächelt ihr verflucht, verhasstes, triumphierendes Lächeln. Sie ist als Ablenkung hier, dieses ...

»Wo fährt sie hin?«, fragt James scharf, das Handy in der Hand, bereit Anweisungen zu erteilen.

»Zum Flughafen«, gibt Thea bereitwillig Auskunft. »Chesters Jet steht in Stansted. Es ist nur eine Frage der Zeit, bis es Starterlaubnis gibt.«

»Ich fahre nach Stansted«, entscheide ich und richte mich auf. Eigentlich erwarte ich Protest. Doch sie steht nur da und guckt mich an. Macht keine Anstalten, mich aufzuhalten.

Ich mache einen Schritt Richtung Tür.

Thea zuckt zusammen und weicht zurück, blockiert die Tür.

Sie ist hier, um Zeit zu kaufen.

Es ist simpel, grausam und genial. Es ist eine Grenze, die ich nicht übertreten kann. Oder werde. Und auch niemand der anderen Anwesenden.

Samantha begegnet meinem Blick. Ihre Augen sind hart wie Smaragde. »Das war es, Adrian. Es tut mir leid, dass diese Sache dein Leben ruiniert. Aber nicht Katharinas. Das werde ich nicht zulassen. Halt dich fern von ihr.«

Das ist ein Befehl. Und er ist unüberwindbarer als die chinesische Mauer.

Am liebsten würde ich mich sofort darüber hinwegsetzen, in den nächsten Flieger steigen und Kate auf Knien anbetteln, mich erklären zu lassen. Aber Samantha hat recht. Kate sollte in diese Sache nicht reingezogen werden.

Diese Gewissheit, dass das hier endgültig ist, ist ein furchtbares Gefühl. Furchtbarer, als im Hyde Park auf sie zu warten. Als ob ich zu lange in der Kälte geblieben wäre und jetzt tausend Nadeln auf meine Haut einstechen. Oder als ob ein riesiger Felsbrocken sich auf meine Brust legt und mir die Luft zum Atmen nimmt.

»Vielleicht hätte ich dich warnen sollen«, flüstert Thea und sinkt mit dem Rücken an der Tür zu Boden.

Sie schlingt die Arme um die Knie.

»Sie zu lieben, wird dir das Herz brechen.«

Über die Autorin

Rebecca Rivoire wurde 2002 bei Düsseldorf geboren, wo sie auch heute noch immer lebt.

Während ihrer Schulzeit in Großbritannien, ihre zweite große Liebe neben den Büchern, hat sie begonnen ihren Debütroman *Lonely Summer Days* zu schreiben, der ebenda spielt.

Wenn sie nicht gerade schreibt oder arbeitet, liest sie, verwüstet ihr Zimmer, hört Taylor Swift oder Oldies und berichtet auf Instagram unter @rebeccarivoire.autorin von ihrem Alltag.

Website: www.rebeccarivoire-autorin.de

Danksagung

Ich erinnere mich noch ziemlich genau daran, wie es das letzte Mal war, als ich ein Buch fertig geschrieben hatte und vor der Danksagung stand. Es war überwältigend. Es war ein Moment, in dem ich all meinen Zweifeln sagen konnte: Stimmt nicht, ich kann es doch.

Diesmal hatte ich keine Zweifel. Oder, natürlich hatte ich Zweifel. Wegen der Deadline, wegen der Story, wegen der Charakterentwicklung.

Aber keine so grundlegenden Zweifel. Zum Teil vielleicht, weil ich es schon mal gemacht habe, schon mal ein Buch fertiggeschrieben und veröffentlicht habe. Aber auch wegen den Leuten, die mich unterstützt haben.

Meiner Familie natürlich. Die Bookstagram-Community, die mit mir gemeinsam neugierig war, wie genau es mit Katharina und Adrian weitergeht und mich mit ihren lieben Worten so gut motiviert hat. Und natürlich Johanna, Sarah, Christine und Viktoria, die mir ein weiteres Mal mit ihrer Expertise unter die Arme gegriffen haben. Vielen Dank an jeden von euch! Ihr seid mitverantwortlich dafür, dass ich dieses Projekt verwirklichen konnte. Ich freue mich schon auf das nächste Mal!

Contentwarnung zum Inhalt dieses Buches

ACHTUNG, DIESE WARNUNG
ENTHÄLT SPOILER.

Körperliche, seelische oder sexualisierte Gewalt, Suizid,
Tod, Selbstverletzung, Drogen sowie deren Missbrauch und
die Sucht danach, Alkohol, psychische Erkrankungen und
Traumata, Verkehrsunfälle, Blut, sexuelle Handlungen

Diese Liste erhebt keinen Anspruch auf Vollständigkeit. Eventuell werden Themen behandelt, die nicht aufgeführt sind, manche Lesende jedoch trotzdem belasten können.

In manchen, oft aussichtslos erscheinenden Situationen, benötigt man vielleicht jemanden, der zuhört und Rat geben kann. Untenstehend sind einige Nummern aufgeführt, bei denen anonym bei geschulten Beratern um Hilfe gebeten werden kann.

TELEFONSEELSORGE® unter 0800 111 01 11

NUMMER GEGEN KUMMER für Kinder und Jugendliche
unter 0800 111 03 33 sowie für Eltern unter 0800 111 05 50

HILFETELEFON – GEWALT GEGEN FRAUEN
unter 08000 116 016

ANONYME ALKOHOLIKER unter 08731 325 73 12